KB076886

단테의 손

IN THE HAND OF DANTE

© 2002 by Nick Tosches, Inc.

Published in agreement with the author, c/o BAROR INTERNATIONAL, INC.,
Armonk, New York, U.S.A. through Danny Hong Agency, Seoul, Korea.

Korean language edition copyright © 2010 by THATBOOK Publishing Company.

이 책의 한국어판 저작권은 대니홍 에이전시를 통한 저작권자와의 독점 계약으로 (주)그책에 있습니다.
신저작권법에 의해 한국 내에서 보호를 받는 저작물이므로 무단 전재와 복제를 금합니다.

단테의 손

닉 토시즈 지음
홍성영 옮김

IN THE HAND OF DANTE

NICK TOSCHES

루이는 입고 있던 브래지어를 벗어 작은 상자 위에 내던졌다.

손에 남은 얼룩이 맘에 들지 않았다. 그는 여전히 무릎을 꿇고 있는 여자에게 손을 내밀었다. 그녀는 눈을 감고 그의 손에 묻은 것을 핥았다. 그가 몸을 숙이자 그녀의 머리칼 냄새가 코를 찔렀다. 에티오피아 택시 운전사들이 사용하는 고약한 코코넛 오일 냄새와 똑같았다. 그녀의 입술에서도 그 끈적거리는 싸구려 오일 냄새가 났다. 그는 그녀에게 내밀었던 손을 거둬들였다.

그는 한밤중의 웨스트 26번가 아래층에 잠시 서 있었다. 뉴욕의 8월 한여름, 한낮에는 하늘이 눈부시게 빛나는 대기를 무겁게 짓눌렀고 밤이 되면 잿빛 안개가 뿌옇게 끼어 별도 보이지 않았다. 한밤의 안개가 그를 감쌌다. 그는 담뱃불을 붙인 뒤 연기를 내뿜었다. 늦은 시각이었지만 그에게는 아니었다.

공기 중의 습기와 땀이 피부에 맺히기 시작했다. 그는 팔뚝에 번들거리는 땀을 내려다보았다. 그리고 담배를 쥔 손을 더 오랫동안 내려다보았다. 자신의 몸에서 나온 더러운 정액 자국과 그 여자의 더러운 침, 둘 중에 어느 게 더 더러운지 알 수 없었다. 몸에 땀이 배면 깨끗해질 거야, 시원한 강바람이라도 불어오면 좋을 텐데…… 그는 마음속으로 중얼거리며 발걸음을 옮기기 시작했다. 그는 셔츠를 바지 속에 집어넣지도 않았고 셔츠 단추도 잠그지 않았다. 밀라노에서 거금 2,000유로를 주고 구입한 최고급 실크 재킷은 손에 들었다. 누가 만들었는지 이름은 기억나지 않지만 어쨌든 그를 위해 만든 맞춤복이었다. 깊은 바다 빛인 청록색이 감도는 푸른색 재킷이었는데 무게를 느낄 수 없을 만큼 가벼웠다. 하지만 손에 들고 있으니 한쪽 주머니가 늘어질 정도의 무게가 느껴졌다.

그건 그가 가장 아끼는 재킷이었다. 아무것도 입지 않은 것처럼 가벼운 데다 어떤 옷과도 잘 어울렸고, 기품 있는 사람들만이 가치를 알아보는 옷이었다. 재킷 색깔은 그의 눈동자와 같은 색깔이었다. 여자들은 그의 눈동자를 좋아했다. 그는 나이 들었지만 여자들은 여전히 그의 눈동자를 마음에 들어 했다. 어떤 이들은 그의 눈동자를 두려워했지만 어떤 이들은 무척 좋아했다.

6번 대로 모퉁이에 도착한 루이는 잠시 발걸음을 멈추고 다시 담뱃불을 붙였다. 그는 시내를 향해 계속 발걸음을 옮겼다.

올해 5월로 예순세 살이 된 그는 마치 어린아이처럼 대로를 걷고 있었다. 그는 무더운 여름에도 혼자 밤거리를 걷는 걸 좋아했다. 밤거리를 걸으면 기분이 좋았다. 길거리를 지나는 풋내기 검둥이 불량배들이 나보다 나을 게 없어, 그는 마음속으로 중얼거렸다. 사실이었다. 분명한 사실이었다. 사람들이 말하는 것처럼, 사람은 자신이 느끼는 것만큼 나이 드는 것이다.

세인트루이스에서 만났던 여자가 떠올랐다. 팔이 없던 여자. 세인트루이스에서 하던 일이 생각났다. 하지만 그 비열한 놈은 기억에 남지 않을 것이다.

5월. 4월. 3월. 2월. 1월. 12월. 11월. 10월. 9월. 8월. 젠장. 그는 이렇게 찌는 듯한 무더위에 어머니 배 속에서 잉태되었다. 제기랄, 이런 무더위에, 에어컨도 없이 누가 그 짓을 한단 말인가?

도대체 그는 뭐라 지껄이고 있단 말인가? 그는 이렇게 찌는 듯한 무더위에도 그 짓을 하곤 했다. 에어컨도 없는 곳에서 말이다. 살이 맞부딪치던 소리, 지금은 이름도 기억나지 않는 여자의 배에 고여 있던 땀방울이 기억났다. 그는 땀으로 젖은 자신의 몸을 땀이 흥건히 고인 그녀의 배를 향해 점점 더 빠르게, 점점 더 거칠게, 점점 더 큰 소리를 내며, 마치 막대 달린 고무 빨판으로 막힌 변기를 뚫듯이, 영원히 끝나지 않을 것처럼 오랫동안 그 짓을 했다.

하지만 이젠 그도 늙어 버린 것 같았다. 그는 8월에 잉태되었다. 다른 사람들은 견디지 못할 이 찌는 듯한 무더위, 숨 막힐 듯한 정적, 무겁게 가라앉는 공기에 개의치 않는 것도 아마 그 때문일 것이다. 그렇다, 그는 8월에 어머니의 배 속에서 잉태되었다. 63년 전에. 아니, 64년 전에.

지금껏 그가 생명을 잉태한 적이 있었던가? 그의 몸속에서 나온 정액은 그의 오른손 혹은 여자의 질 속으로 들어가 생명을 다했을 것이다. 그리고 이젠 너무 늦었다. 사람은 혼자 태어나서 혼자 죽는 법. 그는 그러는 편이 더 나았다. 젠장, 세상을 떠날 땐 창녀에게 돈을 쥐어 주며 손이나 한번 잡아 달라고 하면 될 것이다. 돈으론 뭐든 살 수 있으니까.

그는 자신도 모르는 사이에 14번가로 향하고 있었다. 검둥이들과 스페인계 사람들이 더 많이 눈에 띄었다. 젠장, 예전 같으면 14번가 아래로는 검둥이 한 놈 얼씬거리지 않았었는데……. 언젠가부터 농구 코트가 들어서고 유대인들이 흑인 매춘부를 찾아오기 시작했다. 그곳은 주택 지구가 아니라 검둥이들의 쓰레기 처리장 같았다. 하지만 그는 빌어먹을 검둥이들을 욕하지 않았다. 아무리 못생겼다 해도 검둥이 매춘부 대신 유대인 매춘부와 그 짓을 하려는 사람이 어디 있겠는가? 문제는 요즘 들어선 여기나 저기나 마찬가지라는 사실이었다. 그렇다, 그는 검둥이들을 욕하지 않았다. 그가 욕하는 건 좋아라 하며 검둥이들을 찾아오는 백인 놈들이었다. 그들은 자신이 얻는 걸 마땅히 가질 자격이 있었다. 그리고 그가 욕하는 건 경찰들이었다. 그의 머릿속에 동네 아이들이 파이프 절단기를 들고 농구 골대로 향하던 모습이 떠올랐다. 동네 아이들이 야구 방망이로 검둥이들의 머리를 가격하던 모습이 기억났다. 당시에는 경찰들이 그들을 보호해 주었다. 하지만 요즘 경찰들은 달랐다. 그들은 이곳 출신이 아니었다. 타 지역 출신인 그들은 이곳에 대해 아무것도 몰랐다. 경찰들은 흑인 놈들보다 더 나빴다.

제기랄, 이젠 이웃도 없고, 이웃 간의 정도 없고, 이웃사촌도 없었다. 빌어먹을 백인 놈들. 그는 흑인들과 함께 있었다. 경찰을 죽일 때마다 그는 매번 기분이 좋았다.

아니다, 모두 빌어먹을 놈들이었다. 그는 누구와도 함께 있지 않았다. 그는 계속해서 발걸음을 옮겼다. 일주일 전부터 땅기던 허벅지 안쪽 근육에 갑작스러운 통증이 느껴졌다. 통증이 완전히 가신 적은 한 번도 없었던 것 같다. 성기바로 아래, 오른쪽 허벅지 안쪽에 칼로 찌르는 듯한 통증이 잊을 만하면 찾아오곤 했다. 나이가 들면 몸이 회복되는 속도도 예전 같지 않은 법이다.

그는 블리커 가(街)를 지나 카민 가(街)로 향했다. 공기 중의 습도와 몸에서 배어 나온 땀방울 때문에 몸이 축 처졌다. 폼페이 성모상을 지나며 이마에 엄지손가락을 대고 성호를 그을 때는, 엄지손가락에 묻은 땀이 성수처럼 느껴졌다. 그는 맞은편에 있는, 페인트칠이 엉망인 식당 쪽으로 천천히 다가갔다. 식당 문은 닫혀 있었고, 식당 안에는 한 녀석이 종이 뭉치와 음료수가 놓인 테이블에 혼자 앉아 있었다. 루이는 문을 톡톡 두드렸다. 그를 본 녀석이 얼른 달려와 문을 열어 주었다.

"한 바퀴 둘러보고 있는 거예요, 아저씨?" 녀석이 말했다. 그에게 무조건 복종하면서도 짐짓 유쾌한 척하는 목소리였다. 서른다섯 살에, 구슬처럼 반짝이는 작고 동그란 눈동자를 지닌 녀석은 콧수염을 길렀다.

"아저씨라고 부르지 마."

그 말에 애써 유쾌한 척하던 녀석은 잠시 움찔했고, 루이는 아무 대꾸도 하지 않았다. 그러고는 녀석에게서 등을 돌려 녀석이 앉아 있던 테이블로 성큼성큼 걸어갔다. 그는 멋진 재킷을 의자 등받이에 걸치고 있었는데, 종이 뭉치를 옆으로 밀고 나서 담배에 불을 붙였다.

"마실 것과 재떨이."

녀석이 바 뒤로 갔다. 다시 유쾌한 척 가장했지만 아까보다 표정이 더 어두웠다.

"새로 들어온 그라파(포도 짜는 기구에서 나온 찌꺼기를 증류시켜 만든 술—옮긴이)인데, 맛이 좋습니다."

그가 윗부분이 가늘고 뾰족한 술병을 루이에게 들어 보이며 말했다.

"그건 다른 놈들한테 주고 듀어스 위스키 온 더 록이나 얼른 가져와. 그리고 당장 재떨이 가져오지 않으면 바닥에 털 거야."

녀석이 마실 것과 재떨이를 가져와 루이 앞에 내려놓은 다음 자리에 앉았다.

"어떻게 지내십니까?" 녀석이 물었다.

루이는 녀석의 콧수염을 똑바로 쳐다보았다. 지난번에 만났던 이후로 계속 턱수염을 기른 게 틀림없었다.

"내가 어렸을 때만 해도 노인네들은 콧수염이 덥수룩할수록 크게 될 남자라고 말하곤 했지."

유쾌한 표정이 또다시 어둡게 굳었다.

"요즘은 콧수염 기른 놈들을 보면 경찰이거나 게이 혹은 양쪽 모두라는 생각이 들어."

"그럼 깨끗이 밀어 버릴까요?" 녀석이 애써 유쾌한 척 가장하며 말했다.

"아니, 그냥 내버려 둬." 루이는 얼굴을 찡그리고 손을 내저으며 어깨를 으쓱했다. "아버지가 경찰이지? 네게도 어느 정도 경찰 기질이 있을 거야. 너한테 잘 어울려."

녀석은 아무 말 하지 않았다. 할 수 있는 말이 아무것도 없었기 때문이다. 루이는 자신의 존재만으로도 특권이 있었고 그 특권을 종종 마음껏 누렸다.

그는 담배를 비벼 끄고 술을 마신 다음 입을 열어 다시 말하기 시작했다.

"네 삼촌은 정말 빌어먹을 놈이야. 내 말 오해하지는 마. 너도 그런 놈이지만 그리 대수롭진 않지. 하지만 네 삼촌은 구제 불능이야. 한동안 이 구역을 잘 운영하다가 도박으로 모든 걸 날려 버렸으니까. 네 삼촌이 울면서 찾아오면 내 친구들이 도와주고 있지. 네 삼촌은 계속 그 짓거리를 하고 있어. 은행 거래 중지 통보를 세 번째 받고서야 콘 에드(Con Ed)에게 써 준 수표를 막으려고 울면서 은행으로 찾아가지. 내 친구들은 그를 못마땅하게 생각해. 네 삼촌은 정말 멍청한 놈이야." 루이는 녀석의 종이 뭉치를 내려다보았다. 경마 순위표와 휘갈겨 쓴 낙서뿐이었다. "너도 잘 알 거야."

루이는 술을 한 모금 마시고 또다시 담뱃불을 붙이며 희미한 웃음을 지었다. "지금 생각해 보니 네 삼촌도 콧수염을 길렀군. 어쨌든 괜히 기른 건 아닐 거야." 그는 술을 한 모금 더 마시며 말했다.

그러고는 주머니에 든 걸 꺼내 테이블 위에 올렸다. 비닐 지퍼 백 안에 들어 있는 것은 독일제 발터 PPK 9밀리미터 반자동 권총이었다.

녀석이 찌그러진 증거물 봉투 같은 비닐 백 안에 들어 있는, 15센티미터 남짓 되는 검은 권총을 물끄러미 쳐다보며 말했다.

"얼른 치워야 하지 않겠습니까? 지나가던 경찰이 보기라도 하면……."

그러자 루이가 빈정거리는 눈빛으로 쳐다보았다. "경찰이 지나가는 걸 마지막으로 본 게 언제였지? 그들은 이제 더 이상 순찰을 돌지 않아. 다른 사람들처럼 헬스클럽에나 갈 뿐이지. 젠장, 마지막으로 보았던 순찰 도는 경찰은 여자였어. 160센티미터도 안 되는 땅딸막한 키에 덥수룩한 머리는 배꼽까지 길렀고, 얼굴과 온몸이 울퉁불퉁한 핼러윈 호박처럼 보였어. 네 꼰대처럼 아무 쓸모 없는 년이었지."

녀석은 이제 더 이상 루이의 눈빛을 쳐다보지 못했다. 루이에 대해 잘 아는 사람은 아무도 없었다. 루이 자신과 그의 보스를 제외하곤 아무도 몰랐다. 하지만 모두들 루이에게 허튼짓을 해선 안 된다는 걸 알았고, 루이 자신과 보스를 제외하고는 이유도 모르면서 그를 두려워했다.

"어쨌든, 내가 네 삼촌에게 으름장을 놓으면 내 친구들이 네 삼촌에게 알아듣도록 말할 거야."

녀석은 불안한 표정으로 고개를 끄덕이며 루이에게 술을 한 잔 더 가져다주었다.

"편안하게 생각해." 루이가 녀석에게 말했다. "부처가 말했던 것과 마찬가지야. 매사에 중용을 지키고, 팔정도(八正道)를 따라야지." 그는 녀석의 콧수염을 바라보며 냉소를 지었다. "사내놈이랑 비역질 해 본 적 있어? 언제 한번 해 봐. 그러면 네 안에 있는 남자의 모습을 보게 될 거야." 루이가 쳐다보자 녀석은 눈빛을 피했다. 그는 예전에 보지 못했던 걸 사람들의 눈빛에서 보기를 좋아했다. 하지만 그는 피곤했고, 그 정도면 충분했다. 그는 피우고 있는 담배를 쳐다보았다. 아직 몇 번 더 빨아들일 만큼 남아 있었다. 그는 서너 번 담배 연기를 더 빨아들이며 끝까지 피웠다. "자." 말하는 그의 목소리가 신음 소리라기보다는 무거운 한숨 소리처럼 들렸다.

"이미 말한 것처럼, 너와 네 삼촌은 똑같은 부류의 인간이야. 타락한 변절자들이지. 네가 그에게서 물건을 훔쳐 여기저기 술집에 팔아넘긴다는 사실도 알아. 푼돈이나 버는 어리석은 짓이지. 넌 또다시 더럽고 비열한 짓을 하고 있어. 더럽고 비열한 네 아버지처럼 물건을 훔치고 있어." 그러고는 잠시 말을 멈추더니 남은 술을 마셨다. 얼음이 입술에 닿는 감촉이 좋았다. "그리고 네 어머니는……." 그는 손등으로 입술을 닦았다. "더러운 여자였지. 남자들을 잘 다루진 못했지만 말이야."

그렇게 말하면서 루이는 작고 동그란 녀석의 눈동자에서 분노를 찾으려 했으나, 분노는 두려움에 가린 듯 희미했다. 루이는 고개를 약간 숙이며 녀석의 얼굴을 자세히 살폈다.

"얼굴이 우습게 생겼군. 결혼은 어떻게 했어? 너보다 더 형편없는 여자임에 틀림없겠지. 그러고 보니 네 마누라나 아이를 한 번도 본 적이 없군. 사진 있어?"

녀석이 지갑을 꺼내자 루이는 잽싸게 낚아챘다. 그리고 얼마 들어 있지 않은 현금을 꺼내 자기 주머니에 넣었다.

"이 여자야?"

녀석이 고개를 끄덕였다. "우린 서로 사랑합니다." 녀석은 진심인 듯했다. 그러나 겁에 질린 사람들은 말도 안 되는 헛소리를 지껄이는 법이다.

루이는 사진을 들여다보았다. "마누라 얼굴도 우습게 생겼군. 넌 쥐 새끼나 흰 족제비를 잡는 사람들처럼 생겼는데, 그들을 뭐라고 부르더라? 마누라 몸집이 돼지처럼 뚱뚱한데 남자 물건은 제대로 빨 수 있어? 그러니까 네 어미보다 낫냐는 말이지." 루이는 사진 속의 어린 남자아이와 여자아이를 들여다보며 무언가 곰곰이 생각하는 것 같았다. "당나귀와 말이 교배하면 노새를 낳지. 흰 족제비와 돼지가 교배하면 이런 자식들을 낳는군. 딸아이는 몇 살이야?"

"다음 달이면 만으로 열 살이 됩니다."

"아까도 말했지만, 난 네 마누라나 아이를 만난 적이 없어. 조만간 뉴저지에 가서 인사라도 한번 나눠야겠군. 그러면 네 마누라의 남자 물건 빠는 솜씨가 네 어미보다 나은지 알 수 있겠지. 그리고 딸아이가 이제 열 살이라고 했던가? 우습게 들리겠지만, 나이 들수록 영계가 좋아지는 법이지."

그는 폐 속에 있던 가래를 끌어올려 사진에 뱉었다. 그러고 나서 남은 가래까지 끌어올려 녀석의 얼굴에 뱉었다.

녀석이 얼굴에 묻은 가래를 테이블 냅킨으로 닦으며 흐느껴 울기 시작했다.

"내가 어떻게 하길 바랍니까?" 녀석이 말했다.

"두 가지가 있다. 첫째, 형사들이 말하는 것처럼 대답하기 전에 신중히 생각해. 네 인생에서 가장 중요한 대답일 수도 있으니까. 지금 이 식당에 돈이 얼마나 있어?"

"어젯밤에 번 것뿐이니까, 1,200달러 정도 될 겁니다."

"유감이군."

"요즘은 다들 신용 카드를 사용해서요."

"1,200달러 이외에 따로 챙긴 돈은?"

"아까 가져가셨습니다."

"주머니에 있는 것도 털어."

녀석이 108달러와 동전을 테이블 위에 올려놓았다. 루이는 그 돈을 주머니에 집어넣었다.

"그럼 1,200달러는 어디 있어?"

"주방에요."

"같이 가."

루이가 자리에서 일어나자 녀석도 자리에서 일어났다. 녀석은 바 왼쪽에서 주방으로 이어지는 좁은 통로를 걸어갔다. 루이가 녀석의 뒤에 바짝 붙어 따라갔다.

주방 벽에는 싸구려 액자에 넣은 사진이 걸려 있었다. 주방에서 일하는 스페인계들이 좋아하는 성모 마리아 사진이었다.

"주방이 이런 꼴인데 어떻게 이탈리아 식당이라고 할 수 있지?" 루이는 콧방귀를 뀌었다. "이탈리아 놈은 한 놈도 없잖아. 모두들 도미니카 공화국이나 에콰도르에서 온 놈들뿐이잖아. 그러니까 이곳은 이탈리아 식당이 아니라 스페인계 놈들 식당이지. 어쨌든 누가 여기 와서 식사해? 유대인들?"

녀석이 액자 뒤로 손을 뻗어 봉투를 꺼낸 뒤 루이에게 건네주었다. 루이는 비닐 봉투 안에 든 권총을 오른손에 든 채 왼손으로 돈 봉투를 받아 뒷주머니에 밀어 넣었다. 녀석은 루이가 자신에게 원하는 두 번째 일이 무엇인지 묻지 않았다.

"아까 하던 얘기 기억나? 네 안에 있는 남자의 모습을 보게 될 거라던 얘기. 무릎 꿇어."

"제발 부탁입니다. 원하는 건 뭐든 다 하겠지만……."

"그렇다면 당장 해."

녀석은 다리를 부들부들 떨며 천천히 무릎을 꿇었다. 현실감이 느껴지지 않았지만 분명한 현실이었다. 딱딱한 바닥이 무릎에 닿았고 주방 벽이 그 뒤에 견고하게 서 있었다. 물러설 수 없는 현실이었다. 남자는 눈을 감고 고개를 약간 숙였다.

루이는 바지 앞섶을 열고 자신의 고환을 움켜쥐었다가 느슨하게 했다. 구겨진 속옷 사이에 답답하게 갇힌 채 축축한 습기와 땀에 젖어 있던 고환이 밖으로 나왔다. 그는 움츠러든 성기를 집게손가락으로 꺼냈다. 마치 축축한 고환과 성기에 시원한 바람을 쐬어 주기라도 하듯. 기분이 상쾌했다.

"이제 착한 계집애처럼 발목에 힘을 줘. 그렇지, 잘하고 있어."

루이는 비닐 봉투 안에 든 권총을 꺼내 단숨에 해치웠다. 그런 다음 한 걸음 뒤로 물러섰다. 완벽했다. 상대방이 무릎을 꿇고 있는 상태에서 머리 한가운데로, 정말 가까운 거리에서 정중앙으로 방아쇠를 한 번만 당겨도 상대방은 무릎 꿇은 자세를 그대로 유지한다. 하지만 총을 맞고 쓰러져 죽은 시체를 무릎 꿇은 자세로 세우는 건 힘든 일이다. 그리고 자세도 제대로 잡히지 않는다. 절대로.

하지만 녀석의 자세는 멋졌다. 녀석은 머리 한가운데에 구멍이 난 채 무릎을 꿇고 있었다. 멋진 정도가 아니라 거의 예술 작품 같았다.

아홉 개의 하늘이 있었다. 천구(天球)가 아닌 하늘이. 구름이 떠 있고 바람이 부는 하늘이.

아홉 개의 하늘(단테는 《신곡》에서 자신의 우주관을 펼쳐 보였는데, 그에 따르면 하늘은 아홉 개의 구역으로 나뉘어 있다—옮긴이)이 있었다. 천구가 아닌 하늘이. 그가 알고 있는 모든 진실은 이 아홉 개의 하늘이 드러남으로써 시작되었다.

오랜 세월 하늘을 올려다보며 지낸 그는 하늘을 잘 알고 있었다. 그가 처음으로 알게 된 하늘은 모든 하늘 가운데 가장 진기한 것이었다. 그것은 무한한 하늘이었다. 모든 하늘에는 네 가지 요소가 있었는데, 하늘이 도래하고, 존재하고, 지나가고, 밤이 되는 것이었다. 무한한 하늘은 희미한 빛이 어른거리는 어둠에서 도래했다. 하늘에는 희미한 장밋빛과 모든 하늘에서 보이는 푸른 하늘색이 어른거렸고, 우리 가운데 천사 같은 피부를 지닌 이들의 푸르스름한 혈관 같은 푸른 색조가 아홉 개의 하늘에 어른거렸다.

부드러운 금발을 드리운 그녀의 이마 왼쪽에 푸른 혈관이 도드라져 보였다. 풍성한 머리칼은 단정하게 묶어 탐스럽게 땋았지만, 푸른 혈관이 도드라진 얼굴은 거칠고 야성적이어서 쉽게 굴복하지 않을 것처럼 보였다. 그는 이슬 같은

14

물방울을 한 번 본 적이 있는데, 그녀는 아쿠아 로즈마리나에서 얻은 아주 적은 양의 액상 진주로 머리를 빗었다. 그에게 그것은 무한한 하늘이 밝아 아침이 찾아올 때 내리는 이슬이었다. 그 이슬방울의 무지개는 그의 눈빛 속에 들어와 계속 머물렀고, 그의 눈빛에 그녀의 영광으로 내재하는 듯했다.

이후 그녀의 움직임과 하늘의 움직임은 하나가 되었다.

그녀의 모습이 드러나기 전, 무한한 하늘이 그에게 먼저 모습을 드러냈다. 부드럽고 유연한 등을 풀밭에 대고 누워 땅의 진동을 느끼고 있을 때, 그 광경을 수없이 봐 온 그는 마침내 그 광경을 알아차렸다. 끝이 보이지 않는 거대한 성운이 양쪽으로 갈라지면서 푸른빛 가운데에서도 가장 눈부시게 푸른 하늘이 열렸다. 그의 맥박은 더 이상 들리지 않고 오로지 땅의 진동만 느껴지는 듯했고, 하늘이 열리면서 숨도 멎는 것 같았다. 세상 어떤 것보다 밝게 빛나는 새하얀 성체(聖體)가 눈앞에 너울거리는 듯했지만, 그의 눈에는 보이지 않고 이내 사라져 버렸다. 맥박과 호흡은 느껴지지 않았지만 여전히 숨을 쉬고 있었다. 이글거리는 황금빛 태양에 눈이 부셔 눈을 뜰 수 없었는데 세상에 태어나면서 얻은 모든 감각이 사라진 이후에야, 그는 우리가 태어난 곳 너머에 있다는 걸 비로소 느낄 수 있었다.

바로 그때 기적이 일어났고, 젊은 알리기에리 단테는 다시 어린아이가 되어 부드럽고 유연한 등을 땅에 댄 채 누워 있었다. 아이는 밤이 될 때까지 하루 종일 누워 절대 돌아오지 않을 것을 기다렸다. 광대한 하늘이 한숨이라도 내쉬듯 미묘한 변화만 바라볼 수 있을 뿐이었다.

밤하늘의 빛나는 별은 아이에게 수많은 비밀을 알아내라며 유혹했고, 달은 밤하늘에 보이지 않았다.

나는 AOL 타임 워너에서 출간한 책의 저자로서 말하는 바이다.

살아생전 내가 이런 말을 할 거라곤 생각조차 못했는데, 마음이 불편하면서도 한편으로는 이상하게 즐겁다. 다시 한 번 말하지만, 나는 내가 이처럼 오래 살 거라고는 상상하지 못했다. 운명에는 두 가지 측면이 있는데, 그 두 가지 가운데 어느 것도 마지막까지 모습을 드러내지 않는다. 이제는 불편한 마음도 이상한 즐거움도 느껴지지 않는다. 다만 마지막까지 기다려 온 운명이 그 모습을 드러낼 때라는 것을 느낀다. 이런저런 정황으로 미루어, 가까운 시기에 이런 말을 다시 하지는 않을 것이다. 그리고 이런저런 정황으로 미루어, 나 닉 토시즈는 다시 여기에 없을 것이다.

이제 이런 이야기를 여러분에게 할 수가 없다. 더 이상 아는 게 없기 때문이다. 베일이 아직 벗겨지지 않았다. 하지만 내가 왜 이곳에 왔는지는 말할 수 있다. 그리고 내가 왜 이곳에 왔는지 여러분에게 말해 줄 것이다.

나는 숨을 깊이 내쉬며 내 어두운 과거를 이곳의 어둠 속으로 흩뜨린다. 나는 이 이야기의 어두운 부분만을 밖으로 내쉴 뿐이다. 내 마음속 어두운 교회로 들어온 자가 아무도 없고 내가 다른 영혼의 존재를 언제나 갈망하고 있는 한, 이 어두운 교회는 나와 관련 있을 뿐 내가 여기서 말해야 하는 이야기와는 아무 관련이 없다.

어둠. 너무 오랫동안 지겹게 사용해 온 탓에 그 의미가 사라져 버렸다. 하지만 나는 이곳에서 끊임없이 어둠에 이끌린다. 이 땅에서 보낸 내 삶에는 빛과 행복, 사랑과 즐거움이 있었다. 하지만 그것들 역시 너무 오랫동안 지겹게 사용해 온 탓에 그 의미가 사라졌다. 나는 마침내 그런 단어에 편안해지게 되었다. 나 자신이 너무 오랫동안 지겹게 사용된 탓에 그 의미가 사라져 버렸기 때문이다. 그러므로 나는 여러분에게 이렇게 말하려 한다. 오래되어 지겨운 빛에 무겁게 드리운 오래되어 지겨운 어둠, 오래되어 지겨운 행복, 오래되어 지겨운 사랑, 오래되어 지겨운 즐거움.

더 이상 잃을 것이 아무것도 없기에 나는 열쇠를 돌려 이 교회의 문을 열어젖힌다. 숨길 것도 없고 두려워할 진실도 없다. 나는 애써 단어를 고르지 않을 것이다. 그러한 노고는 내가 이 이야기를 시작하는 나른한 오후처럼 나를 비껴간다.

아, 정말이지 나른한 오후였다. 여름이면 하루하루의 오후가 나른했다. 내가 뉴욕을 떠난 지도 어느덧 한 달이 넘었다. 처음엔 멕시코 남동부 주(州)인 유카탄을 지나 칸쿤을 거쳐 쿠바로 왔다.

늦은 밤, 리듬감 있는 음악과 춤, 룸바와 맘보 음악 소리, 타악기 클라베이스와 드럼을 치는 소리가 라 아바나 비에하에 있는 산타 이사벨 호텔의 창문으로 새어 들어왔다. 그럴 때면 나는 음악 소리가 들리는 아르마스 광장으로 내려가곤 했다. 리듬감이 서서히 잦아드는 곳으로, 더운 밤공기 사이로 소리 없이 위험이 퍼지는 곳을 어슬렁거렸다. 레알푸에르사 요새의 황량한 어둠 속으로, 더러운 선창가를 어슬렁거렸다. 그러면 마치 모습을 감춘 악마가 나를 보고 다시 나타나길 기다리는 것처럼, 이상하게 마음이 차분해졌다. 그러고 나서 음악 소리가 들리던 곳으로 되돌아가면, 그들 역시 연주를 마치고 가 버린 곳에 침묵만 흘렀다. 그러면 나는 다시 호텔 방으로 올라가 잠자리에 들곤 했다.

무더운 한낮에는 오비스포 가(街)의 이발소에 가서 면도를 하곤 했는데, 스페인 사람들이 멕시코를 정복했던 16세기부터 있어 온 유서 깊은 곳이었다. 나는 광장의 그늘진 상점 사이에서 북적거리는 상인들 사이를 배회하며, 바티스타 정권 말기에 사라진 아바나의 유물을 찾아다녔다. 특히 오래된 카지노에서 사용하던 오래된 칩이 남아 있는지 유심히 살폈다. 오래된 카지노 칩이 있는지를 물어보면 상인들은 불편한 기색을 드러냈다. 금지된 역사의 유물이기 때문이었다. 하지만 결국 상인 가운데 한 명이 나를 불러 세우더니 돈을 요구했고, 무법자 신분의 역사가이자 수집가라는 남자의 이름과 주소를 가르쳐 주었다.

나는 그 역사가이자 수집가인 라자로와 함께 어두운 밤거리를 몇 시간 동안 걸었다. 나는 미국인이었고 콤포스텔라 가에 있는 그의 아파트에 감히 함께 갈 수 있었기에, 그는 내가 아무런 위험도 느끼지 않고 자유롭게 말할 기회를 얻었다고 생각하는 듯했다. 하지만 나는 그의 수집품 가운데 몇 개를 구입하는 데 관심이 있었을 뿐이다. 나는 그가 말하는 내용을 그다지 많이 알아듣지 못했지만 가격에 대해서는 귀를 기울였다. 그는 내가 가장 탐내는 물건을 따로 떼지 않고 한꺼번에 팔기를 원했다. 결국 나는 나체 여성을 찍은 흑백 사진을 괜찮은 가격에 구입할 수 있었다. 여자는 '1957년 미스 모델'이라고 적힌 어깨띠만 두르고 미끈한 허벅지에 양쪽 손을 내린 채 환하게 웃는 바티스타 대통령 옆에 서 있었다. 하지만 그 사진은 카지노 칩과 비교하면 아무것도 아니었다. 아바나 리비에라 호텔, 아바나 힐튼 호텔, 카프리 카지노, 세비야 카지노, 트로피카나 카지노, 윌버 클라크 카지노. 진기한 카지노 칩에는 어떤 이름도 적혀 있지 않았지만, 흰 바탕에 그려진 짙은 심홍색 원과 과감한 상징 로고가 더 많은 것을 말해 주었다. 그 상징 로고는 나치의 어금꺾쇠 모양의 만자(卍字)였다. 라자로의 말에 따르면, 만자는 이미 오래전에 잊힌 알레만(독일) 카지노의 상징으로, 1862년 프라도 가와 넵튠 가 사이에 있던 카지노라고 했다.

나는 아바나에서 남쪽으로 향했다. 쿠바 본토에서 카요 라르고 섬으로 향한 것이다. 그 섬 한끝에는 카리브 해에서 가장 아름답고 소박한 해변이 펼쳐져 있다. 도로가 끝나고 야생이 시작되는 반대편 해안에는 금방이라도 쓰러질 것 같은 오두막집이 드문드문 서 있는데, 오두막집마다 '남쪽 리조트의 섬'이라고 적혀 있다. 나는 수많은 도마뱀과 함께 오두막을 사용했다. 오두막 밖에는 몸집이 커다란 이구아나가 조용히 돌아다녔고 커다란 육지 게가 집게발로 요란한 소리를 내며 돌길을 지나갔다. 현관 기둥 사이에는 해먹이 걸려 있었는데, 그것 역시 도마뱀들과 함께 사용했다. 나는 섬에 하나밖에 없는 주유소에서 오토바이를 빌렸다. 하지만 도로가 끝나는 지점부터 오두막까지 이어지는 길은 오토바이로 가기 곤란했기에 도로 근처에 오토바이를 세워 두었다.

어느 날 아침, 나는 섬 반대편 끝에 정박해 둔 새우잡이 배를 타고 바다로 나가 스노클링을 하려고 했다. 오토바이를 타고 도로로 나갔지만 너무 빠른 속도로, 지나치게 넓은 반경으로 달리다가 결국 빙그르르 돌아 도로 반대편에 있는 자갈과 가시덤불 사이에 처박혔다. 고개를 들어 보니 오토바이가 빠른 속도로 나를 향해 돌진해 왔다.

오토바이를 피하려다가 거친 자갈과 가시덤불에 더 깊이 처박혔고, 녹슨 금속과 덜거덕거리는 엔진과 빙그르르 도는 타이어가 나를 덮쳤다. 잠시 후, 나는 떨리는 몸을 애써 움직여 천천히 자리에서 일어났다. 우선 몸에 찔린 가시부터 뽑아냈다. 왼쪽 무릎이 심하게 까진 게 보였다. 상처가 깊었지만 그다지 아프지도 않고 출혈도 심하지 않았다. 나는 그런 상태가 별로 좋은 증세가 아님을 알고 있었다.

오래전 왼쪽 손바닥 가운데를 뼈에 찔린 적이 있었는데, 통증도 별로 없고 피도 많이 나지 않았다. 그러다가 손이 차가워지고 부어오르더니 회색빛으로 변했다. 병원 응급실에 도착하자 의사인지 아닌지 모르지만, 어쨌든 흰 가운을 입은 남자가 정맥혈 응고 증상인데 심하면 목숨을 잃을 수도 있다고 했다. 그가 기이한 모양으로 부어오른 내 손의 엄지손가락과 집게손가락 끝을 최대한 가까이 붙여 보라고 말했다.

두 손가락을 5센티미터 남짓 억지로 붙이자 그가 두 손으로 내 손을 꽉 잡더니 힘껏 눌렀다. 손에서 뿜어져 나온 피가 천장까지 튀었다. 그러고 나서 그는 바늘로 내 손을 꿰맸다.

그런 경험이 있으므로 나는 어떻게 해야 할지 알고 있었다. 뒤집힌 오토바이 손잡이를 오른손으로 붙들어 단단히 고정하고 왼쪽 다리를 약간 구부려 왼쪽 손으로 발목을 움켜잡은 다음, 뒤꿈치가 엉덩이에 닿을 때까지 휙 하고 움직였다. 그러자 피가 솟구치더니 흘러내리기 시작했다. 꿰맬 바늘이 없어 티셔츠를 찢어 무릎에 친친 감은 다음 오토바이를 바로 세우고 다시 도로를 질주했다.

배에 올라타고 나서야 무릎에 감긴 티셔츠를 풀었다. 증세도 그리 나쁘지 않았고 겉보기에도 괜찮은 듯했다. 시가를 피우던 중늙은이 둘이 닻을 올리고 배의 뒷부분을 낮추었다. 나는 무릎을 가리키며, 상처가 났는데 수영을 해도 괜찮은지 선장에게 서툰 스페인어로 물었다.

"바다는 모든 걸 치료해 준다오." 그가 대답했다. 소리 없이 이를 드러내며 씩 웃는 모습이 가관이었다. 짙은 황갈색으로 변한 이빨 여기저기에 금 보철물이 희미하게 빛났고, 검게 그을린 거친 얼굴은 도드라진 혈관과 주름투성이였다. 입에 물고 있는 독한 맛의 갈색 시가는 바싹 말라 있었다.

바다 속 물고기들의 모습은 장관이었다. 나는 물고기 사이를 천천히 유영하며 그 순간을 즐겼다. 잠시 후 수면 바로 아래 물빛이 맑은 곳에 충충한 갈색의 물고기들이 보였다. 무릎에서 흘러나온 피가 깃털처럼 얇게 퍼지는 것을 보고 피 냄새를 맡고 멀리서부터 몰려들었다는 사실을 깨달았다. 그리고 그놈들이 창꼬치라는 사실도 알 수 있었다. 나는 부드럽게 헤엄치던 평영을 멈추고 몸을 회전하며 물살을 일으켰다.

접영, 느릿느릿 기어가듯 헤엄치는 크롤 영법, 죽음의 영법. 나는 숨도 쉬지 못하고 갑판 위로 기어 올라왔다.

"상어라도 만났소?" 선장이 물었다.

"아니요, 창꼬치였습니다." 나는 그에게 말했다. 그가 이를 드러내며 웃는 모습은 여전히 가관이었다.

나는 자리에 앉아 담배를 피웠다. 무릎에 문제가 있는 것 같았고 느낌도 좋지 않았다.

섬에 있는 유일한 의료 시설이라곤 공항에 위치한 약국이었다. 간호사가 금방 회반죽처럼 딱딱하게 굳는 흰색 물질을 면봉에 묻혀 내 무릎에 발라 주었다. 오두막에 도착했을 때 내가 할 수 있는 일은 해먹까지 걸어가 그 위에 눕는 것뿐이었다.

회반죽처럼 굳은 무릎으로 주춤주춤 해먹까지 걸어가 그 위로 올라가는 나를 행색이 초라한 오두막 관리인이 지켜보았다. 해먹에 누워 다리를 뻗자 무릎이 욱신거렸다. 이제는 내가 그를 지켜보았다. 그는 저 멀리서 손에 고리 장식을 들고 허리춤엔 날이 넓적한 칼을 차고 높은 야자수 위로 올라가고 있었다. 잠시 후 그의 모습은 야자수 나뭇잎에 가려 보이지 않았다. 풀이 무성하게 자란 바닥에 코코넛 두 개가 떨어졌다.

그가 미소를 지으며 다가오더니 현관 모퉁이에 앉아 코코넛을 내려놓았다. 그러고는 날이 넓적한 칼을 능숙하게 놀려 커다란 초록색 코코넛 윗부분의 껍질을 벗긴 다음 두 번째 것도 벗겼다. 코코넛을 옆으로 눕힌 다음 힘껏 칼로 내리쳐 뚜껑을 열었다. 그러고는 자리에서 일어나 코코넛 맛을 본 다음 내게 넘겨 주었다. 갈증을 풀어 줄 코코넛은 낯선 청년의 친절과 함께 마치 하늘에서 내려 준 선물 같았다. 청년은 나머지 코코넛을 현관의 나무판 위, 해먹 기둥에 기대어 놓았다.

그러고 나서 미소를 지으며 그곳을 떠났다. 그날 저녁, 청년은 내게 음식을 가져다주었다.

나는 그곳에서 며칠 동안 그렇게 누워 있었다. 바다에서 들려오는 파도 소리와, 미소 띤 얼굴로 이따금 찾아오는 청년 외엔 아무 일도 없었다. 나는 담배를 피우고, 고통스러워하며 잠을 잤다. 통증은 언제나 달갑지 않았다.

약국에서 일하는 간호사가 나를 찾아왔다. 무릎이 심하게 부어오른 탓에 회반죽을 바른 것 같은 딱딱한 자국이 벌어져 갈라졌다. 상처를 살피는 그녀에게서 불안한 기색이 엿보였다. 그녀는 내 이마를 짚어 보고, 심장 박동 소리를 듣고, 무릎의 갈라진 부분에 코를 대고 냄새를 맡았다. 그녀가 내게 무슨 말인가를 했다. 그녀의 말은 거의 알아듣지 못했지만 괴저라는 단어는 분명하게 들렸다.

카요 라르고는 좁고 작은 섬이었다. 내가 머물고 있는 곳에서 1.5킬로미터도 떨어져 있지 않은 북쪽 해안가는 뿌리가 지상으로 뻗어 숲을 이루는 맹그로브 나무와 습지뿐이었고, 모기와 그에 관련된 질병이 창궐하는 곳이었다. 택지와 늪에서 나오는 독기가 멀리까지 퍼지는 덥고 습한 섬이었지만 남쪽에서 바람이 불어오면 어떤 질병에 감염될 위험도 없는 곳이었다. 간호사는 매주 도착하는 비행기로 더 많은 의약품, 하다못해 항생제라도 구할 수 있기를 바랐지만 내게 도움이 될 만한 의약품은 아무것도 오지 않았다.

의약품과 식료품. 쿠바에서는 이런 것들을 구하기가 힘들었다. 종이도 마찬가지였다. 간호사는 싸구려 종이를 자로 조그맣게 찢은 종잇조각을 가져왔는데, 각각의 종잇조각에는 '의료 서비스'라는 글씨가 보라색 잉크로 희미하게 찍혀 있었다. 그녀는 종잇조각에 내게 필요한 의약품 중 하나인 '설파다이아진(Sulfadiazina de plata)'을 적었다. 그녀가 적은 대문자 S가 매우 섬세하고 유려해 보였다. 그녀는 당장 아바나로 가서 이 약품을 구해야 한다고 말했다.

카요 라르고에서 아바나까지 가끔씩 운항하는 항공편은 내일 아침에 있었다. 국영의 쿠바 항공이 보유하고 있는 스물여섯 대 가운데 대부분이 프로펠러 두 개가 장착된 안토노프24기 같은, 러시아에서 처분한 고물 비행기였다. 안토노프24기는 최근 산티아고에서 추락해 탑승하고 있던 마흔네 명의 승객 전원이 사망했다. 설상가상으로 쿠바 항공에는 악재가 연이어 겹쳤다. 안토노프24기 추락 사건 후 러시아에서 처분받은 항공기 두 개가 며칠 간격으로 추락해 마흔일곱 명이 사망했다.

지난 사흘 동안 이곳에 누워 있던 나는, 계속 편안히 누워 있고 싶었다. 괴저. 수많은 승객의 목숨을 빼앗아 간 쿠바 항공기. 북쪽으로 1.5킬로미터도 채 떨어져 있지 않은 늪지에서 퍼지는 독기가 후덥지근한 바람이 불어오길 기다리는 곳. 상관없었다. 난 그저 이곳에 누워 있고 싶을 뿐이었다.

간이 화장실을 갈 때나 볼일이 있어 오두막으로 향할 때면, 나는 다치지 않은 다리에 온 힘을 싣고 마음씨 좋은 청년이 숲의 끝자락에 있는 단단한 나뭇가지를 잘라 손수 만들어 준 지팡이를 왼손으로 꼭 움켜잡았다. 이제 해먹에서 내려온 나는 지팡이를 쥐고 있지 않았다. 잠시 가만히 자리에 서서 양쪽 다리에 똑같이 힘을 주었다. 그런 다음 다치지 않은 다리를 들어 올렸다. 그리고 발걸음을 내디뎠다. 눈앞에 펼쳐진 해변은 인적 없이 한적했다. 나는 몸을 한쪽으로 기울여 비틀거리며 바다를 향해 힘겹게 발걸음을 떼었다. 부서지는 파도가 나를 덮쳤다. 나는 젖은 모래사장에 앉아 두 팔을 뒤로 뻗어 몸을 고정하고 두 다리를 뻗은 뒤 고개를 젖혔다. 두 다리가 바닷물에 쓸려 가는 느낌이었다. 파도는 내 몸을 씻어 주었다. 바닷물이 닿자 바늘을 찌르는 것처럼 무릎이 욱신거렸고, 회반죽 같은 자국이 모래투성이 거품에 벌어지고 긁히더니 결국 씻겨 내려갔다. 속살이 드러난 상처 자국은 소금기 있는 바닷물이 닿자마자 벌겋게 부어올랐다. 나는 고개를 들고, 바닷물을 황금빛으로 물들이며 뉘엿뉘엿 넘어가는 석양을 바라보았다.

"바다가 모든 걸 치료해 줄 거야." 나는 호기롭게 말했다. 무슨 생각으로 그런 말을 했는지는 나 자신도 알 수 없었지만, 내 말소리와 헛헛한 웃음소리는 황금빛 바다에서 밀려오는 파도 소리에 묻혀 들리지 않았다.

며칠 동안 치료를 받으며 숨 막힐 듯 무덥고 더럽고 비루한 도시 아바나를 돌아다니다 보니, 길거리의 리듬감 있는 음악이 더 이상 귀에 들어오지 않았다. 음악 소리가 있는 그대로 들렸기 때문이다. 아무 감흥도 없이 관광객들을 위해 기계적으로 반복하며 흉내 내는 소리는 짜증스러웠고, 잠을 방해하는 소음에 지나지 않았다.

　나는 여전히 알지 못했다. 한동안 내 머릿속을 무겁게 짓누르고 있는 생각이 바로 죽음이라는 것을.

　불과 몇 주 전만 하더라도 난 한밤중에 그 음악에 매혹되어 죽음이 도사리고 있는 곳으로 향했다. 하지만 이젠 아무것도 아니었다. 나를 매혹했던 음악도, 나를 이끌었던 장소도 아무것도 아니었다. 그렇다, 어렴풋한 죽음의 그림자가 내 혈관 속으로 들어왔었다. 몇 주 전만 하더라도 그 위험에 무감각하고 무관심했는데, 이제야 혈관이 진정한 흔들림과 리듬을, 진정한 밤과 진실 속에 숨은 어두운 그림자를 애타게 갈구하고 있었다.

　나는 남쪽 바다에서 들려오는 음악 소리를 들었고, 창조와 파괴에서 비롯되는 전지전능한 포효를, 모든 죽어 가는 영혼을 쓸어버리는 끊임없는 파도의 울음소리와 자장가와 비가(悲歌)를 들었다. 나는 진정한 것에서 울리는 진정한 흔들림과 리듬을 찾아냈다. 캄캄한 밤에 혼자 해먹에 누워 있노라면, 끝을 알 수 없이 무한히 빛나는 별과 그림자가 한데 모여든 것 같은 구름이 그 포효와 울음소리와 자장가와 비가에 맞추어 정처 없이 표류하는 것처럼 보였다. 시작도 없고 끝도 알 수 없는, 이 세상에 영혼을 데려다 주고 영혼을 데려가 버리는 그 웅장하고 치명적이면서도 신성한 음악 소리에 맞추어. 어두운 밤 해먹에 혼자 누워 있으면 내 혈관 속에 흐르던 기이한 갈증이 잦아들었고, 한낮의 갈증은 마음씨 좋은 청년이 가져다주는 신선한 코코넛으로 이내 잦아들었다. 어두운 밤, 그곳에 혼자 누워 있으면 바다가 나이 든 이방인처럼 느껴졌다. 마음씨가 좋거나 사악하다고 단언할 수 없는 나이 든 이방인, 내 안에 들어와도 내 의지력이나 머리로는 이해할 수 없는 존재.

"잘 들어 봐." 어느 날 밤 나는 낮은 목소리로 속삭였다. 나 자신에게, 혹은 눈에 보이지 않는 누군가에게, 혹은 내 혈관 속에서 요동치는 신비로운 존재에게, 혹은 내 마음속 성전에 모여든 영혼들에게 속삭였다. "그들이 우리의 노래를 들려주고 있어."

내 혈관 속에서 죽음은 얼마나 오랫동안 도사리고 있었던 걸까? 나는 양막(羊膜)의 수의를 입은 채 이 세계로 들어온 걸까? 나 자신의 울음소리 역시 구슬픈 비가였을까? 기억은 다른 어느 것보다 더 오랫동안 나와 함께 있었으므로, 기억은 내게 무언가를 말해 줄지도 모른다.

처음으로 다른 사람의 삶을 살기 시작했을 때, 내 나이 여섯 살이었다.

나는 정말 그 단어를 썼던가?

맙소사, 엉터리 장엄함을 그런 엉터리 미사여구로 표현했다니…….

글을 쓰는 고약한 버릇은 쉽게 떨쳐 버릴 수 없다. 글쓰기는 고통의 극한까지 몰고 간다. 죽음이 다가올 때의 헨리 제임스를 보라. 고통스러운 발작이 일어도, 침이 흐르고 콧물이 흘러도 한 단어 한 단어 찾아내는 일을 멈출 수 없다. "아, 드디어 적확한 단어를 찾아냈어."

그걸 가장 잘 보여 준 작가가 플로베르인데, 단어에 대한 작가의 병적인 집착이 어떤 것인지를 우리에게 명확하게 보여 주었다. 나는 다른 어떤 경이로운 것보다 글을 읽으면서 내 마음속에 그 병적인 집착이 있다는 걸 알아냈는데, 그 집착은 교활한 매춘부의 기교보다 나을 게 없었다.

플로베르는 이렇게 말했다. "단어의 성향은 좋지도 나쁘지도 않은 성정을 숨기고 있다. 마치 마음이 충만한 영혼은 텅 빈 비유로도 넘쳐흐르지 않는 것처럼. 그에게 필요한 것, 그의 생각이나 고통을 표현하는 정확한 단어를 가르쳐 주는 사람은 아무도 없다. 인간의 언어는 우리가 별들이 감흥을 불러일으켜 연민을 자아내려 할 때, 곰이 춤추도록 만드는 음악을 연주하기에 적당한 낡고 오래된 큰북에 우리의 멜로디를 연주하는 것과 같다."

플로베르는 자신이 말하고자 하는 바를 표현할 적확한 단어를 찾기 위해 끊임없이 괴로워했다. 그가 위의 글을 쓴 후 마지막 소설을 탈고하면서, 가장 적확한 단어는 바로 너무나 오랫동안 지겹게 사용해서 그 의미조차 사라져 버린 단어였음을 깨달은 건 그로부터 20년이 지나서였다. 에즈라 파운드는 '적확한 단어'라는 말을 꺼냈지만, 자신이 평생 동안 써 온 역작을 실패작으로 볼 수밖에 없었다. 그는 57년 전에 쓰기 시작한 시의 마지막 구절에 "나는 천국을 쓰려고 애썼다."고 말했다. 하지만 천국은 위대한 시인의 위대한 힘을 넘어서는 것이었다. 세월이 지나 현명해진 에즈라 파운드가 천국은 말로 표현할 수 없음을 깨달았기 때문이다. 그러므로 오래전 호메로스의 시처럼 웅장하게 솟아오르던 파도는 '암초에 부딪혀 전복되면서' 잔잔해졌다.

내가 써 온 것을
신이 용서해 주기를
내가 써 온 것을
내가 사랑하는 이들이 용서해 주기를

그렇다. 설령 잠시 천국을 보았다 하더라도, 천국을 말로 표현할 수는 없다.

움직이지 마라
저것이 천국이라 말하는
바람의 소리를 들어라

　때로는 이 지혜의 경구가 에즈라 파운드의 딸 메리 드 라세윌츠가 이탈리아
어로 번역한 글보다 훨씬 더 아름답게 들린다.

Non ti muovere,
Lascia parlare il vento
Cosi e Paradiso

　'적확한 단어'는 침묵이다. 아마 조만간 이 지혜의 침묵으로 나아가겠지만,
지금 그것을 향해 나아가지 못하면 나는 전업 작가로서의 힘든 삶을 관둬야 할
것이다. 교활한 매춘부의 기교는 이제 모두 저버려야 한다. 그저 나아가야 한
다. 그 단순함에 우아함을 더할 시간은 없다. 내가 지금껏 써 온 글을 되돌아보
며, 잠시 멈추거나 곰곰이 생각할 시간이 남아 있지 않기 때문이다. 나는 내가
쓴 글을 책이라 여기지 않고 유서나 고백으로 여긴다. 하지만 그런 것에 신경
쓰면 이 이야기를 마칠 수 없다. 내게 얼마나 많은 시간이 남아 있는지 모르기
때문에 예전보다 더 거침없이 앞으로 나아가야 한다. 이 글과 이야기가 끝나기
전에 내가 먼저 죽어서는 안 된다. 그것은 내 죽음의 일부분이자 유서나 고백일
뿐만 아니라, 반드시 보내야 하는 문자로 쓰인 폭발물이다. 우리가 문화라 부르
는, 우리가 역사라 부르는 것의 얼굴과 손을 날려 버릴 폭발물. 운 좋게 이 글과
이야기를 끝마칠 수 있다 해도, 내가 남아서 논쟁을 벌이지 않을 것이므로 이
글은 발표되지 않거나 파기될 것이다. 하지만 난 여기에 안주해서는 안 된다.
게다가 이 글은 내가 가장 신임하는 사람, 진실의 폭발물이 문학의 형태를 초월
한다고 여기는 사람에게 전해질 것이다. 따라서 나는 우아함과 문학적인 관심
사는 제쳐 두고 앞으로 나아가야 한다. 다른 모든 것을 압도하는, 오직 진실만

을 향해 힘껏 달려야 한다. 아니다, 이건 책이 아니므로 나를 작가라 단언할 수
도 없다. 그런데 도대체 그게 왜 중요하단 말인가? 내 글을 읽는 대부분의 사람
들은 좋은 작품과 나쁜 작품을 구분하지 못한다. 나는 곧 세상을 뜰 것이고, 그
리고 사람들의 기억 속에서 이내 사라질 것이다. 열두어 권의 책 가운데 두세
권 그리고 몇 편의 시가 나를 대변해 줄 것이다. 그런데 이미 말한 것처럼, 그게
왜 중요하단 말인가? 헤밍웨이가 멋진 말을 했다. "후대는 스스로를 잘 보살필
수 있지만 스스로를 망가뜨릴 수도 있다." 배가 불룩 튀어나온 그 작가가 쓴 글
가운데 최고의 문장일지도 모른다. 그러므로 매춘부처럼 교활한 기교를 부리던
나날의 달콤하면서도 역겨운 것의 흔적, 다른 이의 목숨을 빼앗았던 말과 그런
하찮은 일들은 모두 버려야 한다. 나는 그런 멍청한 작가로서의 난센스에 빠져
있는 나 자신이 넌덜머리 난다. 이제 곧 담배를 피우고, 커피를 끓여 마시고, 면
도를 할 것이다. 새벽이 밝아 온다. 일요일 아침이다. 주님의 날.

그렇다. 처음으로 살인을 저질렀을 때, 난 여섯 살이었다. 그는 나보다 두 살
정도 많았던 것 같다. 비가 내리던 음침한 오후였다. 유리 공장 가까이 있는 한
적한 길거리에서 그를 죽였는데, 공장이라기보다는 쓰레기장에 가까운 곳이었
다. 오래전부터 방치된 유리 더미 너머로 높다랗게 솟은 철제 울타리가 녹은 채
휘어져 있었다. 그곳에서 일하는 사람도 없고 공장을 가동하는 흔적도 찾아볼
수 없었지만, 사람들은 여전히 그곳을 '유리 공장'이라 불렀다. 예전엔 좋은 시
절이었다. 멀리 시내를 내려다보면 탁 트인 하늘과 오래전부터 서 있는 웅장한
건물밖에 보이지 않던 시절. 버려진 창고와 공장, 텅 빈 주차장, 점점 더 황폐해
지는 부두, 지저분한 뒷골목, 아이들이 끊임없이 찾아내는 보물 창고 같은 공간
으로 가득 찬 도시의 황폐한 지역이 동화책에 나오는 매혹적인 숲만큼이나 낭
만적이고 멋져 보이던 시절. 하지만 이제 시내에서 내다보이는 전망은 엉망이
되었다. 그저 추하고 밋밋하고 평범하기 그지없는 거대한 고층 건물들만 들어
서 있다. 쓰레기 매립지에는 좀 덜 추하고 덜 밋밋하고 덜 평범한 건물이 들어
섰고, 버려진 창고나 공장에는 '인테리어 제품'으로 가득 찬 고급 상점이 들어
섰다. 텅 빈 주차장에도 똑같은 상점이 들어섰다. 뒷골목은 출입을 막아 버렸

고, 점점 더 황폐해지던 부두는 사라지거나 '놀이 공간'과 황량한 '해안 드라이브 길'로 변했다. 심지어 아이들도 이제 더 이상 어린 아이가 아니었다. 그들은 찢겨 나간《뉴욕 타임스》의 '생활' 섹션처럼 하잘것없는 존재이고 '인테리어 상점' 안에 있는 '육아' 제품들이고, '우호적인 레크리에이션 공간'에서 '건설적인 활동'이나 '소중한 시간'에 얽매여 있다. '정치적으로 올바른' 서적과 컴퓨터, 텔레비전을 보고, 가끔씩 '폭식'과 '가벼운 간식'으로 이루어진 '균형 잡힌 식단' 때문에 영양실조에 걸리고, 배회할 곳도 없고, 상상력과 자유도 없고, 에어로빅으로 건강을 유지하며 초음파로 검사한 자궁에서 나와, 그 시대에 유행하는 이름을 얻고, 생명이 없는 불모의 공간에서 태어나 생명이 없는 불모의 운명을 살아가는 존재들이다.

나는 다시 배회하고 있지만 그래서는 안 된다. 게다가 그런 일에 누가 신경이라도 쓴단 말인가? 이 세계와 인류에 관심 있던 시기가 있었지만 그 시간은 이제 지나 버렸다.

어쨌든, 그 아이는 오래된 신문이 가득 실린, 낡고 오래된 붉은색 손수레를 끌고 있었다. 내가 그에게 다가갔을 때 혹은 그가 내게 다가왔을 때, 그가 손수레를 앞에서 끌고 있었는지 혹은 뒤에서 끌어당겼는지 잘 기억나지 않는다. 하지만 그가 정육점에서 쓰는 칼을 내게 겨누었던 것과 그가 했던 말은 분명히 기억난다.

"야, 꼬마야, 죽고 싶어?"

무서웠다. 하지만 시간이 지나면서 나를 무섭게 했던 건 그 칼도 그 소년도 아니라는 사실을 깨달았다. 나를 무섭게 했던 건 그가 던진 말이었다. 주저하는 듯 섬뜩한 느낌, 그 주저하는 듯 섬뜩한 느낌을 희미하게나마 알아차리자 마음속에 두려움이 일었다. 어린아이였던 나는 그 상황을 분명히 묘사할 수도, 이해할 수도 없었지만 느낄 수는 있었다. 나는 무서웠다.

이상한 종교에 빠져 항상 이곳저곳 떠돌아다니는 작은할아버지가 내게 충고를 해 주었다. 혼자 길을 가다가 낯선 사람이 다가오면 제일 먼저 해야 할 일이 주변에 버려진 맥주병이나 음료수 병을 찾아 아랫부분을 내리쳐 날카로운 무기로 사용하라고 했다. 난 그런 상황에 처했고, 그 낯선 사람이 다가오는 것도 보지 못했다. 나는 손에 아무것도 움켜쥐지 않은 채 깨진 유리 더미 위에 서 있었다. 그래서 남자아이의 정강이를 있는 힘껏 세게 걷어찼다. 그의 손에서 정육점 칼이 떨어졌고 나는 그것을 집어 들어 그를 찔렀다. 그가 뒤로 넘어져 붉은 손수레의 손잡이에 부딪히더니 얼굴을 위로 향한 채 바닥에 나동그라졌다. 나는 얼른 그를 덮쳐 뼈가 잡히는 야윈 배 위에 걸터앉아 정육점 칼로 그의 야윈 목을 갈랐다. 그러자 먼저 그의 목소리를 앗아 갔고 곧이어 그의 목숨까지 앗아 갔다. 나는 그를 죽이지 않았다. 내가 죽인 건 그가 내게 던진 말이었다. 그는 자신이 던진 말과 함께 저세상으로 갔다.

보통 어린아이들이라면 가장 중요한 장기이자 치명상을 입힐 수 있는 심장을 찌를 것이고, 아무리 철부지라 하더라도 심장이 어디 있는지는 안다. 하지만 난 목을 베었다. 아마도 작은할아버지와 할아버지 형제들 그리고 다른 가족들이 보여 주던 몸짓, 날카로운 엄지손톱이나 집게손가락으로 목을 베는 시늉을 하던 모습을 자주 봐 온 영향인 것 같았다. 가족들은 상대방에게 악담을 퍼붓거나 위협할 때 혹은 자신의 의도를 분명히 보여 줄 때 그런 동작을 취했다. 특히 아브루초에서 태어나 푸글리아 출신의 낯선 할아버지에게 시집온 할머니는 세상살이에 너무 지쳐 자살하거나 모두 죽여 버리고 싶을 때면 그런 동작을 하곤 했다. 쿠바에서 땀을 흘리며 누워 있으면서 죽음이 내 혈관 속에 얼마나 오랫동안 머물렀는지 궁금해진다. 가족들이 목 베는 시늉을 하던 모습은 내 어린 시절의 행동에 영향을 미쳤겠지만, 좀 더 본능적이고 즉각적인 반사 작용을 느꼈던 것은 아닐까? 그 남자아이가 내뱉은 말이 목구멍에서 튀어나왔기에.

나는 피 묻은 칼을 여전히 손에 쥔 채 한동안 걸어갔다. 칼을 계속 지니고 싶었지만 증거물을 없애야 한다는 것을 알았다. 길거리 모퉁이 하수구 구멍으로 칼을 던졌다. 오른손에 묻어 있던 피는 이미 끈적끈적해져서 갈색으로 변하고 있었다. 나는 셔츠나 바지에 피를 닦아서는 안 된다는 걸 알고 있었다. 불안하고 온몸이 떨렸지만 내가 저지른 행동에 대한 죄책감이나 수치심은 들지 않았다. 그 후 오랜 세월이 지나는 동안 늘 죄책감과 수치심에 시달리면서도, 그 음침했던 유년 시절의 기억에 대한 죄책감이나 수치심을 느낀 적은 단 한 번도 없었다. 죽은 사람들이 항상 꿈속에 나타나 마음이 찜찜했지만 그 소년이 꿈에 나타난 적은 한 번도 없었다.

가장 난처했던 건 다음 해에 첫 번째 영성체를 받는 일이었다. 첫 번째 영성체를 받기 위해서는 우리처럼 비루한 공립 학교를 다니는 아이들은 주일 학교에 참가해야 했고, 종교 단체의 원조를 받는 학교 아이들이 매일 받는 종교 수업의 최소한의 분량이라도 들어야 한다고 했다. 뿐만이 아니었다. 매주 주일 학교를 시작하기 전 미사에 참석할 것을 강요했다. 수녀들은 성당에 가서 우리가 미사에 참석하는지를 확인했고, 미사에 참석하지 않으면 주일 학교에 오는 걸 허락하지 않았다. 그리고 주일 학교에 참석하지 못하면 첫 번째 영성체도 받지 못했다. 그렇게 해서 나는 하느님과 성찬식과 설교와 수녀님을 알게 되었고, 결국 그것은 필연적으로 첫 번째 고해 성사로 이어질 수밖에 없었다. 고해 성사를 하지 않으면 첫 번째 영성체를 받을 수 없었다. 일곱 살짜리 아이가 뭘 고백하겠는가? "신부님, 제가 지은 죄를 용서해 주세요." 하지만 무슨 죄를 용서한단 말인가? 마음씨 좋은 수녀들이 우리에게 몇 가지 중죄를 가르쳐 주었다. '물건을 훔치거나, 부모님을 공경하지 않거나, 부모님의 말을 듣지 않은 죄.' 하지만 나는 마음속으로 외쳤다. '뭐라고요? 그것 말고 다른 죄도 얼른 말씀해 주세요.' 그러한 상황에 처했을 때 일곱 살짜리 아이가 어떻게 할 수 있었겠는가? 그 나이 또래에 흔히 저지르는 '수음한 죄'도 아직 목록에 들어 있지 않았다. 그로부터 5년이 지나서 나는 수음을 하고, 담배를 피우고, 술을 마시고, 본격적으로 강도 짓을 하기 시작했다. 그리고 단언하건대, 난 그때까지 어느 누구에게도 고백이란 걸 해 본 적이 없었다. 하지만 여섯 살에 죄를 짓고 성찬식과 고해 성사를 해야 하는 건 나로서는 무척 힘든 일이었다. 수녀들도 나빴다. 죄를 고백하지 않으면 하느님이 엄마를 쓰러뜨려 죽인다고 말했다. 강아지를 걷어차고 참회하지 않으면 절름발이가 된다고 했다. 고해 성사를 하러 가는 대신 영화관에 가면 영화를 보고 돌아오는 길에 트럭에 치여 죄 사함을 받지도 못한 채 지옥으로 직행한다고 말했다. 어떤 소년은 이런 짓을 저질렀고, 또 어떤 소년은 저런 짓을 저질렀다. 소년. 항상 소년들이 문제였다. 밤이 되면 음탕한 짓을 하고 성당 헌금함을 뒤질 수녀들의 말을 들어 보면, 여자아이들에게는 아무 죄도 없었다. 아담이 선악과를 따먹고 있을 때 하와는 멀리 떨어져 자선 사업이라도 벌이는 것 같았다. 나중에 사춘기가 찾아왔을 때, '수음'에 대해 여자아이들에게는 넌지시 말하는 법도 없었다. 사춘기에 이른 몇몇 여자아이들은 수음하는 우리의 죄를 덜어 주기 위해 최선을 다하기도 했다. 그러니까 결국, 여자아이가 자신의 손으로 수음을 해 주었다는 뜻이다. 하지만 당시에도 요령을 알았고, 어느 성직자를 멀리해야 하는지 알 수 있었다. '얼마나 자주?' 그리고 '어떤 종류의 음탕한 생각을 하는지?'를 묻는 성직자들을 멀리해야 했다.

하지만 여섯 살의 나이엔 그런 성직자들과 함께 고해 성사실로 들어간다는 생각만으로도 겁이 나고 온몸이 오싹했다. 수녀들도 중요한 한몫을 했다. 모든 죄는 십자가에 못 박힌 예수에게 또 다른 상처를 주는 거라고 했다. 그런 말은 한마디도 믿지 않았지만 여전히 겁이 나고 온몸이 오싹했다.

그리고 나는 지금 이곳에 있다. 나는 살인이 중죄임을 알았다. 십계명에도 나오는 중죄였다. 하지만 십계명 가운데에서는 그다지 순위가 높지 않았다. '성부와 성모를 영광스럽게 하라'보다 하위에 있었지만, '살인을 저지르지 마라'는 항목은 어쨌든 십계명에 나왔다. 나는 그 후 몇 년이 지나서야 실제로 성서를 보게 되었다. 여섯 살 때 주일 학교에서 십계명을 외워야 했는데, 나는 지금 그 십계명이 적힌 성서를 보고 있다. 처음에는 어디선가 들은 것처럼 친숙했다. "내 앞에 다른 신을 섬기지 마라." 하지만 곧이어 "왜냐하면 나 전능한 하느님은 질투하는 하느님이기 때문이다."라는 구절이 나왔다. 주일 학교에서는 왜 그런 구절을 외우게 하지 않았을까? 적어도 그런 구절이 있다는 것은 알려 줘야 했다. 정말 '전능한 하느님은 질투하는 하느님일까?' 그게 무슨 뜻일까? 실즈가 부르는 〈넌 기만했어〉의 모자이크 버전일까? 아니면 디온 앤드 더 벨몬츠가 부르는 〈속임수 고소 사건〉 혹은 하비 앤드 문글로스의 〈사랑의 십계명〉의 모자이크 버전일까? 성서에 나오는 신은 자신이 선택한 백성들이 다른 신을 절대 곁눈질하지 못하도록 분명히 하는 데 집착한 나머지, 여기저기서 벌어지는 살인은 미처 보지 못한 듯싶었다. 십계명을 온통 그 구절로 채우려는 것처럼 '내 앞에 다른 신을 섬기지 마라'는 구절이 계속 반복해서 나온다. 그러고 나서 '살인하지 마라. 간음하지 마라. 남의 물건을 훔치지 마라'가 나온다.

하지만 당시 여섯 살이던 나는 고해 성사실 안으로 들어가 말해야 한다는 생각만으로도 겁이 나고 온몸이 오싹했다. 좁은 고해 성사실 안으로 들어가 사람을 죽였다고 고백할 생각을 하자 두려움으로 머릿속이 하얘졌다. 비록 주일을 지키지 않고 일을 하거나 부모를 공경하지 않는 죄보다 살인하는 죄를 더 하위에 둔 하느님이라 할지라도, 나는 두려움으로 머릿속이 하얘졌다.

나는 작은할아버지를 만나러 갔다. 그는 사람들과 어울리지 않고 혼자 차고에 있었다. 차라곤 한 대도 구경할 수 없는 차고였다. 심지어 차고조차 작은할아버지 소유가 아니었다. 그는 반바지를 입고 양말도 신지 않고 끈 없는 낡은 크로커다일 운동화를 신은 채 야외용 의자에 앉아 있었다. 소매가 달린 흰색 셔츠는 단추도 잠그지 않은 채 바지 속으로 집어넣지도 않았고, 바지와 어울리지도 않았다. 모자챙이 옆으로 기울지 않고 뒤로 젖혀진 중절모를 쓴 채 기니 여송연을 피우고 있었는데, 평소와 별로 다름없는 모습이었다.

"어서 와, 애늙은이." 작은할아버지가 말했다.

"네, 할아버지." 내가 대꾸했다.

"귀신이라도 본 표정이구나. 무슨 일 있었어?" 그가 물었다.

그는 내 손에 말라붙은 검붉은 핏자국을 보고도 아무 말 하지 않았다.

"어떤 아이를 죽였어요." 내가 말했다.

"언제?"

"방금요."

"어디서?"

"유리 공장 근처에서요."

"어떻게?"

"목을 벴어요."

"근처에 사는 아이냐?"

"한 번도 본 적 없어요."

"날붙이는 어디 있어?" 내가 날붙이라는 말을 못 알아듣자 작은할아버지가 재차 물었다. "칼 말이야, 칼은 어디 있어?"

"하수구에 버렸어요."

"들어가서 씻어라." 그가 벽 근처에 있는 작업장을 가리켰다. 간혹 작은할아버지를 만나러 차고로 찾아오는 사람들이 있었다. 작은할아버지는 탁 트인 차고 입구에서 그들과 앉아 있기도 했고, 좀 더 은밀한 뒤쪽으로 그들을 불러들이기도 했다. 바로 그 뒤쪽에 세면대가 있었다. 손에 묻은 피를 씻어 내자 기분이 한결 나아졌다. 작은할아버지야말로 나의 진정한 성직자였고, 목소리를 높이거나 나를 윽박지르지도 않았다.

"왜 그랬어?"

"내게 큰 칼을 겨누면서 죽고 싶냐고 물었어요."

"그럼 넌 가만히 있었는데 그쪽에서 먼저 시비를 건 거야?"

"네."

"기분은 어때?"

"괜찮아요, 이젠. 이제 괜찮아요."

"앞으로도 계속 이런 짓을 저지를 거냐? 거친 남자라도 된 기분이야?"

"아니요."

"맞아, 넌 거친 남자가 아니야. 내가 늘 하던 말을 기억해라. 반드시 지켜야 하는 황금률. 네 이웃을 사랑하라."

"네."

"그리고 네가 만났던 그 남자아이처럼 되면 안 돼. 누구에게도 허튼소리를 해서는 안 돼."

"네."

"좋아, 누구에게도 허튼소리를 해서는 안 돼. 그리고 내가 어떻게 하라고 말했지?"

"누구에게도 허튼소리를 하지 말고, 누구에게도 허튼소리를 듣지 마라."

34

"그래서 넌 허튼소리를 듣지 않은 거야."

"네."

"그 아이가 근처에 살지 않는 건 확실하냐?"

"네. 이전에 한 번도 본 적이 없어요."

"이리 오너라."

내가 가까이 다가가자 작은할아버지는 내 머리를 쓰다듬으며 헝클어뜨렸다.

"할아버지?"

"왜?"

"고해 성사를 할 때 방금 했던 말을 해야 하나요?"

"고해 성사라니, 그게 무슨 소리냐?"

"첫 번째 영성체를 받으려면 고해 성사를 해야 돼요."

"하느님은 어디에든 계시단다, 그렇지?"

"네."

"그리고 하느님은 모든 걸 들으신단다, 그렇지?"

"네. 하느님은 모든 걸 보시고 모든 걸 들으세요."

"그렇다면 하느님과 신부님 중에서 누가 더 중요하니?"

"하느님."

"그렇다면 하느님께서는 방금 네 고해 성사를 들으셨단다. 넌 분명하게 말했어. 그건 나도 들었고 하느님도 들었어."

"작은할아버지는 그런 식으로 고해 성사를 하나요?"

"난 그런 식으로 고해 성사를 한단다."

"그게 전부예요? 그럼 죄가 없어지나요?"

"넌 죄를 짓지 않았어. 그 어리석은 놈이 아무 이유도 없이 네게 칼을 겨눴던 거야. 그러니까 죄를 지은 건 그놈이야. 하느님은 널 통해 그를 벌하신 거야."

"고맙습니다."

"우린 친구지, 그렇지?"

"네, 우린 친구예요." 나는 환하게 미소 지었고, 작은할아버지의 눈가에도 미소가 번졌다.

"기억해라. 우리 두 사람과 하느님만 아는 이런 이야기는 아주 특별한 거란다. 이런 얘기는 어느 누구에게도 해서는 안 돼. 그거야말로 죄를 짓는 거다. 아주 무거운 죄를."

나는 무슨 말인지 알아들었다. 그리고 무엇보다, 나는 용서받았다.

나는 그 이야기를 어느 누구에게도 하지 않았고, 그로부터 13년이 지나 또다시 사람을 죽였다.

하지만 그건 아무 상관 없는 일이었다.

"야, 꼬마야, 죽고 싶어?"

쿠바의 오두막 해먹에 누워 죽음을 느끼며 바다에서 들려오는 소리를 듣고 있자니, 그때의 기억과 소년이 내게 했던 말이 떠오른다. 'Gangrena(괴저).' 한밤중에 그 단어를 들은 후, 나는 스페인어를 발음할 때처럼 r를 과장스럽고 코믹한 어조로 읊조리고 있는 나 자신을 발견했다. 부어오른 무릎을 들어 올려 뻗으며 강그레-나(gangrrrena)라고 한 번 더 중얼거렸다.

괴저. 절단 수술. 골치 아픈 병. 골치 아픈 치료. 하지만 지금 내 인생의 시점에서는 거의 매일 절단 수술의 위협 속에 살고 있다. 당뇨병. 에이즈와 유방암 환자들에 비해 대수롭지 않게 여기지만, 매년 에이즈와 유방암으로 사망하는 환자를 합친 것보다 당뇨병으로 목숨을 잃는 환자가 더 많다. 미국에는 75만 명의 에이즈 환자와 250만에 달하는 유방암 환자가 있다. 합쳐도 350만이 되지 않는다. 하지만 미국 내 당뇨병으로 고통받는 환자는 600만 명이다. 매년 에이즈로 사망하는 미국인의 수는 3만 명 남짓, 유방암으로 사망하는 수는 4만 명 남짓으로 둘을 합하면 7만 명 내외다. 하지만 매년 당뇨병으로 사망하는 미국인의 수는 180만 명에 달한다. 에이즈와 유방암 예방 및 치료를 위한 정부 예산은 20억 달러 이상이지만, 당뇨병 예방과 치료를 위한 정부 예산은 350만 달러 이하이다. 위의 수치를 보면 당뇨병이 패션 산업이 아니라는 사실을 알게 될 것이다.

당뇨병 환자들은 어떻게 되는가? 조심스럽게 말하자면, 그들은 젊은 나이에 죽는 경향이 있다. 대부분 합병증 때문에 사망한다. 시력을 잃거나, 당뇨로 인한 혼수상태에 빠지는 것 같은 심각한 증상이나, 고혈당으로 인한 발작이나, 신부전증으로 목숨을 잃는다. 당뇨병으로 인한 신경 장애가 생기면 대개는 어쩔 수 없이 절단 수술을 받아야 한다. 손발 끝 부분에서 신경 장애가 퍼지면 절단 수술을 하고 나서 또다시 절단 수술을 해야 한다. 발가락에서 다리까지, 무릎에서 엉덩이까지, 그러고 나서 다리 전체를 절단하게 되고 그 이후에도 절단 수술은 계속된다.

나는 증세가 심각해져서야 당뇨병에 걸렸다는 사실을 알아차렸다. 석 달 사이에 체중이 20킬로그램 넘게 빠지면서 내가 서서히 죽어 가고 있음을 깨달았다. 포도당 수치를 철저히 유지하면 몸이 정상적으로 되돌아올 확률이 50퍼센트라고 했다. 포도당 수치를 철저히 유지하려면 약을 잘 복용해야 할 뿐 아니라 식이 습관을 엄격하게 지켜야 했다. 단것과 파스타, 흰 빵과 술, 과일 주스만 끊는다고 될 일이 아니었다. 물을 제외하고 우리가 섭취하는 거의 모든 것이 몸에 들어오면 포도당으로 변하기 때문에 포도당 수치를 조절하면서 균형 잡힌 식사를 한다는 건 힘든 일이다. 나는 먹는 걸 무척 좋아했지만 한동안 균형 잡힌 식단을 유지했다. 하지만 아무리 신경을 써도 포도당 수치는 좀처럼 나아지지 않았다. 신진대사는 사람에 따라 제각각 달랐고 당뇨병의 증상은 수없이 다양하고 그 원인도 정확히 알 수 없었다. 그건 단순히 체내에서 인슐린을 분비할 수 없는 문제가 아니었다. 나 같은 경우처럼 혈액 속의 당을 세포가 흡수하거나 처리하지 못하는 경우도 있는데, 그럴 땐 치료가 무척 힘들다.

그러고 나서 발기에 문제가 생겼다. 혈관과도 관련이 있으며, 신경 장애에 따른 증상이라고 했다. 신경 장애가 나타났지만 다행히 성기 절단 수술은 하지 않아도 되었다. 발기 부전이 정확한 의학 용어인지는 잘 모르겠으나, 당뇨병에 걸린 남자들에게 가장 먼저 나타나는 증상이자 가장 일반적인 증상임에는 분명하다. 하지만 석 달 사이에 체중이 20킬로그램씩 줄지 않는 이상, 많은 남성들이 발기 부전이 당뇨병 증상임을 알지 못하기 때문에 수치스러워할 뿐 병원을 찾지는 않는다. 그런 까닭에 당뇨병 진단도 받지 못하고 아무것도 모른 채, 문자 그대로 수치심 때문에 목숨을 잃는다. 바보 같은 놈들.

내 경우엔 발기 부전 증상이 다소 늦게 나타났다. 무척 당혹스러웠다. 성관계를 하고 싶은 마음이 간절했기 때문이 아니다. 세상에 태어나서 지금껏 수음만 계속해 온 나는 수음에 관한 한 진정한 전문가였다. 성관계를 하고 싶지는 않았지만 성관계를 할 수 있는 능력은 잃고 싶지 않았다. 발기가 되지 않자마자, 나는 당장 성관계를 하고 싶은 욕구에 사로잡혔다. 우선 비뇨기과 의사에게서 받은 기구를 이용해 성기가 빳빳하게 일어서도록 시도해 보았다. 그런 다음 약을 먹었다. 그러고 나서 깨달았다. 아무리 애써도 소용없다는 것을. 오랜 세월 동안 싸구려 술집 화장실에서 매일 세 명의 창녀와 그 짓을 했다는 게 다행이라는 생각이 들었다. 내가 알던 모든 남자의 마누라와 여자 친구, 정부와 엄마와 딸과 그 짓을 했다는 게 다행이라는 생각이 들었다. 만약 이걸로 끝이라도 어쩔 수 없으리라. 프랭크 코스텔로(1891~1973. 뉴욕 출신의 갱스터로 미국 지하 세계 최고의 자리에 올랐던 인물—옮긴이)가 한 말이 떠올랐는데, 그는 총에 총알만 잔뜩 있다고 빗대어 말했다. 어떤 이들은 '오줌만 싸는 도구'라고 말하곤 했다. 나는 옛 미시시피 노래 〈연필이 더 이상 쓰이지 않네〉를 부르며 걸어 다녔다. 기억나는 가사는 다음과 같다.

내 오래된 연필을 생각하면서
어디를 가든
그저 걱정스럽고 의아해지네.
연필이 더 이상 쓰이지 않네.

모두들 생각하네
한때 지나간 시간을.
더 이상 쓰이지 않네
연필심이 다 닳아 버렸으니까.

내 연필로 글을 쓰고
항상 내 표시를 남기곤 했지.
이제 연필심이 다 닳아 버렸으니
가는 선조차 그을 수 없네.

아, 자명한 일이다.
이게 내 생명을 앗아 갈 거라는 건.
주머니칼이 있다 해도
이젠 내 연필심을 찾을 수 없네.

레코드 반대편에는 이 노래와 잘 어울릴 법한 〈난 악마다〉라는 노래가 있었다.

그렇다, 난 악마다.
하지만 난 아무 상관 없다.

빌어먹을 페니스! 당뇨병에 걸렸다는 생각을 하자 갑자기 화가 치밀었다. 예전에 탐닉하던 먹는 즐거움을 빼앗기고 싶지 않았다. 성도착자한테 지금까지 잘 써 온 페니스를 빼앗는 것과 이탈리아 사람한테 파스타를 빼앗는 것은 전혀 다른 문제였다. 목숨을 유지할 수 있는 50퍼센트의 확률? 그것은 동전을 던져 앞면이 나올 확률과 똑같았다. 그런 얼간이 짓 같은 내기에 희망을 걸어야 할까? 그리고 그렇게 목숨을 유지해서 어떤 삶을 산단 말인가?

"도저히 믿을 수 없어." 한때 내 것이었던, 사랑스럽고 젊은 여자가 말했다.

우리는 근사한 이탈리안 레스토랑에 있었고 나는 악마에게나 어울릴 식사를 막 끝낸 참이었다. 그렇다, 오래된 레코드 양쪽 면에 있는 노래를 부르며 돌아다녔고 주방장은 내가 디저트로 꼭 먹고 싶어 하던 메뉴를 가져다주었다.

"도저히 믿을 수 없어." 한때 내 것이었던, 사랑스럽고 젊은 여자가 말했다. "달콤한 선디 아이스크림이 나보다 더 좋다니."

몇 년 전에 누군가가 내게 그런 말을 했다면, 나는 주둥이 닥치고 조용히 있으라고 말했을 것이다. 하지만 이제는 착실하고 부드러운 사람이 되었으니 여자의 기분을 고려해 착실하고 부드럽고 정직하게 대답했다.

"그런 식으로 말한다면 순순히 인정하는 수밖에."

"그럼 나중에 휠체어 타고 병원에 투석하러 가야 한다면?"

"당신이 날 진정으로 사랑하는지를 알게 되겠지. 그러니 지금은 평화롭게 이 순간을 즐기게 내버려 둬."

괴저라니, 젠장. 아침으로 그걸 먹을 것이다. 바닐라 아이스크림에 더러운 고름을 부어 선디 아이스크림을 만들어 버릴 것이다.

하지만 내 몸 안에서는 더 많은 일이 일어나고 있었다. 한밤중에 해먹에 누워 '괴저'라는 단어를 듣고 앞으로 쭉 뻗은 다리의 부어오른 무릎을 보며 r를 우스꽝스럽게 과장하여 발음한 이후에, 나는 바로 그 무릎을 내려다보며 중얼거리고 있었다.

"야, 꼬마야, 죽고 싶어?"

그렇다, 내 몸 안에서 무언가가 진행되고 있었다. 난 다섯 살짜리 어린아이가 아니었다. 내 나이 쉰이었다. 하지만 지혜를 깨닫는다는 쉰 살이 되어서도 난 여전히 다섯 살짜리 어린아이나 마찬가지다. 내 몸 안에서 그리고 내 몸 밖에서 지혜를 느낄 수 있고, 바다에서 지혜의 소리를 듣고, 별에서 지혜를 볼 수 있다 하더라도 마음속으로 지혜를 이해할 수는 없다.

"야, 꼬마야, 죽고 싶어?"

아바나에서 구한 오래된 카지노 칩은 소년이 그 치명적인 말을 내뱉었던 시절의 것이다. 그 카지노 칩은 소년이 그 말을 내뱉던 바로 그 순간에 블랙잭 테이블을 오갔을 것이고, 내 손에 묻은 피가 마를 때 어느 누군가의 손에 전해졌을 것이다. 다른 시간으로, 다른 사람에게, 그들 마음속에 도사리고 있는 다른 악마에게. 나는 그 금지된 카지노 칩을 주머니 안에 넣었다. 이제 게임을 시작할 시간이다.

루이는 오늘 밤 기분이 엉망이었다. 방금 피자를 주문해 놓고 텔레비전으로 야구 경기를 시청하고 있었는데, 어찌하다 이렇게 되고 말았다. 아까까지만 해도 기분이 좋았다. 절반은 치즈만 없은 것으로, 절반은 양파와 마늘 맛으로 주문한 피자가 배달되기를 고대하고 있었다. 피자가 배달되자마자 맛있고 바삭거리고 따뜻하게 데워 먹을 수 있도록 오븐도 미리 예열해 두었고, 느긋하게 피자를 먹으면서 야구 경기를 마저 보고 싶었다. 그런데 바로 그때, 전화기가 울렸다. 그 싸구려 플라스틱 전화기가. 이 빌어먹을 세상에서 자신의 전화번호를 알고 있는 사람은 오직 한 사람밖에 없었다.

　"방금 피자를 주문했습니다." 루이가 그에게 말했다.

　"방금 피자를 주문했다고?"

　"네. 방금 피자를 주문했습니다."

　그러고 나선 아무 말도 없었다. 거칠고 성마른 한숨 소리만 루이의 귓전에 울렸을 뿐이다.

　루이는 전화를 끊고 한숨을 내쉬었다. 거칠었지만, 성마른 한숨이라기보다는 불쾌감이 묻어나는 체념한 듯한 한숨이었다. 이제는 신물이 났다. 한 남자에게 힘이 남아돌았고 시간이 남아돌게 된 것이다. 결국 그렇게 된 것이다. 40년 전에 루이는 그에게서 돈을 빌렸다. 하지만 이제는 하던 짓을 멈추고 검둥이 노예처럼 달려가야 한다. 존경하는 주인님이 부르기만 하면.

그는 부름을 받고 달려가 자리에 앉아 있다.

"만나서 반가워, 루이."

빌어먹을 놈은 반가운 손님이라도 맞듯 즐거운 목소리로 말했다. 젠장, 피자도 못 먹고 야구 경기도 못 보고 늦은 밤 조용히 집에 있을 수도 없게 됐다. 무거운 발걸음으로 집 밖으로 기어 나와 이 빌어먹을 놈이 어떻게 지내는지 보기 위해 그의 집을 찾아왔다.

"진심입니까?"

지난번 루이가 왔을 때엔 책상 뒤 벽에 페라조 장례식장 광고가 실린 폼페이 성당 달력이 걸려 있었다. 젠장, 그런데 지금 그 자리에 걸려 있는 건…….

"렘브란트의 〈자화상〉이야."

루이는 생각에 잠긴 듯 자세히 그림을 들여다보며 말했다. "코가 저렇게 크고 못생겼는데 자화상을 그려야 한다면, 나라면 차라리 그림을 손보겠습니다." 루이는 시선을 다른 데로 돌렸다. "저런 게 무슨 가치가 있습니까?"

루이가 시선을 다른 데로 돌리자 조 블랙은 달력을 보던 때와는 사뭇 다른 시선으로 그림을 바라보았다.

"루이, 아름다움을 어찌 가격으로 매길 수 있겠나?" 조 블랙이 능글맞게 웃으며 루이를 쳐다보았다.

루이는 무언가 말하려다가 이내 입을 다물었다.

"알도 친크 얘기는 들었나?" 조 블랙이 말했다. "115번가에서 죽은 채 발견됐어. 성당 안에서 심장 마비로. 무릎을 꿇은 채 기도하는 자세로…….'" 그러고는 자신의 손가락을 소리 내어 꺾었다.

이건 도대체 어떤 상황인가? 네가 처먹을 피자나 야구 경기는 나와는 상관없으니, 내 방에 걸린 렘브란트 그림과 성당에서 죽은 알도 친크 얘기나 들으란 뜻이었다.

"알도 친크, 잘 뒈졌습니다."

"루이, 그런 말 하지 말게. 착한 놈이었어."

"그놈들은 생각만 해도 넌더리 납니다. 그 더러운 개자식이 무릎을 꿇은 채 기도하면서 뒈지다니…… 아마 고리대금업자가 오는 걸 보고 몸을 홱 숙이느라 무릎을 꿇었을 겁니다." 루이는 담뱃불을 붙이며 역겹다는 듯 고개를 가로저었다. "알도 친크, 잘 뒈졌습니다."

"크리넥스라도 준비해야겠어."

"내가 무슨 말을 하길 바라는 겁니까? 살아 있을 때도 비열한 놈이었지만 죽어서도 마찬가지입니다. 그놈한테 받아야 할 돈이 3,000달러입니다."

잠시 동안 아무 말 없이 숨소리만 들렸다.

"루이, 안색이 안 좋아 보여."

그리고 또다시 아무 말 없이 숨소리만 들렸다. 루이는 아무 감정도 묻어나지 않는 한숨을 내쉬었다.

"잘 모르겠습니다. 그냥 조금 피곤할 뿐입니다." 그는 말끝을 흐렸다. 애써 한숨을 쥐어짜 내듯, 그날 밤 그가 도피하고 싶었던 지루함을 견디지 못하고 억지로 말했다. "우리가 어린아이였던 때가 마치 엊그저께 같습니다. 우린 클럽 밖에 있는 중늙은이들을 위해 반짝반짝 윤이 나는 구두를 신었지요. 그런데 이젠 우리가 중늙은이가 됐습니다. 그리고 이제 당신은 지미 뒤란트(1893~1980. 미국의 가수이자 희극배우로, 유난히 큰 코와 재담으로 많은 사랑을 받은 인물—옮긴이)의 할아버지인지, 렘브란트인지, 누구인지 모를 그림 앞에 앉아 있고, 집에선 차갑게 식은 피자가 날 기다리고 있습니다. 하지만 오해하지는 마십시오. 당신이 거기 앉아 있는 모습을 보니 기분 좋습니다. 난 정말이지 아무 불만도 없습니다. 다만, 진행 중인 아메체(Ameche) 사업에 일찌감치 개입한 게 불만일 뿐입니다." 루이는 말을 끝맺었다. "그저 피곤한 것뿐입니다. 그게 전부입니다."

기나긴 침묵이 이어지면서 숨소리밖에 들리지 않았다. 루이는 자신을 왜 그곳에 불렀는지 물어보려 했지만 조가 먼저 말문을 열었다.

"피곤하다면 쉬어야지."

"쉰다고 해결될 그런 피곤함이 아닙니다. 정말 피곤합니다."

"루이, 저 그림 맘에 들어?" 조 블랙이 그림은 쳐다보지 않은 채 턱으로 가리키며 물었다.

"솔직히 말하면 맘에 들지 않습니다. 형편없는 그림인 것 같습니다. 당신도 그렇게 생각할 겁니다. 아마 저 그림이 맘에 들었다면, 왕관처럼 머리 위에 걸지 않고 다른 사람들에게 잘 보이도록 맞은편 벽에 걸었겠지요."

"맞아." 조 블랙이 말했다. "저 형편없는 그림이 1,000만 달러라니, 믿겨져? 정말 이상한 세상이야, 그렇지? 정말 이상한 세상이야."

"저 그림을 얻기 위해 1,000만 달러를 지불하지는 않았겠지요. 그 정도의 거금이라면 저것보다 더 아름다운 그림을 살 수 있었을 겁니다."

"맞아, 자네 말이 맞아. 하지만 이상하게도 사람들은 저런 그림에 선뜻 거금을 내지. 그것도 상당한 거금을 말이야. 그 때문에 오늘 밤 자네가 시킨 피자가 식어 버린 거야. 자네가 시킨 피자가 식어 버린 건, 자네가 이제 부자가 될 거라고 말해 주기 위해서야. 이건 지금까지 자네가 해 온 일 가운데 가장 힘든 일이겠지만, 이 일을 제대로 끝내면 평생 방아쇠를 당기지 않아도 될 거야. 고급 트위드 재킷을 입고 꿩 사냥을 할 때를 제외하곤 말이지. 루이, 이건 아주 큰 건이야."

"얼마나 큽니까?"

"꿈도 꾸지 못할 정도로."

"무슨 일입니까?"

"아무도 꿈꾸지 못했던 일이지."

"금액은 얼마입니까?"

"자네 몫 말인가?"

"네."

"100만에서 200만 달러 사이. 더 많이 줄 수도 있지. 깨끗한 현금이고 세금은 한 푼도 낼 필요 없어."

"무슨 짓을 해야 하는 겁니까? 일개 군대를 모두 사살해야 하는 겁니까?"

"몇 달 동안 숨죽이고 지내야 해. 자장가나 몇 소절 부르면서."

"지불 날짜는 언제입니까?"

"일 시작하고 나서 몇 달 후."

"일은 언제 시작합니까?"

"조만간. 기다리고 있던 말을 전해 듣고 나서 곧바로 자네한테 연락한 거야. 레프티가 사람을 찾고 있어. 작가 친구라는데 이 임무를 실행하는 데 꼭 필요한 사람이야. 아까도 말했듯이, 임무는 조만간 시작될 거야."

"레프티의 친구라고요? 우리에게 친구가 있었습니까? 그자는 누구입니까?"

"모르겠어." 조는 가슴이나 복부에 가벼운 경련이라도 이는 것처럼 몸을 움츠리며 건방진 어조로 말했다. "이름은 닉."

"닉이라고요? 이 세상에 닉이라는 이름을 가진 놈이 얼마나 많은데요."

"그래서? 그놈 이름이 뭐든 자네가 무슨 상관이야?"

조는 책상 서랍에서 봉투를 꺼내 루이에게 건네주었다.

"아까 말했던 것처럼 당분간 조용히 지내. 만 달러야. 알도 친크가 자네한테 빚진 3,000달러와 행운을 위한 7,000달러라고 생각해. 친구라고 생각해. 아니, 그저 돈이라고 생각하는 편이 나을 거야."

루이는 최고급 면과 최고급 실크 소재의 최고급 재킷 안주머니에 봉투를 밀어 넣었다. 그러고는 근사한 재킷 가슴 부분을 가볍게 매만졌다.

"그럼 연락 기다리고 있겠습니다."

집에 돌아오니 야구 경기는 7회 초가 진행되고 있었다. 점수는 동점이었고 피자 맛도 괜찮았다.

황혼 녘에 떠오른 붉은 보름달이 한 시간이 지나자 환한 은빛으로
바뀌었다.

신부는 올해 일흔이었다. 그가 한평생 원했던 건 신을 섬기는 일뿐이었다.

옛 기억을 떠올려도 그는 자신이 이 세상의 일부라고 느꼈던 적이 거의 없었다. 그는 지극히 좁은 세상을 봤을 뿐이다. 알카모, 팔레르모, 로마. 그 지역을 벗어나서는 여행도 거의 하지 않았다.

유년기가 지난 아주 오래전, 그는 봄과 여름이면 높은 언덕에 올라가 누워 있곤 했다. 언덕 아래에는 오래된 포도밭과 새로 개간한 포도밭이 펼쳐져 있었고, 달콤하게 익어 가는 포도가 햇빛을 받아 빛나고 있었다. 북쪽으로는 카스텔람마레 만(灣)과 에트루리아 해(海)가 펼쳐져 있었다. 북동쪽 해안에서 50킬로미터쯤 떨어진 곳에 팔레르모가 있었다. 남동쪽으로 50킬로미터 떨어진 곳은 코를레오네였다. 그 두 곳의 중간 지점인 동쪽에는 알바니아 평원이 있었다.

아직도 야생 장미가 자라는 언덕 꼭대기는 성스러운 치엘로가 뮤즈를 만나 영감을 얻고 시를 지은 곳으로 알려져 있는데, 시칠리아어로 쓴 가장 오래되고 아름다운 시다. 유년기가 끝날 무렵, 봄과 여름에 언덕에 누워 있던 소년은 자신이 보고 있는 야생 장미가 성스러운 치엘로가 700년 전에 보았을 장미와 다를지 궁금했다.

꽃을 피운 라벤더 가지에 흰나비가 날개를 팔락거리며 머무르는 동안, 비행기가 요란한 소리를 내며 머리 위로 낮게 비행하고 있었다. 무더운 여름, 팔레르모가 함락되기 직전에 비행기가 알카모의 철도 시설을 폭파시켰다. 폭발이 일면서 그가 누워 있던 언덕이 흔들렸고, 귀가 먹먹해지는 폭발 소리와 모습을 분명히 느꼈다. 하지만 그는 두렵지도 않고 걱정스럽지도 않았다. 그에게는 아무 의미도 없었다.

"향기롭고 신선한 장미⋯⋯."

그는 그 말을 끊임없이 중얼거렸다. 성스러운 치엘로가 쓴 시의 첫 구절이었다. 햇빛이 따사롭게 비치는 날, 그는 그 시를 머릿속에 떠올렸다. 30행으로 이루어진 130편의 시로, 시의 마지막 구절은 "이것은 행운으로 주어지지 않는다."였는데, 신선한 장미 꽃잎이 바람에 굴복하는 것과 같았다.

그는 자연스럽게 떠오르는 시상을 읊조리듯 시를 속삭였다. 그는 작시법이나 운율에 대해 전혀 아는 게 없었다. 자신이 속삭인 시가 단일 각운인 세 개의 알렉산드리아 시행이 나온 후 앞의 세 행과 다른 운율을 가진 11음절의 이행 연구(二行聯句)가 이어지는 오행시라는 사실도 나중에야 알게 되었다. 그 사실을 깨닫자, 그는 자신이 읊조린 시구가 시의 형식과 리듬에 완벽한 조화를 이룬다는 사실도 알게 되었다. 그러나 자신이 시에 대해 초자연적인 재능을 타고났다고 여길 만큼 자만하지 않았다. 그는 고매한 시인의 영혼이 사람들의 입을 통해 수 세기를 지나 자신의 입으로 전해졌다고 믿었고, 뛰어난 시의 운율과 작시법을 자신이 잘못 알거나 잘못 읽고 있다고 생각했다. 프랑스 중세 시의 알렉산드리아 단운율과 11음절 운율, 연압운, 대운에 대해서도 알 필요가 없었다. 신선한 장미의 힘과 바람의 힘에 대해서만 알면 되었다. 그 힘은 신의 힘이었다. 그의 시는 당대의 로맨틱한 주제를 다루고 있지만, 치엘로가 우리에게 전하고자 했던 건 그 힘, 신에게로 향하는 힘이었다.

치엘로의 시어, 가장 강렬한 향기를 내뿜는 갓 피어난 장미, 운명의 바람은 꽹음을 울리고 하늘을 비행하며 건물을 파괴하는 것보다 더 큰 힘을 지녔다. 이 아름다운 섬은 선사 시대 이래 당대의 막강한 힘을 지닌 외부로부터 끊임없이 침략당했다. 이 위대하고 아름다운 섬의 영혼이 이렇듯 강인하게 외부의 힘에 굴하지 않은 것도 그 때문일 것이다. 강철로 무장한 군대는 섬의 생명과 섬에 살고 있는 수많은 사람들의 목숨을 빼앗을 수 있었지만 영혼만은 앗아 갈 수 없었다. 그렇게 해서 이 섬의 영혼은 점점 더 강인하고 외부의 힘에 굴하지 않게 되었다. 그해 봄과 여름, 그에게는 전쟁이 일어나지 않았다. 그를 사로잡은 신선한 장미가 처음 치엘로를 사로잡았던 700년의 세월도 지나지 않았다. 그 장미는 이 세상 너머에 있는 장미였기 때문이다.

그는 시골과 알카모라는 작은 마을을 떠났다. 팔레르모에 신학교가 있었는데, 그곳에서 신부가 되었다. 교구에서 해야 할 임무를 행했고 대학에서 연구하며 학생들을 가르치기도 했다. 수만 권의 진귀한 서적과 최근 카스테냐 컬렉션으로 등재된 서적에 둘러싸여 대학에서 학생들을 가르치던 도중에 바티칸의 로마 교황 비밀문서 보관소의 하급 관리 자격으로 로마로 갔다. 그는 그 일을 반기지 않았다. 비밀문서 보관소에는 공문서만 가득하고 시집은 거의 없기 때문이었다. 하지만 몇 년 동안 임무를 성실히 수행하고 여러 사서들과 상담을 나눈 그는 완벽한 사람, 중세 찬미가의 관심을 얻게 되었다. 성직자는 알카모에서 온 그를 미소 띤 얼굴로 바라보았다.

"향기로운 신선한 장미." 완벽한 사람은 천천히 그리고 유쾌하게 말한 다음 자신이 말한 시구의 여운을 음미했다.

손님 역시 그 여운을 음미하며 시행을 마저 읊었다. "여름을 초록으로 물들인다." 그러고 나서 계속 시를 읊던 두 사람은 자신들이 운명적으로 연결되어 있음을 느꼈다. 두 사람은 고위 성직자가 될 운명은 아니었지만, 아름다운 장미와 바람을 느낄 수 있는 은총을 받았다.

감마렐리(성직자를 대상으로 하는 전문 양복점—옮긴이)가 재단한, 추기경들이 입는 심홍색 긴 옷과 사각모는 그들의 것이 아닐 터이다. 그 화려한 옷을 입는 성직자들 대부분은 그들을 낮추어 보았고, 그들을 형제로 여기지 않았다.

이제 쉰이 된 아래 연배의 성직자가 알카모 근처 언덕에 대해 말했다. 야생 장미와 치엘로의 전설이 전해 내려오는 언덕에 대해.

"그곳은 주님 이외의 어느 누구도 우리를 낮추어 볼 수 없는 곳입니다."

그가 완벽한 사람의 시선으로부터 눈을 뗀 건 그때가 처음이었다.

"한편으로 난 그 언덕을 떠난 적이 한 번도 없는 것 같습니다. 지금도 여전히 거기 있는 것 같습니다."

"알카모에는 가끔 가십니까?"

"도서관이 문을 닫는 여름이면 가끔 갑니다. 조카딸의 아들이나 조카의 딸에게 세례를 주기 위해서 혹은 친척들의 장례식 때문에 가기도 하지요. 내게는 형제자매가 많고 사촌들도 아주 많습니다. 점점 더 늘어나는 자손들을 이루 다 헤아리기 힘들 정도입니다."

"가족들은 당신을 자랑스러워할 겁니다."

"사실대로 말하자면, 가족들이 나를 이상하게 여긴다는 느낌을 종종 받습니다. 나를 낮추어 보는 게 아니라 이상하게 보지요. 내가 선택한 삶이 그들에게는 이상하게 보이는가 봅니다. 어린아이들이 세례를 받고, 성년이 된 친척들이 결혼을 하고, 죽은 자들의 장례를 지내는 데는 내가 쓸모 있지만, 그들의 손에 돈을 쥐여 주지는 못하지요. 친척들과 함께 모여 어느 친척이 가장 맛있는 빵을 만들었는지, 어느 이웃이 가장 맛있는 포도주를 담갔는지 얘기할 때면 나만 그들의 대화에 끼지 못합니다."

그는 소리 없이 웃었는데, 배가 가볍게 움직이는 걸 보니 마음속으로 약하게 웃음소리를 내뱉는 것 같았다.

"어느 날 검은 사제복에 추기경들이 두르는 붉은 허리띠를 매고 나타난다면, 친척들에게 훨씬 더 나아 보일 겁니다."

"내가 바티칸에 속해 있다는 사실이 가족들에게는 꽤나 중요한가 봅니다. 바티칸을 빼고는 나를 소개할 말이 없는 것 같습니다."

"그 말이 무슨 뜻인지 나도 압니다."

"11월의 그날 행사도 그 때문입니다. 교황께서 알현실에 빈 의자를 옆에 두고 앉아 있으면, 우리는 줄을 서서 함께 사진을 찍지요. 교황께서는 마치 상대방의 이야기를 경청하는 것처럼 고개를 기울이고, 무언가 말을 하기도 전에 사진사가 셔터를 눌러 사진을 찍습니다. 그리고 미처 자리를 뜨기도 전에 다음 사람이 들어오지요. 일주일 후면 원하는 모든 사진을 구입할 수 있는데, 광택이 없는 인화지 혹은 광택이 나는 인화지를 고를 수 있고, 크기에 따라 가격이 다른 사진을 크리스마스까지 넉넉히 구매할 수 있지요."

"실제로 하신 적이 있습니까?"

"솔직히 말하면, 그렇습니다. 내 누이가 몹시 만족하며 말하기를, 이웃들에게 큰 신망을 얻었다고 합니다."

그러자 이야기를 듣고 있던 신부가 온화한 웃음을 지었다.

"내가 아는 고위 성직자 두 분은 그 사진을 금박 입힌 로코코풍의 액자에 넣어 집무실에 걸어 두었습니다. 두 분 가운데 한 분은 두 가지 다른 각도에서 찍은 사진을 따로따로 액자에 넣어, 집무실 중앙을 차지하는 커다란 십자가 밑 바로 양옆에 걸어 두었지요."

"악명 높은 보르자 가문에서 남색의 대상이 되는 어린 소년이 차라리 더 존경스러울 지경입니다."

"당신이 누구를 존경하든, 내가 말한 고위 성직자는 선망의 대상이 될 겁니다."

성직자는 완벽한 사람의 말을 들으며 미소 지었다. 잠시 후 그의 입가에서 미소가 사라졌다.

"남색의 대상이 되는 소년들은 우리의 죄를 대신 사해 주는 속죄양 역할을 해 왔습니다. 성당은 그들의 오명을 품어 영속시키며 '순수한 우리의 영혼에 어두운 오점이 여기 있나니'라고 말하는 것처럼 보입니다. 모든 불명예는 그들에게 향하고, 2,000년 동안의 수많은 어두운 오명이 그 불명예 뒤에 감추어져 있습니다. 바티칸에서 먼저 제기했고, 이후 저명한 역사 학자들이 끊임없이 제기해 온 이 도서관의 역사도 그 기원을 감추고 있습니다. 그 도서관은 1475년 교황 식스토 4세에 의해 설립되었다고 하지만, 사실 그는 교황청 1층에 있는 도서관에 세 개의 열람실을 만들었을 뿐입니다. 그로 인해 바티칸은 보니파시오 8세의 존재를 드러내지 않을 수 있었지요. 교황 식스토 4세가 즉위하기 거의 200년 전, 보니파시오는 교황의 직위에 오른 첫해인 1295년에 도서관을 설립한 주인공이었습니다. 보니파시오는 전쟁에 열광했고, 사후 세계에 대한 믿음을 공공연히 비웃었으며, 젊은 여자나 미소년과 성교하는 것은 수음과 마찬가지로 죄가 아니라고 주장했습니다. 이 때문에 보니파시오는 도서관의 실제 설립자로 인정되지 않았지요. 그를 도서관 설립자로 인정하면 보니파시오를 악명 높은 보르자 가문의 장막 아래 감추기보다 그의 존재를 인정하게 되는 것이기 때문이지요. 보르자 가문의 사악한 음모와 근친상간과 살인 때문에 역사는 보니파시오와 다른 사람들을 외면하게 되었던 겁니다."

"보르자 가문 사람들은 성당에 봉사했습니다. 그들은 자기들 이전에 그리고 자기들 이후에 저지른 교황의 모든 어두운 죄를 구체화하고 가리기 위해 이용되는 소중한 속죄양이었기 때문입니다."

"그들은 스페인 사람, 즉 이방인들입니다." 완벽한 사람이 말했다. "그래서 더 적합하고 더 편리했던 것이지요."

"보르자 사람들이 저지른 죄 가운데 가장 끔찍한 죄는 도서관을 약탈한 것이라고 생각했던 적이 있습니다. 독특하고 아름다운 양장본의 금은 장식과 보석을 떼어 내어 전쟁 자금으로 사용했지요. 사실, 1407년 그레고리오 12세가 교황청 재산을 확충하기 위해 500플로린을 받고 진귀한 원고를 팔았을 때 더 많은 소중한 자료를 소실했습니다. 하지만 신성 모독은 책을 판 것보다 훨씬 더 탐욕스러운 짓입니다."

"책을 장식한 금과 보석을 떼어 냈다 하더라도 약탈당한 대부분의 책은 그대로 남아 있습니다. 책에 쓰인 내용보다 책을 장식한 금과 보석을 더 소중히 여기고 탐을 낸 게 이상하기만 합니다."

완벽한 사람의 시선이 시골 길의 나무가 내려다보이는 커다란 창가로 향했다.

"바티칸이 원래 그런 곳이지요." 그가 말했다. "왕좌와 왕관은 그 시대의 부를 넘어설 정도로 화려한 보석으로 장식되지만, 진정한 왕좌와 왕관의 영광은 오직 성령뿐이지요. 보르자 가문 사람들이 우리의 책을 훼손한 건 순간이지만, 로마 교황의 직위는 거의 2,000년 동안 주님의 영광을 위한 것이었습니다. 한쪽은 진귀한 보석으로 예수의 정신이 담긴 책을 아름답게 장식했고, 다른 한쪽은 성령이 담긴 신성한 책을 장식한 보석을 강탈해 갔지요. 시장에서는 별로 가치가 없었는데도 말입니다."

"하지만 다른 관점에서 생각해 보면, 보르자 사람들이 다른 이들보다 더 신성하다고 볼 수도 있습니다. 황금과 보석으로 신성을 모독했다기보다는 신성을 모독한 황금과 보석을 떼어 냈기 때문입니다. 그리고 황금과 보석이 없는 치엘로의 시어가 더 아름답고 순수하지 않던가요? 신선한 장미가 피어나고 치엘로의 뮤즈가 다녀갔다는 그 언덕을 떠올리면, 그 소박한 곳에 진귀한 보석이나 황금이 있었을 리 없지요. 예수님이 초라한 반석 위에 직접 정하신 산피에트로 대성당도 마찬가지입니다. 우리는 조각을 하기 전의 신성한 대리석 덩어리를 바라볼 때보다 미켈란젤로나 베르니니의 조각상을 더 경이롭게 바라볼 때가 많습니다. 책 안에 담고 있는 내용보다 그 책의 진귀함이나 아름다움을 더 경이롭게 바라볼 때가 지나치게 많습니다."

형태와 본질. 육체와 영혼. 알카모의 성직자는 오래전부터 그 차이에 대해 고심해 왔다. 본질과 영혼을 포용하는 것은 성령의 모습으로 사는 것이다. 그러나 형태와 육체를 포용하고 심지어 갈망하는 것은 쾌락 속에 사는 것이다. 보르자 가문 사람들은 신성한 책을 더럽혔다. 보니파시오의 모든 것에 대한 탐욕, 권력과 모든 세속적인 쾌락에는 책에 대한 탐욕도 포함되어 있었다. 평생 독신으로 지내 온 알카모의 성직자에게 책이란 열망과 포용을 저버릴 수 없는 형태이자 육체였다. 다른 이들이 캔버스에 그려진 여인들의 살갗을 애무하듯 그는 금과 그림으로 장식한 양피지를 어루만졌다. 오래된 가죽 장정에서 풍기는 냄새는 그에게 어떤 향수보다 더 매혹적이었다. 도서관에서 페트라르카의 친필 원고를 꺼내 시인의 살아생전 손길이 남아 있는 원고를 만지며 영혼에서라기보다는 세속적인 육감에서 느껴지는 황홀경을 맛보았다. 그건 그의 쾌락이자 죄였다. 하지만 보니파시오와 달리, 그는 그러한 죄를 수음 이상의 아무것도 아닌 것으로 치부하지는 않았다. 그는 거의 매일 이러한 죄를 주님께 고백했고 거의 매일 뉘우치며 회개했다. 하지만 그는 점점 더 그것에 탐닉하고 굴복했다. 그는 지역

지사에게도 그 사실을 알리지 않고 침묵했다. 보르자 사람들이 악마 같은 루크레치아(보르자 가문의 타락을 상징하는 팜므 파탈로, 수많은 미술품과 소설의 소재로 등장했다—옮긴이)의 온몸을 장식하고 있는 황금과 보석에 눈이 멀었던 것처럼, 그는 사치스러운 책 장정을 장식하고 있는 황금과 보석에 매혹되어 약탈도 서슴지 않을 것 같았다.

그리고 무엇보다도 그는 자신의 죄에 대해 침묵했다. 게다가 아무런 수치심도 느끼지 않았기에 그것은 그가 저지른 가장 큰 죄였다.

그는 그 마법과 같은 언덕을 오르며 자란 아이였다. 하지만 그는 다른 언덕도 오르며 자랐다.

알카모의 소년이 나중에 커서 학자이자 성직자가 될 운명이라고 말해 준 사람은 알바니아 평원의 돈 조반니 레코였다. 그는 팔레르모에서 자신의 시중을 드는 사람들에게 그렇게 말했다. 당시 돈 레코는 젊고 강건했으며, 말보다는 총과 침묵으로 자신의 생각을 표현했다. 그가 집 안에서 자기 아버지를 어떻게 죽였는지는 모두들 알고 있는 이야기였다. 그는 성호를 그은 다음 열린 문지방까지 시신을 끌고 나왔다. 그러고 나서 근처 마을에서부터 멀리 팔레르모까지 각지에서 몰려온 사람들이 썩기 시작한 시신을 예의에 맞게 매장하라고 하면 돈 레코는 그들을 모조리 죽였다. 결국 거리는 부패해 가는 수많은 시신들로 뒤덮였고, 결국 검은 상복이 아닌 흰색 리넨 옷을 입은 세 남자가 팔레르모에서 당도했다. 그들은 자신들이 지도자로 모셨던 기괴한 시신을 멀리서 보고도 모자를 벗어 예의를 표하지 않았고, 무장한 상태로 문간에 서 있는 지도자의 아들에게 손을 들어 항복한다는 표시를 했다. 그동안 그의 동료들은 거리를 향해 권총을 겨누고 아버지의 시신에 각각 총을 쏜 다음 아들을 향해 모자를 벗어 경의를 표하며 열린 문틈 사이로 천천히 지나갔다. 그 문이 닫힌 건 며칠 만에 처음이었다. 그러고 나서야 마을의 경찰 두 명이 마차를 끌고 나타나 거리에 있던 시신을 치웠다. 어머니의 이야기에 따르면, 그가 난리 법석을 부린 까닭은 자기 아버지가 어머니에게 부정을 저질렀다는 사실을 알아냈기 때문이라고 했다.

아주 오래전의 일이었다. 당시의 유혈 참사를 기억하는 사람은 거의 없었고,

많은 사람들이 그의 친절한 모습을 기억했다. 돈 레코는 선량한 사람이었다.

알바니아 평원은 여전히 레크 교회법이 건재한 곳이었다. 전설적인 레크는 구알바니아에 법제를 세운 인물이었다. 그것은 유혈 반목의 법이었다. 레크 교회법에 따르면, 한 지붕 아래 살고 있는 가족은 가족 누구나 마음대로 죽일 수 있었다. 수세기 전부터 이 지역에 정착해 살아온 알바니아 후손들, 알바니아 평원에 사는 사람들은 다른 어떤 것보다 두 가지에 대해 강한 신념을 갖고 있었다. 그것은 바로 교회와 레크 교회법이었다. 그러한 사실을 아는 사람들은 시칠리아 사회가 소위 명예로운 곳이라 해도, 그들 선조가 살아온 영지의 유혈 반목의 법에서 유래했다는 사실을 알았다. 자신과 혈통을 함께한 사람들이 그를 존경하듯이, 돈 레코는 고대의 혈통을 무척 자랑스럽게 여겼다. 그는 사람들이 자신의 이름을 들으며 이탈리아의 후손일 거라 추측하는 게 만족스러웠고 자신이 위대한 레크의 후손임을 자랑스러워했다.

여든아홉의 나이에도 돈 레코는 지팡이를 쥔 채 아무 말도 하지 않고 강인한 모습으로 거리를 활보했다. 그는 1,000년 전에 지은 오래된 석조 건물에 혼자 살았는데, 나이 든 하녀와 나이 든 요리사, 오래된 총으로 무장한 나이 든 호위병이 그의 곁에 있었다. 1,000년 전에 지은 고택은 상아로 뒤덮여 있었고, 창밖으로는 1,000년 된 고목의 그림자가 드리운 정원이 내다보였다. 고대 로마 제국 시절에 지었다는 분수도 있었다. 한때는 돌고래가 뛰어올랐겠지만 지금은 물에 뜬 큰 수련 잎에 이끼 묻은 물방울이 가끔 흘러내릴 뿐이었다. 오래된 벽으로 둘러싸인 정원의 오솔길을 따라 걸으면 길가로 이어지는 좁은 문이 나왔다.

알카모의 성직자는 시칠리아로 돌아올 때마다 돈 레코를 찾아와 그를 위해 미사를 집전했다. 돈 레코는 여느 사람들과 달랐다. 그는 자신과 자신의 소명에 대해 늘 자랑스러워하는 것 같았다.

돈 레코의 아흔 번째 생일이 가까워 오자, 성직자는 미사곡의 부주쿠(Buzuku) 서한으로 알려진 16세기 원고인 그레치 컬렉션을 지하 금고에서 찾았다. 그것은 알바니아 성직자 부주쿠가 알바니아어로 쓴 최초의 문헌으로, 먼 고대부터 순전히 구술로 전해 내려오다가 바람에 의해, 그리고 한 사람의 맹세로 정해진 불문율에 의해 기록된 문헌이었다.

그는 그 문헌을 훔쳤다.

문헌의 글자 한 자도 읽을 수 없었던 늙은 돈 레코는 그 문헌을 가슴팍에 쥔 채 성직자의 입술이 닿을 만큼 그를 가까이 안았다.

그는 장례식 때 이외에는 두 번 다시 돈 레코를 보지 않을 거라 생각하며 로마로 돌아왔다. 그리고 밤에 베고 자는 푸른색의 작은 베개 아래 그 문헌을 몰래 숨겼다. 그는 미사를 집전하면서 당당히 그에 대해 말했고, 자신과 돈 레코 두 사람이 모두 좋아한 오래된 라틴어 기도문을 읊었다. 그는 미리 준비한 미사 여구가 아닌 마음에서 우러나오는 말을 했다. 그는 어느덧 이렇게 말하고 있었다. "돈 레코는 주님이 보낸 사람입니다."

그 일이 있은 지 일주일 후. 어느 순간, 책을 훔쳤다는 사실을 털어놓아야 한다는 생각이 머릿속에 떠올랐다. 그 책은 세상에서 유일무이한 것이었다. 그러나 알바니아 국립 도서관 보관실에는 세 권의 복사본이 있었다. 바티칸에도 복사본이 있고, 티라나에서도 복사본이 출간되었다.

완벽한 사람이 말하기를, 우리는 책 안에 든 내용보다 그 책의 아름다운 형태나 진귀함을 더 대단히 여긴다고 했다. 그의 생각대로라면, 성직자는 아무것도 훔치지 않은 셈이었다.

도난당한 건 오히려 자기 자신이었다. 그는 자신의 순수함을 빼앗겼고 이 세상으로부터 소외당했다. 시를 읽으며 주님께 봉사하려 했던 언덕 위의 한 소년. 도처에서 주님의 이름을 부르지만 주님의 존재를 쉽게 찾을 수 없는, 죄의식도 희미한 채 책 사이에 버려진 한 노인. 그 모든 것이 어디로 가 버렸을까?

그는 이곳이 신물 났다. 그는 시칠리아로 돌아가고 싶었다. 옛날의 삶으로 되돌아가고 싶었고, 세상에 태어났을 때처럼 세상을 떠나고 싶었다. 어딘가에서 시에 온전히 몰입한 채. 고향 언덕에 있는 작은 교회에서, 주님의 깊은 숨결을 느낄 수 있는, 나이 든 성직자가 매일 새벽 라틴어로 미사를 드리고 그 숨결 속에 평화롭게 하루를 보낼 수 있는 곳에서. 그러면 그는 그 진귀한 책의 향기와 손끝에 닿던 감촉만을 그리워할 것이다. 그러는 편이 마지막으로 마음을 정화하는 축복이 될 것이다. 어린 시절 그의 마음속에 흐르던 유려한 치엘로의 시어는 여전히 그의 성스러운 기억 속에 남아 있었다.

완벽한 사람은 그를 도서관의 선임 관리자로 임명했다. 성직자의 주먹이 들어갈 정도로 커다란 열쇠고리에는 오래된 놋쇠로 만든 커다란 열쇠들이 여럿 매달려 있었다.

도서관 소유물은 일곱 층으로 나뉘어 보관되어 있었다. 가장 아래층은 마구간으로, 1928년 교황 비오 11세는 말을 팔아 자동차를 바티칸의 교통수단으로 대체했다. 하지만 마구간으로 변하기 수백 년 전의 그곳은 율리오 2세가 거닐던 갤러리였고, 다양한 고대 그리스와 로마 조각상을 전시하는 다양한 벽감이 들어서 있었다. 점점 늘어나는 도서관의 도서 목록과 소유물을 보관하기 위해 건물을 개조하면서, 건물 입구로 사용된 아치형 문과 대부분의 벽감은 벽돌로 막거나 버팀벽을 세운 다음 중앙에 커다란 기둥을 세우도록 했다.

복잡한 미로와 둥근 천장이 달린 도서관 건물을 며칠 동안 돌아다니면서 어느 열쇠가 어느 문에 맞는지를 확인하던 그는 도서관 맨 아래층으로 내려갔다. 그리고 자기 앞에 버티고 서 있는 문을 열쇠로 열었다. 천장에 매달린 조명등을 켜자 커다란 기둥과 여러 갈래로 난 복도가 나타났다. 철제 선반에는 도서관에서 뒤늦게 입수한 20세기 서적과 문서 보관 상자가 놓여 있었다. 보관소는 무관심하게 방치해 둔 것 같았다. 버려진 지저분한 책들이 여기저기 쌓여 있었고, 더러워진 박스가 축 늘어진 채 별도의 표시도 없이 쌓여 있었다. 도서관의 전체 목록 카탈로그가 아직까지도 작성되지 않은 것이 어찌 보면 당연한 일이었다.

어두컴컴한 왼쪽 저만치, 한쪽에는 벽돌을 쌓아 올리고 다른 한쪽에는 거미집이 들어선 벽감 어두운 곳에 문이 하나 보였다. 두꺼운 판자로 만든 문에는 세로로 긴 판자 세 장이 못으로 박혀 있었다. 문에는 자물쇠도 달려 있지 않고 열쇠도 없었다. 그리고 앞으로 당기는 손잡이도 없었다.

손으로 밀어 보았으나 안에서 잠겼는지 문은 열리지 않았다. 그는 무언가를 찾았지만, 자신이 무얼 찾고 있는지는 몰랐다.

그는 무너진 선반 아래 놓여 있는 오래된 나무 사다리를 갖고 문으로 되돌아왔다. 노구에 남아 있는 힘을 쥐어짜 내며 사다리를 망치 삼아 문에 대고 몇 번 내리치자, 문이 활짝 열리지는 않았지만 썩은 판자 일부분이 부러져 나갔다.

부서진 문틈 사이로 특이하게 잠긴 문의 모습이 보였는데, 문 반대편에 가로대처럼 판자가 고정되어 있었다. 팔뚝에 힘을 주어 내부 가로대를 버팀대로부터 살짝 들어 올렸다. 가로대가 바닥에 떨어지는 소리가 들렸는데, 떨어지는 소리로 미루어 반대편 바닥 역시 오래되고 썩은 나무 계단 같았다. 문을 열자 나무 계단의 첫 번째 계단이 거대한 공간에 비친 희미한 불빛에 모습을 드러냈고, 계단 아래는 칠흑처럼 어두웠다. 전등 스위치를 찾으려고 벽을 더듬어 보았지만 아무것도 없었다.

성직자는 가만히 서서 지하를 내려다보며 생각했다. 전등도 없고, 문 안에서 잠가 둔 지하 보관소…….

다음 날 아침 일찍, 그는 검정 가죽 서류 가방에 강력한 배터리를 장착한 손전등을 들고 그곳으로 다시 향했다.

그는 한 손에는 손전등을 들고 다른 한 손으로는 석조 벽을 더듬으며 썩어 가는 나무 계단을 조심스럽게 내려갔다. 한 걸음 한 걸음 내려갈 때마다 계단을 확인했고 안경 너머로 조심스럽게 바닥을 살폈다. 마지막 계단을 내려오자 바닥은 천연 기반암이었고 천장이 낮은 좁은 통로가 나왔는데, 통로는 둥근 천장의 밀실로 이어져 있었다.

그가 건물 기둥의 실제 기반부를 본 것은 바로 그곳에서였다. 위층으로 솟아오른 기둥은 이 기반암 밑에서부터 안전하고 굳건하게 시작되었던 것이다. 하지만 둥근 천장의 밀실은 그 기둥보다 훨씬 더 오래전에 지어진 게 분명했다. 건물을 지을 때 인부들이 문을 통해 계단으로 내려오면서 임시방편으로 그곳을 만든 것 같았다. 기둥 오른쪽에 벽돌을 막고 나무판자로 문을 만든 걸 보면 그들이 드나드는 통로가 하나 더 있었던 것 같기도 했다. 그들은 안뜰에서 이어지는 통로를 만들었을 수도 있지만, 지금은 그런 입구가 있었다는 흔적이 전혀 남아 있지 않았다.

그렇다면 벽돌을 쌓아 올리고 흙을 채운 다음 이 통로를 이용해 나간 게 틀림없을 것이다. 기둥을 세우고 아래층에 있는 지하 밀실의 모퉁이 아래를 버팀벽으로 쌓아 올린 다음, 그곳을 나갔을 것이다. 그리고 교황 비오 11세는 귀신 이외에는 아무도 그 문을 열 수 없도록 문 안쪽을 가로대로 막으라고 지시했을 것이다. 그 안에 있던 사람들은 다른 통로를 이용해 나왔을 것이고 그 통로는 이후 봉인되었을 것이다.

인부들이 버리고 간 쓰레기 이외에는 아무것도 없는 걸 보니 점점 더 호기심이 일었다. 구겨진 채 찢어져 나뒹구는 1928년 여름의 신문지 조각, 와인 병과 맥주병과 음료수 병, 피우다 남은 시가와 구겨진 담뱃갑, 음식 포장지, 부서진 연장과 녹슬어 구부러진 못, 틈새를 메우는 나뭇조각, 작은 나무토막과 대팻밥이 널브러져 있었고, 먼지가 켜켜이 쌓여 있었다.

곰곰이 생각해 보니 지하 밀실은 무덤으로 지어진 것 같았다. 한쪽 벽 구석에 놓인 직사각형의 석조물은 고딕식 석관처럼 보였는데, 석판에 어떤 형상이나 이름을 새겨 넣지는 않았다. 쓰레기들이 잔뜩 쌓여 있는 걸로 미루어 그 석관은 인부들의 쓰레기 처리소로 사용된 듯했다. 석관에 쌓아 올린 쓰레기가 넘쳐 바닥에 흘러내리자 인부들이 쓰레기를 아무 데나 던지기 시작한 것 같았다.

성직자는 더러운 나무 막대로 쓰레기 더미를 휘저었다. 이 지하 밀실의 역사를 밝혀 줄 어떤 기록이나 문서가 쓰레기 더미에 숨어 있을 수도 있기 때문이었다.

나무 막대에 묵직한 물건이 닿는 게 느껴졌다. 그는 쓰레기를 휘저어 옆으로 밀어냈다. 커다란 석관 구석에 검댕으로 덮인 꾸러미가 여럿 놓여 있었다. 꾸러미는 오래되어 검게 변한 천과 밧줄로 묶여 있었다. 맨 위에 놓인 꾸러미를 아무렇게 열었다가 대충 다시 묶은 듯했는데, 인부들이 먼저 열어 본 것 같았다. 꾸러미를 열어 보니 8세기에서 12세기까지 재임한 교황들의 임종 고백이 적힌 문서가 들어 있었다. 인부들이 꾸러미를 열었다가 무슨 뜻인지 알아볼 수 없는 충충한 갈색의 오래된 문서밖에 들어 있지 않은 걸 보고 대충 닫아 원래 자리에 던진 다음 그 위에 신문을 계속 쌓아 올렸던 것 같다.

이 문서가 얼마나 사실에 근거를 두고 있든, 시칠리아의 마지막 교황인 스테파노 4세의 임종 전 마지막 고백도 담겨 있을 것이다. 그의 임종 전 고백을 기록

했을 궁무처장은 죽어 가는 교황을 잔인하게 고문한 것으로 알려져 있는데, 역사적으로도 매우 가치 있는 문서일 것이다.

꾸러미 안에 든 내용물에 1330년대로 거슬러 올라가는 주석과 인증과 검인 표시가 있는 걸 보고, 그는 이 문서가 요한 22세가 재임한 아비뇽 유수 시대에 잃어버린 문서의 일부일지도 모른다는 생각이 들었다. 일흔의 나이에 운 좋게 뜻밖의 보물을 발견한 건지도 몰랐다. 요한 22세는 1316년 일흔 살 때 교황에 즉위하여, 1334년 세상을 떠날 때까지 18년 동안 그 자리에 있었다. 그는 신이 내린 행운이 자신과 늘 함께하기를 기도했다. 교황에 즉위한 요한 22세의 권력이나 권력에 오르지 못한 돈 레코의 능력이 아니라, 그들이 누린 기나긴 여생이 자신에게도 허락되기를 바랐다.

교황 요한 22세는 자유로운 사상을 지닌 인물이었다. 시인 페트라르카는 아비뇽의 교황청을 학문과 문학이 번성한 중심지로 묘사했다. 그가 교황으로 재임하던 시절, 도서관 규모가 점점 더 커지면서 마침내 1327년 도서 목록이 완성되었다. 도서 목록이 사라졌다는 것은 교황 요한 22세의 도서관에 보관되어 있던 원고를 확인할 수 없음을 뜻했다. 게다가 아비뇽 유수 시절의 유물은 15세기가 되어서야 로마 교황청에 반환된 것으로 알려져 있다. 당시 교황 니콜라오 5세의 지시에 따라 작성된 도서 목록 역시 소실되고 말았다.

꾸러미는 그의 호기심을 자아냈다. 한 꾸러미에는 악마와의 거래에 대한 언급이 적혀 있기도 했고, 롬바르디아 수녀원에서 가져온 것으로 보이는, 예수와의 영적인 소통을 적은 꾸러미도 있었다. 고대 로마 시인 카툴루스의 음란한 시가 적힌 초기 필사본도 들어 있었다. 그리고 열린 꾸러미 근처 노끈 아래 두꺼운 종이 카드가 한 장 놓여 있었다. 노끈 바로 밑에 있어서 마모되고 검게 변한 부분에 화려한 필체로 적은 오래된 글씨가 적혀 있었다. 'DAMNATUM EST-NON LEGITUR.'

필적에서 풍기는 신비로움은 가히 압도적이었다. 이 문서를 읽어서는 안 된다고 명령한 사람은 도대체 누구이며, 언제 그리고 왜 그런 명령을 내렸을까? 르네상스 이래로 훨씬 더 불경스럽고 신성을 모독한 문서들도 도서관에 보관되었다. 이런 문서들이 들어 있는 얼마나 많은 꾸러미들이 세상 밖으로 드러나지 않은 채 비밀스럽게 이런 건물 깊숙한 곳에 놓여 있을까?

맨 밑바닥의 꾸러미가 가장 크고 묵직했다. 꾸러미를 들어 올리는데, 안에 상자 같은 게 들어 있는 것이 느껴졌다.

잠시 후 아름다운 상자가 모습을 드러냈고 그는 상자 뚜껑을 들어 올렸다. 흰 나비 한 마리가 그의 엄지손가락 근처 상자 뚜껑 모서리에 잠시 앉았다. 하지만 그는 상자에 온 정신을 쏟은 나머지, 무덤 같은 밀실에 나비가 나타난 것에는 신경도 쓰지 않았다. 잠시 후 나비는 어디론가 사라졌다.

운율에 맞추어 빼곡하게 글씨를 적은 양피지가 보였다. 휘갈겨 쓰다 화가 나서 지운 듯한 자국도 남아 있었고, 승리감에 도취되어 자신만만하게 적어 나간 듯한 부분도 보였다. 그는 상자 안에 든 문서를 천천히 넘겨 보았다. 수백 페이지에 달하는 문서의 대부분이 양피지였고, 서너 장 보이는 종이에도 폭풍우가 지나가는 듯한 박력 있는 필체와 맑게 갠 청명한 날씨처럼 차분한 필체로 휘갈겨 쓴 글씨가 적혀 있었다.

그는 휘갈겨 쓴 문서의 첫 번째 줄에 손전등을 가까이 가져가 자세히 들여다보았다. 첫 번째 행의 끝에서 두 번째 단어는 몇 번씩이나 지운 다음 고쳐 쓴 흔적이 남아 있었다. 하지만 입술을 움직여 낮은 목소리로 그 행을 읊조리는 순간, 그는 고쳐 쓴 그 단어가 무엇인지 알 수 있었다.

Nel mezzo del cammin di nostra vita
우리네 삶의 여정의 절반을 지나(단테의 《신곡》 지옥 편의 첫 구절—옮긴이)

그는 가쁜 숨을 몰아쉬었다. 금방이라도 심장이 멈출 것 같았다. 지금까지 이런 기적을 경험한 적이 한 번도 없었기 때문이다.

달빛도 비치지 않던 그날 밤, 하늘에 떠 있는 수많은 별들이 그 비밀을 알아내 보라며 그를 유혹하는 듯했다. 영겁처럼 느껴지는 몇 시간 전, 놀라운 사실을 알게 된 그는 온몸의 피가 거꾸로 흐르는 것 같았고 배고픔도 느껴지지 않았다.

게다가 그는 오래된 동쪽 성벽 근처 노점에서 빵 한 조각과 양젖으로 만든 페코리노 치즈를 훔친 적이 있었다. 그는 그날 먹었던 빵 맛을 영원히 잊지 못할 것이다. 그해 초여름에 수확한 곡물을 빻아 만든 빵에는 그날 아침 석조 오븐에서 구운 맛이 났고, 페코리노 치즈에서는 어린 암양의 젖으로 봄에 만든 풍부한 치즈 맛이 났다. 이후로도 그 빵 맛은 조금도 잊히지 않았고, 그 기억을 떠올릴 때마다 빵 맛이 입속에서 되살아나는 듯했다. 그럼에도 그때 머릿속에 떠올랐던 생각은 잘 기억나지 않았다. 그때 그의 머릿속에 떠올랐던 건 인간다움이었을까, 혹은 정신이었을까? 오랜 시간이 흘러 그런 날들이 지난 이후에야, 그는 있는 그대로의 의미를 깨닫게 될 것이다. 가장 성스럽고 가장 진기하고, 끝을 알 수 없는 무한한 날들이었음을.

첫 번째 책에 적힌 글을 가지런히 배열하고 정리하자, 아홉 개의 하늘이 존재한다는 단테의 천문학 이론이 나왔다. 책에 적힌 글은 그릇된 것으로 알려졌지만, 'La vita Nuova(새로운 인생)' 첫 페이지에 적힌 제목에 나오는 구절처럼, 아예 모르는 것보다는 나을 것이다. 그는 라틴어로 'Incipit vita nova(새로운 인생을 쓰기 시작하다)'라고 썼고, 첫 구절은 속어(lingua volgare. 당시 라틴어를 제외한 모든 언어를 속어라 지칭했는데, 여기서는 피렌체어를 뜻한다. 단테는 라틴어가 아닌 피렌체어로 《신곡》을 집필했는데, 당시에도 파격적인 선택으로 많은 논쟁을 불러일으켰고 동시에 일반 서민들도 책을 읽을 수 있어 큰 반향을 불러일으켰다 — 옮긴이)로 이렇게 적었다. '여기 새로운 인생이 시작된다.'

하지만 플리니우스(23~79. 로마의 정치가이며 박물학자이자 백과사전 편집자 - 옮긴이)는 친필 원고를 베껴 쓰는 과정에서 겪게 되는 여러 가지 위험을 일찌감치 경고했었다!

'vita nova'가 속어로 변형되고 그의 작품에 제목을 붙이는 과정에서, 'La Vita Nuova'가 되었다. 그가 'a new life' 혹은 'the new life' 등 관사를 분명히 표기하기를 원했다면, 라틴어보다는 속어로 썼을 것이다. 라틴어는 관사를 자주 생략하는 모호함 때문에 명료한 정확성이 가려지기 쉬운데, 그 미묘한 차이를 통해 더 권위를 띠기도 한다. 그는 이 새로운 인생을 자신을 위해 주장하지 않았다. '나의 새로운 인생'이 아니라 거창하게 '새로운 인생'이었다. 자신들의 어리석은 단어와 의미를 이미 쓰인 언어에 끼워 맞춘 그들은 아무것도 몰랐다.

사실, 그 구절은 그가 읽던 오래된 라틴어 성서에서 차용해 온 것이다. 성서에서 바울 사도는 로마인들에게 권고한다. 'nos in novitate vita ambulemus.' 그는 그 라틴어 구절에서 깊은 인상을 받았는데 'noi dobbiamo camminare in novità di vita'라는 모국어로도 마찬가지였다. 그렇다, 그 말에 숨어 있는 비밀스러운 진실이, '우리는 삶의 새로움 속으로 걸어 들어가야 한다'는 진실이 마치 그에게 속삭이는 듯했다.

그가 쓴 작은 책의 중심에는 긴 민요풍의 가곡이 있다. 짧은 14행시 소네트 네 편이 앞쪽에 나와 있고 다시 네 개의 짧은 시가 그 뒤에 나온다. 아홉 개의 하늘. 아홉 개의 중심. 긴 민요풍의 가곡에서 그는 흔들리는 지구, 어둑해지는 태양, 별의 출현 그리고 하늘에서 날다 떨어져 죽는 새에 대한 꿈을 운율에 맞춰 표현했다. 세월이 흐르자, 그는 그것이 훌륭한 민요풍의 가곡이 아니라는 느

낌이 들었다. 세월이 흐르자, 그는 자신이 쓴 가곡이 자신이 살아온 삶과 마찬
가지라는 느낌이 들었다. 다시 말해서 지나치게 길었던 것이다.

　그 작은 책의 초고를 쓰는 동안, 그는 귀도 카발칸티와의 우정을 소중히 여겼
다. 그는 책에서 카발칸티를 '나의 가장 소중한 친구'라고 썼다. 하지만 그는 연
장자인 카발칸티가 더 훌륭한 시인이라는 걸 알면서도 그 사실을 분명하게 밝
힌 적이 단 한 번도 없었다. 그가 젊은 시인으로 사람들의 인정을 받고 존경을
받게 된 건 카발칸티의 인정과 후원 덕분이었다. 자신이 후원해 주던 시인이
혼자의 힘으로 서면서 겉과 속이 달라지고 스스로 '가장 소중한 친구'의 모습
을 보이지 않게 되었다. 그런 모습을 지켜보며 카발칸티는 그의 진짜 모습을 보
게 되었다. 그렇다면 카발칸티는 우아하면서도 박력이 넘치는 암말 같은 자신
의 시를 통해 그에 대해 뭐라고 말했을까? 'Dante, un sospiro messagger del
core.' 단테, 한숨짓는 심장의 메신저. 그렇다, 그리고 그 이상이었다. 아, 근육
과 영혼이 하나인 그 암말을 훔쳐 달릴 수 있었다면. 그걸 훔쳐 죽일 수 있었다
면……

카요 라르고의 먼 바닷가와 해먹이 내 목구멍 밑바닥에서 올라왔다. 내가 떠나온 죽은 뉴욕과 모든 세상, 진정한 괴저가 올라왔다. 내겐 좀 더 먼 바다와 좀 더 넓은 해먹이 필요했다. 빌어먹을, 너와 마찬가지로 나 역시 신이다. 우리 모두는 진정한 치료자, 기쁨의 찬가, 신에게 다가가는 의사를 찾아야 한다. 그리고 나는 그를 찾았다. 수많은 나른한 오후 가운데 어느 나른한 오후에, 수많은 나른한 밤 가운데 어느 나른한 밤에, 바다의 마법과 야자나무 사이로 불어오는 죽음의 기운과 미풍이 하나 되던 때였다. 지금 내 목구멍 밑바닥에서 올라와 금방이라도 말로 튀어나올 것 같은 느낌, 그것은 내 마음을 치료해 주는 그를 찬미하는 노래였다. 그 먼 바다로 나를 데려와 준 건 괴저를 이야기하는 간호사가 아니라 바로 그였다.

결국 난 그걸 찾아냈다. 남회귀선 근처 적도 남쪽, 태평양 먼 곳에 있는 프랑스령 폴리네시아의 투아모투 군도에 속한 리워드 섬에 있는.

보라보라 섬. 1년 전만 해도 난 이름만 들어 봤을 뿐, 그곳이 어디 있는지는 전혀 몰랐다. 하지만 배를 타고 그 섬에 가까이 다가가면, 마치 영혼과 감각을 모두 빼앗기는 듯한 느낌이 든다. 어디를 둘러보아도 푸른 바다의 어슴푸레한 깊은 그림자뿐이고, 아직 아무도 오른 적이 없는 성스러운 제단 같은 푸른 나무로 우거진 절벽과 평지가 펼쳐져 있기 때문이다. 그 모든 것의 색깔은 다른 어느 곳에서도 찾을 수 없는, 독특하고 짙푸른 검정을 뜻하는 '포 라바(poe rava)'라는 색깔의 이름과도 똑같지 않다. 그 색깔은 오직 그 섬에서만 볼 수 있는, 한때 보라보라 섬의 산호 군락에 서식했지만 이제는 모두 사라져 버린, 커다란 조개껍데기 안에 있던 자연산 흑진주의 진귀한 색을 뜻했다. 그 신비로운 색이 하늘까지 높이 솟아 있는 곳, 그곳이 바로 오테마누 산, 새의 산이었다.

섬의 모태가 된 대화산 폭발이 400만 년 이상 계속되다가 결국 가라앉아 이루어진 섬이 바로 보라보라다. 섬을 둘러싸고 있는 산호초에 파도가 부딪히는 소리가 천둥처럼 요란하다. 요란한 천둥소리를 통해 고요하고 푸른 석호(潟湖), 세상에서 가장 아름답다는 보라보라의 석호로 들어가는 길은 오직 한 곳뿐이다. 산호초에 부딪히는 요란한 파도 소리는 이 섬의 모태가 된 화산 폭발의 메아리처럼 울리고, 산호초 안에 둘러싸인 고요한 석호는 이 섬의 신비로운 이야기를 그대로 담고 있는 것처럼 보인다. 보라보라 섬의 어원이 된 '포라 포라'는 라이아테아(Raiatea) 섬이 만들어진 이후 바다에서 처음으로 올라온, 축복받은 첫 번째 평화의 아이를 뜻하는 마오이어(語)다.

석호 안으로 들어가면 천둥처럼 요란한 소리가 고요하게 잦아든다. 마치 따스한 미풍이 불어오듯. 점점 더 짙어지는 마법처럼 진귀한 빛깔은 오직 이곳에서만 존재하는 듯하고, 재스민과 치자나무 향기도 이 섬에서만 나는 듯 신비롭기 그지없다.

섬에는 크림색이 감도는 흰 치자나무 꽃과 다른 수많은 꽃에서 피어나는 보라색 꽃, 붉은색 꽃과 분홍색 꽃, 노란색 꽃이 밝은 햇빛과 푸르게 우거진 진초록의 그늘에서 온갖 향기를 내뿜으며 피어 있다. 키 큰 야자수는 바다를 향해 휘어져 있고, 푸르게 우거진 짙은 숲은 넓게 펼쳐진 흰 모래사장과 작은 만(灣)으로 이어진다. 강렬하게 빛나는 햇빛 아래 탁 트인 공간에 자연이 빚은 작품이 서 있었는데, 바로 세월에 바랜 암석 조각이었다. 높이 솟아올라 파도에 부드럽게 연마된 산호초 제단은 19세기 후반까지 인간 희생양을 바치던 곳이었다. 그 생각이 떠오르자마자 제단에 바치는 피 냄새와 사육제 냄새가 흰색 꽃과 보라색 꽃, 붉은색 꽃과 분홍색 꽃, 노란색 꽃향기와 어우러져 코끝을 자극하는 듯하다.

나는 무성하게 우거진 태즈메이니아 참나무와 삼나무, 등나무와 대나무를 경이로운 눈빛으로 바라보았다. 커다란 전나무 대들보에 판다누스 줄기로 지붕을 엮은 집이 보였는데, 석호에 네모난 기둥을 고정해 수상 가옥으로 지은 건물이었다. 좁은 판자 다리가 수상 가옥에서 해안까지 이어져 있었다. 수상 가옥에는 커다란 기둥 네 개를 연결해 만든 커다란 고급 침대가 놓여 있고, 천장에는 팬이 달려 있었다. 욕실에는 무쇠로 만든 커다란 욕조가 있었다. 그리고 푸른 바닷물에 곧바로 뛰어들 수 있는 티크 소재의 갑판이 있었는데, 산호초까지는 멀지 않은 거리였다. 갑판에 앉아 뉘엿뉘엿 저무는 해와 밝게 빛나는 별자리를 바라볼 수도 있을 것이다. 매일 이른 아침이면 원주민 소녀가 이국적인 풍미의 과일과 은은한 향기를 풍기는 꽃과 신선한 모노이(흰색 치자나무 꽃잎을 정제한 코코넛 오일에 담가 부드럽게 만든 로션—옮긴이)를 나무 그릇에 담아 가져다주었다. 모노이는 내 피부를 윤택하게 하고 부드럽게 진정시켜 주었다. 그리고 소녀가 밤에 나를 찾아온 적도 간혹 있었는데, 과일 한 알이나 꽃 한 송이를 들고 혼자서였다.

젠장, 나는 다시 글을 쓰고 있다. 빌어먹을 글쓰기. 과일 한 알이나 꽃 한 송이를 들고 나를 찾아온 소녀와 그 짓을 할 때조차도.

젠장, 그 나쁜 계집애 때문에 머리가 지끈거렸다.

나는 섬을 둘러싸고 있는 유일한 해안 도로를 따라 오토바이를 타기도 했고, 바이타페(Vaitape)라는 작은 마을 근처에 햇빛과 그늘진 곳에 작은 테이블을 내놓은 노천 카페에 가기도 했다. 나는 그곳에 앉아 커피를 마시고 담배를 피우며 오테마누 산을 올려다보곤 했다. 그러면 산의 기운이 온몸으로 느껴지는 것 같았다. 산의 정기와 아름다운 하늘, 미세한 향기가 묻어나는 미풍, 고동치는 가슴 위로 커다란 칼날처럼 솟아오르는 노여움. 마치 화가 고갱이 된 것 같았고, 100년의 세월이 흐른 지금, 이름을 알 수 없는 미풍과 색감 안에 있는 것 같았다. 고갱 역시 이곳을 끔찍이 사랑하며 이곳에서 죽어 갔다.

이곳의 고요함, 이 섬 전체의 고요함은 아름다운 색감만큼이나 풍요로웠다. 삶과 죽음을 벗어난 듯한 고요함 혹은 죽음으로 이어질 고요함. 종종 끔찍해 보이기도 하는 이 미묘한 것에 드리워진 고요함을 표현할 수 있는 단어는 프랑스어로도, 영어로도 존재하지 않는다.

나는 매일 아침 해먹에 누워 있었다. 붉은 생강과, 분홍색과 붉은색의 꽃이 피는 부겐빌레아 사이로 이어진 좁은 길을 따라 어슬렁거리며 산책을 했다. 흰색 히비스커스, 소나무처럼 잎이 뾰족한 나무와 자단나무 그리고 앞으로도 이름을 알지 못할 보드라운 식물들이 나무 주변에 아름답게 자라고 있었다. 그 경이롭고 아름다운 오솔길은 수상 가옥 다리에서 한적한 해안까지 이어져 있었고, 해변에는 높이 솟아오른 타마누 나무 두 그루 사이에 해먹이 걸려 있었다. 달콤한 오후, 내 이야기가 시작되는 곳은 바로 그 해먹에서였다.

끊임없이 펼쳐진 푸른빛과 황금빛으로 빛나는 하늘 아래, 석호에서 넘실대는 파도 소리가 끊임없이 내쉬는 한숨처럼 들렸다. 뭉게뭉게 피어오른 구름은 짙푸른 하늘을 배경으로 피어난, 크림색이 감도는 흰색 치자나무 꽃 같았다. 부드러운 석호에서 들리는 한숨 소리, 천천히 움직이는 뭉게구름의 한숨 소리, 바람에 흔들리는 야자수의 한숨 소리가 모두 어우러져 하나가 되었다.

아침이면 나는 발을 남쪽으로 향한 채 누워 있었고, 태양이 호를 그리며 하늘 위로 솟아올라 그림자와 빛을 만들어 내는 오후가 되면 발을 북쪽으로 향한 채 누워 있었다.

빛나는 태양이 백금처럼 희게 변하는 한낮엔 석호 안으로 들어갔다. 물속이 훤히 들여다보이는 바닷물은 허벅지 높이까지 올라오고, 조물주가 훌륭한 솜씨로 빚어 놓은 오묘한 색깔의 물고기 떼가 나를 둘러쌌다. 눈부신 무지개 빛깔과, 눈부시도록 다양한 형태와 크기의 물고기들.

내 무릎은 이제 치료되었고 바닷물은 조금씩 더 깊어졌다. 나는 물속에서 걷는다기보다는 헤엄치고 있었다. 바닷물이 깊어질수록 아름다운 바다 속의 위험도 조금씩 커져 갔다. 가시덤불로 알려진 독성을 띤 가시투성이의 불가사리, 무해한 것처럼 보이지만 독성의 돌기가 있는 원뿔 모양의 조개, 독성 점액이 묻어 있는 얇은 피부막을 지닌 기다란 바다 거머리, 달리아 꽃처럼 예쁘게 생겼지만 날카로운 침이 달린 아네모네, 쏘이면 곧바로 극심한 고통을 일으키는 독성을 지닌 열세 개의 등지느러미가 달려 있고 해면에 붙어 사는 스톤피시 그리고 기다란 침이 달린 왕관 모양의 성게도 있었다.

나는 얕은 산호초에 오랫동안 머무르지 않았다. 커다란 곰치류들이 얕은 산호초에 서식하고 있기 때문이다. 산호 동굴에서 거대한 곰치가 나타나는 모습은 섬뜩했다. 때론 길이가 3미터에 이르는 곰치도 있었는데, 크기는 황소만 한데다 강한 턱과 동굴 같은 입속에는 면도날처럼 날카로운 이빨이 있었다.

또 높은 파도가 부서지는, 거대한 산호초가 우거진 깊은 바다까지 헤엄쳐 가지도 않았다. 고요하고 푸른 석호 안으로 이어지는 유일한 통로는 상어와 사람이 함께 드나드는 곳이었기 때문이다. 이 섬에 얼마나 많은 종류의 상어가 서식하는지 정확히 아는 사람은 아무도 없다. 허벅지까지 올라오는 높이의 물속이 훤히 비치는 바다 속에 서 있을 때, 내 주변을 맴돌던 물고기 떼가 갑자기 사라지고 상어 몇 마리가 어슬렁거리는 모습을 본 적이 몇 번 있었다. 상어의 지느러미는 바다 표면을 부드럽게 휘저으며 지나갔고, 상어의 배는 부드러운 석호 바닥에 닿을락 말락 했다.

하지만 내가 수영하고 있을 때는 주로 다양한 색깔의 물고기 떼가 주변을 감싸며 유영하곤 했다. 해안가 근처에 있을 때면 물고기들이 자그마한 주둥이로 내 몸을 간질이는 느낌이 들곤 했다.

그리고 나서는 항상 해먹으로 돌아와 누웠다. 석호에서 나와 햇빛을 쐰 뒤 그늘진 곳 해먹에 누우면 심장 박동 소리가 편안해졌다. 담배를 피우며 끝없이 펼쳐진 하늘과 석호를 바라보고 있노라면, 석호 안에 있는 모든 생명과 하늘 속에 있는 모든 경이로움이 느껴지는 듯했다. 크리스털처럼 맑은 석호가 푸름을 더해 가는 수평선 위로, 모투 투푸아 산호섬에 높은 파도가 굽이쳐 넘실거리며 부서졌다.

짙푸른 이끼로 뒤덮여 검은색이 감도는 타마누 나무껍질은 이곳 천국의 색이었고, 높이 솟은 새의 산의 색깔이었으며, 자연이 만들어 낸 진귀한 흑진주 본

연의 색깔이었다. 짙은 이끼 위에 어슴푸레한 달빛 같은 희미한 석회 그리고 그보다 더 희미한 은빛 색조를 띤 다른 이끼가 한데 섞였다. 모든 것을 포용하는 한숨 소리가 들리는 가운데 검은빛의 그 나무껍질을 바라보고 있노라면 정신이 아득해졌다. 이 나무들의 수령은 도대체 얼마나 될까? 그건 아무도 몰랐다. 나무의 수령은 산의 정기처럼, 하늘과 섬세한 향기가 묻어나는 아름다운 미풍처럼 시간을 헤아릴 수 없는 것 같았다. 산호초에 흑진주가 풍요롭게 자라고 있을 때부터 나무는 이곳에 서 있었을 것이다. 고동치는 가슴 위로 커다란 칼날을 들어 올렸을 때부터 이곳에 서 있었을 것이다.

흰 제비갈매기와 거무스름한 바다제비가 낮은 소리로 울며 하늘을 날고 있었다. 머리 위로 보이는 검은 나뭇가지와 무성하게 우거진 나뭇잎 속에서, 자그마한 새들이 나뭇가지 사이로, 순수한 파란빛의 하늘 사이로 오르락내리락 모습을 드러냈다가 사라지곤 했다. 그 순수한 파란빛의 하늘 사이로 기분 좋은 오후의 햇살이 비쳐 들었고, 내 마음속에 있던 무언가가 목구멍까지 올라왔다.

그 순간, 심장 박동이 멎었다. 갑자기 심장이 멎으면서 숨을 쉴 수 없었던 이유가 내 안에 있던 무언가가 올라왔기 때문인지, 아니면 자그마한 새가 바로 그 순간에 갑자기 나무에서 나타나 내려왔기 때문인지 나는 알 길이 없을 것이다.

50년 전, 당시 그 일을 기억하는 사람은 아직 많이 생존해 있을 것이다. 그들은 고동치는 가슴에 커다란 칼날을 들어 올렸던 노여움을 갈망할지도 몰랐다. '야, 꼬마야, 죽고 싶어?' 그 말을 들은 아이는 온몸을 부들부들 떨었고 그 말은 뇌리에서 떠나지 않았다. 그리고 50년이 지난 지금, 달콤한 오후의 모든 것을 아우르는 한숨 소리 속에서 한 중년 남자가 분명하게 대답했다.

난 상관없어. 정말이지, 아무 상관 없어.

나는 새들이 울며 날아오르던 푸른 하늘을 올려다보았다. 그렇다, 나는 죽어 가고 있었다. 그러나 개의치 않았다. 모든 인간이 죽어 가고 있으므로 난 죽어 가는 게 아니었고, 어머니의 자궁에서 나온 순간부터 하루하루 죽음을 향해 다가가고 있으므로 나는 죽어 가는 게 아니었다. 대략적인 도착 날짜가 선명히 찍힌, 특정한 여행 일정표가 내 눈앞에 놓여 있으므로 나는 서서히 죽어 가고 있었다. 예후가 점점 더 악화되는 질병으로 사형 선고를 받아 죽어 가고 있다. 그렇다고 해서 나는 나와 비슷한 운명에 처하거나, 혹은 더 고약한 운명을 짊어진 많은 사람들과 다르지 않았다.

하지만 나는 개의치 않았다. 그리고 그것에 신경 쓰지 않으면서 나는 자유로웠다.

주변을 둘러싼 천국을 천천히 둘러보며, 내 속에 있는 천국을 깊이 느낄 수 있었다. "사형수 감방도 기꺼이 받아들이지." 나는 낮은 목소리로 속삭였다. 그러고 나서 아주 오랫동안 낮은 소리로 웃었다.

아주 오래전, 나는 딸과 화해했다. 그 아이가 태어났을 때 난 열아홉 살이었다. 아이 엄마는 스무 살이었다. 아름다웠고, 결혼해서 아이를 낳길 원했다. 내가 그녀 위에 올라가 사정하려 할 때면, 그녀는 내가 자제력을 잃고 자기에게서 떨어지지 않도록 내 엉덩이를 꽉 움켜잡으며 자기 쪽으로 최대한 강하게 끌어당겼다. 그녀는 실수하는 경우가 잦았지만 가끔씩 성공하기도 했다. 그렇게 해서 딸을 임신하게 된 것이다.

그날이 언제였는지 대략 알 것 같다. 그날은 암스트롱이 달에 착륙한 날이었고, 아이의 엄마가 일을 하지 않았던 것으로 미루어 주말이었음에 틀림없다. 나로 말할 것 같으면, 일을 전혀 하지 않았다. 나는 남의 물건을 훔치고 마약을 거래했다. 나는 달 착륙이니 뭐니 하는 데 신경 쓸 겨를이 없었고, 그녀를 포함해 어느 누구에게도 신경 쓸 여력이 없었다. 당시 그 건수가 꽤 큰 거래로 보였기 때문이다. 그리고 나는 큰 건을 해낼 거라 기대했다. 달 착륙이 일어나는 순간, 나는 한 건 크게 올릴 거라 확신했다. 그녀는 나와 그 짓을 하는 동안에도 달 착륙 순간을 놓치지 않으려고 텔레비전을 보았다. 그녀가 다른 데 관심을 돌린다 해도 상관없었다. 그녀는 대단한 여자였고 섹스를 잘했지만, 수음은 잘해 주지 않았다. 하지만 나는 맥주 캔을 쥔 채 앉아 있었고, 완벽한 타이밍에 맞추어 마리화나 연기를 내뿜었다. "한 사람에게는 작은 발걸음이지만 인류에게는 거대한 도약." 그렇다. 아, 짧은 한숨 소리가 입에서 새어 나왔다. 그 순간, 내가 사정한 곳은 그녀의 입이 아니라 모든 인류의 입이었다. 우리가 그날 저녁부터 그날 밤까지 몇 번이나 섹스를 했는지는 아무도 모를 것이다. 다만 기억나는 건, 격정적이고 길었던 섹스를 대여섯 번 한 이후부터는 정액 끝 부분에 옅은 핏방울이 보였다는 것이다. 물론 그전에도 몇 번 피를 본 적이 있었다. 나는 맥주를 마시고 마리화나를 피웠고, 그녀는 매번 내 엉덩이가 자기 몸에서 떨어지지 않도록 꽉 움켜잡았다. 딸이 태어난 날짜를 따져 보면, 한 사람과 인류 전체가 최초로 달에 착륙했던 무더웠던 여름날, 그때 내 딸을 임신했음이 틀림없다. 몇 주 후, 나는 그녀가 원하던 감격적인 반응을 보이지 않았다. 그저 이런 생각이 들었을 뿐이다. '네 몸에서 태어나는 아이는 네 아이야.' 아이 엄마는 서너 주도 지나지 않아 서둘러 멍청한 놈을 찾아냈고, 그놈은 자신이 그녀의 배 속에 든 아이를 잉태하게 했다고 믿었다. 어쨌든 딸이 태어난 지 15년이 지난 어느 날, 나는 내 오랜 연인과 우연히 조우했다. 그녀는 여전히 아름다웠고 힘들게 사는 것처럼 보이지 않았지만, 우리가 헤어지고 나서 몇 년 뒤 내가 결혼했을 때 받은 고통은 여전히 마음속에 남아 있는 것 같았다. 그 결혼은 내 인생에서 가장 시시하고 기억도 나지 않는 사사로운 일 가운데 하나였다. (작가인 내가 '사사로운 일'이라고 부른 것은 '관계'라는 단어를 사용할 만큼 상황이 진척된 적이 한 번도 없었기 때문이다. 관계란 평범함을 향해 인류가 거대한 발걸음을 내딛기 위한, 지루하고 메마른 생활 방식의 일부분이다.) 짧게 끝난 그 결혼 생활 때문에 점점 악화되던 알코올 중독 증세는 더 심해졌고, 주변 사람들에게 기대기보다는 알코올에 더 의지하게 되었다. 나는 그 일을 옛 애인에게 더 이상 설명할 필요가 없었다. 내가 고약한 알코올 중독자가 되었다는 사실을 그녀 역시 알고 있었기 때문이다. 우리는 서너 달의 기간 동안 사나흘의 낮밤을 함께 보냈다. 아침엔 떨리는 손을 진정시키고 발작을 막기 위해 알약 몇 개와 맥주 서너 병을 마셨다. 그러고 나선 대낮부터 밤까지 싸구려 술집에 틀어박혀 있다가, 영업 시간이 끝난 뒤 문을 여는 불법 술집으로 향했다. 그런 다음엔 집으로 가기도 했고, 불법 술집이 문을 닫고 싸구려 술집이 문을 여는 아침 8시가 지난 시각이면 곧장 싸구려 술집으로 향했다. 맥주와 알약 이외에 스카치 두 병과 각성제 몇 봉도 괜찮았다. 식사는 전혀 하지 않고 코카인을 흡입할 때 남은 음식 조각을 조금 집어

먹었을 뿐인데, 술을 더 마시려고 깨어 있기 위해서였다. 하지만 그녀와 함께 있을 땐 저녁 식사를 하러 갔는데, 그건 와인 두어 병과 브랜디 몇 병을 마셨다는 뜻이다. 내가 음식을 먹었다는 건 그날 밤 그리고 다음 날 낮에 술을 더 많이 마실 수 있는 상황을 만들었음을 의미했다. 그녀는 에비앙 생수 같은 걸 마시며 내내 나와 함께 있었다. 물론 나는 진정 그녀와 함께 있었다고 할 수는 없었다. 술주정뱅이는 다른 누군가와, 혹은 술 이외의 다른 어떤 것과 진정으로 함께 있을 수 없다. 하지만 그녀가 곁에 있고 그녀의 목소리가 들리면 마음이 편안했다. 그녀는 술과 헤로인이 없으면 내가 생명을 이어 갈 수 없는 것처럼 보이는 게 두렵다고 말했고, 나처럼 생활하면서 죽지 않고 살아 있는 사람은 나밖에 없을 거라고 말했다. 나는 괜찮다고, 잠시 정처 없이 헤매는 것뿐이라고 그녀에게 말했다. 며칠 낮밤을 함께 보낸 후 그녀는 나를 보는 걸 더 이상 견딜 수 없다고 말했다. 내가 나 자신에게 저지르는 짓을 더 이상 참아 내며 볼 수 없다고 했다. 그러면서 내게 자그마한 사진 두 장을 주었는데, 한 장은 그녀와 내 딸이 함께 찍은 사진이었고 다른 한 장은 딸의 독사진이었다. 나는 사진 속 그들의 모습을 가끔씩 들여다보았다. 그러고 나서 딸의 독사진을 보았다. 그녀는 내가 본 여자 가운데 가장 예뻤지만 그 짓을 하고 싶은 생각은 결코 들지 않는 소녀였다. 그건 진심이었다. 그녀의 눈빛과 미소에서 느껴지는 순수함과 강인함은 청초하면서도 현혹적이었다. 그리고 밝은 미소와 눈빛에는 그녀와 나만이 느끼고 공유할 수 있는 비밀스러운 감정이 담겨 있는 것 같았다. 그녀의 모습을 보자 눈물이 날 것 같았고 가슴속에서 사랑이 벅차올랐다. 16년 전, 그녀가 세상에 나오기도 전에 나는 그녀를 버렸다. 유아 살해범처럼 무정하고 잔인하게 그녀를 버렸다. 내 영혼은 원치 않았던 신생아를 제단에 내려놓는 이교도들의 영혼과 달랐을까? 이교도들이 아주 보드랍고 자그마한 신생아를 바윗덩어리 위에 올려놓고 떠나가면 그들의 운명은 오로지 신의 손에 달려 있을 것이다. 그렇다, 나는 스스로 쌓아 올린 악마의 바위 위에 나 자신도 버렸다. 하지만 나를 그 바위 위에 내려놓은 건 나 자신이었다. 나는 그녀를 버린 다음 두 번 다시 돌아보지 않았지만 그 어린 천사는 살아남아 환하게 웃고 있었다. 그녀의 모습을 보자 죄책감과 상실감이 밀려들었다. 이 죄를 씻을 방법은 없었고, 내가 잃어버린 걸 되찾을 방법도 없었다. 그녀의 입장에서 자신이 내 딸이라는 건 어떤 기분일까? 그녀는 신의 선의와 엄마의 호의를 흠뻑 받고 자란 딸이었다. 나는 그녀 안에 있는 희미한 감상, 오래전 여름날 밤에 스쳐 지나간 유령 같은 존재일 것이다. 어떤 선의도 호의도 없는 유령. 하지만 죄의식과 상실감으로 인한 슬픔 속에서도, 내가 딸을 버린 건 우리 두 사람에게 오히려 잘된 일이라는 느낌이 들었다. 내가 아버지로 곁에 있었다면 그녀의 입가에는 절대 그런 미소가 피어나지 않았을 것이기 때문이다. 나는 자아 중심적인 무책임함으로 도망쳤고, 미리 정해진 내 운명처럼 보이는 냉혹한 처벌로부터 벗어날 수 있는 거짓 방법을 꾸며 냈다. 나는 자궁 속에 그녀를 남긴 이래로 오랜 세월 비참한 처지에서 벗어나지 못했지만, 세 권의 책을 썼다. 그렇다, 대부분 술에 취해 있었지만 글을 쓸 때는 절대 술을 마시지 않았다. 아예 입에 대지도 않았다. 세 권의 책 가운데 한 권인 《지옥 불(Hellfire)》은 호평을 받았다. 나는 원래의 모습을 되찾았다. 제기랄, 나는 술주정뱅이가 아니었고 빌어먹을 마약 중독자도 아니었다. 나는 빌어먹을 천재 소설가였다. 그 어린 천사의 모습을 처음 보았을 때, 나는 《지상의 힘(Power on Earth)》이라는 책을 쓸 것 같은 느낌을 처음으로 받았다. 어린 천사는 고고학자나 의사 혹은 사서가 되고 싶다고 자그마한 입술로 내게 말했다. 그래서 나는 아이 엄마에게 전화를 걸어, 그녀가 고고학자나 의사 혹은 사서 혹은 아무것도 되지 못한다 해도 필요한 모든 비용을 대 주고 싶다고 말했다. 그러나 이내 나는 그냥 허풍을 떠는 것뿐이라고 말했으므로, 그녀는 누군가 그런 말을 했다고 아이에게 전할 필요도 없었을 것이다. 결국, 그녀가 아이에게 뭐라고 말했는지는 아무도 알지 못했다. 하지만 1년이 지나, 키가 더 크고 더 아름다워진 어린 천사는 내 품에 안겨 소리 내어 웃기도 하고 울기도 하다가, 갑자기 고개를 가로젓기도 했다. 처음에 그녀는 나를 닉이라 부르다가 시간이 지나자 아빠라고 불렀다. 그녀는 그렇게 불러도 괜찮겠냐고 내게 물었다. 나는 내가 들어 본 말 가운데 최고로 멋진 말이라고 대답했다. 일하는 시간은 점점 더 길어졌고 술을 마시는 횟수는 점점 더 줄어들었다. 우리 둘은 서로에 대해 알아 가며 사랑하게 되었다. 딸아이는 내게 선물 같은 존재였고, 그 선물과 함께 인생에서 얻을 수 있는 많은 것을 새로 알게 되었다. 인생에 대해 갖고 있던 예전 생각을 버리고 인생이라는 신성한 신비로움이 깃든 미풍을 받아들일 만큼 마음을 활짝 열면 모든 게 새롭게 다가온다. 그러나 시간이 지나자 그 부드러운 바람은 냉랭한 바람이 되었다. 여름이 끝나 갈 무렵이었고, 그녀는 자신이 뭐가 되고 싶은지 잘 모르는 채 프린스턴 대학에 입학했다. 그녀와 작별 인사를 하면서, 나는 처음 그녀의 미소를 보며 느꼈던 그 은밀한 느낌이 더 이상 남아 있지 않다는 걸 깨달았다. 그 미소가 사라진 지 얼마나 되었을까? 그리고 왜 진작 알아차리지 못했던 걸까? 그건 아름다운 미소였다. 내 일부분이 그녀에게 전해진 게 축복인 듯한 느낌이 들었다. 내 일부분은 그녀에게 전해져 더 아름다운 것으로 피어나고, 나로서는 절대 알 수 없는 순수한 호흡을 내쉬고, 내가 죽은 후에도 그녀를 통해 더 오랫동안 살아 있을 것이다. 내가 어떤 미소를 짓는지 알지 못했지만 기분이 좋았다.

그리고 모든 게 끝났다. 그녀는 사라졌다. 그리고 그 짓을 저지른 못된 놈을 잡지 못했다. 사흘 전, 그녀는 가든 스테이트 공원 도로에서 조금 떨어진 관목 숲에서 발견되었다. 나는 그녀에게 입을 맞추고 난 뒤에 관 뚜껑을 닫도록 했다.

세월이 흘렀고 옛날에 느꼈던 감정이 떠올랐다. 원하지 않았던 신생아, 아주 부드럽고 자그마한 신생아를 바윗덩어리에 올려놓고 등 돌려 떠나는 이교도 같은 느낌이 들던 기억이 떠올랐다. 내 딸이, 우리 딸이 신의 호의를 받으며 자란 것 같은 느낌이 들던 기억이 났다. 기억은 희미하지만 그 느낌은 또렷했다. 나는 벽에 걸린 오래된 십자가를 바라보며 서 있었다. 할머니가 다른 곳에서 가져다 걸어 둔 오래된 십자가였다. 서서 그 십자가를 바라보았지만 신의 호의라곤 조금도 느낄 수 없었다. 그때 〈시편〉의 한 구절이 떠올랐다. "어린아이를 바위에 데려가 내던지는 자는 행복할 것이다." 나는 벽에 걸린 십자가를 바라보면서 노여워하지 않고 매우 천천히 말했다. "빌어먹을 하느님, 꺼져 버려." 당시에는 10달러어치의 헤로인을 포장해서 파는 브랜드가 있었는데, D.O.A.라는 빨간색 글씨가 찍혀 있었다. 며칠 후, 나는 글라신 포장지에 고무풀을 더덕더덕

발라 십자가 형상의 음부를 가려 주는 매듭 끈 위에 붙여 버렸다.

앞서 말했던 것처럼, 나는 내 딸과 화해했다. 이 지구 상에 나와 피를 나눈 사람은 오로지 내 딸밖에 없었다.

내 아버지와 어머니는 세상을 떠났다. 나이 든 다른 사람들도 모두 세상을 떠났다. 내가 사랑했던 사람들. 나를 사랑했던 사람들.

그들도, 당신도, 나도, 모두 꺼져 버려. 기저귀를 두른 채 십자가에 못 박힌 예수도 꺼져 버려.

천국에서도 욕설이 쉽게 입 밖으로 나왔다. 아니, 천국에서는 이러한 욕설이 모든 것을 포용하는 한숨의 일부분이었다. 나는 부드러운 미풍에, 끝없이 펼쳐진 푸른 하늘에, 내 딸에게 입맞춤을 보냈다.

옛 성가 제목이 내 마음과 크게 다르지 않았다. '이 세상은 내가 살 집이 아니라네.' 성가 가사가 아닌 제목만 그렇다는 얘기다. 내가 살 집은 이승을 떠나 천국의 열린 문 너머로 보이는 저 높은 곳도 아니었다. 내가 살 집은 이곳에 없었다.

공허한 눈빛을 쳐다보는 데 질렸고, 공허한 사람들이 뱉어 내는 공허한 말을 듣는 데도 신물이 났다. 그렇다, 그래서 나는 일찍이 작가가 되었다. 그건 전혀 일어나지 않을 일 같았다. 이웃들은 책을 읽지 않았다. 사설 마권 업자들은 많았지만 책을 읽는 사람들은 거의 없었다. 아버지는 '머릿속에 생각이 들어가선 안 된다는' 근거를 내세우며 내게 책을 읽지 말라고 했다. 물론 아버지의 말에도 일리가 있었다. 머릿속이 어리석은 생각에 사로잡히면 빠져나올 수가 없다. 하지만 그 생각을 지나면 그 생각 너머로 향해 갈 수 있다. 현명한 사람들과 현자를 구분 짓는 건 바로 그 경계이다. 때로는 현명한 사람들과 현자가 아주 비슷해 보이기도 했다. "나는 생각이란 걸 하지 않는다." 에디 D.가 말했다. "위대한 사상가 노자는 생각으로부터 자유롭다." 1,300년 전의 선불교 사상가 우두법융(牛頭法融, 594~657. 우두선의 종조―옮긴이)이 말했다. 아주 유사하지만 무척 다르기도 하다.

나는 끔찍한 일에 대해 썼다. 10대 때 처음 경찰에 붙잡힌 것도 책을 훔쳤기 때문이었다. 셰익스피어의 단시들이 적혀 있는 책이었는데, 오랜 시간이 지나서야 비로소 그 책을 읽게 되었다. 그리고 단시의 한 구절을 마음속 깊이 깨달은 건 그보다 더 오랜 시간이 지나서였다. "말 없는 사랑으로 쓴 것을 읽는 법을 배워라."

가장 위대한 시는 무언의 시다. 가장 위대한 시인은 이 진실을 아는 겸손한 자들이다.

또다시, "나는 천국을 쓰기 위해 애썼다."는 에즈라 파운드의 말이 내 머릿속을 떠나지 않는다. 나는 내 목적에 맞게 받아들일 것이다. "바람이 말하게 하라/그것이 천국이다." 말 없는 사랑으로 쓴 것을 읽는 법을 배우는 것, 미풍의 힘에 몸을 낮추어 굴복하는 것. 이러한 것들을 포용하는 것이 삶이고, 그 침묵과 그 힘이 글을 쓰기 시작하기 전까지는 우리가 쓸 수 있는 게 아무것도 없다는 사실을 깨닫는 것이다. 불교 사상가 법융은 이렇게 말했다. "언어를 통해 어찌 진실을 얻을 수 있겠는가?"

나는 등불을 밝히고 오랫동안 밤을 지새운 후에야 그것을 이해하게 되었다.

하지만 어쨌든 나는 책을 써 나갔다. 나는 선과 악을 구분할 수 없었다.《모비 딕》을 계속 읽으면서 그 책을 좋아하려고 애썼지만, 절대 그 책이 좋아지지 않았고 앞으로도 그럴 거라는 느낌이 들었다. 위대한 미국 소설을 좋아하지 않는다면 어떻게 작가가 될 수 있겠는가? 그래서 나는 그 책을 읽으며 좋아하는 척했고, 시간이 흐르면서 정말 그 책을 좋아한다고 믿도록 스스로를 기만하게 되었다. 궁극적으로, 나는 그것이 대단한 책이 아니라는 서글픈 진실을 받아들이게 되었다. 1829년, 포경선 수전호에 오른 낸터컷 출신의 선원 프레드릭 미릭은《모비 딕》의 작가 멜빌에게 영감 받은 것을 향유고래의 이빨에 선명하게 새겨 넣었다. 이빨에 새겨 넣은 글귀는 '살아 있는 자들에게 죽음을, 살인자들에게 긴 여생을'이었다. 그리고 그건 사실이다. 멜빌은 생각이라는 통로에서 절대 도망치지 않았다. 미릭은 그 통로 속으로 한 번도 들어가지 않았는지 모른다. 내가 멜빌을 존경하고 그의 비전, 그가 하고자 했던 것을 존경한다면, 고래 이빨에 새겨 넣은 그 글귀야말로 미릭이 우리 시대에 전해 주는 메시지일 것이다. 그렇다면 미릭은 그 글귀를 어디에서 훔친 것일까? 처음으로 그 글귀를 적은 사람은 우리에게 알려져 있지 않다. 호메로스나 고대 그리스의 여성 시인 사포가 태어나기 몇천 년 전에 누군가가 여명이나 달을 보고 '장밋빛 손가락' 같다고 표현했을까? 구약의 〈전도서〉에는 이런 구절이 나온다. "지금까지 있었던 일이 앞으로도 마찬가지로 있을 것이다. 그리고 지금 행해지는 일이 앞으로도 행해질 것이다. 그리고 태양 아래 새로운 것은 없다." 〈전도서〉의 저자는 그 지혜로운 글귀를 어디에서 훔쳤고, 그 이전 사람은 또 어디에서 훔쳤을까? "독창성이란 본래 고매한 것을 훔치는 것이다." 이것은 미국 작가 에드워드 달버그가 한 유명한 말로, 외워둘 만한 가치가 있다. 하지만 그가 그 글을 어디서 가져왔는지는 아무도 모른다.

성숙하지 못한 작가들은 표절하고, 성숙한 작가들은 훔친다. 하지만 나는 성숙하지 못한 작가였을 때도 표절하지 않고 훔쳤다. 무엇보다, 나는 나 자신에게서 훔쳤다. 나는 단어와 구절에 매혹되었다. 내가 그것을 떠올리든 그것이 내 마음속에서 저절로 떠오르든, 단어와 구절들은 끊임없이 반복되고, 순환되고, 죽을 때까지 달리는 경주마처럼 내달렸다. 어린 시절 도둑이었던 나는 글 쓰는 걸 배우면서 나 자신에게서 무언가를 훔치는 도둑이 되었다. 나는 훔친 타자기로 다섯 권의 책을 썼다.

나는 왜 작가가 되고 싶어 했을까? 진정한 해답, 적어도 내가 진정한 해답이라고 믿을 수 있는 답이 떠오른 건 여러 해가 지나서였다. 나는 나 자신을 터프가이라고 여겼다. 그런 측면에서 글쓰기는 그럴듯하고 멋진 일로 보였다. 헤밍웨이나 그와 비슷한 작가들 덕분이었다. 실제로 어떻든 글을 쓰는 건 남자다운 일처럼 보였다. 1940년대 후반의 W. H. 오든은 예외였다. 그에게는 '지배적인 동성애적 특성'이 있었다.

남자다운 일. 나는 작가가 된 이후에야 비로소 그것이 새빨간 거짓임을 알게 되었다.

나는 소심함과 두려움을 느끼며 글을 썼다. 나는 마음 깊은 곳에서 내 감정을 전달해야 했고 그 감정을 전달할 수 있는 사람은 아무도 없었다. 예전에 살던 마을에서는 솔직하게 속내를 드러내면 곧바로 그곳에서 추방당하는 걸 의미했다. 게다가 그건 나와 어울리지 않는 일이었다. 누군가의 눈빛을 마주 보며 가슴에서 우러나는 이야기를 나누는 일은 나와 맞지 않았다. 따라서 글을 쓰는 건 누군가의 눈빛을 쳐다보지 않고 의사소통을 하는 방법이었다. 그것은 남자다운 일과는 거리가 멀었다. 그것은 겁쟁이가 할 일이었다. 그리고 어쩌면 그 둘은 똑같은 것일지도 모른다.

하지만 헤밍웨이는 우스꽝스러운 거짓말 같은 소설을 써서 돈을 벌었다. 그것도 큰돈을. 그는 〈노인과 바다〉 이후에 발렌타인 맥주를 홍보하는 유사한 연작을 썼다. (정말 커다란 물고기와 사투를 벌인 이후에는 나도 다른 술 대신 꼭 발렌타인 맥주를 마실 것이다.) 그리고 그건 내가 반드시 해 보고 싶은 일이었다. 맥주 광고문을 쓰거나, 커다란 물고기와 사투를 벌이고 싶다는 말이 아니다. 돈을 벌고 싶다는 말이다. 나는 돈을 벌고 싶다. 내게 필요한 건 바로 돈이다.

그렇다, 소심함과 도둑질, 곤궁함으로 글을 썼다. 단어의 울림과 색깔에 대한 진정한 사랑, 대사의 운율과 음조, 절대 표현할 수 없는 것을 단어와 문장으로 불러일으키는 건 나중에야 비로소 하게 되었다. 그와 함께 그것이 휘감고 있는 침묵과 바람과 신과 악마를 진정으로 사랑하고 알게 되었다.

내 딸이 태어나기 얼마 전, 처음 원고료를 받았을 때 난 열아홉 살이었다. 그 전까지 내가 쓴 글을 함께 공유했던 친구는 필 베르소뿐이었다. 우리는 8학년 때부터 서로 알고 지냈다. 그때는 《모비 딕》이 내게 주지 못했던 것을 알려 준 책, 나를 일깨우고 나를 자유롭게 하고 내게 영감을 준 휴버트 셀비 주니어의 《브루클린으로 가는 마지막 비상구》가 출간되기 전이었다. 책이 출간되었을 당시 나는 열다섯 살이었다. 셀비는 나의 소중한 친구가 되었고, 글쓰기와는 아무 상관 없는 면에서 나를 일깨우고, 자유롭게 하고, 영감을 불러일으켰다. 내가 위대한 작가로 존경하는 세 명의 현존 작가는 피터 매티슨(Peter Matthiessen), 필립 로스(Philip Roth) 그리고 휴버트 셀비(Hubert Selby)인데, 셀비의 예술과 영혼이 가장 윗길이라 할 만하다. 작가로서, 그리고 남자로서 가장 존경하는 사람도 셀비이다.

하지만 셀비 전에는 친구 필 베르소가 있었다. 필과 나는 함께 뛰어다니고,

함께 강도 짓을 벌이고, 함께 총에 맞고, 함께 술을 마시며 마약을 하고, 함께 소리 내어 웃었다. 기억 속에 오래 남아 그리운 건 바로 그 웃음소리다. 그와 함께 보낸 나날들은 대개 그 웃음소리로 끝났기 때문이다. 내가 당시에 쓴 글은 희미한 기억만 사금파리 파편처럼 아련하게 남아 있을 뿐, 모두 오래전에 사라져 버렸다. 그러나 그 사악한 날의 웃음소리는 쓸쓸하고 사금파리 파편보다 더 아련하지만, 여전히 선명하게 귓가에 메아리친다.

우리가 뛰놀던 세상의 중심이자 성지는 웨스트 42번가에 있는 휴버트 기념관이었다. 1층에는 핀볼 게임기가 놓인 초라한 가게와 실내 사격 연습장이 있었다. 아래층에서는 기괴한 행사를 벌이곤 했다. 또 싸구려 술집 바깥에선 남자들 혹은 어린 소년들이 뭐든 거래할 수 있었다. 내가 글로 쓴 왜곡되고 비현실적인 이야기는 대개 그곳의 왜곡되고 비현실적인 분위기에서 영감을 받은 것이다. 필은 내 글을 읽는 걸 무척 좋아했다. 필이 내 글을 읽을 때의 얼굴 표정이 눈앞에 선하고 악마 같은 웃음소리도 귓가에 울리는 듯하다. 필은 나의 공모자였고, 나의 첫 번째이자 가장 중요한 후원자였다. 그는 이후 몇 년 동안 계속 내 후원자로 남아 있었다. 감옥에 들어간 이후에도 그의 웃음소리는 그치지 않았고, 나는 그에게서 온갖 말과 이야기를 훔쳤다. 내 첫 번째 소설을 읽었을 때, 그는 소설 속에 나온 자신의 모습을 알아보고 '드디어 내가 닉의 책에 등장했다'며 의기양양해했다. 필이 마흔 번째 생일을 한 달 앞두고 죽었을 때, 필의 어린 남동생이 장례식 때 내게 해 주던 말이었다. 그의 말버릇처럼 '여럿 가운데 한 가지 일'을 하고 나서 사나흘이 지난 어느 무더운 여름날 밤, 그는 코니 섬에서 죽었다.

하지만 불쌍한 필이나 불쌍한 내 딸과는 달리, 그 무렵 나는 승승장구했다. 이 일에 있어서 그리고 인생에 있어서 나는 대부분의 사람들보다 운이 더 좋았다. 하지만 예전에 아버지의 비천한 눈빛에 비치던, 어리석음이 곧 지혜라는 사실을 그제야 깨닫기 시작했다. 나는 책을 멀리해야 했다. 아버지는 '책을 읽으면 머릿속에 생각이 생기기 때문에' 책을 '천하의 몹쓸 것'이라고 불렀다.

아버지의 말이 옳았다. 진정으로 옳았다. 책을 읽으면서 '문학은 여전히 고귀한 가치가 있다'는 머저리 같은 어리석은 생각이 머저리 같은 내 머릿속에 생겼다. 책을 통해, 그 천하의 몹쓸 것을 통해 나는 다른 세상으로 들어갔다. 호메로스와 단테와 사뮈엘 베케트가 내 작은할아버지만큼이나 중요한, 아니 그들이 작은할아버지보다 더 중요한 다른 세상으로 들어갔다. 그들은 술집에서 작은할아버지가 자리에서 일어나 포옹한 노인들만큼 중요한 존재였다. 하지만 그건 사실이 아니었다. 그리고 나중에 깨닫게 된 엄청난 아이러니는, 오래된 이웃 세상보다 출판 세계에서 더 그렇지 않다는 사실이었다.

이제 아무것도 없었다. 그렇다, 나는 도망쳤고, 미리 정해진 내 운명처럼 보이는 냉혹한 처벌로부터 벗어날 수 있는 거짓 방법을 꾸며 냈다. 하지만 이제 더 이상 예전의 모습으로 되돌아갈 수도 없고, 예전 이웃들과 그들의 살아가는 방식에서 위안과 즐거움을 얻을 수도 없었다. 이제는 이웃이 없었기 때문이다. '삶의 질'이 있었지만, 또 한편으로 그건 삶의 질이 없음을 의미했다. 생명도, 시대도 아무것도 없었다. 호메로스가 대중들로부터 존경받던 세상은 이제 없다. 다만, 〈오프라 윈프리 쇼〉의 '북 클럽'이 있을 뿐이다.

30년이 지나면서, 나는 책을 출판하는 일이 상상력이 부족한 상업적인 판매 전략으로 변해 가고, 매일매일 더 황폐해지고 범용해지는 모습을 보아 왔다. 한때 삶의 불꽃을 피우고 지성의 보고였던, T. S. 엘리엇이 시의 '신성한 숲'이라 불렀던 것의 힘에 대한 존경심은 그나마 있었다. 요즘은 뉴욕에서 엘리엇의 〈신성한 숲〉이라는 글을 읽으며 어둑어둑한 작은 숲을 따라가기는커녕 그런 말을 들어 본 고참 편집자를 만나는 일도 쉽지 않을 것이다. 같은 제목이 붙은, 머릿속을 떠나지 않는 뵈클린의 암울한 회화작품을 지나, 이탈리아 혁명가 오르시니의 '신성한 숲(bosco sacro)'을 지나고, 이교도 로마의 '신성한 숲(silva sacra)'을 지나, 알려지지 않은 숲 속을 들여다보고, 라틴어 'silva'에 더 모호한 의미가 있는지 혹은 그 문맥에서 더 마법 같은 의미가 있는지 알아낼 편집자도 없다. 퀸틸리아누스에게 silva는 글을 쓰기 위한 원재료를 의미했는데, 우리는 거기서 신성한 숲의 힘을 볼 수도 있을 것이다. 그런 편집자는 한 명도 없을 거라고, 나는 감히 말하는 바이다. 그들은 퀸틸리아누스의《웅변 교수론》을 읽지 않고, 엘리엇의 문학 에세이도 읽지 않고, 천체 물리학자 파울러의 책도 읽지 않고, 영국인 헨리 조지 리델과 로버트 스콧이 공동으로 펴낸《그리스어-영어 사전》도 읽지 않고,《옥스퍼드 라틴어 사전》, 심지어《옥스퍼드 영어 사전》도 읽지 않고, 시의 율독법이나 운율에 대한 안내서도 읽지 않고, 심지어 지하철 노선도도 제대로 읽지 않고 살아간다. 다만《시카고 매뉴얼(*The Chicago Manual of Style*)》최신판만 갖고 다닐 뿐이다(책에는 최근 문체나 용법의 변화 그리고 컴퓨터 기술의 변화에 대한 내용이 가득 실려 있고, 활자 서체 오류에 대해 지적하는 것은 완벽한 맞춤법 능력이라는 보잘것없는 '숲'에 고개를 숙이고 경의를 표하는 세태를 증명한다). 그들은 자신들이 종사하고 있는 일을 증명할 만한 싸구려 소책자, 아마도《편집의 기술》혹은《창조적인 편집》같은 책을 볼 것이다. 왜냐하면 편집이야말로 기술, 진정으로 창조성이 필요한 분야이기 때문이다. 물론 우리가 읽는 신문 기사도 그럴 것이다. 모양새가 좋고, 중요한 정보를 갖추고, 믿을 만하고, 빈틈없지만, '유대인 모자를 쓰고 예수를 십자가에 묶는 두 유대인'의 형상과 헷갈려 십자가에 못 박히는 성 안드레아스의 형상을 실을 만큼 멍청할지도 모른다. (그렇다, 앞뒤가 맞지 않는 이런 이야기는 세부적인 면에서 때때로 실수를 저지를 수 있다. 게다가, 어떻게 된 일인지 기독교인들은 모두들 비슷하게 생겼다. 성 안드레아스라는 이름이 십자가에 버젓이 적혀 있지만, 가끔 그런 실수를 저지르기도 한다.) 그렇다, 잘못된 유대인 모자는 오늘날 우리 시대 편집자들의 기준을 그대로 반영하고 있다.

본질적으로, 모든 상황이 이렇게 돼 버렸다. 여러 출판사들의 인수 합병 이후에 중요한 편집자들은 대여섯 명밖에 남지 않았다. 이것은 랜덤 하우스, 크노프, 팬천, 크라운, 빈티지, 밴텀, 더블데이, 델과 같은 거대 출판사 때문이고, 나머지 출판사들은 이제 독일의 베르텔스만의 소유로 넘어가게 되었다. 바이킹, 펭귄, 퍼트넘과 다른 출판사들은 영국의 피어슨에 넘어갔다. 사이먼 앤드 슈스터, 스크리브너, 포켓 북스, 애서니엄은 비아콤 소유이다. 워너 북스와 리틀, 브라운은 AOL 소유가 되었다. 세인트 마틴스, 헨리 홀트 주식회사, 파라르, 스트라우스 앤드 지루는 또 다른 독일 거대 기업인 게오르크 폰 홀츠브링크로 넘어갔다. 루퍼트 머독의 뉴스 회사는 하퍼콜린스, 리핀콧, 모로, 에이번과 다른 출판사들을 소유하고 있다. 이 여섯 군데의 거대 회사가 성인 도서 시장의 75퍼센트를 점유하고 있다. 그리고 이 여섯 회사 가운데 네 곳이 전체 판매 부수의 3분의 2를 차지하고 있다.

이 여섯 회사 가운데 AOL, 비아콤 두 곳만 미국계 회사이고, 두 회사 모두 전통적인 출판 회사가 아닌 미디어에 기반을 둔 회사로, 그들 회사에 출판은 별로 중요하지 않은 부차적인 계열사일 뿐이다.

출판은 비아콤이나 AOL 모두에게 핵심 사업이 아니기 때문에 이제 미국에는 주요 자국 출판사가 없다고 해도 과언이 아닐 것이다.

나는 냉혹한 고리대금업자이자 사설 마권 업자였다. 나는 모든 걸 수치로 계산했는데, 계산기나 종이와 연필이 없어도 상관없었다. 이곳의 산술은 꽤 간단했다. AOL 타임 워너는 2,000억 달러 이상으로 평가되었다. AOL의 연간 수입은 50억 달러 정도였고 연간 광고와 마케팅 비용은 10억 달러에 달했다.

타임 워너 트레이드 출판사에는 워너 북스, 리틀, 브라운 등의 계열사가 있고, 연간 수입은 3억 달러 정도였다.

이 출판사의 수입은 AOL 타임 워너 회사 전체 가치의 1퍼센트의 10분의 1에도 미치지 못했다.

워너 북스는 약 40년 전 종이 표지의 보급판을 출판하는 회사로 시작했다. 그리고 1837년 보스턴에서 시작한 리틀과 브라운은 한때 독립적이고 덕망 있는 출판사였다. 스스로에게 100퍼센트의 가치를 차지하는 회사였다. 그런데 이제는 출판사 수입이 전체 회사 가치의 1퍼센트의 10분의 1에도 미치지 못하게 되었다. 다시 말해 세계에서 가장 규모가 큰 연예와 미디어 회사가 희생해야 하는 분야, 눈엣가시, 이빨 사이에 낀 하잘것없는 존재가 된 것이다. 그리고 타임 워너 트레이드 출판사의 전체 수입은 AOL의 단독 영업 비용의 3분의 1도 되지 않는다.

예전에는 회사의 이익이 줄어들면 가장 먼저 광고비부터 삭감했지만 이제는 상황이 달라졌다. 눈엣가시를 빼내고, 이빨 사이에 낀 짜증 나는 작은 부스러기를 꺼내 쉽게 뱉어 버릴 수 있게 되었다.

시너지. 그건 그들이 좋아하는 단어였다. 시너지. 모든 것이 상승 작용을 불러일으킬 수 있는지에 관한 문제였다.

현재 여섯 개의 다국적 기업이 거의 독점하다시피 하고 있는 출판 시장을 25년 전에는 50군데의 출판사가 공유했다. 당시에는 자치권이 있는 출판사의 진정한 사업은 출판이었고, 편집자들에게도 그에 상응하는 자율권이 있었다. 출판사 대표는 거의 얼굴을 볼 수 없는 최고 경영자가 아니라 우리와 비슷한 보통 사람이었다. 이제 '발행인'이라는 용어는 부차적인 또 다른 직함이 되었을 뿐, 독립적인 힘을 행사할 수 있는 발행인은 없다. 그 힘은 경영 부서로 옮아갔고, 비효율적인 통계와 마케팅 잠재력, 예상 이익이 그 책의 운명을 결정한다. 출판업은 이제 더 이상 글쓰기와 별로 상관없게 되었다. 책은 여느 것과 마찬가지로 상품이 되었고 상품의 가치는 대개 잘못 평가된다. 대중적인 취향 가운데에서도 가장 하급의 요소들을 가진 책이 가장 가치 있는 책으로 평가된다. 노벨 물리학상 수상자인 레프 란다우는 우주 철학자들에 대해 "종종 오류를 범하지만 절대 의구심을 갖지 않는다."고 말했다. 그 말은 출판업을 부차적인 사업으로 시작한 사람들에게도 그대로 적용할 수 있을 것이다. 문학에 대한 소양이 부족한 유라이어 힙(Uriah Heep, 찰스 디킨스의 소설 《데이비드 코퍼필드》에서 비굴하고 수치스러운 인물로 그려져 있다—옮긴이)처럼 흰색 커프스에 흰색 이튼칼라가 달린 푸른색 줄무늬 셔츠를 입은 모습, 품위 없는 그들의 복장은 책에 대한 그들의 취향을 그대로 반영한다.

마흔을 앞두고 먼저 세상을 떠난 또 다른 친구 셸 스카파타는 이렇게 말했다. "어린 시절 계집애들도 이기지 못하던 느릿느릿하고 멍청한 놈들 기억나? 그놈들이 이젠 우리까지 이긴다니까."

하지만 종종 오류를 범하면서도 절대 의심하지 않는 얼간이들은 자신들이 대중의 소비를 예측하고 조작할 수 있다는 오만한 환상을 절대 저버리지 않았다. 설령 자신들의 균형 감각이 틀렸다 해도, 얼굴도 자주 볼 수 없는 최고 경영자는 그 환상에 의문을 제기하지 않는 것 같았다.

발행인이나 편집자라는 직함을 가진 사람 혹은 두 가지 직함을 모두 가진 사람들, 한때 멍청이들보다 높은 직위에 있던 그들은 이제 멍청이들을 위해 일해야만 할 처지에 있다. 그들이 원고를 읽고 출판하고 싶은 모든 책은 이제 멍청이들의 환상에 맞게 추한 모습으로 고쳐야 한다. 그리고 마케팅할 수 있는 판에 박힌 형식을 지닌 상품으로 시장에 내놓아야 한다. 세제나 구강 청결제 제품에 '새롭고 더 좋아진' 혹은 심지어 '혁명적인'이라는 광고 문구를 붙이는 것처럼, 책에는 '달링'이라는 낯 뜨거운 광고 문구를 붙일지도 모른다. 하지만 세제나 구강 청결제는 광고 문구와 상관없이 소비자의 안전을 위해 인공 향이나 색소를 첨가하지 않았는지 검사 받아야 한다. 평범한 사람들의 구미에 맞도록 '쇼킹하거나', '지나치게 정직하거나', '터무니없거나', '거칠거나' 혹은 '악몽 같을' 수 있다. 하지만 '쇼킹하거나', '지나치게 정직하거나', '터무니없거나', '거칠거나' 혹은 악몽 같을지라도 기분을 상하게 하거나 상식을 벗어나서는 안 되고, 사람들이 무리 없이 받아들일 수 있는 일정 범위를 넘어서는 안 된다. 무엇보다, 신문에서나 접할 매우 고매하고 명민한 작가를 만날 수 있어야 한다. 신문에서 간혹 십자가에 못 박힌 인물을 엉뚱한 유대인이라 해도 상관없다. 그들은 필립 로스를 혐오스러운 작가로 생각하는 반면, 존 그리샴이나 스테판 킹 같은 이교도들을 진짜 작가로 대접할 것이다.

살아남으려면, 편집자들은 멍청이들을 위해 일하는 것 외에 다른 선택의 여지가 없다. 그들이 충만한 문학 정신으로 업계에 들어왔다 해도, 아직은 문학에 대해 말뿐인 찬사를 보낸다 해도, 사실 그들이 나아갈 길은 멍청이들을 위해 일하는 것뿐이다. 문학 정신, 상상력, 용기, 개성, 풍요로움은 이제 더 이상 존재하지 않는다. 고전을 좋아한다고 공언할 수는 있지만, 오늘날 고전을 출판할 수 있고 또 출판할 의지가 있는 편집자는 아무도 없다. 고전 문학은 잘 읽히지는 않아도 여전히 출간되어 팔리는데, 학위를 남발하는 대학들의 필독 도서 목록에 올라 있어 수험생들이 어쩔 수 없이 구입해야 하기 때문이다. 고전은 오프라 북 클럽에서 다루는 책이 아니다. 출판은 이제 되돌아올 수 없는 강을 건너고 말았다.

책 판매량과 독서량은 줄고 있다. 이제 책 판매량의 절반은 주요 체인점 네

곳에 의해 결정되고 있다. 정말 말도 안 된다. 발행인도 없고 서점도 없고 아무 것도 없다.

내 친구 바비 테데스코는 이렇게 말하곤 했다. "이 세상에는 오직 두 종류의 사람이 있다. 이탈리아인들 그리고 이탈리아인이 되고 싶은 사람들."

그와 비슷하게 이 세상에는 오직 두 종류의 책이 있다고 말할 수 있으리라. 오프라 북 클럽에 소개되는 책 그리고 그 북 클럽에 소개되고 싶은 책.

나는 최근에 신간을 출간했다. 내게 그것은 책이 아니었다. 나는 그걸 책으로 쓰려고 작정하지 않았다. 그저 10만 달러 정도 벌고 싶었을 뿐이다. 내게 그것은 책이 아니었다라고 말한 까닭은, 다른 책들과 비교해 대단한 책이 아니라고 말하기 위해서가 아니다. 항상 그랬던 것처럼 평론가들은 호의적이었고, 문학상을 받았고, 심지어 전작들과 달리 몇몇 베스트셀러 차트에도 올랐다.

내 책이 《로스앤젤레스 타임스》 '북 리뷰' 베스트셀러 목록에 오르자, 친구 제리가 그 리스트를 복사해 보내 주었다. 내 책은 리스트 거의 맨 아랫부분에 있었지만, 어쨌든 리스트에 올라 있었다. 내 책을 출판한 출판사의 다른 책이 리스트 상위에 진입해 있었는데, 다양한 과자 조리법과 장식에 관한 책이었다. 물론 내 책은 그런 종류의 책, 다시 말해 '좋은' 책과는 경쟁할 수가 없었다. 내 책은 한 남자의 영혼을 되찾으려는 시도를 담은 내용으로, 소니 리스턴이라는 이름의 나쁜 흑인은 결국 파멸하고 만다. 나는 책 제목을 《야간열차》라고 지었는데, 소니가 가장 좋아하는 노래 제목에서 따왔다. 밤이 샐 때까지 달리는 야간열차는 소니처럼 짧은 인생을 살아갈 운명을 타고난 사람에게 딱 어울리는 비유라는 느낌이 오래전부터 들었다. 몇 년 전 나는 책 제목을 그렇게 정했지만, 출판사 사장은 당시 마틴 아미스가 출간한 책 제목과 똑같아서 그 책에 묻힐 것 같다고 했다. 마지못해 다른 제목을 정하는 데 동의했고, 지금의 《악마와 소니 리스턴》으로 정했다. (아이러니하게도, 마틴 아미스는 영국 작가이지만 내 책을 출간한 영국 출판사의 발행인은 그런 염려를 하지 않았다. 내 책이 《야간열차》라는 제목으로 영국에서 출간되었을 때, 제목이 대중적으로 먼저 알려졌던 마틴 아미스의 책 판매량을 앞질렀다. 그리고 이후에도 똑같은 제목의 두 책은 아무 문제나 혼란 없이 영국에서 공존해 오고 있다.)

하지만 내 책이 '그다지 좋은 책이 아니라고' 말하려는 건 아니다. 내 책은 좋은 책이고 마틴 아미스의 책은 아마 더 좋은 책일 것이다. 나는 내 책과 조리법과 장식에 관한 책에 대해 말하려는 것이다. 물론 내 책에는 장식에 대한 도움말이 부족하다는 걸 인정한다. 내 책은 모든 위선적인 정치적 상황에도 불구하고 나쁜 흑인을 여전히 두려워하고 경멸하는 세상에서 영혼을 되찾으려는 한 남자의 진지한 시도를 그리고 있다. 적어도 내 책은 진짜 책이었다. 신성한 숲의 가장 순수한 중심이 아니라 신성하지 않은 교외 유곽에서 썼다면, 내 책을 출판한 발행인은 내 책이 베스트셀러에 올라 출판사에 권위를 가져다주었다며 기분 좋아했을 것이다.

하지만 그런 경우가 아니었다. 다른 사람들을 위한 위선을 제외하고는, 비록 대중적인 칭찬을 받으며 상업적인 성공을 거둔다 해도 발행인들은 이제 더 이상 사회적 지위와 존경에 연연해하지 않는 것 같았다.

내 책을 출판한 발행인의 말에 따르면, 내 책의 반응은 별로라고 했다. 그는 내게 직접 말하지 않고 내 대리인을 통해 말했는데, '판매 기대치'도 충족시키지 못했다고 했다. 모든 것을 고려해 볼 때, 내 책은 멍청이들에게는 꽤 실망스러운 책이었던 것이다.

결론적으로 그랬다. 내 첫 번째 베스트셀러는 조리법과 장식에 관한 책에 비하면 아무것도 아니었다.

나는 이 나이가 되어서야 비로소 내게 이 일이 끝났음을 알았다. 지난 30년 동안, 나는 힘겹게 싸웠고 힘겹게 이겨 냈다. 하지만 힘겹게 이겨 냈을 때, 적은 점점 더 커졌고 더 무지막지해졌다. 이제 일을 망치기 전에 어느 한편이 굴복하고 무릎을 꿇어야 했다. 아니면 다른 한편이 죽어야 했다.

나는 편집자와 17년 전부터 알고 지내고 있다. 당시 그는 스크리브너 출판사의 오래된 멋진 사무실에서 근무했는데, 나이 든 창립자 스크리브너 씨가 오래된 멋진 목재 바닥을 걸어 다니고 있었다. 당시만 해도 진정한 출판 정신이 있었고, 5번가가 내려다보이는, 목재로 마감한 오래된 멋진 사무실은 편집자와 내가 영혼과 시대의 흐름을 느끼고 숨 쉴 수 있는 감미로운 공간이었다. 큰 뜻을 품은, 신성하고 온전히 보존된 장소였다.

나는 그 신성한 숲의 공기를 가슴 한가득 깊이 들이마셨고, 이제 다른 공기를 들이마시는 것은 원치 않았다.

그는 내 글을 편집하려는 의도가 거의 없다는 점에서 최고의 편집자였다. 작가들은 에즈라 파운드가 말했던 '무언의 미풍'에 어떤 작가도 이를 수 없는 문학의 힘이 담겨 있다는 사실을 겸손한 마음으로 이해하기 전까지는 글을 쓸 수 없기 때문에, 편집자들도 어느 정도 비슷하게 그 점을 이해해야 한다. 가장 훌륭한 편집자들은 글을 편집하지 않는다. 그들은 좋은 작가를 찾아내고 작가들에게 자유와 이익을 가져다줄 수 있도록 도와준다. 스크리브너 출판사에서 헤밍웨이, 스콧 피츠제럴드, 토머스 울프 등 여러 작가들과 함께 일했던 편집자 맥스웰 퍼킨스에게는 '천재 편집자'라는 칭호가 붙어 다닌다. 퍼킨스가 천재 작가들과 연락을 했다면, 그 목적은 오로지 자신의 문장을 써 나갈 수 있는 작가들이 아무 방해도 받지 않고 글을 쓸 수 있도록 배려해 주는 일뿐이었을 것이다. 베넷 서프(Bennett Cerf) 밑에서 일하던 랜덤 하우스의 고참 편집자 색스 코민스가 어떻게 윌리엄 포크너나 W. H. 오든이나 윌리엄 카를로스 윌리엄스에게 강요할 수 있었겠는가? 바니 로셋이 어떻게 윌리엄 S. 버로스(William S. Burroughs)나 휴버트 셀비 주니어에게 간섭할 수 있겠는가? 제임스 로플린이 어떻게 에즈라 파운드나 폴 볼스(Paul Bowles)의 글을 함부로 고칠 수 있겠는가? 그들은 그렇게 하지 않으려 했기에 그렇게 할 수 없었다. 바로 거기에 진정한 편집의 의미가 있다.

하지만 편집자들의 힘을 찬탈한 멍청이들은 작가와 편집자 사이의 이러한 모종의 공모를 불가능하게 만들어 버렸다. 옛 이웃들이 그랬던 것처럼 옛 출판사들에게는 그들만의 가치가 있었고, 그 가치를 위협하는 것에 함께 대처하는 공동 의식이 있었다. 동종 업계에 종사한다는 의식이 있었고, 강한 애착이 있었으며, 함께 호흡한다는 의식이 있었다. 라틴어 접두어인 'con'은 공동체나 관계, 파트너십을 뜻한다. 라틴어 'spire'는 호흡을 뜻한다. 그러므로 'conspire(공모)'

는 '함께 숨 쉰다'는 것을 뜻한다. 그런데 예전의 출판사나 예전 이웃들의 가치를 전혀 모르는 멍청이들이 나타났다. 게다가 멍청이들은 어느 누구와도 함께 호흡하지 않는다.

때문에 내 오랜 친구와 편집자의 입에서 멍청이들이 떠드는 말이 나오는 걸 들은 나는 심히 낙담했다. 오래전, 우리는 함께 큰 뜻을 품었고 함께 호흡했다. 우리가 만난 지 약 2년이 지나 스크리브너가 맥밀런의 손에 넘어갔을 때, 창업자 스크리브너 씨는 더 이상 오래된 멋진 목재 바닥을 걸어 다니지 않았다. 내 친구와 편집자는 전도유망한 새로운 경영자가 내 첫 번째 소설을 출판해 주겠다는 조건 하나만으로 새로운 출판사에서 새로운 직위를 받아들이는 데 합의했다. 그것은 우리 두 사람 모두에게 새로운 인생이 시작되는 걸 의미했다.

그리고 15년이 지난 지금, 난 어떤 말을 듣고 있는가? 나는 이런 말을 듣고 있다. "이 문학적이고 시적인 글은 집어치워. '유례없는 인간성'과 '훌륭한 책'은 집어치워. 흰 설탕 가루를 뿌린 케이크와 옷장 정리법에 관한 책이야말로 진정한 성스러운 숲이지. 케이크 굽는 법을 가르쳐 주면, 우리에게 어떤 가치가 있는 존재가 될 거야."

출판사에서 발행할 내 다음 책은 호메로스 이전 시대부터 오늘날까지의 시적인 충동과 욕구에 관한 불가해한 노트를 조사하고 곰곰이 생각한 과정을 써 나가는 거였다. 이런 이야기를 직접 언급하면 책이 팔릴 만한 가능성이 거의 없어서, 나는 한 페이지 한 페이지를 읽으며 '어리석고 쉽게 잘 속아 넘어가는 발행인에게 어떻게 상당한 돈을 지불하게 할 수 있을지' 의구심이 들었다.

하지만 책을 출간하기 이전에 책을 제작하는 초기 단계에서 멍청이들도 의구심이 있었는데, 그들은 나보다 더 이상한 의구심을 갖고 있었다. 내가 책 제목으로 정한 '죽은 목소리들이 모이는 곳'이 혼란을 불러일으킬지도 모른다고 했다. 논픽션이라기보다 소설로 오해할 가능성이 크다는 것이었다. 나는 그 점에 주목하고 그들의 염려에 충분히 공감했기 때문에, 내 책이 소설과 구분될 수 있도록 적절한 부제를 곰곰이 생각하게 되었다.

오랜 세월이 지나면서 나는 고등 척추동물의 레퍼토리에서 나올 수 있는 모든 종류의 어리석음을 목격했다는 느낌이 들었다. 하지만 이번만큼은 새로운 느낌이 들었다. 나는 답장을 쓰기 시작했는데, 단어를 써 나가고 구두점을 찍을 때마다 분노가 점점 더 끓어올랐다.

당신들이 부제를 요구한 문제에 대해 곰곰이 생각해 보았습니다. 곰곰이 생각하다 보니 빛이 보이기 시작했고, 가장 성스럽고 끔찍한 것—정직함이 그 빛에 드러났습니다.

당신들이 부제를 요구한 논리를 보자면, 이미 정해진 제목은 책을 구입할 독자들에게 혼란을 주어 내 책을 소설이라 믿게 할지도 모른다고 했습니다.

1. 논픽션과 소설을 분명히 구분해서 전시하지 않은 서점이 단 한 곳이라도 있으면 말해 주십시오.

2. 독자들을 '혼란스럽게' 한다 해도, 책을 구입할 독자들의 관심을 끄는 건 좋은 일입니다. 오히려 이곳 출판 시장에서 훌륭한 마케팅 아이디어가 아닐까요? 그리고 소설에만 관심 있는 독자들 혹은 논픽션에만 관심 있는 독자들이 '혼동'을 통해 내 책에 관심을 갖게 되기를 바라지 않는 겁니까?

3. 논픽션이라는 표시보다 크기가 더 작고, 더 미묘하고, 더 주의를 끌지 못할 부제를 보기 위해 독자들은 더 가까이 다가와야 할 것입니다. 독자들은 논픽션이라는 표시 아래 혹은 그 근처에서 책을 먼저 보게 될 것입니다.

4. 우리가 생각하는 것처럼 이 책을 구입할 독자들이 과연 '혼동'을 겪을 만큼 눈치가 없고 어리석을까요?

5. 마케팅에 있어 사람을 가장 중요하게 여긴다는 사실은 잘 알고 있지만, 독자들이 실수로 잘못 다가갈 가능성에 대해 그토록 친절하고 세심하게 염려하는 경우는 아직 한 번도 보질 못했습니다. 책을 둘러보던 독자가 다시 발걸음을 돌리거나 그 책을 살 것 같다고 했는데, 그렇게 실수를 저지른 독자가 실제로 책을 구입할 가능성이 있을까요?

6. 독자들이 혼동할 거라는 생각은 옳지 않고, 동의할 수 없는 어리석은 생각입니다.

내가 정한 책 제목은 독자들에게 혼동을 불러일으키지 않습니다. 오히려 궁금증을 불러일으켜 더 많은 독자들을 끌어들일 것이고, 모든 걸 구분 짓는 이 서글픈 시대에 대형 서점에서 신간 논픽션과 신간 소설을 분명하게 구분 짓는 커다란 표시도 알아차리지 못하는 멍청한 독자들의 관심까지 끌게 될 것입니다.

7. 제목이 뭔지 신경 쓸 사람이 누가 있겠습니까? 이건 그저 책일 뿐입니다.

나는 터무니없는 이 생각에 동의할 수도, 좋다고 할 수도 없습니다. 그저 우스꽝스럽고, 거추장스럽고, 지나치게 아둔하다고 여길 뿐입니다.

짧게 말하자면, 이 책의 부제는 없을 겁니다. 부제 따윈 결코 없을 겁니다.

이 책의 출간을 원래대로 준비하고 있을 여러분에게 훌륭한 조판 전문가를 추천할까 합니다. 어떠한 고전적 요소든 전문가답게 효율적으로 만들 수 있는 사람이지요.

관심 없으면, 그 역시 신경 쓰지 말고 중요한 문제로 넘어갑시다.

우리 양쪽 모두는 이 책이 책에 영향력을 행사할 사람들보다 내게 더 중요하다는 사실을 알고 있습니다. 나는 내 책을 보호해야 하므로, 그 책임을 당신들이나 다른 사람이 아닌 나 자신에게 떠넘길 수밖에 없습니다. 그 책임은 온전히 내게 있기 때문입니다. 이 책은 나를 대변해 주는 책이고 앞으로 나올 책도 그러할 것입니다. 그러면 아무도 내게 상관하지 않을 거고, 혹평하지 않을 거고, 나를 끌어내리거나 파멸시키지 않을 겁니다. 오로지 나만 그럴 겁니다. 나는 똑바로 서거나 넘어질 수 있을 것이고 화려하게 성공하거나 흔적 없이 사라질 수도 있겠지만, 나라는 사실은 변함없을 겁니다.

범속해진 출판계를 어느 때보다 더 무겁게 짓누르고 있는 손해와 파멸은 내가 통제할 수 있는 범위를 넘어섰습니다. 그로 인해 출판이 부차적인 산업이 되었다 해도 어쩔 수 없을 겁니다. 하지만 내가 통제할 수 있는 것, 나의 내적인 운명도 어쩔 수 없을 겁니다. 독자들의 혼동을 불러일으킨 점에 대해,《로스앤젤레스 타임스》논픽션 베스트셀러 차트에서 내 책을 훨씬 앞지른 요리 책을 쓰지 않도록 배려해 준 점에 대해 사과와 자부심과 감사함을 전하는 바입니다.

나는 지금껏 내 마음에서 우러나는 글을 써 왔고, 앞으로도 내 마음에서 우러나는 글을 계속 쓸 겁니다. 다른 사람의 마음이나 한때 멋진 세상이었던 이 도서 시장의 거짓 마음을 반영하기 위해 단 하나의 단어도 고칠 수 없고, 또 고쳐서도 안 됩니다. 내 책을 편집할 수 없는 건 야생 표범의 발톱에 매니큐어를 칠할 수 없는 것과 마찬가지입니다.

당신들은 늦게 불타오른 호메로스에 대한 사랑을 내게 말했고, 나는 그 사랑에 공감합니다. 호메로스는 《일리아드》에서 글을 쓰는 데 여신의 도움만을 받고, 《오디세이》에서는 뮤즈의 도움만을 받은 점에 주목하십시오. 그들은 유일한 존재이며 내재적인 존재입니다. 다른 이의 영향을 불러일으키거나 경험하는 가능성은 생각조차 할 수 없습니다. 물론 《오디세이》의 대부분은 형편없이 쓰였고 《일리아드》의 대부분도 읽을 만하지 않습니다. '선박 카탈로그(Catalogue of Ships)'(《일리아드》 제2권에 나오는 글로, 트로이로 가는 아카이아 군대 목록이 나와 있다—옮긴이)를 대대적으로 편집하거나 《일리아드》 제2권을 첨삭하지 않을 편집자는 아무도 없을 것이고, 구약의 〈역대기〉 상권을 그냥 둘 편집자도 없을 겁니다. 하지만 우리가 손을 대지 않는 건 그 책에 대한 경외감 때문입니다. 사실, 그 책을 편집하면 더 좋은 작품이 되었을 겁니다. 하지만 그 책은 야생의 표범과 같은 존재였고 지금도 마찬가지이고, 우리는 그것을 책이라 부릅니다. 그 책은 앞으로도 우리들에게 영감을 주고 경외감을 불러일으킬 것입니다. 쓰레기 같은 엉터리 소설과 조잡한 글, 우리 몇몇은 책이라고 부르는 것들이 그 폐해를 다하고 잊힌 이후에도 호메로스의 책과 성서는 계속 남아 있을 겁니다.

(어쨌든, 《일리아드》는 픽션으로 구분될까 아니면 논픽션으로 구분될까? 독일의 고고학자 슐리만과 다른 사람들이 오늘날까지 보여 준 대로, 이 문제에 대해서는 상당한 혼동이 있어 왔다. 이 책에 부제가 있었다면 지난 1,800년 동안 혼동을 겪는 와중에 다소나마 도움이 되었을 것이다.)

윌리엄 포크너를 읽으면서 느꼈던 기쁨과 영감과 찬연한 광채를 생각해 봅니다. 결점투성이인 데다 술에 취해 온갖 실수를 저질렀던 포크너는 글 쓰는 방법을 터득한 이후로(도저히 참고 읽을 수 없는 두 권의 소설을 발표한 이후로) 자신의 글이 편집되는 걸 거부했습니다. 그가 해리슨 스미스와 베넷 서프 같은 편집자를 만난 건 정말이지 행운이었습니다. 그 편집자들에게는 포크너의 글을 편집하지 않을 용기와 지혜가 있었으니까요. (《음향과 분노》에 대해 앨프리드 하코트는 "이 책을 출판하려는 바보는 아마 뉴욕에서 자네 한 명뿐일 거야"라고 해리슨 스미스에게 말했습니다. 그리고 물론 오늘날에도 거대 출판사는 그 책을 출간하지 않습니다.) 포크너는 이렇게 말했습니다. "나는 술 취하고, 제정신을 잃고, 말에서 떨어지고, 모든 것을 받아들인다. 하지만 편집은 받아들일 수 없다. 내 글을 편집당하느니 차라리 내 아내가 마부와 그 짓을 하는 꼴을 보겠다." 해리슨 스미스나 베넷 서프처럼 편집을 하지 않는 편집자들의 신조가 없었다면, 그들의 용기와 맹목에 가까운 절대적인 신뢰가 없었다면, 포크너는 금방 잊히는 여느 평범한 작가가 되었을 거고 우리는 그의 위대한 작품을 읽을 수 없었을 겁니다. 포크너 같은 작가는 없었을 것입니다. 그렇습니다, 그는 달랐습니다. 그는 상업적으로 발전할 수 없었습니다. 노벨 문학상을 받기 전까지 그는 혹평에 시달렸고 나보다 더 적은 인세를 벌었습니다. (그렇다고 포크너가 나보다 더 훌륭한 작가이며 그의 책이 내 책보다 더 훌륭하다는 걸 뜻하지는 않을 것입니다. 이미 말했던 것처럼, 나는 좋은 글을 쓰기 위해 필요한 돈을 벌려고 지금 당장은 나쁜 책을 써야 합니다.) 하지만 그는, 그가 좋아했던 말로 표현하자면, 정복되지 않았습니다.

물론 그때는 시대가 달랐습니다. 출판사마다 대표들이 실제로 있었고, 우리와 마찬가지로 평범한 사람이었던 그들은 책을 사랑했으며, 그들이 사랑하는 책이 아무리 이상하고 기이하고 이해할 수 없는 것이라 해도 함부로 대하지 않았던 시대입니다. 하지만 지금은 개성도 없고, 용기도 없고, 어제의 밥 크래칫 (Bob Cratchits. 찰스 디킨스의 소설 《크리스마스 캐럴》에 등장하는데, 낮은 임금을 받으며 혹사당하는 인물로 그려져 있다―옮긴이)은 오늘날의 폭군이 되었습니다. 그들은 돈 버는 방법을 알고 있다는 오만한 환상에 사로잡혀 있지만, 실제로는 바닥을 드러낸 재정 상태의 마지막 결과를 지켜보면서 해리 포터와 차세대 포크너를 알아보지 못하고 지나칠 것입니다. 이러한 재정 상태에 위축되는 사람들과 문화 사업에서 파산한 사람들은 항상 일자리를 잃을 위험에 처해 있습니다. 그리고 이건 서글프고도 부당한 일입니다.

(검열에 강하게 반대하는 사람으로서, 나는 결국 AOL의 보호 아래 책을 출판할 수밖에 없다는 데 반발심을 가지게 됩니다. 당신들이 알 수도 있고 그렇지 않을 수도 있겠지만, AOL은 인터넷 검열을 가장 강력하게 후원하고 실행하는 기업입니다. 언론 자유의 적이자 억압자와 동조하는 스스로의 모습을 보면서, 당신들이 도덕적인 치욕이나 자기 혐오를 느끼지 않는지 모르겠습니다. 아니, 분명히 느낄 거라고 생각합니다. 내가 갖고 있는 유일한 희망은 회사의 경영 부실로 인해 작년에 주식 시가 총액이 15퍼센트 감소했기 때문에 현금이 필요해서 우리를 덜 불명예스러운 기업에 팔 수 있을 거라는 가능성입니다. 내가 책을 쓰기로 계약서에 서명한 것은 내 원칙을 저버리기 위해서가 아닙니다. 호메로스가 우리의 모습을 본다면 구토할 것이고, 포크너는 불같이 화를 낼 겁니다. 우리에게 양심이 있다면, 그들을 위해 그렇게 할 겁니다.)

그러나 여전히 표범들은 존재하고 그들에게는 여전히 날카로운 발톱이 있습니다. 그들은 항상 진지하게 글을 쓰고 있지만 일자리를 잃을 위험은 점점 더 커져 갑니다. 하지만 그들의 경우, 그들의 일자리는 바로 자신입니다. 그리고 표범에게 자신의 영혼은 신성불가침이고 가치를 매길 수 없을 정도로 소중한 것입니다. 그리고 그것을 지키고 존중하기 위해 죽일 수도 있고 죽을 수도 있습니다.

다시 말해서, 내가 존경하고 친밀함과 우정을 느끼게 된 몇몇 소수의 편집자들과 함께할 수 있기를 바라고, 내 책에 대해서는 내 평생 더 이상 편집하지 않기를 바라는 바입니다. 내 인생의 숫자가 적힌 주사위는 내 손안에 있고 그것을 굴리는 사람 역시 나 자신입니다. 정말이지 나는 더 이상 개의치 않습니다. 그러면 내가 이기는 겁니다.

이것은 단순한 글이자, 명백한 솔직함이자, 진실입니다. 부제가 없다고 해서 혼동할 사람은 아무도 없을 것이고, 내 책은 명백한 논픽션입니다.

이 편지에 대해 어떤 형식의 글로든 굳이 답신을 보내지 않아도 됩니다. 나는 그런 답신을 원하지도 않거니와, 이 문제에 대해 앞으로 다시는 거론하지 않을 것이기 때문입니다.

닉 토시즈 씀.

아, 포크너라니. 그의 이야기가 모든 걸 말해 주었다. 모든 작가와 발행인, 편집자와 독자들을 위해, 그의 이야기는 모든 걸 말해 주었다.

"나는 그 책을 썼다. 하지만 그 책의 글 이외의 다른 것들은 엉터리였다." 포크너는 1927년 가을, 《묘지의 깃발》원고를 넘긴 이후에, 정말 끔찍한 그의 초기 두 작품을 출간했던 출판사인 보니 앤드 리브라이트에 그렇게 말했다. 그의 말은 옳았다. 그 책은 적절한 시기에 발간되었는데, 그가 죽은 지 11년이 지난 1973년 여름이었다.

하지만 조너선 케이프와 해리슨 스미스가 일하는 출판사에서 포크너의 다른 위대한 작품인 《음향과 분노》를 1929년 가을에 출판했다. 불경기이든 그렇지 않든, 당시 베스트셀러는 수백만 부가 팔렸다. 역시 1929년에 출판된 독일 작가 레마르크의 《서부 전선 이상 없다》는 18개월 동안 전 세계적으로 350만 부 이상 팔렸다. 《음향과 분노》는 1,789부가 팔렸다.

포크너의 다음 책 《성역》을 본 해리슨 스미스는 소스라치게 놀라며 대답했다. "맙소사, 우린 이 책을 출간할 수 없습니다. 우리 둘 다 감옥에 가야 할 겁니다." 하지만 해리슨 스미스는 결국 용기를 냈고, 1931년 초 《성역》이 출간되어 6,000부 이상 팔렸다. 포크너는 향후 8년 동안 그 이상의 판매고를 올리지 못했다.

랜덤 하우스는 해리슨 스미스의 출판사를 인수하면서 1936년 포크너 책의 판권을 얻게 되었다. 해리슨 스미스가 용기와 신념과 애정을 보여 주었던 것처럼 랜덤 하우스도 마찬가지였다. 1931년부터 1943년까지 거의 13년이라는 시간이 걸리기는 했지만, 《음향과 분노》는 1,000부가 팔림으로써, 그들의 용기와 신념과 애정은 보상을 얻었다. 오랜 시간이 지나자 《음향과 분노》 그리고 포크너의 다른 소설은 여느 출판사들이 꿈꾸는, 큰 이익을 창출하는 보물 같은 존재가 되었다.

랜덤 하우스가 용기와 신념과 애정을 바탕으로 번성한 반면, 포크너 자신의 뛰어난 재능과 용기로 이루어진 노고와 고통은 악평과 비난을 견딘 이후에야 비로소 보상받게 되었다.

나는 빌어먹을 가족들을 위해 뼈 빠지게 일한다고 신음 소리를 내며 투덜거리는 놈들을 보면 신물이 난다. 그들은 모두 머저리 같은 놈들이다. 오로지 사랑하는 사람과 자손들을 위해 일하는 사람은 예술가뿐이다. 예술가들만이 자신의 임금을 수표로 받는 것도 그 때문이다. 예술가들은 시간당 수입을 받지 않는다. 그들은 주당 수입을 받지도 않는다. 한 달치 수입을 받지도 않고 1년치 수입을 받지도 않는다. 예술가들은 사후에 수입을 받는다. 살아 있는 동안에는 아무것도 없다. 두둑한 계약금도 없고 10퍼센트의 보너스를 받을 가능성도 없다.

그러므로 당신의 못생긴 아내, 아마도 20년 전에 나와 그 짓을 했을 당신의 아내와 불행하게도 당신을 닮은 아이들의 사진을 보여 주며 그들을 위해 열심히 일한다고 말하려거든, 그런 얘긴 다른 데 가서 지껄이고 내게 호의를 베풀어 주기를. 당신이 부양해야 하는 보기 흉하게 늙은 어머니도 마찬가지이다. 젠장, 늙은 어머니가 음울한 소리로 투덜거린다 해도 당신에게는 월급날이라도 있지 않은가. 뿐만 아니라 유급 휴가가 있고, 연금이 있고, 돈 많은 부모가 있는데, 당신은 대단한 희생이라도 치르는 양 떠들어 댄다. 당신이 할 수 있는 희생 가운데 가치 있는 건 오로지 자살뿐이다. 나는 부모에게 한 푼의 유산이라도 받은 놈들과 한 푼이라도 받으려고 하는 놈들이 싫다. 당신은 쓰레기 같은 존재이다. 자기 앞가림도 못하기 때문이다. 자기 앞가림을 하는 척한다 해도, 부모가 당신의 뒤를 받쳐 준다. 때문에 당신은 진짜 삶을 모르는 아마추어이다.

이런 말을 하니 기분이 좋다.

자유. 사형수 감방에 있는 자들만 그럴 수 있다.

어쨌든, 당신네들은 꺼져 버려. 난 여기서 콘콥 윌리에 대해 이야기하고 있다.

그렇다, 그의 이야기는 모든 걸 말해 준다. 모든 작가와 발행인, 편집자와 독자들을 위해, 그의 이야기는 모든 걸 말해 준다. 그렇다, 모든 독자들을 위해서도 마찬가지이다.

"자, 포크너 씨." 그녀가 말했다. "그걸 쓸 때 무슨 생각을 하고 있었던 거죠?"

"돈." 그가 대답했다.

또는 그의 작품 가운데 특히 복잡한 구절인 이 문장은 어떤가?

"포크너 씨, 이 구절은 어떤 뜻입니까?" 그가 물었다.

"그걸 내가 어찌 알겠소?" 포크너는 잠시 후 다시 말문을 열었다. "그저게 그 구절을 읽다가 의아했습니다. 코가 비뚤어지도록 술을 마시고 그 구절을 읽은 기억이 나는군요."

《야생 야자수》를 읽어 보라. 에즈라 파운드의 마지막 지혜의 바람이 대단한 힘을 갖고 있는 작품이다. 그 소설을 읽었다면 더 이상 다른 소설을 읽을 필요가 없을 것이다. 나는 이 소설의 마지막 부분을 샬러츠빌에 있는 버지니아 대학 올더먼 도서관의 친필 원고 부서에서 빌린 다음 훔쳤다. 그것은 나의 성물 가운데 하나로, 나는 그것을 잘 보존할 것이다.

나는 이 글을 쓰는 동안, 그것을 내 성물 주변에 모아 두었다. 하지만 그것에 대해 말할 필요성은 느끼지 못한다.

하지만 이렇게 말하는 편집자를 만나거나 알게 되는 건 정말 대단한 일이다.

"맙소사, 우린 이 책을 출간할 수 없습니다. 우리 둘 다 감옥에 가야 할 겁니다."

빈티지 출판사에서 발행된 최신판 《성역》은 서점 책꽂이 맨 윗부분에 진열되어 있다. 지금은 꾸준히 팔리고 반드시 읽어야 할 고전으로 손꼽히지만 예전에는 생각조차 할 수 없었던 일이다. 그리고 요즈음 일주일 만에 팔리는 부수를 채우는 데 예전에는 13년이 걸리기도 했다.

그렇다. 그와 비슷하게, 〈요한 계시록〉에 나오는 혹독한 구절이 있다.

"나는 너의 저작을 알고, 네가 차갑지도 뜨겁지도 않음을 안다. 네가 차갑거나 뜨겁기를 바란다. 그러므로 네가 차갑거나 뜨겁지 않고 미지근하면, 나는 너를 입 밖으로 토해 낼 것이다."

하지만 그럴 수가 없었다. 빌어먹을 말은 죽어 버렸다.

발행인에게 보내는 반박문을 읽은 지 얼마 지나지 않아, 나는 심지어 에이전트에게 배신당한 느낌마저 들었다. 내 에이전트는 거의 25년 동안 함께해 온 동료이자 친구로, 항상 내 편에서 나를 지지해 주었다. 우선 영화 계약을 담당하는 뚱보 거물 에이전트 문제가 있었다. 나는 그녀가 거짓말하고 있다는 걸 알아차렸다. 할리우드의 악의를 대단한 거짓말이 아닌 듯 말하는 모습을 보고 나는 분노했고, 그녀와는 더 이상 아무 일도 하고 싶지 않았다. 하지만 내 에이전트는 자신의 다른 고객들이 계약할 당시 그녀가 잘해 주었다는 이유를 내세우며 그녀와의 관계를 깨끗이 잘라 내지 않았다. 그 태도에 나는 더 짜증이 났다. 나 이외의 다른 고객들 때문이라고?

그렇다. 영화 에이전트인 또 다른 뚱보 여자 오프라도 꼴 보기 싫었다. 그 편집자도 뚱보였다. 그리고 내 에이전트도 엉덩이에 살이 찌기 시작했다. 혹시 당신네들도 엉덩이가 뚱뚱한가? 당신네들은 어떻게 모두들 뚱보인가? 엉덩이가 뚱뚱한 당신네들, 모두 꺼져 버려. 뚱뚱해진 엉덩이를 알아보고 문제가 닥치기 전에 미리 대처했어야 했는데.

빌어먹을 그 남자. 빌어먹을 그 여자. 다른 놈들도 마찬가지다. 당신네들이 누구든, 모두들 꺼져 버려.

어쩌면 다른 사람들의 감정을 좀 더 민감하게 받아들여야 했는지도 몰랐다. 지금껏 나는 많은 사람들에게 상처를 주었는지도 모른다. 하지만 나는 내 운명이 걸린 문제에 입 닥치고 가만히 있지는 않을 것이다.

그러므로 당신네들 모두 꺼져 버려. 모두들 지옥에 가서 썩어 버려. 그리고 무엇보다, 당신네들 가운데 가장 최악의 멍청이는 바로 나였으니까.

나는 나이 들어 가고 있었다. 게다가 당뇨 때문에 페니스가 죽었고, 나는 서서히 죽어 가고 있다. 나는 대중적인 소비로부터 금지를 당했다.

하지만 나는 여전히 유머 감각을 잃지 않았고 이 세상에서 호흡하는 걸 여전히 좋아한다.

신이 무언가를 위해 나를 살려 놓았을 거라는 느낌이 들었다. 30년이란 세월이 마치 사랑스럽고 야생적인 무언가가 내 눈가를 스쳐 지나간 것처럼 짧게 느껴졌다. 밤에 베개를 베고 누워 있으면, 어둠 속에서 빛이 번쩍이던 광경을 보던 어린 시절의 내 모습이 점점 더 자주 떠올랐다. 번쩍이는 빛을 보면 모든 게 가능할 것 같은 흥분과 설렘을 맛보았다. 밤에 떠오르는 내 옛 모습은 이내 사라졌지만, 더 큰 슬픔과 상실감이 밀려왔다. 나는 어느덧 늙고 외로웠다. 하지만 그와 동시에 많은 시절이 떠올랐다. 청춘의 나날이 지나고 글을 쓰겠다는 꿈이 글을 쓰는 현실로 되었을 때, 핏자국이 굳은 바닥에 꼼짝하지 못하고 누운 채 끔찍한 악몽처럼 의식이 들었을 때, 그럴 때면 그 피가 내 것인지 다른 사람의 것인지도 구분하지 못했다. 그리고 중증 환자 치료 병동에서 진정제를 복용한 상태에서 의식을 차린 적도 있는데, 내 손목은 침대 난간에 묶여 있었고 테이프를 감은 정맥 주삿바늘이 꽂혀 있었다. 당시 나는 혼수상태로 며칠 동안 누워 있었는데, 의료진은 내가 그날 밤을 넘기지 못할 거라고 말했다. 의사들은 내가 의식이 돌아오면 스스로의 사망 증명서를 쓸 거라고, 내가 들것에 한 번 더 실려 가면 내 얼굴에 시트가 덮여 있을 거라고 말했다. 재활 병동에 있던 당시, 의사들은 해독 방법이 없다고 내게 말했다. 의무적인 그룹 치료를 받으면서 우리 환자들은 자신의 약물 남용에 관한 이야기를 정리해 칠판에 써야 했다. 내 차례가 되었을 때, 모두들 두려워하던 흑인 남자, 코카인을 정제한 환각제를 지나치게 복용한 나머지 신장이 터지는 바람에 신장 투석을 받고 있던 흑인 남자가 갑자기 울음을 터뜨렸다. 그룹 환자들은 대부분 흑인이었고, 신장 투석을 받는 흑인 남자의 남동생도 우리처럼 자신의 형을 두려워했다. (형제들 사이에서는 누가 머리를 땋아 주거나, 담뱃불을 붙이거나, 반바지를 빨고 다림질하는 문제가 아니었다. 누가 그렇게 하도록 선택될 만큼 운이 좋은지가 문제였다.) 그는 마치 자신이 태어난 앨라배마의 침례교회에 있는 것처럼 울음을 터뜨렸다. 그는 주님 앞에 엎드려 마치 완전히 다른 사람이라도 된 것처럼 흐느껴 울었다. "아, 하느님…… 닉, 당신이 아직 살아 있다니…… 주님, 감사드립니다!"

아마 그는 자신을 위해 흐느껴 울었을 것이다. 그는 진심이었을 것이고, 모든 장기에 구멍이 나야 마땅하지만 신의 은총으로 아직까지 살아 있는 사람을 보며 동정의 눈물을 흘렸을 것이다.

우리는 좋은 친구가 되었다. 그런 다음 우린 바깥세상에 나와서 각자의 길을 갔다. 하지만 그는 여전히 내 마음속에 있고, 이 글을 쓰는 지금 이 순간도 그의 얼굴이 눈앞에 선하다. 그가 신장 이식을 받았기를 바라고, 아직 살아 있기를 희망한다. 내가 숨을 거둔 이후에도 여전히 이 세상에서 오랫동안 숨 쉬고 있을 거라 믿고 싶은 사람들이 있다. 그도 그런 사람들 가운데 한 명이고, 다른 사람들과 마찬가지로 내가 마음속으로 고마움을 간직하고 있는 사람이다.

내 말을 오해하지는 마시기를. 나는 그런 사람이 몇 명 있을 뿐이라고 했다. 당신들 대부분은 내가 있을 곳에 함께 있기를 바란다.

그렇다, 신이 무언가를 위해 나를 살려 두었을 거라는 믿음이 그 어느 때보다 더 강해졌고 더 감사하게 되었다. 내가 할 수 있는 모든 것을 끄집어내게 하려고 나를 살려 주었다는 믿음이 생겼다. 신이 나를 살려 둔 것은 나 자신을 도구로 사용하도록 굴복하게 만들기 위해서, 내가 받은 재능인 글쓰기를 통해 다른 사람들에게 흘러갈 수 있도록 하기 위해서일 것이다. 그 재능은 우리가 받은 매 순간과 매번의 호흡이 얼마나 큰 축복인지 깨달을 수 있는 재능이고, 우리가 우리 자신의 삶을 파괴하고 우리 자신의 마음을 아프게 한다는 사실을 깨달을 수 있는 재능이다. 자유는 두려움이 우리의 목을 조르고 있다는 명백한 진실 안에 놓여 있다. 이 세상에 있는 형형색색의 알약과 엉터리 심리 치료법과 대량 판매 방식은 예수의 열두 제자 가운데 하나인 도마의 복음서에 나오는 말씀에 비하면 아무것도 아니다. "네 안에 있는 것을 끄집어내면, 네가 끄집어낸 것이 너를 구원할 것이다. 네 안에 있는 것을 끄집어내지 않으면, 네가 끄집어내지 않은 것이 너를 파멸에 이르게 할 것이다." 이 말씀에는 우리가 알아야 할 모든 진실과 지혜가 담겨 있다.

나는 거짓된 가치 없는 글을 다시는 쓰지 않겠다고, 오로지 나의 힘이 닿는 데까지 순수한 목적을 위해 글을 쓰겠다고 맹세했다. 그리고 내가 쓴 글은 조금도 경감하지 않고, 검열받지 않고, 어떤 목적에 맞도록 도모하지 않을 거라고 맹세했다. 나에 의해서도, 어느 누구에 의해서도, 어떤 것에 의해서도 그러지 않을 거라 맹세했다. 내 영혼 너머에 있는 것으로부터 빛을 끌어낸 다음 불모의 황무지에서 2,000년 동안 길을 잃고 누워 있다 해도, 그래야만 한다. 나는 그것 때문에 살아 있었다. 내가 할 수 있는 걸 해내기 위해, 그렇게 해서 성실하고 감사하고 존엄성을 갖추어 자유로워지기 위해.

그리고 지금은 끝난 시기이다. 신이 낀 벙어리장갑 줄이 내 목에 감긴 게 느껴진다. 나는 작가라고 불리는, 요란하게 짖어 대는 푸들이 여럿 갇혀 있는 잘

정돈된 정원으로부터 너무 멀리 떨어져 배회했다. 그곳에는 온갖 종류의 푸들이 있었다. 소위 심각하게 문학 본연에 충실한 푸들, 소위 도전적인 푸들. 그들은 무딘 면도날 근처에서 춤을 추면서도 피 한 방울 흘리지 않을 정도로 자기 억제와 자기 몰두가 철저한 유형이다. 그리고 소위 면밀히 조사하는 푸들, 소위 변덕스러운 푸들, 난폭한 언어도단의 푸들. 그렇다, 온갖 종류의 푸들이 있었다. 그리고 그 정원에 너무 오랫동안 갇혀 있다 보니, 그들 대부분은 근친 교배를 하게 되었고 그들 사이에 한때 존재했던 미미한 차이마저도 모두 사라져 버렸다. 그들 모두 요란하게 짖는 소리를 바꿀 줄 알고 케네디가(家)의 영구차가 지나가면 눈물을 흘릴 줄 알았다.

왜냐하면 정직이야말로 우리 시대의 저주이기 때문이다. 한때 마음과 정신이 있었지만 지금은 최신 유행의 제지용 펄프만 채워 나가는 출판사의 출판 허가를 받지 못한 글을 세상 사람들에게 표현하는 것은 미덕이 아니라 죄로 여겨진다. 은밀한 곳을 부끄러워하며 가리던 무화과 잎사귀는 마음속의 수치심을 갖고 있는 우리네 가면무도회엔 아무 소용이 없다.

진리가 너희를 자유롭게 하리라. 예수가 자기 주변에 모인 사람들에게 말했다. 그렇다, 영원한 아름다움과 영원한 지혜가 그 말에 담겨 있다. 진리가 너희를 자유롭게 하리라. 하지만 진리 때문에 감옥에 갈 수도 있다, 일용할 양식을 빼앗길 수도 있고, 나병 환자임을 알리는 종을 목에 매달 수도 있다.

나이는 어리지만 사고방식은 보수적인 친구 하나는 케네디 저격 사건이 일어났던 곳에서 일하고 있다. 그곳에는 외로운 사람들이 모여들어 아무런 특징도 없는 건물을 바라보며 서 있고, 건물 앞에는 싸구려 꽃다발이 수북이 쌓여 있다. 그들은 지나가는 텔레비전 뉴스 차량에서 인터뷰를 신청해 올지도 모른다는 희망을 품고 가만히 서 있다. 구경거리가 잠잠하던 어느 날 밤, 그 친구가 자신의 보수적인 친구를 우연히 만난 얘기를 내게 들려주었다. "무슨 일이라도 있어?" 내 친구가 그에게 물었다. "아니, 아무 일도 아니야." 그의 친구가 말했다. "케네디 저격 사건이 벌어졌던 곳으로 가는 중이야." 내 친구는 깜짝 놀라 멈칫했다. "거기서 뭘 하려고?" 그가 묻자 친구는 대답했다. "마누라한테 갖다 줄 꽃을 주우려고."

그 이야기를 들었을 때, 나는 나 자신의 모습을 얼마나 많이 잃어버렸는지를 깨달았다. 나는 꽃을 주워 오거나 모퉁이에 있는 한국 음식점 주인인 중간 상인을 거치지 않을 생각은 하지 못했다. 그 주인은 싸구려 꽃다발을 팔아 돈을 긁어모으고 있었는데, 꽃다발을 사는 사람들은 별것 아닌 일에는 호들갑을 떨지만 초라한 흑인 시신이나 《피플》지 표지에서 본 인물이 아니라면 거들떠보지도 않고 지나갈 것이다. 꽃을 훔치는 그 짧은 이야기에서, 관광객들이 버리고 간 의미 없는 쓰레기를 주워서 살아 있는 사람에게 선물한다는 그 이야기에는 감성적인 싸구려 이야기보다 더 대단한 정직함과 인간적인 감성, 순수함이 있었다. 방금 사용한 '감상적인 싸구려(mawk)'라는 단어는 원래 의미 그대로이다. 'mawk'는 우상 숭배 가운데 벌어지는 무시무시한 촌극을 뜻하는 중세 영어 'maggot'에 해당된다.

살인과 마약 중독으로 가득 찬, 대형 영화사에서 제작한 영화는 즐겁게 웃어가며 보면서, 왜 그 대형 회사들은 승리감에 도취된 살인자의 진정한 목소리가 담긴 책이나 마약 중독자들이 쓴 책, 이를테면 《마약 중독자의 길: 그들을 섣불리 판단하고 있지 않은가?》 같은 책을 읽을 기회는 우리에게 주지 않는 걸까? 현실에서 즐거움을 부인한다면, 어떻게 거짓된 모습을 보면서 죄의식을 느끼지 않고 즐거워할 수 있겠는가? 우리는 우리 자신에게 악마 같은 면이 부족하다고 믿을 만큼 오류와 착각에 빠져 있는 걸까? 그렇다, 다양한 거짓말에는 다양한 포장이 있다. 하지만 문화가 두려움과 노예근성과 맹종에 지배될 운명이라면, 어떤 글이나 삶도 마찬가지로 그 힘에 지배될 것이다. 위선은 문제가 아니다. 위선은 문제가 겉으로 드러나는 모습일 뿐이다. 문제는 어리석음이다.

어쨌든, 그렇게 되라지. 조물주가 만든 이 빌어먹을 세상. 한때는 용기를 내어 감히 말했던 인간성이 있었지만 지금은 썩어 버린 거짓말로 가득 찬 빌어먹을 세상. 평범한 것을 숭배하고, 수태를 관장하는 여신 이시스, 미의 여신 아프로디테, 그리스의 여성 시인 사포, 동정녀 마리아, 내 숙모 거티(Gertie)보다 웨스트체스터의 저급한 오럴 섹스를 더 좋아하는 이 빌어먹을 세상.

나와 독자들이 함께하는 수단이 되어야 할 출판 산업은 우리를 갈라놓는, 산 자와 산 자들을 갈라놓는 죽은 문화의 장벽이 되어 버렸다. 빌어먹을 베를린 장 벽과 빌어먹을 핑크 플로이드. 무너져야 할 장벽은 바로 범용이라는 장벽이다.

그렇다, 온갖 종류의 푸들이 있었다. 하지만 그 가운데 위협적인 푸들은 하나 도 없었다.

어쨌든, 내가 말한 대로 지금은 끝난 시기이다. 이제는 멀리서 짖어 대는 푸 들 소리도 더 이상 들리지 않는다. 이젠 침묵밖에 흐르지 않는다. 이상한 종류 의 침묵. 오래된 마피아 용어, 지금도 여전히 '바카지우(Baccagghiu)'로 알려진 용어처럼 불가해한 이름을 가진 침묵. '스타지아쿠부(stagghiacubbu)'는 이탈 리아어로 무거운 침묵을 뜻한다.

이러한 무거운 침묵이 흐르면, 내가 할 수 있는 것을 하지 못하면, 그리하여 성실하고 감사하고 존엄성을 갖추어 자유로워지지 못하면, 나는 적어도 성실하 고 감사하고 존엄성을 갖추어 자유로울 수 있을 것이다. 다른 사람이 나를 저버 릴 수 있지만, 내 존엄성을 저버릴 수 있는 건 오직 나 자신뿐이다.

내가 덕망 높은 성인군자라는 말은 아니다. 침묵이 내려앉을 때 내게 다가왔 던 숨소리를 들으며, 나는 내가 인간으로서의 존엄성이 부족하다는 사실을 깨 달았다. 왜냐하면 나는 탐욕스럽고 돈에 굶주린 미천한 인간이었기 때문이다. 내가 처음으로 고정적인 수입을 벌었던 건 열네 살 때 호텔에서 일했을 때다. 손님들의 짐을 들어 주고, 소변기에 버려진 담배꽁초를 치우고 깨끗이 닦으며 일주일에 20달러를 벌었다. 몇 년 후, 나는 수백만 달러를 벌었고 그 돈을 고스 란히 날려 버렸다. 나는 여전히 시를 쓸 수 있고, 영혼이 활짝 열리는 밤이 되면 시와 함께 자유로워질 수 있다. 하지만 거기에는 돈이 별로 없었다. 무거운 침 묵 속 천국의 미풍에서 느껴지는 지혜로움에 몸을 맡긴 채 시간을 흘려보낸다 면, 영혼의 자유뿐만 아니라 돈으로 살 수 있는 자유도 포기해야 할 것이다.

내 에이전트와 나는 내가 냉정하고 계산적이고 저급한 소설을 몰두해서 써낸 다면 거금을 벌어들일 수 있음을 알았다. 다시 말해, 모든 도덕적 가치와 자존 심, 내가 신성하게 여기는 것을 저버리고 순전히 베스트셀러를 쓰기 위해 몰두

한다면 가능할 것이다.

　이상했다. 젊은 시절에는 도둑질하는 사람들에 대해 양심의 가책을 느낀 적이 단 한 번도 없었다. 에이전트가 내게 말했던 것처럼, 난 단 하룻밤도 감옥에서 보내기를 바라지 않지만, 출판사 한 군데를 문자 그대로 홈칠 만한 적임자들이 있다면 나는 쉽게 동의했을 것이다. 그러나 멍청이들에게는 현금이 없으니 빌어먹을 건물이나 날려 버려야겠다. 하지만 내 글의 가치를 떨어뜨리고 자기 비하와 관련된 거라면, 글을 도둑질 수단으로 사용하는 것에 대해서는 끔찍하게 당혹스러워했다.

　"당신은 자손에 대해서는 눈곱만큼도 신경 쓰지 않는다고 항상 말하지." 에이전트가 말했다.

　"나도 알아. 하지만 지금과 후손 사이에는……." 그게 뭐 어떻단 말인가? "오래전, 아주 오래전 같은 느낌이 드는데, 내가 첫 번째 책으로 출간할 글을 100페이지 정도 썼을 때 당신은 그 원고를 팔려고 했지. 난 만 달러나 5,000달러를 받으려 했지만 모두에게 거절당했어. 그러고 나서 중국 술집에 갔을 때 당신은 내게 물었지. '내가 이 원고를 팔지 못해도 어쨌든 끝까지 이 글을 쓸 겁니까?' 난 한동안 생각해 보고 나서 이렇게 대답했지. '그럴 겁니다. 하지만 10만 달러 이하로는 팔지 않겠습니다.' 그러자 당신은 날 한참 동안 쳐다보더니 당혹스러운 표정을 지으며 그 이유를 물었지. 그때 내가 대답했어. '왜냐하면 난 양심이라곤 눈곱만큼도 없는 사람이니까. 벌써 잊은 겁니까?'"

　"나도 기억나네."

　그러고 나서는 아무 말도 하지 않았다. 그의 말이 옳다는 걸 알았기 때문이다.

　"내가 지금까지 운 좋은 작가였다는 거 알아. 난 이 세상의 작가들 가운데 80퍼센트보다 더 잘하고 있을 거야."

　"99퍼센트보다 더 잘하고 있어."

　맙소사, 이 일은 내가 생각했던 것보다 더 비참하군. 내가 그 모든 돈을 날려버리지만 않았더라면. 그 돈을 움켜쥐고 있었더라면. 하지만 날려 버리지 않는다면 어디에 쓰겠는가? 나는 밖으로 나오는 길이었고, 한 가지 말해 줄 게 있다.

나는 브링크의 트럭이 영구차를 따라오는 걸 한 번도 본 적이 없다.

돈에 대한 탐욕으로 생겨난 모든 생각처럼, 그건 유혹적이었다. 나는 아마 내 방식대로 할 수 있을 것이다.

진귀하면서 짙은 푸른색이라고 표현할 수밖에 없는 진귀하면서 짙은 푸른색 한가운데에서, 깊고 강인한 침묵이라고 표현할 수밖에 없는 깊고 강인한 침묵 속. 우거진 푸른 숲과 침묵 속에서 해먹에 누운 채 그 모든 걸 뒤돌아보면, 마음속 웃음소리가 하늘 위에서 지저귀는 새들에게 올라가는 듯했다. 하지만 앞을 내다보며 뉴욕에서 나를 기다리고 있는 내 여생을 생각하자, 마음속에서 웃음소리가 올라오지 않았다.

나는 죽음이라는 두려움에 사로잡혀 긴 세월을 보냈다. 하지만 지금은 이상하게도 이른 나이에 죽을 거라는 생각이 들어도 괘념치 않았다. 내 딸의 죽음을 보면서 나 자신의 죽음을 담담하게 받아들이게 되었다. 내 딸을 이 세상에서 떠나보낼 때, 혐오감과 적의감만 남긴 채 죽음에 대한 두려움도 함께 떠나보낸 것 같았다.

죽음을 두려워하며 사는 것은 단 한 번이 아니라 매 순간 죽음의 고통을 경험한다는 느낌이 들었고, 죽음에 대한 두려움은 곧 삶에 대한 두려움 같았다. 위험이라는 두려움 때문에 무언가를 하지 못하면 우리는 삶을 살지 못한다. 우리를 죽이는 것은 살면서 우리가 하는 것이 아니다. 우리를 죽이는 것은 우리가 하지 않는 것이다.

게다가 사람들이 나를 죽은 사람으로 여겼던 적이 너무 많아서, 나는 그들이 말하는 것처럼 내 숨이 곧 끊어질 거라 생각했다.

의사들은 3~4년밖에 남지 않았다고 말했다.

신이 어떤 이유 때문에 나를 살려 두었을 거라는 내 믿음은 옳은지도 모른다. 하지만 그 이유에 대해서는 잘못 생각하고 있는지 몰랐다.

왜냐하면 나는 힘겹게 싸웠고 힘겹게 이겨 냈다. 힘겹게 이겨 냈을 때, 적은 점점 더 커졌고 더 무지막지해졌다. 나는 정복될 수 없었고, 또 정복되지 않을 것이다. 하지만 더 이상 흘릴 피가 없는 것을 정복할 수는 없었다.

내가 실패했다는 느낌이 들었다. 전쟁터에서 정복하거나 전향시킬 사람이 단 하나도 남아 있지 않았다. 나는 이 문화계의 묵은 화제의 얽힌 것을 풀지 못했다.

아직 흘릴 피가 남아 있던 당시에 에즈라 파운드가 그 세 구절로 풀지 못했다면, 아무도 할 수 없을 것이다.

윌리엄 버틀러 예이츠의 〈베일 해변에서〉에 쿠홀린(Cuchulainn)의 모습이 어리석게 그려지는 것처럼(예이츠는 〈바다와 쿠홀린의 싸움〉이라는 시를 통해 아일랜드의 영웅 쿠홀린의 생을 다른 관점에서 다루었는데, 그는 아들과 함께 바다에 대항해 싸우다 결국 자신의 손으로 아들을 죽이고 만다—옮긴이), 나는 나 자신에 대해 속삭이는 바보였다.

"그는 왕과 거인을 죽였지만 파도가 그를 삼켰다. 파도가 그를 삼켰다!"

하지만 해먹에 누워 부드러운 운율로 속삭였을 때, 나는 쿠홀린과는 다른 광기에 사로잡혀 바다의 거친 파도를 향해 뛰어들지 않았음을 알았다.

바다는 나를 구원해 주었다.

앞으로 3~4년. 나는 행운을 빌어야 할지도 모른다. 모든 커다란 행운은 그 모습을 보이지 않고 찾아왔다. 내 마음속에서 우러난 것은 내게 더 큰 행운을 가져다주었다.

젠장, 내가 누굴 놀리고 있었던가? 나는 내 목을 줄로 매단 채 나 자신의 비가를 노래하지는 않을 것이다. 빌어먹을 예이츠.

죽느냐 사느냐, 그것이 문제로다.
마음속으로 괴로워하는 것이 더 숭고하든 그렇지 않든
대단한 행운을 지닌 투석기와 화살,
혹은 바다에 대항해 무장하거나……

바다, 바다, 바다. 항상, 언제나 바다이다. 빌어먹을 셰익스피어도 마찬가지이다.《햄릿》을 쓰기 전 그는 자신보다 10주 전에 태어나 스물아홉의 나이에 요절한 위대한 시인에 비하면 아무것도 아니었다.

이것을 정복하지 못한 채 나는 죽어야 하는가?

그것이 바로 빌어먹을 기상이었다.

오라, 하늘의 힘에 맞서 행진하자,
그리고 검은 장식 리본을 창공에 달자,
신들의 대량 학살을 알리기 위해.

그렇다, 그것이 바로 빌어먹을 기상이었다.

오라, 우리의 창을 드높여 그의 가슴을 찌르자.
누구의 어깨 위에 세상의 축이 있는가,
내가 죽으면 하늘과 땅은 이울 것이다.

아, 이어져야 할 시행이 떠오르지 않았고, 지금도 여전히 생각나지 않는다. 하지만 더 이상 무슨 말을 할 수 있겠는가? 빌어먹을 신, 신이 창조한 빌어먹을 세상. 내가 죽으면, 우주와 그 우주를 창조한 신도 나와 함께 사라질 것이다.

빌어먹을 셰익스피어와 심사숙고하는 듯한 엉터리 허풍. 신과 악마는 위대한 말로(Christopher Marlowe, 1564~1593. 셰익스피어보다 10주 전에 태어난 영국의 시인이자 극작가로, 셰익스피어와 함께 이름을 떨쳤다. 기독교가 지배하던 당시 무신론을 주장하다가 스물아홉의 젊은 나이에 의문의 죽음을 당했다—옮긴이)의 고환 앞에 입을 벌린 채 무릎을 꿇을지어다.

말로가 격노하여 절름발이 탬벌린(아시아의 서쪽 절반을 정복하여 대제국을 이룩한 몽골의 왕으로, 말로는 그의 일대기를 그린 비극《탬벌린 대왕》을 썼다—옮긴이)을 이 세상으로부터 떠나보냈던 죽음은 어떤 형식을 취했는가? 그에 관해 전해지는 말은, 그를 찾아온 내과 의사가 한 말이 전부이다.

당신의 소변과 소변의 침전물을 확인했습니다.

침전물이 탁하고 흐릿한 걸로 보아 위중한 상태입니다.

당뇨병의 특징은 오줌이 탁해지고 포도당 때문에 침전물이 생기는 것이다.

이 모든 걸 정복하지 못한 채 죽는 것.

얼룩 묻은 오래된 유리잔을 통해 비치는 애잔하면서도 희미한 불빛처럼, 서서히 다가오는 죽음보다 더 서글픈 건 나보다 먼저 세상을 떠난 딸이 내 손을 따뜻하게 잡으며 임종을 지켜 주지 않을 거라는 사실이었다. 나를 사랑해 준 사람은 많았지만 혈육은 혈육이었다.

그렇다, 바다는 내 적이 아니었다. 바다는 모든 슬픔을 담고 있음에도 내게 위안을 주었다. 그 달콤한 오후 해먹에 누워 있을 때, 멀지 않은 곳에서 죽음이 소리 없이 다가올 때면 해안 끝에 작은 새 한 마리가 서 있는 모습이 보였다. 나는 부드러운 모래 위를 걸어 다니다가 꼼짝도 하지 않고 바다 너머를 바라보는 새의 모습에 홀려 오랫동안 그 작은 새를 바라보았다. 그러다 갑자기 그 작은 새는 더 높이, 더 멀리 날아올라 넓은 바다로 나아갔고 드넓은 푸른 하늘 속으로 서서히 사라져 갔다.

그 모습을 바라보면서 나는 내가 무엇을 해야 할 것인지를 알았다.

나는 사라져 가는 이웃과 내가 잘 아는 암흑가에 관한 소설을 두 편 썼다. 예전에는 부인했지만, 사실 이 두 편의 소설은 매우 자전적이다. 두 번째 소설이 첫 번째 소설보다 더 많은 인기를 끌었지만, 나는 첫 번째 소설이 항상 더 맘에 들었다. 왜냐하면 두 번째 소설은 내가 검은 밤으로 빠져 들어갔을 때 쓴 소설이고 아직 거기서 빠져나오지 못했기 때문일 것이다. 그 소설을 다시 읽는 일은 번역가들의 질문에 대답하기 위한 경우를 제외하고는 거의 없었다. 그 어두운 밤의 차가운 느낌은 매우 불쾌하게 내게 다시 전해졌다. 하지만 아무 희망 없이 끝나는 그 책의 결말은 옳았다. 내가 가장 애착을 느끼는 첫 번째 소설 《컷 넘버스(*Cut Numbers*)》는 더 자전적이지만, 낙관적인 결말을 맺었다. 그런 결론을 내린 이유는 나 자신의 미래가 그렇게 될 것이라 믿고 싶었기 때문임을 이제는 안다. 마치 언어의 마법을 통해 내가 나 자신의 미래를 쓰면 현실도 그렇게 될 거라는 느낌이 들었던 것 같다. 내 무의식적인 바람이 그 책의 결말에 담겨 있음을 이제야 알 것 같다.

그 빌어먹을 책은 아무도 사지 않았지만 열렬한 갈채를 받았다. 하지만 내게 가장 큰 칭찬은 지금껏 다우닝 가와 베드퍼드 가를 지키고 있는, 마지막 남은 진정한 선배 가운데 한 사람인 비니 머스타시가 읽은 유일한 책이 바로 내 책이라는 사실이었다. 그와 함께 밤새워 내 책을 읽은 다음 날 아침이면 우리는 술집 밖 모퉁이에 함께 서 있었고, 계속 이어지던 그의 비판이 기억난다.

"난 조 브러셔가 죽는 모습을 보는 게 싫었네." 어느 날 아침, 그는 소설에 나오는 한 인물에 관해 내게 말했다.

"맙소사." 나는 짧은 신음을 내뱉었다. 그는 소설에 나오는 등장인물이 누구를 대상으로 썼는지 알고 있었다. 그가 죽는 모습을 보고 안타까워한 사람은 아무도 없었다.

"아니야, 아니야." 그가 말했다. "내 말을 오해하지는 말게. 그 인물이 너무나 사실적이었다는 뜻이고, 그는 더 이상 책을 읽지 않을 게 틀림없어."

다우닝 가와 베드퍼드 가 모퉁이에서 들었던 그의 평가는 내 책에 관한 최고의 평이었다.

몇 년 전 나는 생계를 위해 술집에서 일을 해야 했는데, 소설 두 권을 발표한 이후에도 마찬가지였다.

"걱정하지 말게. 이 책이 잘 안 팔리면, 바람이 몰아치면, 까짓것 코트를 걸쳐 입으면 되니까."

그는 '바람이 몰아치면'이라고 했다. 비니는 칼라가 넓은 낙타털 코트를 자랑했는데, 1940년에 그를 위해 재단한 특별 의상이었다. 그는 이렇게 말했다.

"저쪽 의복 구역에서 일하는 유대인 두 놈이 내게 빚진 돈이 있었어. 하지만 정정당당한 놈들이었지. 빌려 쓴 돈을 갚을 수 없었지만 비열하게 숨지는 않았어. 어느 날 아침 술집으로 나를 찾아오더니 커다란 갈색 종이를 당구대 위에 올린 다음 나더러 그 위에 누우라는 거야. 그래서 난 십자가에 매달린 예수처럼 두 팔을 벌린 채 당구대 위에 누웠고, 그들은 커다란 검정 크레용으로 내 몸 둘레를 그렸어. 그렇게 나가더니 며칠 후에 이 빌어먹을 코트를 갖고 다시 와서 이렇게 말하더군. '조지 래프트(1895~1980. 미국 영화배우로 갱스터 영화와 범죄 멜로드라마에 주로 출연했다—옮긴이)를 위해 맞추어 준 것과 똑같습니다. 그에게는 검은색, 당신에게는 황금색을 썼습니다. 자, 코트와 돈 가운데 뭘 원합니까?' 난 빌어먹을 이 코트를 받았지. 그런데 그 유대인 놈들이 밖으로 나가면서 나더러 뭐라고 한 줄 알아? '비쿠냐의 털로 짠 고급 나사로 만들 수도 있었는데, 당신한테 빚진 돈이 100달러밖에 안 되더군.'"

거의 40년이 지났어도 코트는 여전히 멋져 보였다. 안감은 다시 대야겠지만 60년이 지나도 코트는 여전히 멋져 보일 것이다. 나는 저것과 비슷한 코트를 한 번도 본 적이 없었다.

어쨌든, 이 사람들은 항상 내 편이었다. 좋은 시절도 많았다. 뉴욕 신문에 처음으로 내 사진이 크게 실렸던 때가 기억난다. 그날 나는 길거리를 걷고 있었는데, 술집이 있는 거리 반대편이었다.

"어이, 유명해진 친구!" 술집에 있던 이들 가운데 한 사람이 어찌나 크게 소리쳤는지, 한 블록 떨어진 건물 3층에서 노인들이 창문을 열고 내다보았다. "원래 놀던 데로 빨리 와서 어찌 된 일인지 말해 줘."

그들 가운데 실제로 내 책을 읽는 사람은 거의 없었지만, 저자 서명이 있는 내 공짜 책은 그들 사이에서 인기가 좋았다. 그들 대부분은 첫 번째 책을 받은 지 일주일이 지나면 한 권 더 달라며 항상 똑같은 말을 했다. "알도 친크가 내 책을 가져가서 돌려주지 않아." "새미 녀석한테 빌려 줬더니 싸구려 술집에 두고 왔다는 거야." 그리고 내가 가장 좋아하는 변명은 이것이었다. "너한테 그 책을 받은 직후 안젤로를 만나러 나갔어. 10분 동안 자리를 비웠을까, 한데 그 사이에 빌어먹을 생쥐들이 책을 절반이나 갉아 먹었지 뭐야."

좋은 시절도 있었고 나쁜 시절도 있었다. 몇 해 전의 여름, 빈센트 기간트(1928~2005. 뉴욕의 제노바 범죄 조직을 이끌었던 우두머리—옮긴이)가 법정에 섰을 때 《타임》 지는 그에 대한 내 의견을 알고 싶어 했다. 나는 사실대로 말했다. "나는 그를 6구역에 있는 경찰보다 이웃으로 대할 겁니다."

나는 《타임》지에서 나온 기자에게 빈센트 기간트가 유죄 판결을 받으면 이웃들에게 불길한 징조가 될 거라고 말했다.

그리고 내 말은 옳았다.

어떤 사람들은 다른 이들의 눈에 띄지 않으면 낯설고 적대적인 환경에서 살아갈 수 있다는 사실을 나는 알고 있었다. 길거리를 지나는 사람들 가운데 오래된 건물의 아치 모양 창문 이맛돌에 새겨진 석조 조각상을 눈여겨보는 사람은 거의 없는 것과 같은 이치였다. 나는 그런 사람을 몇몇 알고 있었다. 그리고 그중 한 사람을 매우 잘 알고 있었다. 우리는 어린아이였을 때부터 친하게 지냈다. 그리고 다른 사람들의 눈에 띄지 않고 오랫동안 버텨 온 석조 조각상처럼, 그는 꽤 높은 곳에 있었다.

다가오라고 내게 손짓하던 그의 모습이 눈앞에 선하다. 함께 지내던 예전 시절이 떠올랐다.

그것은 결심이라 할 것도 아니었다.

미미한 맥박의 변화도 없었고 마음도 전혀 흔들리지 않았다.

한 생명이 끝났고 새로운 생명이 시작됐다는 사실만 지각했을 뿐이다.

마음속에서, 나는 고향에 있었다.

나는 몇 년 동안이나 술에 취하지 않았다. 분명하고 맑은 정신으로 나는 나 자신이 몰락해 가는 매 순간에 있었다.

아니다, 그건 옳지 않다. 나는 아직 추락하지 않았기 때문이다.

나는 분명하고 맑은 정신으로, 무척이나 어리석게 그리고 오래전에 방황했던 것으로 몰락해 가는 매 순간에 있었다.

나는 평온함과 정직함을 내 끔찍한 날랜 검(劍)으로 포용했다. 하지만 평온함과 정직함이 존재하지 않는 곳에서의 검은 자신을 제외하고는 어느 누구에게 의미도 힘도 없었다. 그리고 모든 영혼이 그릇된 곳에서 그 검은 허황된 망상에 지나지 않는다.

내겐 아직도 호흡할 수 있고 이 순간을 누릴 수 있는 축복이 있었다. 나는 그 모든 걸 가졌다.

그 금지된 지식의 나무에서 맛본 정신적이고 물질적인 부를 누리면서, 내 영혼은 이 아름다운 여행으로 나를 이끌었는지 모른다. 나를 자유롭게 해 주고, 천국의 평온함과 깨달음을 느끼며 해먹에 누워 있을 수 있게 했던 여행으로. 그렇다, 나를 이곳으로 이끌어 준 건 내 정신과 내 영혼이었다. 하지만 티켓을 구입하고 3,000달러의 비용을 지불할 수 있게 한 건 돈이었다.

늦은 오후, 발을 북쪽으로 향한 채 해먹에 누워 있으면, 희미한 불빛이 흑진주 빛깔을 닮은, 저 멀리 보이는 오테마누 산꼭대기를 향해 부드럽게 잦아드는 모습이 보였다. 그보다 앞선 이른 오후, 발을 남쪽으로 향한 채 그늘에 누워 길게 휘어진 해변을 바라보고 있노라면, 억새로 지붕을 인 탁 트인 오두막이 눈에 들어왔다. 길게 휘어진 해변에는 포파이라는 이름이 있었다. 그리고 억새로 지붕을 인 탁 트인 오두막에도 포파이 바라는 이름이 있었다.

이 빌어먹을 정신과 기상은 멀리 가 버렸다.

그 차이를 아는 지혜.

빌어먹을 옳음.

나는 해먹에서 내려와 바다 옆에 있는 작은 오두막으로 어슬렁거리며 걸어갔다.

"듀어스 위스키 온 더 록으로."

폴리네시아 바텐더는 프랑스어는 하는 것 같지만 영어는 거의 하지 못했다. 오두막에는 진정한 열대 음료라 할 수 있는 음료를 빨대로 마시는 신혼부부 한 쌍 이외에는 아무도 없었다. 그들 역시 프랑스어를 했고, 매춘부처럼 생긴 여자는 가슴이 풍만했다.

"음료 안에 든 설탕이 당신들의 목숨을 앗아 갈 겁니다." 내가 그들에게 말했다.

그들은 나를 쳐다보더니 무어라 중얼거렸는데 사람에게서 나는 소리 같지 않았다.

나는 술을 마시고 잔을 앞으로 밀면서 폴리네시아 바텐더에게 미소를 지었다.

"반 잔은 마셔봐야 소용없군." 내가 말했다.

바텐더는 내게 한 잔을 더 주었고, 나는 바다와 하늘 그리고 그를 위해 건배

했다.

"오줌 줄기가 굵고 선명해지길 위하여." 나는 큰 소리로 말했다.

그는 내 말에 전적으로 동의한다는 듯 이를 드러내 보이며 씩 웃었다. 멍청한 백인 외국인이 즐거워하고 많은 돈을 담는 모습을 보자 기분이 좋았다.

드넓은 푸른 바다 위를 날던 그 자그마한 새가 어디 있는지, 문득 궁금해졌다.

나는 술잔을 내밀면서 다시 미소를 지었다. 이제 그 느낌이 시작되는 걸 느낄 수 있었다. 달콤한 혀가 내 피부 아래에 달아오르는 달콤함을 서서히 핥는 느낌. 그 자그마한 새가 뉴욕의 내 아파트 창가에서 나를 기다리고 있을 모습을 상상해 보았다. 나는 다시 술잔을 높이 들었다.

"신들의 학살을 위하여."

이것을 위해 그녀는 죽었다. 이것을 위해, 순수하고 아름답게 활짝 피어나던 그녀가 희생되었다. 마치 지금 펜을 붙잡고 있는 오른손(mano destra)에 의한 것처럼. 이것을 위해, 신은 그녀를 데려갔다. 달빛도 없는 별을 노래한 신성한 시를 위해서가 아니라 어느 멍청이가 벗겨 낸 동물 가죽과 쇠기름을 바른 더러운 피지 위에 휘갈겨 쓴 글을 위해. 자신의 오른손을 쳐다보면서, 그는 펜을 들고 있는 손이 살인자의 손임을 알았다. 자신의 오른손을 쳐다보면서, 그는 펜을 들고 있는 손이 겁쟁이의 손임을 알았다. 그렇다, 옛 서정시 가운데에서도 가장 오래된 시에 나오는 표현처럼, 용감한 사람은 검으로 하고 겁쟁이는 사랑의 말로 한다. 이것을 위해 그녀는 죽었다. 그리고 그는 그녀를 마음에 품고, 살과 피가 있고 숨을 쉬고 품위가 있는 진실하고 위대한 작품, 신이 인간에게 쓸 수 있도록 허락한 작품을 써낼 것이다.

루이는 등 아랫부분을 부엌 싱크대 모서리에 기댄 채 서 있었다. 그가 입은 검은색 여성용 팬티는 천이 얇아 살결이 비치고 몸에 잘 맞지 않았다. 팬티가 아니었다면 그는 알몸이었을 것이다. 그는 페니스와 고환을 가려 주는 불편한 팬티에 적응하려고 애썼다. 아래를 내려다보다가 발톱을 깎아야겠다는 생각이 들었다.

"자, 네가 할 일이 있어." 그가 말했다. "지금 서 있는 자리에 앉아 내 것이 얼마나 멋진지 말해 봐. 네가 지금껏 본 성기 가운데 내 것이 가장 멋지다고 말이야. 계속 말해. 담배를 피우고 술을 마시면서 내게 계속 그렇게 말해. 그리고 네 입술을 핥으면서 내 음부를 탐하고 싶다고 말해 봐."

루이는 담배 연기를 입 밖으로 내뿜으며 뒤에 있는 싱크대에 재를 떨었다.

"너 몇 살이야?" 그가 물었다.

"열아홉." 그녀가 말했다.

"약간 이상하다고 생각해?"

그녀는 머뭇거리며 어깨를 으쓱했다. "더 이상한 것도 봤어요." 그녀가 말했다.

"예를 들면?" 그가 말했다.

그녀는 머뭇거리며 어깨를 으쓱했다. "어떤 남자는 나더러 죽은 척하라고 했어요."

"죽은 척? 죽은 척한다고? 그게 무슨 짓이야? 죽은 창녀를 원하면 죽이면 되잖아. 그러면 창녀한테 돈도 줄 필요 없지."

곁에 앉아 있던 여자가 그의 말을 듣고 섬뜩한 얼굴로 숨을 들이마셨다.

"네가 이상하다고 생각하는 짓엔 관심 없어." 루이가 말했다. "그저 궁금했던 것뿐이야. 사람들이 무엇을 이상하다고 생각하는지, 또 무엇을 이상하지 않다고 생각하는지 궁금했을 뿐이야."

"궁금증 때문에 고양이가 죽을 수도 있어요.(어느 누군가의 사소한 호기심이 다른 누군가에겐 큰 피해를 입힐 수도 있다는 뜻의 속담—옮긴이)" 여자는 그 속담밖에 생각나지 않았다.

루이는 뒤쪽 싱크대에 담뱃재를 더 털었다.

"그래서 이 주변에 고양이가 보이지 않는지도 모르지."

루이는 마치 주변에 고양이가 없는지 둘러보는 것처럼 불안한 표정으로 주변을 둘러보는 그녀의 모습을 쳐다보았다. 그는 그녀가 아무것도 찾고 있지 않다는 걸 알았다. 그녀는 단지 불안한 것뿐이었다. 그는 지금의 그녀 모습이 마음에 들었다. 약간 겁먹은 모습. 그는 눈을 가늘게 뜨고 담배꽁초를 싱크대 뒤로 던졌다.

"자, 이제 내 멋진 성기에 대해 말해 봐."

그는 3의 힘에 대해 충분히 알고 있었다. 그가 프랑스 남부 랑그도크의 음유 시인을 통해 프로방스 시인들의 아름다움에 이끌렸듯이, 그 지역의 사라진 유대인을 통해 그 뒤편에 놓인 기이한 아름다움, 금지된 신비로운 아름다움에 이끌렸다. 프로방스어를 쓰는 땅은 음유 시인들의 아름다운 노래가 태어나는 자궁과 같은 곳 이상이고, 장미 꽃잎이 벌어지는 첫날 아침의 이슬에 촉촉이 젖어 있다. 그것은 유대인들이 카발라(kabbālāh)라고 부르는, 가장 오래된 지혜를 담은 '가장 성스러운 기록'이기도 했다. 이러한 비밀스러운 가르침을 맨 처음 전한 사람은 랑그도크의 유대인 성인 이사도르였고, 그 가르침은 오랜 세월 동안 낮은 목소리로 비밀스럽게 전해졌다. 그는 이러한 가르침을 통해 성 아우구스티누스가 암시했던 성서의 가장 내밀한 장막을 걷어 낼 거라고 믿었다.

프로방스어로 노래 부르는 이야기를 듣지 못한 것이 불행이었다면, 그가 추방자만이 다른 사람을 알 수 있는 베네치아에서 절대 만나지 말았어야 할, 실제 이름 대신 이사야라는 이름으로 통하던 유대인을 만난 건 행운이었다.

그는 이사야가 안내해 준 신비로움에 곧바로 끌렸다. 그가 가장 매혹된 것은 알려지지 않은 수치 측정과 언어의 힘을 다루는 카발라 영역인 기하학이었다.

예언자라는 뜻을 가진 이름의 여운에서 느껴지듯이, 이사야는 신약의 인물처럼 보였다. 그의 길고 가느다란 턱수염은 오랜 세월이 흐르면서 새하얀 단계를 지나 아이보리나 인골의 색처럼 희누렇게 변해 있었다. 그는 더울 때나 추울 때나 항상 유대인들이 쓰는 모자를 쓰고 검은 외투를 입고 다녔다. 모자와 외투는 너무 낡고 오래되어, 그 초라함 때문에 성스러운 복장에서 느껴지는 위엄이라곤 찾아볼 수 없었다. 그는 제자들과 그를 따르는 몇몇 사람들에게 푼돈을 얻어 검박하게 살았다. 그는 제자들이 너무 적을 때면 마음속으로 슬퍼하기만 할 뿐, 안타까운 마음을 겉으로 드러내지 않았다.

"소피아가 그들의 진정한 어머니이거늘, 그들은 그녀에게 등을 돌려 그녀가 누구인지 알지 못한다네." 그는 그의 후손들을 두고 말했다. "〈출애굽기〉가 우리에게 말해 주듯, 파라오는 유대인의 장자를 모두 죽였다네. 하지만 이 새로운 세상의 거짓 신은 그들 모두들, 세상에 태어난 모든 아이의 목숨을 빼앗을 것이고, 포대기로 싼 채 물에 띄워 보낸 모세는 도망치지 못할 것이고, 그들을 이끌어 신에게로 데려가 주지 않을 것이네."

그는 이상한 언어를 섞어 말하는 것 같았는데, 라틴어와 프랑스어의 어원인 라틴어, 그 지방 특유의 고유어와 그리스어, 히브리어 혹은 아랍어를 모두 섞어서 말하는 것 같았다. 그의 말을 듣는 사람들은 뜻을 대충 유추하거나 직접 물어보기도 했다. 때때로 노인은 자신의 왼손 셋째 손가락에 끼워진 금반지에 박힌 커다랗고 색깔이 짙은 루비의 변화하는 빛깔을 들여다보며 깊은 명상에 빠지는 듯했다. 보석은 그 자체에서 빛을 발산할 만큼 짙거나, 밝은 빛을 흡수하거나 반사하는 것처럼 보이지 않았다. 햇빛이 비칠 때면 종종 짙은 색깔로 빛났고, 밤이 되어 어두워지거나 어른거리는 촛불 아래에서는 환하게 빛이 나곤 했다. 어둑어둑한 황혼 녘에 그가 보석을 들여다보고 있을 때, 그의 제자는 오랜 침묵을 깨며 그가 왜 실명을 숨겼는지 물었다.

"아무도 알아보지 못하도록." 그는 그렇게 말한 다음 더 이상 아무 말도 하지 않았다.

어떤 의미에서 그는 검박하게 살았는데, 유대교 회당 뒤 좁은 길에 있는 가죽

연장 가게 위에 있는 작은 상자에 언제나 등을 기대고 있는 듯싶었다. 하지만 서적과 법전이 그가 잠을 자는 작은 판보다 더 큰 공간을 차지하고 있다는 의미에서는 매우 부유하게 살았다.

그 책의 대부분은 라틴어로 쓰였지만, 그를 찾아온 제자는 책 내용은 아니더라도 책 제목은 이미 알고 있었다. 고대 그리스에 관한 책이 여러 권 있었고 유대인에 관한 두툼한 책도 물론 여러 권 있었는데, 그 가운데 가장 아름답고 마음이 끌리는 것은 정교한 동물 가죽 위에 아랍어로 쓴 것이었다.

"아랍어는 새로운 유대어라네." 노인이 수수께끼처럼 말했다.

글 대부분은 정교하게 쓰이지 않았다. 그중에는 전문 필기사가 아닌 일반인이 조야하게 적은 것도 있었다. 하지만 노인은, 그 글에는 사람들이 거의 알지 못하는 배움과 지혜가 들어 있으므로 모든 것 가운데 가장 소중한 것이라고 말했다. 그 가운데 하나는 이사도르가 직접 쓴 것으로, 그것은 전해 내려온 사람밖에 알지 못하는 소중한 거라고 말했다. 이사도르 이래 그가 다섯 번째로 전해 받았다고 했다. 자신을 포함해서 그 책을 전해 받은 사람 가운데 그 책을 베껴 쓴 이는 아무도 없었고, 베껴서도 안 된다고 했다. 책 서두에 그 뜻을 분명히 밝혀 두었기 때문에, 이 책은 지금껏 세상에서 단 한 권밖에 없다고 했다. 히브리어로 쓴 두루마리도 있었는데, 히브리어로 화려하게 장식한 성서도 포함되어 있었다. 그 성서는 유대인들의 오래된 기록 이상의 것이었다. 거기에는 예수의 새로운 말씀도 있었고, 그리스어를 모르는 사람도 쉽게 읽을 수 있었다.

노인과 함께 있던 이는 아무 말 없이 앉아 있었지만 얼굴에는 호기심이 드러났음에 틀림없다. 노인이 그의 호기심을 자아낸 예수의 형상에 대해 묻지 않고 말했기 때문이다. 그는 그 이름을 말하면서 주님이 스스로를 예수아(Yeshua)라 불렀다고 말했다.

스스로를 이사야라고 부르는 사람은 자신의 책을 마음의 위로를 주는 대단한 보물로 여기며 바라보곤 했고, 아플 때나 죽을 때까지 자신을 보살펴 주는 아내처럼 소중히 여겼다. 그는 집게손가락을 관자놀이나 가슴에 조심스럽게 갖다 대면서, 열람실의 수를 헤아릴 수 없을 정도로 장대한 도서관이 바로 자신의 머릿속과 마음속에 있다고 말하는 것처럼 희미한 미소를 짓곤 했다.

심오한 종교적 분위기에 이끌린 듯, 노인을 찾아온 방문객이 자신은 읽을 수 없는 책과 두루마리를 조심스럽게 넘겼다. 노인은 그를 막지 않고 가만히 있었다. 하지만 방문객은 감사한 마음이나 우정 혹은 존경심으로 노인에게 다가가서는 절대 안 된다는 걸 감지했다. 옛 유대인의 수도원에서 보관되었을 그 수많은 책 가운데 자물쇠와 걸쇠로 고정된 책이 한 권 있었다. 오래된 자물쇠와 걸쇠와 그것을 단단히 감싸고 있는 딱딱하고 두꺼운 가죽에 손을 갖다 대자, 노인이 어떤 특별한 의미는 없지만 수수께끼 같은 세 마디로 말했다. "Caveat u sirocco."

시인은 베네치아에서 수많은 비밀스러운 임무를 찾았다. 그리고 그는 자신의 임무가 끝나고도 더 오랫동안 묵을 기회를 찾았다.

그는 노인을 몇 번 더 찾아왔지만 비밀스러운 가르침에 대해서는 알아낸 바가 거의 없었다. 노인은 그가 알아냈거나 저절로 알아낸 것에 대해 절대 누설하지 않을 것을 맹세하라고 했다. 그 맹세를 지키지 않을 경우 목숨을 내놓아야 한다는 말과 함께, 두 사람의 신념을 담고 있는 성서에 입을 맞추며 맹세했다. 노인은 그러한 맹세는 암묵적이고 그들의 영적 교통 안에 이루어질 것임을 알았다. 기독교인이 교회가 이교적이고 신성하지 못한 것으로 여기는 유대인 종교 단체에 유대인과 함께 있는 모습이 발각되면 파문을 불러일으켜 교수형에 처하거나 더 심한 경우에는 화형에 처할 수도 있었다. 그의 마음과 영혼과 삶이 온전히 하느님과 예수님의 것이라 해도, 그가 찾고자 했던 것이 아무리 순수하고 지혜를 사랑하는 마음에서였다 해도 마찬가지였다. 유대인 노인은 그의 최후, 그 기독교인의 최후를 맞을 첫 번째 사람이었다.

"하지만 이 맹세로 인해 우리 두 사람 모두 죽음으로부터 구원받았네." 노인이 말했다. "그러니 우리는 죽기 위해 살 것이네."

처음 몇 차례 노인을 찾아왔을 때, 시인은 자신의 시를 적은 나뭇잎을 가져왔다. 처음에는 노인이 그의 영혼이 담긴 서약서를 보여 달라고 요구할 거라 생각했기 때문이고, 나중에는 노인이 그런 요구는 하지 않더라도 한 번쯤 그걸 보고 싶다는 관심을 표명할 거라는 희망을 품고 있었기 때문이다. 죽음의 맹세를 하던 날, 그는 스스로의 의지와 바람에 따라 자신의 시를 적은 잎사귀를 펼쳐 노인에게 보여 주었다. 노인은 부드럽지만 당당한 목소리로, 완벽한 운율과 적절한 리듬을 살려 첫 번째 나뭇잎에 적힌 시를 읽었다. 그러곤 그다음 시를 부드럽지만 당당한 목소리로, 완벽한 운율과 적절한 리듬을 살려 읽었다. 그리고 나서 세 번째 시를 훑어보며 어떤 말을 하거나 표정도 짓지 않고 부드럽게 넘어갔다.

노인이 해 줄 거라 기대했던 어떤 평가나 표정도 보지 못한 시인은 깊은 상처를 받았고 용기를 잃었다. 나중에야 그는 자신이 느꼈던 좌절감이 분노가 아닌 수치심이라는 걸 깨달았다. 그러므로 어떤 말이나 표정도 지을 필요가 없었을 거라며 비하하게 되었다. 노인은 아무런 내색도 하지 않았다. 첫 번째 시를 읽은 뒤 세 번째 시를 읽고 싶은 마음이 들지 않았다거나, 소리 내어 읽은 부분이 좋았거나 나빴거나 혹은 광채가 날 정도로 빛났다고 말하지 않았다. 노인이 아무런 내색도 하지 않는 동안, 그의 영혼은 자신에 대한 두려움과 미혹함과 힐책으로 마음이 어지러웠다. 무(無)에서 나오는 힘, 그것은 맹세를 통해 배운 첫 번째 교훈이었다. 그것은 무라는 침묵의 형태로 드러나는 초입경(初入經)이었고, 숫자와 말로 표현할 수 없는 우주의 이치의 성질을 알아 가는 길고 박식한 대화로 이어졌다.

그날 아침, 노인의 방을 나서던 그는 잠시 발걸음을 멈추고 무거운 나무 문을 열어 주는 노인을 바라보았다. 노인에게서는 나이가 별로 느껴지지 않았는데 두 사람의 눈이 마주쳤다. 그는 노인에게 왜 이런 일을 하고 있는지 물었다.

노인은 부드럽게 문을 닫은 다음, 문과 마찬가지로 무거운 나무로 만든 의자로 다시 돌아가 앉았다. 노인에게서는 세월의 흔적이 별로 느껴지지 않았지만 지쳐 보였다. 그는 몸의 뼈를 조심스럽게 다루듯 천천히 자리에 앉더니 상대방에게도 자리에 앉으라고 손짓했다.

노인은 라틴어풍의 베네치아 사투리를 완벽하게 구사해서, 이교도의 모국어를 이해하지 못하는 사람도 노인의 말을 온전히 이해할 수 있었다.

"성서에 나와 있는 것처럼 유대인은 하느님의 선택을 받은 민족이네. 하지만 성서를 조금 더 자세히 들여봐야 하지.

무엇으로써, 그리고 무엇 때문에 유대인들을 선택했을까? 처벌하기 위해서? 감금하고 고통을 주기 위해서? 성서에 나와 있듯이, 아담과 하와라는 이름으로 알려진 인류 최초의 남자와 인류 최초의 여자는 처음으로 선택되었고, 처음으로 주님의 율법을 어긴 자들로 선택되었네. 아마도 이스라엘의 후손들은 고통을 당하고 가르치기 위해 선택되었는지도 모르지. 세상의 어떤 민족보다 자기 조상의 죄 때문에 고통스러워하도록, 조상이 경험했던 지식을, 저주받은 자신들의 교리를 죽음 이후의 죽음, 죽음 이후의 죽음, 끊임없이 이어지는 죽음을 통해, 추락한 조상에게서 추락한 자손에게 전해진 지식을 가르치기 위해 선택되었는지 모르지. 유대인들이 가르침을 위해 선택된 게 사실이라면, 주님의 선택이 드러날 시간이 곧 올 것이네. 유대인들에게 운명으로 경험할 수밖에 없었던 지식이 그것을 알고 싶어 목말라하는 온갖 민족으로 구성된 인류에게 알려질 때가 올 것이네. 그 민족 중에는 지식의 나무에서 씨앗처럼 날아갔던 민족도 포함될 것이네. 왜 이러했을까? 절대 알아서는 안 되는 저주받은 지식은 그것을 저주한 장본인에 의해 알려지게 되었네. 이것이 바로 내가 모든 신념과 지혜가 담긴 글을 찾는 까닭이네. 그 신념과 지혜는 당신들의 교회가 세속적인 계급 제도와 규정을 조장하여 지독한 사리사욕을 추구하는 책에서는 결코 찾을 수 없다네.

그렇지 않고서는 모두 수수께끼이거나 거짓말이라네. 이 선택의 문제에 대해서 나는 자네보다 더 아는 게 없네. 그러므로 내가 왜 이런 일을 하는지에 대한 자네의 질문에 대답이 될지 그렇지 않을지 모르겠지만, 난 자네보다 더 아는 게 없다네."

노인은 기다란 옷으로 덮인 무릎을 손바닥으로 문지르며 고개를 숙인 채 다시 말문을 열었다.

"내가 왜 이런 일을 하는지 물을 때, 자네는 당신네들의 교회가 베푸는 자선의 미덕을 모르는 사람에게 묻는 것이네. 마치 예전에 친절을 베풀거나 받아 보지도 못했던 것처럼 말이네. 그건 마치……"

시인이 분명히 밝히고 싶은 것을 말하려 했을 때, 그가 첫 단어를 내뱉기도 전에 노인이 갑자기 단호하게 입을 다물라고 했다.

"왜 공기 때문에 호흡할 수 있냐고 질문하는 것과 마찬가지라네."

노인은 무릎을 만지던 손길을 멈추고 목을 똑바로 세운 다음 미동도 하지 않았다. 그러자 바로 그때, 시인은 처음에는 머뭇거리더니 이내 거리낌 없이 말했다.

"제 질문에 대답해 주셔서 진심으로 감사드립니다. 믿어 주십시오, 당신에게 진심으로 감사드립니다. 당신네 지혜의 영역에 우리 종족을 환영해 주실 거라곤 생각조차 못했습니다."

"지혜의 영역에 환영받을 종족은 아마 많을 것이네. 그리고 자네처럼 목숨을 걸고 맹세를 지키겠다는 사람도 많을 것이네. 어쩌면 자네는 선택받은 사람일 수도 있겠지. 고통받고 봉사하는 것이 자네의 임무일지도 모르지." 노인은 천천히 말했다.

짧은 침묵이 흐른 뒤, 노인이 다시 말문을 열었다.

"게다가 여기서 말한 것 가운데 자네의 교회 언어로 표현되지 않은 것은 거의 없다네."

"우리는 아리스토텔레스를 알지 못합니다." 시인이 고백하듯 말했다. "다만 토마스 아퀴나스가 그의 말을 그대로 들려주고 설명해 주었을 뿐입니다."

아리스토텔레스에 대한 언급이 나오자 노인은 어깨를 으쓱했다. "자네와 동족인 토마스 아퀴나스는 파리에서 알게 되었는데, 아주 선하고 박학다식한 사람이었지. 하지만 토마스 아퀴나스의《신학 대전》보다는 나이 든 그레고리오의 소박하고 자그마한 책에 더 많은 지혜가 들어 있었지."

노인은 숨을 내쉰 다음 다시 말을 이었다.

"자네 종족은 프톨레마이오스에 관한 라틴어 논문을 쓰기도 했고, 여러 아랍인들과 알랭 드 릴(1128~1202. 프랑스의 신학자이자 시인으로, 교리의 진실성을 입증하기 위해 수학적 증명 방식을 사용했다―옮긴이)이 피타고라스에 대한 글을 썼네. 에우세비우스(?263~340. 이탈리아의 신학자이자 역사가―옮긴이)는 플로티노스(204~270. 고대 그리스 철학자로 플라톤 철학의 해석자로 유명하다―옮긴이)에 관한 글을 썼지."

"하지만 제게는 플로티노스에 관한 책이 없습니다."

노인은 앉아 있을 때처럼 피곤한 모습으로 일어나 다른 책들 아래에 놓인 세 권의 두꺼운 책을 내려다보았다. 그러고는 위에 놓여 있는 책을 차례로 치우기 시작했다. 시인도 자리에서 일어나 노인을 도왔다. 그러자 마침내, 세 권 가운데 첫 번째 책이 그들 앞에 모습을 드러냈다. 노인이 손 대신 턱수염으로 그 책을 가리켰다.

"온전히 공부한 다음에 다시 여기에 갖다 두게."

시인은 그 책을 들고 의자로 걸어갔고, 두 남자는 책을 사이에 두고 긴 의자에 앉았다.

"자네에겐 이 보물을 믿고 맡길 수 있을 듯싶네."

노인은 왼손 엄지 손마디와 손끝으로 턱수염을 부드럽게 매만졌다.

"이 책에는 한 종족에 대한 온갖 저주가 담겨 있으니, 그것을 훔치거나 화를 입히게 한 자에게는 재앙이 닥칠 것이네."

시인은 아무 말도 하지 않았다. 그는 자리에서 일어나 이제 그곳을 떠나려는 듯 자신의 시가 적힌 잎사귀와 그 위대한 책을 집어 들었다.

"어떻게 사례를 해야 할까요?" 시인이 노인에게 물었다. "아시다시피, 저는 가진 재산이 거의 없습니다."

그러자 노인은 이해한다는 듯 고개를 가볍게 끄덕이더니 미소를 지었다. 시인이 노인의 웃는 모습을 본 건 그때가 처음이었는데, 노인의 얼굴에 엷은 빛이 퍼지는 듯한 느낌이 들었다.

"사례를 하려 하면, 우리 모두 재산 없는 사람이 되는 법."

그는 방금 언급한 지불 문제에 대해 기꺼이 받아들이기보다는 부담감을 느끼는 것 같았다. 두 사람은 미소나 얼굴에 퍼지는 밝은 빛도 없이 가만히 서 있었다.

"진실에 대한 가치는 곧 드러나 세상에 알려질 겁니다. 그 가치는 제가 셈하지 않을 것입니다."

노인은 무거운 나무로 만든 문손잡이를 다시 잡았다.

"자네가 지불해야 하거나 그럴 여력이 된다면, 은은 받지 않을 것이고 금을 받겠네."

죽음의 맹세를 하고 저주가 담긴 책을 받은 시인은 어두운 불빛이 비치는 좁은 골목길을 등지고 열린 광장으로 나왔다. 예전에 봤던 것처럼, 그곳 하늘은 소명(召命) 가운데 하나였다.

그는 죽음과 죽음에 이르는 저주를 찾는 사람을 한 번도 본 적 없었고, 검은 옷을 입고 여섯 개의 각이 진 별을 등진 사람을 한 번도 본 적 없었다. 그 별은 두 개의 삼각형으로 이루어져 있다. 두 개의 삼각형으로 이루어진 별.

즐거운 나날은 오래 지속되지 않았다. 보라보라 섬에서 미국으로 가기 위해서는 우선 타이티에 있는 큰 공항으로 가야 했다. 나는 술을 마시고 도박을 하면서 며칠 동안 타이티를 어슬렁거렸다. 타이티 섬의 가장 큰 도시 이름은 기억나지 않지만, 어쨌든 나는 그곳에 있었다. 아름다운 타이티. 여기저기 보이는 빌어먹을 여행객들. "영어는 못합니다. 프랑스어나 타이티어만 합니다." 잘생긴 타이티 사람 가운데 하나가 내게 말했다. 몸집이 크고, 오만하고, 불쾌하고, 천박하게 생긴 안내인이 네온사인이 켜진 입구에 서 있었다. 입구에는 더러운 카펫이 깔려 있었고, 나는 술집 안에 블랙잭 테이블이 있는지 물었다. "퍽 유(Fuck You)." 내가 그에게 말했다. 그러자 그는 몹시 흥분해서 커다란 칼을 꺼내더니 칼날이 튀어나오게 했다. "영어를 못하는 줄 알았지." 나는 그의 이상한 발음에 응수하며 그가 내민 칼을 보면서 씩 웃었다. 나는 오만하고, 불쾌하고, 천박하게 생긴 사람들 무리가 나를 겁주기 위해 그 칼을 휘둘렀음을 잘 알고 있었다. 그 역시 그 칼을 좋아하지 않았다. 아름다운 타이티에는 어울리지 않는 물건이었다.

미국으로 돌아오는 장거리 비행에서는 술을 마실 수 없었다. 담배를 피울 수 없었기 때문이다. 나는 담배 없이는 술을 마실 수 없다. 짐이 무척 많아 전용 제트기를 전세 낼 생각도 했지만 비용이 150만 달러였다. 아무리 인사불성이라 해도 그런 식으로 돈을 날리지는 않을 것이다. 나는 뒤로 기댈 수 있는 커다란 수면용 좌석을 침대처럼 180도로 눕힌 다음, 수면제, 진통제, 신경 안정제를 먹고 무의식 상태에 빠졌다. 에어프랑스의 여승무원이 커다랗고 푹신한 베개를 내 머리 밑에 베어 준 뒤 담요를 덮어 주었고, 나는 망각의 심연으로 빠져들었다.

미국에 도착하자 나는 화이트 와인과 헤로인을 끊기 위해 도망치듯 곧장 병원으로 향했다. 헤로인 섭취량은 커다란 봉지에서 자그마한 봉지 그리고 전혀 하지 않을 때까지 줄였고, 며칠 후 화이트 와인은 두 병에서 두 잔으로 그리고 전혀 마시지 않을 때까지 줄였다.

나는 오랫동안 외국에 있었지만 조수 미셸이 내가 없는 동안 모든 걸 처리했다. 우리는 연락해 온 모든 사람에게 답장을 보낸다는 원칙을 갖고 있었다. 순수하게 사랑하는 마음이나 돈을 갖고 오지 않으면, 우리는 그들을 무시한다. 그러면 일상과 일이 훨씬 더 단순해졌다.

미셸은 내가 골골해 보인다는 걸 알면서도 아무 말 하지 않았다. 내가 회복 중이라는 걸 알았기 때문이다. 그녀는 내가 햇빛에 많이 탔다며 어디를 다녀왔는지 물었을 뿐이다. "여러 해변에서 여러 해먹에 누워 여러 도마뱀을 봤지." 나는 들어온 돈이 있는지 그녀에게 물었다. 그녀가 금액이 적은 수표 몇 장을 건네주며, 내 에이전트인 러스와 외국 저작권 에이전트인 대니가 독일에서 30만 마르크를 제안받았다고 말했다. 그녀는 그런 종류의 거래가 거의 아무런 의미가 없다는 걸 오래전부터 알았다. 몇 년이 지나도록 나는 그들에게 한 푼도 받지 못할 것이다. 금액의 1퍼센트는 내 에이전트에게 갔고, 나머지는 내 책을 출간한 미국 출판사에 갈 것이고, 출판사는 다시 내게 일정 금액을 줄 것이다.

"데드라인을 두 번 넘겼어요." 미셸이 말했다.

데드라인(원고 마감 기한과 그 선을 넘어서면 죽음에 이르는 경계선이라는 두 가지 의미를 함축하고 있다—옮긴이). 데드라인. 데드라인.

"아니……." 나는 소리 내어 웃었다. "아니, 꼭 그런 건 아니야."

그가 시칠리아로 온 이유, 그것은 그노시스 교도(초기 기독교 시대에 나타났
던 신비주의 성향의 이단—옮긴이)들이 저주받았던 욕망 때문이었다.

　트라파니 항구의 요새의 불빛이 칠흑같이 어두운 밤 속으로 사라졌다. 가지
라트 말리티마(Gazirat Malitimah)라는 오래전부터 내려오는 아랍 이름을 가
진 오래된 섬을 향해 배가 밀려 들어오자, 그는 저주받은 듯한 느낌이 들었다.
섬의 형체가 이우는 희미한 달빛에 드러나자, 저주받은 섬 혹은 죽음의 섬 혹은
그보다 더 끔찍한 섬의 형체가 나타나는 듯했다.

행운이든 운명 때문이든, 뉴욕으로 되돌아왔을 때 나는 옛 친구 레프티를 찾을 필요가 없었다. 그가 먼저 나를 찾아왔기 때문이다.

　레프티는 내가 단테에 사로잡혀 있다는 걸 잘 알고 있었다. 우리 둘 모두 술고래였을 당시, 내가 모든 인류 가운데 가장 축복받은 인물에 대해 끊임없이 이야기를 늘어놓을 때면, 그는 말없이 고개를 끄덕이며 관심 있는 척 이야기를 들어주었다. 술 취한 사람들은 절대 남의 이야기에 귀를 기울이지 않는다. 술을 마시는 사람과 술만 있을 뿐이다. 술 이외의 모든 건 의미 없는 세상일 뿐이다. 그는 그때 나누었던 단테에 관한 이야기를 아직도 기억하고 있었다.

　그는 내게 부자가 되고 싶은 마음이 있느냐고 물었다.

　"글쎄, 그런 마음은 있겠지." 내가 말했다.

　그는 여권 사진 대여섯 장을 찍은 뒤 다음 주 화요일 술집에서 만나자고 했다.

　예전 같으면 어느 술집이냐고 그에게 물었을 것이다. 술집은 설리번 가에 두 군데, 톰슨 가에 두 군데, 맥두걸 가에 두 군데, 베드퍼드 가에 한 군데, 다우닝 가에 한 군데가 있었다. 하지만 지금은 한 군데밖에 없었다.

　화요일이 왔다. 나는 그에게 사진을 주었다. 그는 다음 주 화요일에 만나자고 말했다.

그리고 이제 우리는 조 블랙의 집에서 루이라는 사내와 함께 앉아 있었다.

나는 지난 세월 동안 루이 같은 사람을 간혹 본 적이 있었다. 그는 얼핏 보기만 해도 어떻게 살아왔는지 알 수 있는 유형이어서, 아무것도 물어볼 필요가 없었다.

"진짜입니까?" 나는 조 블랙이 앉아 있는 책상 뒤 벽에 걸린 그림을 가리키며 물었다.

"렘브란트의 〈자화상〉이야."

"닉, 저 그림 마음에 들어?" 조 블랙은 고개만 삐딱하게 기울일 뿐, 그림은 쳐다보지도 않은 채 물었다.

"솔직하게 말하면……." 내가 말했다. "내가 보기엔 쓰레기 같습니다. 내 말을 오해하지는 마십시오. 나는 저 그림을 갖고 싶고, 오랫동안 갖고 있다 팔고 싶습니다. 하지만 솔직히 말하면, 그림이 맘에 들지는 않습니다."

"우린 앞으로 친한 사이가 될 것 같군요." 루이가 콧김을 내뿜으며 말했다.

"닉, 단테의《신곡》은 어때? 그건 좋아해?"

나는《신곡》번역을 10년 이상 해 오고 있는 중이었다. 번역을 하는 오랜 세월 동안, 나는 단테에 대한 어떤 사실을 알게 되었다. 그것은 수백 년 전 존경받는 학자로서, 어떤 의문도 제기할 수 없는 신적인 존재가 아닌, 동시대인들에게는 그다지 빛나지 않는 인물로 기억된 인간 단테의 모습이었다. 그리고《신곡》의 결정적인 단점을 알게 되었다. 그것은 형식상의 단점이었다. 단테는 지나치게 제한적인 운율을 선택하는 바람에 그 운율 안에서 장엄한 글을 쓸 수 없었다. 때문에 구조에 맞도록 자연스럽지 못한 글을 써야 했고, 작품의 구조를 지탱하기 위해 기백과 아름다움과 강인함이 희생되었다. 예술보다 기교를 더 중시하는 냉정함 때문이었을 것이다. 자유롭게 날아다니기 위해 태어난 아름다운 야생의 새는 새장 안에서 살아남을 수 없듯이, 아름답고 야생적인 그의 시도 마찬가지였다.

글이 계속될수록 베아트리체의 일상은 점점 더 지루하고 진부하고 우스꽝스러워졌다. 보티첼리 역시 그렇게 생각한 것 같았다. 천국 편의 스케치를 보면 베아트리체의 모습은 점점 더 괴물처럼 커져서 정작 단테는 무척 왜소해 보인다(단테의 《신곡》 천국 편에서 베아트리체는 순례자 단테의 길을 안내하는 인물로 등장한다—옮긴이).

한편으로, 나는 《신곡》을 1,000년 동안의 문학 작품 가운데 가장 위대한 작품으로 꼽은 조지 스타이너의 의견에 동의한다. 그리고 다른 한편으로는, 잘못된 평가에 악담을 퍼부은 괴테의 의견에 동의한다. (나는 다른 어떤 작품보다 괴테 자신의 《파우스트》 제2부가 가장 잘못된 평가를 받고 있다고 생각한다.) 하지만 《신곡》이 시로서 더 화려한 평가를 받지 못하게 됨에 따라, 내가 보기에는 인간으로서 가장 품격 있고 창조적인 대망을 표현한 기념비라는 관점에서는 더욱더 찬란한 작품이 되었다.

"네." 내가 말했다. "예전에는 무척 좋아했는데 지금은 그저 좋아합니다."

"무엇 때문에 마음이 변했나?"

"무언가를 아주 오랫동안 보고 있으면 잘못이 보입니다. 여자도, 시도, 삶도 그렇지요. 무언가를 아주 오랫동안 보고 있으면, 그것이 아무리 아름답다 해도 잘못이 보이는 법이지요."

"그럼 진짜를 보고 싶나?"

"진짜라니, 그게 무슨 뜻입니까?"

"진짜 말이야, 친필 원고."

"물론 보고 싶습니다. 하지만 친필 원고는 존재하지 않습니다. 620년 전에 누군가에게 온기를 주기 위해 벽난로에 들어갔을 겁니다. 단테가 직접 손으로 쓴 친필 원고는 단 한 조각도 남아 있지 않습니다. 단 한 조각도."

"만약 존재한다면 그 가치가 얼마나 될 것 같나?"

"값으로 매길 수 없을 정도로 귀중할 겁니다. 저 그림 값의 1,000배에 달할 겁니다." 나는 렘브란트의 그림을 가리켰다. "단테의 친필 원고가 있다면 역사상 가장 귀중한 문학 자료가 될 겁니다. 친필 원고에 값을 매기는 건 바티칸이 미켈란젤로의 〈피에타〉 상에 값을 매기는 것과 마찬가지입니다. 값을 매기는 건 불가능할뿐더러 감히 생각조차 할 수 없습니다. 아마 그걸 살 수 있는 사람은 아무도 없을 겁니다."

"우린 그걸 손에 넣을 거야."

조 블랙이 그렇게 말했다.

로마행 비행기의 위층 퍼스트클래스는 3분의 1도 차지 않았다. 루이가 가장 먼저 한 행동은 나와 떨어져 다른 자리로 옮기는 것이었다.

우리는 모두 혼자 태어나 혼자 죽는다. 하지만 루이는 모든 걸 똑같이 하기를 좋아하는 것처럼 보였다.

조 블랙은 티켓과 위조 여권을 나와 루이에게 각각 건네주었다. 여권에는 여러 개의 가명이 적혀 있었다. 하나는 로마로 갈 때 쓰는 거였고, 다른 하나는 로마에서 돌아올 때 사용하는 거였다. 각각의 여권에는 입국과 출국 때 찍힌 다양한 스탬프들로 가득 차 있었고, 여권에 적힌 가명은 올 때와 갈 때 각각 편도로 발매한 티켓에 적힌 이름과 일치했다. 우리가 해야 할 일은 여권에 적힌 이름과 일치하는 티켓을 챙기는 것과 우리의 가명을 기억하는 것이었다. 다른 신분증과 신용 카드는 준비되지 않았다. 우리는 각각 1만 리라를 받았는데, 모든 걸 현금으로 지불해야 했다.

"저런 경비행기를 타고 팔레르모에 갈 수 있겠나?" 우리가 로마에 도착했을 때 루이가 내게 물었다.

"그렇습니다." 내가 대답했다. 하지만 나는 그 비행기가 싫었다.

"난 못하겠네. 자가용 비행기인 걸프스트림으로 가도록 하지." 루이가 말했다.

걸프스트림의 긴 의자에 앉고 나서 그가 맨 먼저 한 일은 담뱃불을 붙이는 것이었다.

조종사는 비행기가 이륙할 때까지 기다려 달라고 그에게 말했다.

"입 다물고 앞이나 제대로 봐." 루이가 조종사에게 말했다.

나도 담뱃불을 붙이자 루이가 괜찮다는 표정으로 고개를 끄덕였다.

팔레르모의 교통 상황은 나빴다. 빌어먹을 성지인 탓이었다. 길거리마다 성당들과 조각상들이 서 있었고, 호른과 드럼, 심벌즈 등이 어우러진 애처로운 악단 소리가 들렸다. 애처로운 표정의 교구민들은 대부분 여자였다.

"온갖 종교 축제일을 기념하는 시칠리아 사람들은 유대인들보다 더 심해."

성당의 스테인드글라스와 금발로 탈색한 여자들.

우리는 항구가 내다보이고 정원과 나무로 둘러싸인 이제아(Igea) 호텔 수영장 옆에 누워 있었다. 햇빛은 강렬했고 하늘은 파랬고, 흰 구름이 몇 조각 떠다니고 있었다.

"우린 살아 있어." 루이가 말했다.

어떤 남자가 지나가면서 내게 그림자를 드리웠다. 그는 캔버스 천으로 만든 목수용 작은 가방을 루이 근처에 내려놓았다.

"내일 아침 8시, 운전사가 문밖에 올 겁니다." 그가 말하면서 고무줄로 묶은 50만 리라 수표 뭉치를 루이에게 건네주었다. "운전사에게 줄 돈입니다."

다음 날 아침, 우리는 8시에 체크아웃을 했다. 우리는 각각 작은 여행 가방 하나밖에 들지 않았고, 루이는 목수용 작은 가방을 들고 있었다. 우리는 호텔을 둘러싸고 있는 담 사이에 난 정문을 통해 걸어 나왔다. 운전사가 뒷문을 열어주었고 루이와 나는 차 안으로 들어갔다.

언덕으로 올라갈수록 구불구불한 길은 더 좁아졌다. 우리는 알바니아의 평원이라는 작은 마을로 들어갔다. 나는 예전에 이곳에 왔던 적이 있다. 이곳은 카스텔베키오 디 푸글리아와 마찬가지로 우리 할아버지와 할아버지 형제들의 고향이었고, 나와 똑같은 성을 가진 이탈리아 사람들이 많았다.

자동차가 쇠락한 두 개의 석조 건물 사이에 난 좁은 통로에 멈추어 섰다.

문은 열려 있었다. 루이가 먼저 들어갔고 나는 뒤따라갔다. 통로를 지나자 잡초가 웃자란 오래되고 넓은 정원이 나왔고, 담벼락이 정원을 둘러싸고 있었다. 오래된 저택 외관은 덩굴 식물 잎사귀로 뒤덮여 있었다. 저택으로 이어지는 계단 근처에 놓인 나무 의자에, 한 노인이 무릎에 놓인 사냥용 총을 손에 잡은 채 입을 벌리고 잠들어 있었다. 그 옆에는 노인처럼 나이 들어 보이는 개가 잠들어 있었는데, 우리가 지나갈 때 한쪽 눈조차 뜨지 못하는 것 같았다.

문은 열려 있었고 문 뒤의 스크린 도어는 닫혀 있었다. 루이가 옆으로 비켜섰고 나는 가볍게 노크를 했다. 나이 든 성직자 하나가 발을 끌고 다가와 우리를 맞았다. 그는 우리를 보고 무척 반가워했는데, 루이와 나는 그와 악수를 나누었다. 그가 우리를 현관으로 안내했다. 그곳에는 나이 지긋한 노인이 편안한 의자에 앉아 잠들어 있었다. 다른 방에서 희미한 소리가 들려왔다. 느릿하고 아무 목적도 없는 듯한 소리가 부엌에서 들려왔다.

나이 든 성직자가 나이 지긋한 노인이 앉아서 잠자고 있는 곳으로 우리를 데려갔다. 그가 헛기침을 해도 나이 지긋한 노인은 여전히 잠에서 깨어나지 않았다. 그는 낮은 목소리로 '돈 레코'라고 말했다. 하지만 나이 지긋한 노인은 여전히 잠에서 깨어나지 않았다. 그가 좀 더 큰 목소리로 '돈 레코'라고 하자 나이 지긋한 노인이 몸을 뒤척였다. 그는 편안한 의자에 앉은 채 몸을 뒤척이며 자세를 바꾸었다. 나는 그에게 손을 내밀었지만, 노인은 힘없는 손길로 우리에게 근처 소파에 앉으라고 권했다. 그러고 나서 잠시 이마에 손을 대고 있더니, 나이 든 성직자의 도움을 받아 힘겹게 자리에서 일어났다. 그는 잠시 자리에 서서 숨을 깊이 들이마셨는데, 자리에서 일어선 것이 마치 신의 경지에라도 이른 것처럼 얼굴에는 만족스러운 표정이 역력했다.

그는 왼쪽 벽에 서 있는 커다랗고 오래된 콘포르티 금고를 향해 천천히 걸어갔다. 금고는 짙은 갈색이었지만 페인트칠이 오래전에 벗겨져 짙은 색 강철이 그대로 드러나 있었다. 그가 자물쇠에 손을 얹어 서너 번 천천히 돌린 다음, 양쪽 손에 힘주어 걸쇠를 아래로 당겼다. 묵직한 강철 문이 철컥 무거운 소리를 내더니 삐걱거리며 열렸다.

나이 지긋한 노인은 천천히 자신의 의자로 돌아가 금고를 향해 힘없이 손짓했다.

성직자가 금고 문을 활짝 열고 정교하게 조각한 골동품 상자를 꺼내, 나와 루이 앞에 놓인 티 테이블 위에 내려놓았다. 그는 두 통의 편지를 상자 옆에 내려놓았는데, 하나는 이탈리아어로 다른 하나는 영어로 쓰인 것이었다. 팔레르모 도서관에서 이 편지를 소지하고 있는 사람에게 자필 원고를 수반하도록 위임하며, 6개월 이내에 '우리의 미국 동료들'에게 연구 목적을 위해 친필 원고의 대여를 허락한다는 내용의 편지였다.

나는 돋보기를 끼고 상자 뚜껑을 열었다.

이게 진짜일까? 나는 첫 번째 양피지 조각을 유심히 들여다본 다음 조심스럽게 페이지를 넘기며 이따금씩 가만히 들여다보았다. 각 페이지마다 시인이 불을 뿜듯 쏟아 낸 단어들을 지운 다음 다시 쓰고, 줄여 쓰고, 운율과 리듬에 맞게 수정한 흔적들이 남아 있었다. 수년 전, 나는 《신곡》을 번역하면서 11음절 구(句) 3행 시절이라는 형식은 포기해야 한다는 결론에 이르게 되었다. 이탈리아어를 그러한 운율을 가진 영어로 번역하다 보면, 원어에서 추구했던 훨씬 더 화려하고 장식적인 꾸밈을 억지로 옮길 수밖에 없었기 때문이다. 그리고 번역을 하면서 형식상의 문제가 있음을 알게 되었다. 그런데 지금 내 앞에 시인이 휘갈겨 쓴 원고가, 새장에 갇히지 않은 《신곡》일지도 모르는 원고가 놓여 있었다. '자유로운 시'를 찾아 하늘 높이 솟아올랐던 야생의 새는 딱딱한 형식에 치우쳐 지옥으로 내던져졌을지도 모른다.

어떻게 이 원고가 진짜가 아닐 수 있겠는가? 그리고 원고가 진짜라면 이건 기적이었다.

루이가 차를 한잔 마실 수 있겠느냐고 물었다.

성직자는 기꺼워하는 표정으로 부엌으로 갔다. 그리고 다시 돌아오더니 잠시 후에 차를 가져올 거라고 말했다.

루이가 나를 쳐다보았다.

"모든 게 괜찮다는 느낌이 들어?" 그가 말했다.

"모든 게 괜찮다는 느낌이 듭니다." 내가 말했다.

루이는 성직자에게 미소를 지었다. 나는 상자 뚜껑을 다시 닫았다. 느릿한 발소리가 들리더니, 한 노파가 작은 은제 찻주전자, 섬세한 찻잔 두 개와 받침 접시, 은제 스푼 두 개, 자그마한 은제 스푼이 들어 있는 자그마한 설탕 그릇이 놓인 은쟁반을 들고 나타났다. 나는 노파가 테이블에 쟁반을 놓을 수 있게 상자를 옆으로 밀어 공간을 만들어 주었고, 루이는 캔버스 천 소재의 목수 가방을 천천히 열었다. 성직자가 루이의 모습을 유심히 쳐다보았다. 나이 든 성직자의 눈빛에서는 탐욕이라곤 찾아볼 수 없었고, 따뜻하면서도 소박한 인생의 황혼기를 맞은 것처럼 따뜻하고 소박한 열망이 엿보였다.

테이블에 은쟁반을 내려놓던 노파가 다시 손님을 맞게 되어 반갑다는 듯 환한 미소를 지었다. 바로 그때, 루이는 검은색 소음 장치가 부착된 검은색 총을 가방 안에서 꺼내 노파의 복부를 쏘았다.

그러고 나서 두렵다기보다는 슬픈 표정으로 서 있는 성직자를 쏘았다.

그리고 마지막으로 손목을 약간 돌린 다음, 의자에 앉아 있는 나이 지긋한 돈 레코를 쏘았다.

그 모든 과정이 2초도 걸리지 않은 것 같았다.

루이는 가방에서 총을 하나 더 꺼내고 서 있었다.

"상자를 가방에 넣고 금고 안에 있는 걸 모두 집어넣어." 그가 말했다.

금고 안에 들어 있는 얼마 안 되는 내용물을 비우는 동안, 루이가 총으로 모든 사람을 사살하는 소리가 들렸다. 그는 창문 너머를 바라보았다. 노인은 여전히 의자에 앉아 있었고, 늙은 개는 그 옆을 지키고 있었다.

"가자."

루이는 소음 장치가 부착된 총을 양손에 하나씩 든 채 노인과 개의 머리를 뒤에서 동시에 쏘았다.

우리는 재빨리 정원을 지났고, 통로를 지나 기다리고 있던 차 안에 올라탔다.

나는 금고에서 꺼낸 다른 물건을 훑어보았다. 고대 로마 시인 카툴루스의 시를 적은 필사본이 있었고, 초기 교황의 고백이 적힌 자그마한 서류 뭉치도 있었다. 현금 2,000만 리라와 다이아몬드가 박힌 금반지가 있었다. 개인적인 서류가 담긴 봉투도 있었다. 루이는 그 반지를 자신의 손가락에 끼었고, 우리는 현금을 나누어 가졌다.

몬레알레(Monreale) 외곽에 이르러 우리는 바깥에 주유기가 한 대밖에 없는, 황폐한 자동차 수리소에 차를 세웠다. 뚱뚱한 남자 하나가 물결 모양의 녹슨 자동차 수리소 처마 아래 그늘진 곳에 놓인 흔들의자에 앉아 있었다. 우리는 차에서 나왔다. 루이가 뚱뚱한 남자에게 고개를 끄덕이자, 뚱뚱한 남자가 루이에게 고개를 끄덕였다. 녹슨 커다란 드럼통에는 녹슬면서 생긴 구멍이 여기저기 나 있었고 쓰레기와 담뱃재가 절반 정도 채워져 있었다. 루이는 더러운 신문지 조각을 주워 드럼통에 뭉쳐 넣고 휘발유를 듬뿍 부은 다음, 우리가 사용했던 첫 번째 여권을 넣고 불붙인 성냥을 던져 넣었다. 우리는 여권이 불길에 말려 재로 변하는 모습을 우두커니 서서 지켜보았다. 나는 금고에서 꺼낸 개인적인 서류 봉투를 던져 넣었다.

루이가 주변을 둘러보더니 뚱뚱한 남자에게 어깨를 가볍게 으쓱하며 손바닥을 들어 보였다. 그러자 뚱뚱한 남자는 자동차 수리소 입구에 놓인 타르 칠을 한 커다란 방수포를 가리켰다. 루이가 차에 앉아 있던 운전사를 불러냈다. 그들은 함께 자동차 수리소로 들어갔고, 운전사가 방수천 위로 올라가자 루이는 그를 총으로 쏴 죽였다.

그러고는 자동차 오일을 걸레에 묻혀 총을 닦은 다음 작업대에 놓인 걸레로 감쌌다. 뚱뚱한 남자는 주유소 입구에 서 있었고, 우리가 타고 왔던 세단 옆에 택시가 서 있었다.

헝클어진 머리의 택시 운전사가 뚱뚱한 남자에게 고개를 끄덕이자 뚱뚱한 남자가 그에게 고개를 끄덕였다. 운전사는 우리가 들고 온 작은 가방 세 개를 택시 트렁크에 실었다.

걸프스트림에 탑승하자, 루이는 깊이 숨을 내쉬며 천천히 담배 연기를 내뱉었다. 비행기 안을 둘러보니, 플러시 천으로 만든 멋진 카펫이 깔려 있었고 작은 테이블 위에는 아름다운 꽃이 꽂힌 화병이 놓여 있었다. 창문에는 예쁘고 자그마한 커튼이 달려 있었다. 승무원이 다가와 우리에게 재떨이를 건네주었다.

"우린 살아 있어." 그가 말했다.

세 마리의 짐승(단테의《신곡》에서 순례자의 길을 막아서는 표범과 사자, 암늑대를 가리키는
데, 음란과 오만, 탐욕을 상징한다—옮긴이)을 만난 이후, 그는 완벽한 영혼에서 우러나오
는 완벽한 언어를 쓰기 위해, 완벽한 운율과 리듬을 가진 글을 쓰기 위해 3년의
힘겨운 세월을 보냈다.

3년 동안 힘겹게 일한 이후에야 비로소 그는 얻을 수 있었다. 그 노고가 헛되
지 않아, 시어는 이슬비처럼 부드럽고 자연스러웠으며, 어둡게 변해 가는 하늘
아래로 떨어지는 빗방울은 무지개의 의미를 속삭였다. 독자들이 비로소 그것을
보고 느낄 수 있었던 것은 마지막 단어의 고요하던 한숨이 불길한 침묵으로 서
서히 사라져 갈 때였다.

Nel mezzo del cammin di vita nostra
우리네 삶의 여정의 절반을 지나(단테의《신곡》 지옥 편의 첫 구절—옮긴이)

어두운 숲은(단테의《신곡》 지옥 편이 시작되는 공간으로, 순례자 단테는 어두운 숲 속을 지나 지
옥으로 들어가게 된다—옮긴이) 실제로 존재했다. 그는 얼마 전 다시 그곳을 찾아가, 지

금은 그에게서 빠져나가 버렸을 정신을 되찾으려 애썼지만 허사였다. 그들은 피렌체에서 피사로 가는 오래된 길의 서쪽에 있었다. 그렇다, 그제야 그의 머릿속에 그런 생각이 떠올랐다. 자신은 서쪽으로, 죽음의 땅을 향해 가고 있었던 것이다.

젊은 시절 그는 이 숲에서 짐승 세 마리를 만났던 이야기를 했었다. 심지어 칼과 완력으로 그 가운데 한 마리를 도륙했고 그의 잔악한 행동을 본 나머지 두 마리는 두려워 떨며 관목 숲으로 달아났다는 이야기를 떠벌리기도 했다. 하지만 그건 거짓말이었다. 두려움을 느낀 건 오히려 그였다. 하지만 이 거짓말에서 그는 짐승 세 마리에 관한 시상을 떠올리게 되었다.

그가 '이 삶(vita questa)', 원래 똑같은 표준의 소리와 운율을 가진 '내 삶(vita mia)'에서 '우리의 삶(vita nostra)'까지 도달하는 데는 몇 달이 걸렸다. '우리의 삶'의 도래는 그저 일어났거나 강력한 하늘의 부름에 의해 일어났다. 그는 그 생각으로 다시 태어났고 강인해졌다. 내 삶에서 이 삶으로, 다시 우리의 삶으로 하나 되는 생각.

영혼과 짐승들. 그는 칼키디우스가 번역한 플라톤의 《티마이오스》의 오래된 번역본에서 읽은 내용을 도저히 잊어버릴 수 없었다. 그 책에서 플라톤은 인간에게는 두 개의 영혼이 있다고 설명한다. 머릿속에 있는 불멸의 영혼, 그리고 '끔찍하고 저항할 수 없는 영향에 종속된' 그리고 '배 속에서 길들여지지 않은 짐승처럼 구속된' 필멸의 영혼. '배 속에서 길들여지지 않은 짐승'이라는 표현은 얼마나 멋진가! 그리고 불멸이든 필멸이든 우리의 모든 영혼은 우주의 위대한 영혼의 빗줄기에 지나지 않다. 한 사람의 영혼의 삶은 모든 영혼의 삶, '우리의 삶'이다.

하지만 이러한 도래는 세 번째 짐승이 오는 데는 아무 의미가 없었다. 의도가 아닌 비전으로 태어난 세 번째 짐승, 성스러운 삼위일체를 완성하는 세 번째 짐승.

배 속에서 길들여지지 않은 짐승. 그것은 나이 든 사람들이 암늑대를 이를 때 쓰던 말이었다. 하지만 그에게 그 단어는 배 속에 있는 영혼을 가진 짐승을 찾아 나서는 야성적인 의지와 자유에 대한 비겁한 목마름과 갈망을 불러일으켰다. 벤고(vengo, 오다), 보글리오(voglio, 바라다), 볼로(volo, 날다), 트로보(trovo, 찾다) 등 바람(il vento)의 힘을 가진 그와 비슷한 여러 동사들이 사용되었다.

작품에 대한 장대한 계획으로, 3행이 연이어 반복되는 3부작을 끝내기 위해 그는 별에 의지하곤 했다. 그 별이 표현할 수 없는 걸 표현하는 놀랍고 신비로운 삼위일체로 독자들을 데려다 줄 거라고 믿었다.

그리고 나서 몇 년 후, 그가 3부작으로 이루어진 마지막 권인 '천국' 편을 써 나가면서 밤하늘을 쳐다보고 있는데 환한 하늘이 음울한 하늘로 섬뜩하게 변해 갔고, 마침내 별들이 스스로의 모습을 그에게 보여 주며 무수한 비밀을 드러냈다. 허영과 오만에 사로잡힌 그가 알아야 했던 건 오로지 하나밖에 없었다.

움직이지 말 것. 하늘에서 내려온 비밀이 비수처럼 부드럽고 차갑게, 치명적으로 그를 관통해 나갔다. "넌 '천국'을 쓸 수 없어. 그건 이미 별 속에 쓰여 있고, 넌 아마 그걸 읽었을지 모르지. 하지만 무릎 꿇고 침묵하는 것 이외에는 그걸 표현할 길이 없어."

우리가 탄 비행기는 대서양 위를 횡단하고 있었다. 미국에 도착하기 전, 내가 그에게 물었다.

"개는 왜 죽였습니까?"

그는 나를 쳐다보았다.

"개는 왜 죽였냐고?" 그가 말했다.

"그렇습니다. 개는 왜 죽였습니까?"

그는 나를 쳐다보았다.

"개는 짖으니까." 그가 말했다.

몇 분이 흘렀고 루이가 다시 말문을 열었다.

"빌어먹을 성직자 놈 때문에 일이 커졌어. 우리에게 차를 갖다준 불쌍한 노파. 빌어먹을 개와 낮잠을 자고 있던 노인. 빌어먹을 돈 레코까지 죽였으니 팔레르모에서 전쟁이 시작될지도 몰라. 그리고 자넨 지금 내게 왜 개를 죽였냐 묻고 있고. 사람들을 죽인 다음 몰래 빠져나오는데 개가 우릴 보고 짖으면 안 되니까. 너무나 단순한 이유지."

몇 분이 흘렀고 루이가 다시 말문을 열었다.

"개를 좋아하나?" 그가 말했다.

"네." 내가 말했다.

"나도 마찬가지라네." 그가 말했다. "내 말은 그러니까, 우리가 쏜 진짜 개를 좋아한단 말이지. 뉴욕에서 보는 자그마한 애완용 강아지는 좋아하지 않아. 하지만 진짜 개는 아파트에 갇혀 지내는 걸 원치 않을 거야. 그건 자연스럽지 않아. 진짜 개들은 자유롭게 뛰어다니길 바라지. 도시에서 커다란 개를 기르는 사람들은 바보 멍청이야. 자신들이 기르는 개를 서서히, 그리고 잔인하게 죽이는 거지. 난 시골에 살면 개를 키울 거야. 조그마한 애완견이 아닌 진짜 개를."

"우리가 쏜 개라니, 그게 무슨 뜻입니까? 당신이 그 개를 쏘았고 난 아무 짓도 하지 않았습니다."

"당신은 방조자였어. 개를 죽이는 걸 그냥 지켜본 방조자."

침묵 속에 다시 몇 분이 흘렀다.

"뉴욕 길거리에서 개가 똥을 눌 때 그 밑에 신문을 펼치고 있는 여자들을 보면 짜증이 나. 그런 여자들을 보면 토할 것 같아. 그리고 손에 비닐봉지를 든 채 개의 목에 줄을 매고 산책하는 여자들을 봐도 짜증이 나."

그는 불쾌감을 드러내며 얼굴을 찡그렸다. 내가 그의 얼굴에서 진짜 감정을 목격한 건 그때가 처음이었다. 그리고 나 역시 마찬가지 감정이었다.

"맞습니다, 역겨운 여자들이죠." 내가 말했다.

"문제는 매번 정확히 알 수 없다는 거야. 역겨운 여자라 해도 손에 비닐봉지를 들고 다니지 않으면 그런 여자인지 알 수 없지. 걸프스트림 안에서 보았던 예쁜 승무원처럼 말이지. 그 여자가 매춘부일 수도 있지만 우린 알 수 없어. 그 여자도 강아지 똥을 치울 비닐봉지를 손에 들고 다닐지 모르지."

"난 그 여자 다리 사이로 그 짓을 하고 싶었습니다." 내가 말했다. "그러면 그녀의 손 따윈 상관없을 테니까요."

"그 여자 다리 사이로 그 짓을 하고 싶었다고?"

"네, 난 여자 다리 사이로 그 짓 하는 걸 좋아합니다. 그 여자 다리는 미끈하고 늘씬했습니다."

"당신 변태로군. 하지만 난 더한 사람이지."

"당신은 그 여자와 어떻게 하고 싶었습니까?"

"그녀를 묶은 다음 그녀의 몸 위에 오줌을 싸고 싶다는 생각을 했어. 하지만 그런 생각을 한 건 오줌이 마려웠기 때문이지. 오줌을 싼 다음에는 더 이상 그런 생각이 들지 않았으니까. 그 여자를 묶고 머리에 총을 겨눈 다음 그녀가 내 페니스를 빨게 해 달라고 애원하도록 만들 생각을 했지."

"그런 생각을 자주 합니까?"

루이가 손을 가볍게 올리더니 서너 번 내저었다.

"여자 다리 사이로 그 짓을 할 때, 양말은 신고 있나 아니면 벗기나?"

"그거야 물론 신고 있습니다."

"그렇겠군." 그가 말했다.

"아직도 이상하다고 생각하나?"

"우리가 살고 있는 이 세상이 이상하지 않습니까. 한 가지 말할 게 있습니다. 더러운 창녀인 줄 알면서도 신체적인 접촉을 한 사람은 분명 이상한 놈입니다. 시신에 대고 그 짓을 하는 놈은 더러운 창녀의 손을 잡는 놈과 비교할 수 없습니다."

"시신에 대고 그 짓을 해 본 적 있나?"

"생각은 해 봤습니다. 그러니까 더러운 창녀의 시신에 대고 하는 짓 말입니다. 어쨌든 생각은 해 봤습니다. 그런 여자들은 아무 소리도 내지 않고 가만히 있습니다. 어떤 허튼짓도 하지 않고 아무 짓도 하지 않지요. 창녀 시신에 대고 수음을 한 적이 한 번 있습니다. 그 여잔 정말 천사처럼 예뻤는데, 난 그 여자 머리 측면을 쏴 구멍을 내 버렸지요. 그리고 서너 번 창녀의 속옷을 가져간 적도 있습니다."

"그걸로 뭘 했어?"

"그걸로 뭘 하겠습니까? 수음하는 데 사용했지요. 창녀의 속옷을 입고 다닐 수는 없잖습니까. 그리고 창녀의 속옷을 가져오는 짓은 좀처럼 드문데, 여자가 정말 인형처럼 예쁜 경우일 때뿐입니다. 예쁜 창녀의 속옷은 절대 내 몸에 맞질 않습니다. 그리고 어쨌든, 예쁜 창녀를 만난 적이 거의 없습니다."

　그는 생각에 잠긴 표정으로 고개를 돌리더니 자그마한 창문 너머로 보이는 구름을 바라보았다.

성서에 나오는 언어와 고대 그리스의 위대한 작가들의 언어를 배우지 않은 그는 큰 곤경에 빠졌다. 그는 아우구스티누스가 쓴 책을 경외했지만, 그 책은 아우구스티누스가 무척이나 매혹하고 감탄해 마지않았던 이교도 그리스인의 문학 작품이었다. 그 문학 작품은 그의 능력으로는 읽을 수 없는 것이었다. 그는 제롬(성 히에로니무스라고도 불리는 인물로, 4세기에 라틴어 번역본 성서를 썼다─옮긴이)이 번역한 성서에서 라틴어로 변한 몇몇 단어를 아는 것 이외에는, 끊어서 읽는 그리스어 알파벳을 발음조차 하지 못했다.

제롬은 명백하고 알기 쉽게 말했다. "성서는 더러운 옷에 가려진 아름다운 몸과 같다. 〈시편〉은 그리스의 서정 시인 핀다로스와 로마의 서정 시인 호라티우스의 시처럼 운율이 아름답다. 솔로몬이 쓴 〈아가〉는 엄중함이 있고 〈욥기〉는 흠잡을 데 없이 완벽하다. 그 모든 글은 히브리어 원문으로는 6보격과 5보격으로 쓰여 있다. 하지만 우리는 그 글을 산문으로 읽고 있는 것이다! 호메로스의 시를 산문으로 읽었을 때 얼마나 많은 걸 잃어버릴지 생각해 보라!" 박식한 제롬의 마음에서 우러난 글이 그의 머릿속을 떠나지 않고 계속 맴돌았다. 그는 가장 오래되고 가장 위대한 서사시를 '라틴어 일리아드'로 알려진 번역문을 통해서만 읽었는데, 번역문에는 진정한 본래의 의미가 왜곡되고 퇴색되어 버렸다.

그는 고대로부터 내려오는 지혜와 혁신적인 근대의 지식을 표현하는 데 사용된 히브리어와 아랍어도 전혀 몰랐다. 그는 그러한 언어를 사용하는 현자들과 위대한 학자들의 글을 잘못 번역된 라틴어와 속어를 통해 읽었다. 하지만 그 두 언어로는 그 지혜와 지식을 정확히 표현할 수 없었다. 라틴어나 자국의 언어에는 그 지혜와 지식을 표현할 특정한 용어와 구문이 없었기 때문에, 그가 의지했던 현자와 학자들은 그 용어나 구문과 똑같은 뜻을 지닌 단어를 너그러운 마음으로 새로 만들어야 했다. 하지만 그조차도 불가능할 때, 히브리어의 신비로운 힘과 의미가 오직 그 언어로만 표현되는 경우에는, 그와 엇비슷한 의미를 가진 적절한 단어를 찾아야만 했다.

자신이 이르기 바라는 장대함을 열망하는 사람은 차치하고라도, 그처럼 박식하지 못한 사람이, 우주의 이치의 문 앞에서 구걸하는 사람이 어떻게 전통적인 의미에서 시인이 될 수 있겠는가?

그에게는 달리 선택의 여지가 없었다. 그는 자신이 말하는 언어로 글을 써야 했다. 그는 〈속어론〉를 쓰면서 그러한 타당한 구실을 댔다.

그가 호메로스의 그리스어와 성서, 이교도적인 초기 기독교도의 글을 읽지 않았다면, 그는 키케로, 오비디우스, 베르길리우스, 아우구스티누스와 다른 대가들이 사용한 라틴어와 이교도어, 기독교어와 함께했을 것이다. 그는 키케로로부터 수사학을 배웠고, 퀸틸리아누스로부터 수사학을, 아우구스티누스로부터 기독교적인 관점에서 수사학을 배웠다.

툴리우스는 웅변술이야말로 자신이 말하고자 하는 문제의 본성을 그대로 보여 주어야 한다고 주장했다.

일상적인 이야기를 들려주거나, 꾸밈없는 이야기 혹은 우화를 이야기할 때는 쉽고 단순하지만 정교하게 선택한 단어가 적절하다. 칭찬이나 죄책감을 표현할 때, 상대방에게 경고하거나 마음을 돌리려 할 때, 정반대의 의미나 맨 앞에 나오는 문구를 반복하거나 미묘하고 섬세하고 화려한 수사적 표현을 할 때는 직접적이고 명백한 언어를 구사해야 한다. 사람들의 열정과 오래 지속되는 힘을 불러일으키기 위해서는 대단한 위엄과 힘을 가진 어휘와 문체를 전략적으로 사용해야 한다.

아우구스티누스가 툴리우스의 주제 분류 방법과 차별화를 거부했을 때, 그는 삶의 모든 방법과 측면은 신성하고 영원한 구원이라는 전지전능한 문제와 따로 떼어 낼 수 없다고 말했다. 그는 툴리우스의 문체를 수용하여 기독교인의 목적에 맞게 적용시켰다. 가장 쉬운 것은 사람들을 가르치는 데에, 중간 정도의 것은 상대방을 칭찬하거나 나무랄 때, 가장 고매한 것은 사람들을 설득하거나 영혼의 구원에 이르게 할 때 사용했다.

하지만 툴리우스가 문체를 가장 아래 단계, 중간 단계, 가장 높은 단계로 나누었다는 것을 말하면서, 아우구스티누스는 베르길리우스가 〈목가〉에서 예수의 왕림을 예언한 것처럼 이 구분법이 삼위일체를 앞서 말하며 반영해 주는 신성한 것이라고 왜 말하지 않았을까?

예수가 지상에 태어남으로써 인간과 신, 아래에 속한 존재와 고매한 존재를 연결해 준 것처럼, 그는 지금껏 읽을 수 없었던 훌륭한 시를 쓰겠다고 무한한 하늘 아래에서 맹세했다. 아래에 속한 것과 고매한 것, 미천한 인간과 고매한 존재를 연결해 주는 것처럼, 연속적인 삼위일체의 문체를 사용하는 것은 가장 높이 있으면서 동시에 가장 낮고 깊은 곳에 있던 것을 인간과 신 앞에 세우는 것이다. 그리고 모든 하늘은 너무나도 미묘하여 수사학의 세 가지 방법은 세 배가 될 것이고, 모든 것은 다시 세 배가 되어 모든 면에서 완벽한 성부, 성자, 성령을 만들어 내고, 마침내 11음절 구 3행 시절이라는 삼위일체 운율의 축성을 이룬다.

기도하는 사람의 소리, 성스러운 정신을 가진 이의 호흡으로 삼위일체를 이룬 상태를 일컫는 말이 있을 것이다. 아우구스티누스가 성서에 대해 말한 것처럼, "미천한 것이 먼저이고 고매하고 신비에 싸인 것이 나중일 것이다".

무한한 하늘을 의지로 불러일으킬 수 없듯이, 진정한 깨우침은 덧없이 지나가는 순간적인 접촉, 갑작스러운 순간, 호흡을 통한 계몽을 통해서만 얻을 수 있다. 그 이후에는 인간의 일반적인 근원이자 목적인 삶의 낮은 곳, 미천한 것으로 돌아와야 한다. 그가 갑작스러운 순간으로부터 그 순간을 끌어내게 해 달라고 기도했던 것은 성스러운 정신적 숨결을 기원한 삼위일체를 통해서였다.

어느 하늘 아래에서, 그는 신의 숨결이 자신에게 들어오고 있음을 알았다. 그리고 어느 하늘 아래에서, 그는 신의 숨결이 자기 안에 있고 자신으로부터 그 숨결이 나온다는 걸 알았다. 그는 그 숨결을 헛되이 사용하지 않겠다고 맹세하며 기도했다.

그러므로 그는 강인함과 힘을 달라고 기도했고, 신의 숨결이 자신으로부터 나오게 해달라고 기도했다. 밀라노의 사제 암브로시우스가 아우구스투스에게 세례를 준 밀라노 성당의 단단한 바닥에 무릎을 꿇었다. 로마에 있는 바티칸 성지와 베네치아의 산마르코 성당의 단단한 바닥에 무릎을 꿇었고, 다른 여러 성당에서 무릎 꿇고 기도했다. 나무 아래 흙이나 바위에 무릎 꿇고 기도했다. 세 마리의 짐승을 보았던 야생의 관목 숲에서 기도했다. 그렇게 그는 기도했다. "힘을 주시고, 능력을 주시고, 하늘의 숨결을 주시고, 하늘의 의지가 담긴 항아리를 내려주소서."

기도와 강인함과 시로 충만했던 그때는 영광스러운 시간이었다. 드넓은 바다가 그의 마음속에 있었고, 분노와 고요함을 일으키는 바람은 성스러운 숨결이었고, 분노와 고요함을 드러내는 시어와 운율의 거친 파도와 매혹적이면서도 부드러운 고요함은 수사학적인 의도가 아닌 초자연적인 어울림과 조화 속에서 찾았다. 시어나 시어의 색깔조차 떠오르지 않아 고군분투할 때조차 그의 마음속에는 강인한 힘이 서려 있었다.

그리고 나서 서서히, 그는 무너졌다.

기독교적인 정신이 깊어짐에 따라 기도에 대해 이해하는 마음도 더 깊어졌다. 그것은 마치 미천한 것과 고매한 것이 불가사의하게 하나로 합치는 것 같은 느낌이었다. 가장 순수하고 강렬하고 기적 같은 감화를 통해 신에게 직접 이야기하는 것 같았다. 이교도적인 수사 학자들이 종종 미천한 대상을 고상한 문체로 혹은 고상한 대상을 미천한 문체로 다루는 것을 하찮게 여기듯, 그러한 감정은 화려한 말로 신성을 모독하는 것에 비하면 아무것도 아니었다. 마음속에서 우러나와 가장 평이하게, 단순하게 그리고 직접 기도해야 하며 온갖 수사학적인 계략은 삼가야 한다. 그리고 심지어 그렇게 하면서도, 신에게 자신의 영달이나 재물과 세속적인 성공을 위해 기도한다면, 신과 다른 사람들을 섬기기보다는 오히려 자신을 위한 수단이라 할 것이다. 그렇게 기도한 사람은 더 큰 신성 모독을 저지른 것이어서 더 큰 저주를 받았다. 왜냐하면 기도하는 사람은 신의 뜻과 정의의 힘을 따르고, 자신을 그 뜻을 따르는 존재로 여기고, 그 신성한 섬김을 허락해 주신 신의 축복에 감사해야 하기 때문이다. 많은 사람들이 다른 사람들의 안녕을 위해 기도하는 것이 선하고 올바르다고 믿었다. 사람들은 다른 사람을 위해 기도하는 것에 문제가 없다고 생각하는 바람에 어리석음을 저질렀다. 다른 사람을 위해 기도하더라도, 죽음에서 구원받거나 영생을 얻거나 교수형을 벗어날 수는 없기 때문이다. 아무 죄도 없는 어린아이가 죽는 모습을 보면, 감히 범할 수 없는 신성한 신의 의지를 경험할 수 있다. 우리는 신의 의지를 따르기 위해서만 기도해야 하고, 세상에 태어나지 않은 아이나 모든 인류의 이득을 바라며 아무리 지고지순하고 진심 어린 기도를 해도 소용이 없다. 기도는 스스로 하는 고유한 존재라고 그는 믿었다. 그 힘을 그 자체로 강화하고 다시 충만하게 하는 것은 평소 진심에서 우러나오는 기도이다. 물레 위에서 도자기를 빚듯이 우리를 창조한 신의 의지와 숨결을 위한 사람으로 봉사하는 건, 평소 진심에서 우러나오는 기도이다.

그는 오랫동안 그렇게 믿었고, 그러한 믿음을 가지면 교회가 자신을 이단자로 여길 것임을 알았다. 하지만 그는 마음속으로 추호의 죄책감이나 수치심도 느끼지 않았고 이교도에 대한 치욕도 느끼지 않았다. 그는 천박하고 일반적인 생각이 더 이교도적이라고 여겼다. 로마 교회가 오히려 더 천박하게 보였고, 기도는 신의 호의를 살 수 있는 일종의 쇠붙이 화폐 같은 것이었다.

기도를 하던 도중, 그러한 믿음에 대한 이상한 반향이 그의 마음에 울렸다. 바로 그 순간, 그는 무너지기 시작했다. 심장이 멎는 것처럼 숨을 쉴 수 없었고, 갑자기 온 세상이 뒤흔들리는 것처럼 심장의 박동과 호흡이 공허해졌다. 온몸이 부들부들 떨렸다.

그는 신이 아닌 자신에게 기도해 왔었다. 자신의 마음속에 있는 신에게 기도하지 않고, 자기 자신이라는 신에게 기도하고 있었다. 그는 예전부터 항상 그래왔다는 섬뜩한 진실을 불현듯 깨달으면서 갑자기 추락했다.

그것은 만물을 창조한 신의 모자이크 아래 있었다. 자신의 광기로 뒤덮인 하늘이 처음으로 그를 덮쳤고, 그것은 종말의 시작이었다.

조 블랙은 허를 찔린 듯한 표정이었다.

"인증? 인증이라니 그게 무슨 말이야? 내가 보기엔 오래된 것 같은데."

나는 단 한 장의 문서를 가지고 이 친필 원고를 가짜로 만드는 모습을 상상할 수 있었다.

서명과 이름, '조 블랙, 거대한 일부분'이라는 제목이 달린 문서 한 장으로.

"내가 보기에도 오래된 것 같습니다." 내가 말했다. "그리고 진본으로 보입니다. 하지만 그걸로는 충분치 않습니다. 우리에겐 서류가 필요합니다. 정교한 일급 서류가 많을수록 좋습니다."

"이런, 젠장!" 루이가 신음 소리를 내뱉었다. "사람을 다섯이나 죽이고 담배도 피울 수 없는 빌어먹을 비행기까지 타고 왔는데, 이 원고가 진짜가 아닐 수도 있다고? 젠장, 담배 못 피우는 비행기는 이제 넌덜머리 난다니까."

"걱정하지 말아요, 루이. 이 일은 내가 알아서 할 수 있습니다." 내가 말했다.

조 블랙이 레프티를 쳐다보았다.

"이걸 하려면 제대로 해야 합니다. 어떻게 해야 제대로 하는지는 닉이 잘 알고 있습니다. 그가 여기 있는 이유도 바로 그 때문이죠."

"알겠습니다." 내가 말했다. "적어도 이 원고가 단테가 글을 썼던 시기에 쓰였다는 사실을 입증해야 합니다.

"그걸 어떻게 하지?" 조 블랙이 물었다.

"탄소의 방사성 동위 원소를 이용한 연대 측정을 애리조나 대학에 의뢰한 다음, 일리노이에 있는 세계에서 가장 뛰어난 기술 분석력을 가진 연구소에 가져가면 됩니다. 하지만 우선 이탈리아로 돌아가야 합니다. 양피지와 잉크를 비교하기 위해 단테가 언제, 어디서 이 원고를 썼는지 알 수 있는 문서를 찾아야 합니다. 종이에 찍힌 수위표(watermark)로 날짜를 알아내야 합니다. 이 자필 원고와 비교할 수 있는 서체가 없기 때문에 상황을 추정할 만한 증거가 필요합니다. 되도록이면 인증할 수 있는 증거로 말입니다."

"날짜를 알아낼 문서는 어떻게 구할 수 있나?" 조 블랙이 물었다.

"훔치면 됩니다." 내가 대답했다.

그녀가 이것을 위해 죽었다는 끔찍한 생각이 갑자기 떠올랐다. 혹은 그보다 더 나쁠 수도 있었다. 천국을 쓰겠다는 그의 헛된 악마적 의지에 응답하던 신은 그를 통해, 그를 위해, 그녀를 죽음에 인도함으로써 그가 열망하던 감화력으로 대답했다. 신만이 할 수 있었던 것, 그리고 신만이 했던 것을 만들어 내고 싶은 사람이 아무런 영감도 받을 수 없는 건 잔혹했다. 무한한 하늘을 보았던 오래전 그날 밤, 그는 분명히 보았고, 느꼈고, 그것을 위해 태어났다고 생각했다. 그는 그날 밤 그 별들을 읽어 내고 싶었을 뿐 아니라 그것을 글로도 쓰고 싶었다.

그녀의 죽음이 그에게 가져다 준 거라곤 자신의 삶에서의 고통스러운 죽음뿐이었다.

단테가 칸그란데 델라 스칼라의 후원 아래《신곡》의 처음 두 편인 '지옥'과 '연옥'을 완성했다고 알려진 곳은 바로 베로나였다. 첫 번째 작품은 1313년 말이나 1314년에 완성된 것으로 추정되며, 두 번째 작품은 1315년에 완성되었다.

단테는 1318년 초, 귀도 노벨로 다 폴렌타의 후원을 받으며 라벤나에서 여생을 보냈다. 단테가 '천국' 편을 완성한 곳은 라벤나인 것으로 믿어진다.

나는 내 본명으로 여행을 했다. 나는 싸구려 초록색 여행 가방의 아래쪽 깔개 밑에 종이에 쓴 자필 원고 몇 장을 감추었다. 그리고 몇 년 전 자료 조사를 하는 기간 동안 바티칸 도서관에서 받았던 신분증 카드가 지갑에 들어 있었다. 비밀 문서 보관소와 바티칸 아포스톨리카 도서관을 출입할 수 있는 그 카드에는 바티칸 인장이 찍혀 있었고, 바티칸으로부터 받은 명예박사 인증서가 있었다. 인장과 인증서는 대단한 신임장 역할을 했는데, 특히 도서관장 그 가운데서도 이탈리아 도서관 관장들에게 절대적인 신임을 얻을 수 있었다.

나는 먼저 베로나 주(州) 문서 보관소로 갔다.

나는 신경 써서 옷을 차려입고 짙은 푸른색 셔츠를 입었다. 14세기 초의 정치적 사건에 관한 세부 자료를 찾고 있는데, 칸그란데 델라 스칼라가 법정에 남긴 공식 문서를 확인하고 싶다고 말했다.

도서관 관장 역시 신경 써서 입은 옷차림이었다. 나는 그 모습이 맘에 들었다. 문서 보관 전문가와 사서는 문화유산을 보존하는 사람들이다. 그들은 품위를 존중받아 마땅한 이들이지만 그런 대우를 받는 경우는 그리 많지 않다. 자신이 응당 존경받아야 하고, 스스로 자신을 존경해야 한다는 사실을 잘 알고 있는 사람을 보는 건 기분 좋은 일이었다.

나는 폴더 세 개를 받았다. 묶여 있는 것이 하나도 없었기 때문에 주머니에 든 면도칼을 꺼내 사용할 필요가 없었다. 나는 인장이 찍혀 있고 날짜가 적혀 있는 문서만 찾았다. 1313년도 서류에서 한 장, 1314년도 서류에서 한 장, 1315년도 서류에서 한 장을 찾았다. 아무도 지켜보지 않을 때, 나는 짙은 푸른색 셔츠 단추를 천천히 열고 서류를 셔츠 안에 밀어 넣었다.

밖으로 나온 나는 프란체스키네 가(街)의 따스한 햇살 속으로 걸어 들어갔고, 일은 별문제 없이 끝났다.

그러고 나서 라벤나 주(州) 문서 보관소로 갔다.

똑같은 방법으로 셔츠 안에 문서를 밀어 넣었는데, 이번에는 귀도 노벨로 다 폴렌타가 작성한 문서를 확인했다는 점만 달랐다.

이번에도 주머니 안에 든 면도칼은 필요 없었다. 관장의 비서가 내게 가져다 준 문서 가운데 인증이 찍히고 날짜가 적힌 문서 세 개를 골랐다. 1316년도 서류에서 한 장, 1318년도 서류에서 한 장, 1321년도 서류에서 한 장을 챙겼다. 마지막 서류를 찾아 조사하다가 1321년에 쓰였지만 양피지가 아닌 종이에 쓰인 편지를 한 통 발견했다. 나는 그 편지도 가져왔다.

밖으로 나온 나는 과치마니 가(街)의 따스한 햇살 속으로 걸어 들어갔고, 별문제 없이 일은 끝났다.

그러고 나서 나는 남쪽으로 향했다. 푸른 높은 언덕을 지나 자노 강가에 위치한, 13세기 후반부터 이탈리아에서 가장 양질의 종이를 생산해 온 파브리아노라는 작은 마을로 갔다.

원고를 자세히 조사하던 나는 '천국' 편 마지막 부분의 몇몇 페이지를 알아볼 수 있었다. 하지만 삭제된 몇 행을 제외하고는 양피지에 적은 원고와 분명히 달라 보였다.

그것은 대단한 수수께끼였고 수많은 의문점을 잠재적으로 제기하고 있었다. 한편으로 생각하면, 위조범은 절대 그런 짓을 하지 않는다. 하지만 다른 한편으로 생각하면, 그 점은 설명이 필요했다. 나는 그 페이지에서 유사해 보이는 희미한 수위표를 발견했다. 라벤나에서 훔쳐 온 문서에도 그와 유사한 희미한 수위표를 본 것 같았다.

나는 카르타 박물관으로 갔다. 그곳에서 아우렐리오 총기(Aurelio Zonghi)에 대한 방대한 지식과 기이한 자료를 상속받은 사람을 만났다. 이탈리아의 종이와 제지법의 역사에 관한 그의 필생의 연구는 아직 누구도 뛰어넘지 못할 정도로 독보적이었다.

"수위표의 정확한 기원은 앞으로도 영원히 알아낼 수 없을 겁니다." 상속인이 내게 말했다. "제지 공장에서 일하던 몇몇 장인들은 일찍부터 막을 말리는 자신만의 방법을 사용하기 시작한 것으로 보입니다. 특별히 디자인한 것인지 우연히 만들어진 것인지 알 수 없지만, 그러한 막의 그물눈이 각각의 장인이 만든 종이에 각각 일정한 표시가 남게 되었습니다. 장인이 만든 이러한 종이는 특별한 양질의 종이였음에 틀림없을 것이고, 종이 판매업자들은 그 특별한 수위표가 있는 종이를 만들어 달라고 장인들에게 주문했을 겁니다. 자신의 일에 자부심을 가진 장인들은 모두 자신이 만든 피지의 막에 특징적인 상징을 남기기 시작했습니다.

제지업의 전환기는 속옷 소재로 모직 대신 리넨이 사용되면서 찾아왔습니다. 동물 가죽과 대마로 만들어진 오래된 겉옷과 속옷을 대부분 버렸는데, 대마는 제지 공장의 커다란 솥에 들어가는 중요한 재료 가운데 하나였습니다. 리넨은 비교할 수 없을 정도로 양질의 종이를 만들어 냈고, 귀족들은 일상생활에서 양피지 대신 종이를 사용하기 시작했습니다. 바로 그 무렵에 법정과 귀족 가문은 수위표와 같은, 자신들만의 문장(紋章)이나 인증을 나타낼 수 있는 양질의 종이를 주문하기 시작했는데, 그렇게 함으로써 자신들이 사용하는 종이를 다른 종이들과 구분할 수 있었지요. 그 무렵에 제지 공장에서 여성들을 고용하기 시작했는데, 그들이 맡은 일은 주로 수위표를 만드는 것이었습니다."

나는 그에게 필사본 서너 페이지를 건네주었다. 그가 첫 번째 페이지를 라이트 박스 위에 올린 다음 확대경을 통해 들여다보았다. 그는 각각의 페이지를 번갈아 가며 들여다보았다. 그러고는 고개를 끄덕이더니 선반에 꽂힌 책을 꺼내 펼치고 자신이 찾던 것을 찾았다.

"이 종이는 단 한 번만 소량으로 주문해서 만든 것입니다." 그는 곧이어 책에 적힌 내용을 읽었다.

"Una risma, tipo di miglioramento, ai 34 bolognini."

그는 책을 덮었다.

"이 장식은 귀도 노벨로 다 폴렌타 가문의 갑옷에 있는 독수리를 나타냅니다. 파브리아노에서 주문을 받은 날짜는 1321년 5월 1일이고, 다음 달 6월 3일에 라벤나로 배달되었습니다."

이번에는 라벤나 문서 보관소에서 가져온 종이를 그에게 건네주었다.

"바로 그때 주문한 종이입니다."

바다 속에서 경이롭고 아름답게 빛나는 돌을 건져 말리면 단조롭고 평범해 보여 다시 바다 속에 던져 버리듯이, 밤바다의 파도 속에서 쓴 글도 아름답게 빛났지만 아침 햇살이 비쳐 잉크가 마르면 아무것도 아닌 하찮은 것으로 보였다. 대부분의 아침이 확실히 그랬다. 특별한 날이 아닌 날, 무한한 하늘을 바라본 날, 하늘에서 어떤 징후를 느끼는 날, 하늘을 바라보며 맹세한 날, 땅 아래 혹은 바람 속에서 죽은 이들의 불안이 느껴지던 날, 하늘의 부름을 듣던 날도 그러했다. 어떤 징후를 느끼는 날이면 그는 마음이 흔들렸고 활기가 넘쳤다. 계절이 오가는 징후이든, 혹은 고대인들은 알았지만 그 이후로 알려지지 않은 불가사의한 징후이든, 그는 그런 징후가 느껴지는 날이 무척 좋았다. 그는 징후가 느껴지는 계절이 싫었다. 말라리아가 기승을 부리는 힘겨운 여름이나 그가 운명적으로 다다른 지역에서 혹한 속에 내리는 비의 징후는 싫었지만, 징후 그 자체는 좋았다. 꽃망울을 터뜨리는 야생화, 늦봄의 마지막 향연이 펼쳐지는 미풍이 불어오는 황혼 녘의 하늘, 연기 냄새가 나는 나무 향기, 가을에 마른 포도 잎사귀 사이로 바스락거리며 지나가는 향기로운 바람과 같은 징후는 좋았다. 그런 징후들 가운데 불가해한 것들, 달의 색조, 새들이 하늘을 나는 모습,

구름과 동물들이 모습을 바꾸는 경이로움을 바라볼 때면, 그는 자신의 이해가 지극히 부족한 나머지 경이로움과 신비로움만 더 커져 가는 듯한 느낌을 이따금씩 받곤 했다. 유대인들과 사라센 사람들은 그가 잃어버렸던 것, 그들이 되찾은 것들, 그들이 간직하던 많은 것을 가르쳐 주었지만, 그들 자신은 거의 아무것도 되찾지 못했을뿐더러 알지도 못했다.

하늘에 맹세하는 나날은 자신의 의지대로 살던 나날이었다. 당시 그는 손에 펜을 쥔 채, 오로지 무엇을 해야 하는지에 대한 운명적인 맹세만을 믿고 나아갔다. 그 모습은 마치 아픈 어깨로 세상사에 지쳐 손에 낫을 든 농부의 모습과도 같았다.

죽은 이들의 영혼이 편안히 쉬지 못하는 날, 그는 징후를 느낄 때처럼 마음이 흔들렸다. 죽은 이들이 움직이는 기운을 음울한 하늘뿐 아니라 땅에서도 느끼는 가운데, 자신의 삶이 마음속 어두운 곳으로 죽음을 향해 다가가기 때문이었다. 그 어둠 속에서 그는 기이한 단어와 문장들, 음울하지만 아름답거나 무척이나 끔찍한 문장을 끄집어냈다.

하늘의 부름을 받고 아침에 일어날 때면 마치 수탉이 새벽에 그를 깨우며 진정한 부름을 확인해 주는 것 같았다. 그럴 때마다 그는 펜을 잡았다. 그는 아픈 어깨로 세상사에 지쳐 손에 낫을 든 농부의 모습이 아니라, 아침에 일어나 보니 알곡이 익어 가는 들판이 끊임없이 펼쳐져 있는 장관을 바라보는 농부의 모습 같았다. 그가 지금껏 한 번도 추수해 보지 못한, 자신만을 위한 추수를 기다리는 들판에는 그것을 가꾼 힘겨운 노력과 영광이 고스란히 담겨 있었다.

다른 네 개의 하늘이 있었다. 일하는 나날의 하늘, 죄의 하늘, 음울한 하늘, 한 사람이 마지막으로 그리고 꼭 한 번밖에 보지 못하는 하늘. 첫 번째 하늘은 삶을 살아가는 모든 이들의 가장 큰 부분을 차지하는 하늘이다. 영혼이 없는 하늘, 숨을 쉬고 다음 숨을 내쉬면서 그냥 지나치고 잊어버리고, 마치 굼벵이처럼 아무런 의식이나 감사하는 마음 없이 단지 존재하고 일하고, 모든 연도의 모든 계절의 모든 나날의 모든 순간을 호흡한다는 것이 얼마나 대단한 선물이고 기적인지 알지 못한다. 단 한 번 주어진 삶은 지금 이 순간의 호흡에서만 존재하고, 마찬가지로 삶의 기간도 지금 이 순간의 호흡으로만 가늠할 수 있고, 삶의 가치와 소중함도 오로지 신성함 속에서만 존재하고, 삶의 깊이도 이 순간의 호흡에서 끌어낼 수 있다. 왜냐하면 지금 이 순간의 호흡이 우리에게 주어진 유일한 선물이자 우리가 누리고 있는 유일한 삶이며, 다음에 약속된 순간은 없기 때문이다. 욥이 말하기를, 인생은 한순간 내쉬는 호흡에 불과하다고 말했다. 그리고 〈시편〉에는 우리가 그저 숨 쉬는 존재에 불과하다고 쓰여 있다. 그러므로 달과 계절이 차오르고 이우는 모습을 지켜보는 사람은 100년 동안 오랜 세월을 살았다고 말할 수 있다. 인생의 첫 번째 진정한 호흡을 내쉬지 못한 사람, 무한한 하늘 아래 단 한 번의 호흡을 내쉰 다음 여름이 오기도 전에 목숨을 다해 무덤에 묻힌 어린아이는 100년 동안 산 사람들보다 더 길고 충만한 삶을 살았다고 말할 수 있다. 비록 왕일지라도 땅 위에 있다가 빗물에 씻겨 사라져 버린 이들보다 더 길고 충만한 삶을 살았다고 할 수 있을 것이다. 왜냐하면 시간이 없기 때문이다. 세월은 유수와 같다고 하지만, 흐르는 물처럼 속절없이 흘러가는 것은 시간이 아니라 호흡이다. 시간은 우리 인간이 덧없이 만들어 낸 망상에 불과하며, 무지한 인간으로서는 알 길 없는 우주의 무한함을 시간이라는 표시를 통해 규정하려고 애써 왔다. 시곗바늘이 움직이면서 표시하는 시간이라는 헛된 망상은 맥박을 지배하고 호흡을 앗아가 버린 불안감을 낳았다. 신은 우리에게 무한함을 주었지만 우리네 인간은 그 무한함으로부터 도망치기 위해 달력과 고대의 측시기(測時機), 물시계를 만들어 냈다. 그리고 현대에 이르러 인간보다 더 중요한 존재가 돼 버린, 시끄러운 소리를 내며 진동하는 괴물 같은 시계를 만들어 냈다. 인간이 만들어 낸 알량한 시계는 영원한 천구의 완벽한 회전보다 더 경이로울 정도로 한 치의 오차도 없이 완벽하다. 그럴수록 인간은 점점 더 촉박하게 서두르고 더 생기 없는 삶을 살게 되고, 기술과 불경한 컴퓨터가 발달한 어리석은 문명의 이기가 발전하는 틈바구니에서 기계처럼 살게 되었다.

인간은 어리석은 문명의 이기를 통해 시간을 측정함으로써 우주의 영원함을 끌어내렸지만 자연의 진정한 흐름을 표시하거나 반영하지는 못했다. 루카에서 피렌체까지 가는 데 신이 인간에게 부여한 해와 달이라는 시계를 통해 측정하자면 하루가 걸린다. 하지만 각각의 지역에서 시간을 계산하는 방법의 오류가 생겨, 5월 20일 루카에서 출발해 피렌체에 도착하는 데는 하루가 걸리지만 1년 전 5월 21일에 도착했다는 오류를 범할 수도 있다. 루카에서 피사까지 가는 데는 일주일이 걸리지만, 또다시 계산법이 잘못되어 1년 후 5월 28일에 도착할 수도 있었다. 그러므로 본래 여드레가 걸리는 시간이지만, 잘못된 달력으로는 1년 전 혹은 1년 후를 오갈 수도 있을 것이다. 그리고 3년을 통한 8일 동안의 여정에서, 날짜라는 개념이 지역마다 제각각 다를 수 있다는 걸 알게 될 것이다. 어느 도시의 수도원에서 들리는 첫 번째 종소리를 이른 새벽에 들을 수도 있지만, 어느 곳에서는 더 늦게 들을 것이다. 다른 마을 수도원에서 들리는 첫 번째 종소리는 정오에 들릴 것이고, 더 먼 곳에 있는 수도원의 첫 번째 종소리는 자정에 들릴 것이다. 그러므로 본래 하루인 시간 동안, 서로 다른 두 해에 서로 다른 세 날에 울리기 시작하는 종소리를 듣게 될 것이다. 그리고 세속적으로 정해진 시간에 따라 종교적인 시간을 따라가다 보면, 공식적인 시간과 자연적인 시간이 일치하는 데는 한 곳도 없다. 어떤 사람에게 정오는 다른 사람에게 오전일 수 있기 때문이다. 교회에서 세 시간마다 기도 시간을 알리는 종소리는 엄격하게 지킬 수 없고, 물시계나 다른 시간을 알려 주는 장비들, 심지어 마을 중앙에 있는 시계도 믿을 수 없기는 마찬가지이다. 공식적인 시간과 자연적인 시간은 서로에게뿐만 아니라 스스로도 맞지 않는다.

시간이 없었다. 수만 년 동안 달력과 시계로 인한 혼란을 겪은 후, 우리가 믿을 수 있는 시간에 대한 환상조차 없었다. 우리에게 필요한 시간은 우리가 죽음을 맞을 시간이었다.

우리는 신이 우리에게 선사한, 무한하고 시간 개념을 초월하는 호흡을 잃어버렸다. 신의 숨결은 분노로 더 거칠어졌고 성서는 '분노에 찬 성령의 숨결'이라고 우리에게 말하고 있다.

자신의 삶에서 분노에 찬 신의 숨결을 느낀 사람은 신에게서 받은 유일한 선물인 호흡을 신성 모독하고 내팽개치고 그것을 준 신의 얼굴에 다시 내뱉은 것을 가장 큰 죄라고 믿게 되었다. 그리고 대부분의 사람들은 가장 큰 죄를 저지르면서도, 더 사소한 죄를 저지르면서 느끼는 어떤 의식이나 생각 혹은 세속적인 흥분이나 만족감도 느끼지 않았다. 미온적인 사람들의 비겁한 상태도 그와 마찬가지였다.

인간의 삶과 영혼을 덮고 있는 긴 옷은 불에 탔다. 어느 정도는 불길에 그슬렸지만, 한때는 신성하다고 생각했던 어리석은 문명의 이기에 의해 완전히 불타 버리기도 했다. 한때는 신성하다고 생각했던 것, 문명의 이기를 사랑하는 것은 악의 근원이었다. 인간은 아우구스티누스가 말한 숫자의 노예로 전락했다. 생각의 노예, 신이 존재하지 않는 지적인 영역에서 신을 찾는 우(愚)를 범하게 되었다.

우리에게 숫자를 가져다준 것은 아랍 사람들이었다. 그들은 힌두 사람들뿐만 아니라 영(zero)과 무한의 개념을 담고 있는 수학에서 숫자를 가져왔다. 아랍 사람들이 제로(zero), 제피로(zefiro) 혹은 시프르(cifr)라고 부르는 것은 거대한 공간, 아무것도 존재하지 않는 방대함이 점점 줄어들다가 마침내 무로 귀결되는 상태로서, 더할 수도 뺄 수도 있는 숫자이다. 무한을 산술적인 장치로 아무것도 없는 상태로 만든 제로, 어떤 수도 제로로 나누면 제로가 된다. 숫자는 시간과 마찬가지로 인간이 만들어 낸 어리석은 망상이다. 아랍 사람들이나 이탈리아 산술의 선구자인 피사 출신의 피보나치는 힌두 사람들의 시간 측정법에 진정한 가치를 두지 않았다. 힌두교에서 말하는 겁(劫)은 43억 2,000만 년이다. 그러한 개념만이 진정한 시간 측정법일 것이다. 시간을 표시하는 그러한 측정법은 시간을 나타내는 단위가 아닌 겁으로만 표시할 수 있다.

인간이 내쉰 호흡과 분노한 신의 숨결 사이에 죄가 놓여 있고, 그 죄에도 역시 하늘이 있다. 그것은 그가 말하지 않았던 것을 관장하는 하늘이었다. 죄의 하늘이 그를 죄로 이끌었는지 혹은 그가 죄짓는 모습을 본 목격자가 하늘에 있었는지 혹은 하늘과 자아 사이에 진실이 놓여 있는지 혹은 음모에 빠져 있는지, 그는 알지 못했다. 그는 이제 더 이상 누구에게도 자신의 죄를 고백하지 않고 다만 침묵 속에서 하늘을 우러러보며 참회했고, 죄의 하늘을 참회의 하늘로 여기게 되었다. 하늘의 모습은 구름의 생김새와 그의 무지함과 더불어 더 기이하게 변했고, 그의 수치심과 잔인함, 자신에 대해 더 알아 가고, 자신의 죄로 인해 괴로워할 때마다 더 음울한 모습으로 변해 갔다.

음울한 하늘은 기쁨으로 밝게 빛날 수 있었지만, 그에게는 그럴 수 없었다. 그는 음울한 하늘 아래에서 섬뜩한 마수에 사로잡혔다. 그 손길에 사로잡힌 그는 두려움에 떨고 감히 그 광기의 이름을 입 밖으로 말할 수 없지만, 기분이 언짢은 것 이상임을 알 수 있었다.

그가 무한한 하늘을 알았던 경우는 거의 없었다. 그 가운데 어린 시절 풀밭에서 빵을 먹던 축복받은 그날은 해가 지고 밤이 찾아올 동안 계속되었다. 어떤 하늘은 하루 낮과 하루 밤을 다스릴 것이지만, 그 자체로 하루 낮과 하루 밤을 가지는 하늘은 드물었다. 맹세의 하늘은 미처 알지도 못하는 사이에 죄의 하늘과 엉켜 버리거나 죄의 하늘로 변해 버릴 수도 있었다. 징후의 하늘과 불안한 죽은 이들의 하늘과 무한한 하늘이 한데 어우러질 수도 있었다. 일과 나날의 하늘, 비겁한 하늘은 오래된 동물 뼈로 만든 재봉틀의 바늘처럼 낮과 밤, 연이은 낮과 밤 동안 지배할 수 있었다. 음울한 하늘은 그를 알 수 없는 장막으로 덮어 영원히 끝나지 않을 밤으로 만들 수 있었다. 이틀 동안 또는 그 이상의 안식일을 숨 막히는 하룻밤처럼 만들 수도 있었다. 음울한 하늘에 빛이 날 수 있듯이, 하늘의 모습은 저마다 달랐다. 무한한 하늘과 부름의 하늘은 대낮에 어둠과 함께 찾아올 수도 있고, 한밤중에 눈부신 빛과 함께 찾아올 수도 있었다. 그가 알아내려 했던 별의 비밀은 여전히 수수께끼로 남아 있었다. 하늘이 어떤 별을 통해 빛을 던지든, 별이 움직이는 운율은 변하는 것처럼 보이지만 별이 만들어 내는 시는 분석하고 설명할 길 없이 경이로움만 오롯이 남았다.

아홉 개의 하늘은 단지 하나의 하늘에 지나지 않았다. 아홉 겹의 하늘이 호흡을 통해 사람들의 영혼 속으로 들어갔다. 사람들은 겉으로 보기에는 똑같지만 이웃들과 사랑하는 사람들, 낯선 사람들이 그 아래를 지나가는 하늘과 다른 힘을 지닌 하늘 아래에서 매 순간 살고 있었다. 아홉 번째 하늘만 우리 모두에게 알려지지 않았지만, 그것은 우리 모두에게 알려져 있고 앞으로도 그럴 것이다. 오직 하나였던 에덴동산의 하늘이 아홉이 되었고 일곱 번째 봉인된 책이 열렸기 때문이다.

그렇다, 어리석음에 빠진 인간은 일주일을 이레로 계산했고, 그 가운데 엿새는 이교도의 신을 위한 날이고 이레째는 자기 앞에 다른 어떤 신도 섬겨서는 안 된다고 명한 주님을 위한 날이라고 이름 붙였다.

하지만 날짜에 대한 진정한 숫자는 하늘의 숫자였고 그 진정한 숫자는 9였다. 이 진실을 알게 된 이래로 오랜 시간이 지난 후, 그는 첫 번째 하늘 아래, 죽음과 같은 밤하늘 아래 있을 때 그것을 완벽하게 알았다. 9는 삼위일체가 세 번 겹친 숫자였다. 삼위일체가 세 번인 것이다. 그러고 나서 다시 오랜 시간이 지난 후, 베네치아에 있는 늙은 유대인이 그에게 말했다. 모든 숫자는 무의 숫자이기 때문에 3도 무의 숫자라고.

늙은 유대인은 일생 동안 기하학과 유대인의 성스러운 책인 카발라를 연구한 끝에 그 사실을 온전히 알게 되었다. 그 유대인은 세 개가 하나로 이루어진 것의 비밀과 그 힘에 대해 끊임없는 이야기를 들려줄 수 있었다. 그는 3이 세 개의 완벽한 숫자 가운데 첫 번째라고 말했다. 삼각형은 도형 가운데 중요한 것이므로 3은 기하학의 지배자였고, 모든 12궁의 부호는 세 면과 세 번의 10, 3궁의 세 지배자가 있기 때문에 점성학의 지배자였다. 3은 운명의 숫자, 분노의 숫자, 우아함의 숫자, 그리스 신화에 나오는 계절의 여신 호라이의 숫자였다. 제우스의 천둥, 고대 로마의 최고신은 삼각형 모양이었다. 신비에 둘러싸인 가장 위대한 신 헤르메스 트리스메기스토스의 숫자도 3이었고, 예전에 유대교 율법사 랍비가 말했듯이 죽음의 검은 세 방울의 피를 흘리는데, 첫 번째 핏방울은 죽음을 맞이하는 사람의 입으로 들어가고 두 번째 핏방울은 그의 얼굴을 창백하게 하고 세 번째 핏방울은 그를 결국 죽음에 이르게 한다고 했다. 랍비는 삼각형 안에 히브리어 문자 요드(yod)를 쓰는 것은 말로 표현할 수 없는 신의 이름을 나타낸다고 말했다. 삼각형은 신과 기독교의 삼위일체를 나타내고, 기독교인들 사이에서 신의 머리 형상은 세 줄기의 빛이 비치는 후광으로 종종 묘사되기 때문이다. 요드는 히브리어 문자 가운데 열 번째 문자이고, 또 다른 완벽의 숫자인 10은 피타고라스의 학설을 신봉하는 사람들이 신성과 영원성으로 여기는 숫자이다. 피타고라스의 신성한 기하학에서 가장 숭고한 숫자는 10이고, 판텔레이아 역시 삼각형으로 나타낼 수 있었다.

잘 이해하지 못하는 시인에게 이 삼각형을 설명하기 위해, 노인은 가슴에 있던 평판과 첨필을 꺼냈다. 평판은 오래되어 검게 변한 소나무 소재였고, 평판의 두 면은 가죽끈으로 묶어 이어져 있었다. 청동 소재의 첨필은 오래되어 푸른 녹이 슬어 있지만, 오랜 시간 노인의 손길이 닿아 부드러운 광택이 나고 강인하면서도 섬세하고 소박했다. 노인이 긴 옷을 입은 무릎 위에 평판을 놓자, 소나무 안쪽은 이끼 색깔인 왁스로 덮여 있었다. 짙은 색 나무와 짙은 초록색 평판은 시인에게 마치 짙푸른 숲의 짙은 그림자처럼 보였다. 어두운 숲. 그 효과는 촛불에 어리는 짙은 녹이 슨 첨필의 그림자로 인해 배가되었다.

"그리스어는 70인역 성서(기원전 270년에 완성된 구약 성서로, 그리스어 성서 가운데 가장 오래된 번역본—옮긴이)와 신약 성서에 모두 사용되었고, 숫자 10은 델타(delta) 문자로 표현되었네." 유대인 노인은 가느다란 두 면과 두꺼운 한 면을 그어 아래의 티카 삼각형을 그렸다.

$$\triangle$$

"이 속격(屬格)의 삼각형에서 모든 그리스 신 가운데 최고의 신인 제우스라는 이름은 Ζεύς to Διόσ에서 고대 로마어와 프랑스어, 포르투갈어인 데우스(Deus)로 변한 거라네. 스페인어로는 디오스(Dios), 이탈리아어로는 디오(Dio)이지. 학식 있는 문법 학자들은 이러한 이름이 제우스와는 아무 관련이 없다는 사실을 우리에게 알려 준다네. 하지만 나는 그들의 주장을 믿지 않아. 그들은 그 속격 분야의 델타에 대해 거의 모르기 때문이지. 나는 그러한 이름들이 최고의 신 제우스 혹은 알려지지 않은 그의 선조와 관련이 있다고 믿네. 속격은 무언가에 속하는 경우를 뜻하지. 여기서는 전지전능한 최고신의 이름은 10의 삼각형인 델타를 취한다는 것을 뜻한다네."

그리고는 "숫자, 숫자, 숫자……" 하고 노인은 생각에 잠겨 혼자 중얼거리듯 말했다. "무한으로 곱한 다음 삼라만상을 뜻하는 10의 삼각형 델타의 힘을 따르는, 10의 삼각형 숫자는 무엇이겠나?"

그런 다음 그의 목소리는 좀 더 밖으로 향했다.

"기하학으로 알려진 학문은 적어도 아시리아 왕 사르곤 2세 시대까지 거슬러 올라가네. 사르곤 2세는 코르사바드의 강력한 요새를 만들기 위해 자신의 이름에 나오는 숫자인 큐빗으로 장벽을 쌓아 올렸네. 이스라엘이 기하학의 눈으로 사물을 보기 시작한 건 제2성전 시대였네. 하지만 탄나임(약 200년 동안 율법과 관련된 구전을 편찬한 수백 명의 유대인 학자들—옮긴이) 시대에 이르러서야 기하학과 히브리 문학이 하나로 통합되었지. 기독교인들이 자신들의 기하학을 발전시킨 시기도 바로 이 시대로, 신약 성서가 나온 이후였네. 기독교인들은 $\iota\sigma o\psi\eta\varphi\iota\alpha$ 라는 이름으로 기하학을 발전시켰는데 문자는 '이솝세피아'로 발음했네. 선거의 평등을 뜻하던 고대 그리스어는 이제 문자의 수치의 균형이라는 새로운 뜻을 갖게 되었네. 〈요한 계시록〉에서 이미 그 사실을 알아차릴 수 있었는데, 〈요한 계시록〉에서 짐승의 숫자는 그리스어 문자 세 개의 수치의 합을 나타내지." 그는 세 개의 문자, χ, ξ, $\digamma$ 를 그렸다. 그리고 문자 세 개를 열거하며 설명했다. "첫 번째 문자 '치(c'hi)'는 600, 두 번째 문자인 '자이(xi)'는 60, 세 번째 문자인 '디감마(digamma)'는 6을 뜻하는데, 세 번째 문자인 디감마가 그렇게 불리게 된 것은 그 모양이 감마와 비슷하기 때문이었네." 그는 다시 문자 Γ 를 그렸다. 문자 하나를 더 겹친 것처럼. "이 더블 감마는 〈요한 계시록〉이 그리스어로 쓰이기 전에 그리스 문자에서 사라졌는데, 그 발음에서 알 수 있듯이 브리타니아 문자의 '더블 유(U)'의 발음과 유사했네. 마찬가지로 이탈리아어 문자인 '도피오 부' 그리고 프랑스어의 '두블르 베'가 그렇게 불리는 것도 그 때문이지. 디감마는 '와우(waw)'로 발음되는 히브리어 요드(yod)에 해당하는 고대 그리스어 문자이네." 그는 이끼 같은 짙은 초록색의 첨필로 w를 썼다. "그 수치 역시 6이네.

166

그리고 디감마라는 문자가 사라진 이래로 그리스어 문자에 6을 뜻하는 문자는 더 이상 찾아볼 수 없었지.

〈요한 계시록〉에서 예수가 계시록 마지막 장에서 'ἐγὼ τὸ ἄλφα καὶ τὸ ὦ, 나는 알파요 오메가이다'라고 히브리어 대신 그리스어로 말하는 것이 흥미롭네. 예상치 못한 그리스어로 말한 것은, 주님이 〈요한 계시록〉에서 이미 두 번 말했던 것을 다시 한 번 분명히 함으로써 세 번 공표한 것으로 보이네. 그리스어 문자의 첫 문자와 마지막 문자인 알파와 오메가로 시작과 끝이라는 의미를 상기시킨 것은, 이 이상해 보이는 책, 〈요한 계시록〉이 분명 'ἰσοψηφία'의 영역 안에 있음을 분명히 나타내기 위해서였네. 〈요한 계시록〉의 마지막 장은 22절로 구성되어 있는데, 22는 히브리어 문자의 숫자이기도 하네. 마치 이 이상해 보이는 책인 〈요한 계시록〉이 이솝세피아의 영역뿐만 아니라 기하학의 영역에까지 속한다는 것을 암시하기 위해서인 듯하네. 그리고 예수가 자신을 시작이요 끝이라고 단언하는 구절은 〈요한 계시록〉 마지막 장의 13절에 나와 있네. 대단한 힘이 있는 13이라는 숫자 'τρεῖσκαιδεκα'는 완벽한 삼위일체와 숭고한 신성 그리고 역시 삼각형을 형성하는 성스러운 10의 영원성을 뜻하지.

그리고 짐승의 숫자, 그리스어 문자 '차이(c'hai)' '자이(xi)' 그리고 소멸된 '디감마(digamma)'의 숫자의 합이 주어지는 것 역시 13장이네."

노인은 첨필의 평평한 끝 부분을 부드러운 촛불 위로 천천히 뒤집으며 이야기를 계속했다. 그는 알파와 오메가라고 세 번 단언한 것을 이사야가 "주여, 주여, 주여"라는 외침을 세 번 들은 것에 비유했다. 그렇게 세 번 외치는 것은 기독교인들의 관습이 되었는데, 그들은 십자가를 뜻하는 삼각형 부호로 세 번 성호를 그었다.

노인은 첨필의 편편한 끝을 짙은 초록색 왁스로 칠한 표시로 부드럽게 닦으며, 아담이라는 이름이 세 개의 문자로 이루어졌다고 말했다.

노인은 아무런 의미도 없는 문자 'אָדָם'를 청년에게 더 그려 주었다. 그러고는 이해하지 못하겠다는 청년의 눈빛을 보며 말했다. "아담. 그것은 인류의 조상 이름이지. 이 세 문자는 알레프(aleph)의 아담, 달레트(daleth)의 다비드, 멤

(mem)의 메시아라는 세 개를 합친 거였네. 첫 번째 것의 영혼이 두 번째 것의 영혼으로 전해지고, 그런 다음 세 번째로 전해졌네. 멤은 히브리어의 열세 번째 문자로, 13은 삼각형과 숭고한 신성과 죽은 자의 영원성을 뜻했네. 그리고 심원한 카발라에는 세 번째 세피로트(sefiroth)에 모든 삼라만상의 나무의 뿌리가 있고, 이 세피라(sefirah)는 삼라만상의 어머니의 본령이었지. 〈요한 계시록〉의 마지막 단어는 '$\pi\acute{\alpha}\nu\tau\omega\nu$'이네. 오메가는 끝뿐만 아니라 '대문자 오(O)'를 뜻하기 때문이지. 오미크론(omicron)의 소문자 오(o)보다 알파에 덜 대비되지. 그것 역시 오메가, '대문자 O'로, 무한대로 모든 것을 아우르는 커다란 원을 뜻한다네.

그리고 사람들이 부르는 이름은 분명히 잘못된 것으로, 올바른 이름은 예수 아였지." 그는 또다시 첨필로 문자 **ישוע**를 새겼다. "사람들은 자신이 경배하는 대상의 이름도 잘못 부르고 있는 셈이지. 산 아고스티노가 말했던 것처럼, 그의 산상 설교는 $\gamma\nu\omega\mu o\lambda o\gamma\acute{\iota}\alpha$라기보다는 3에 대한 수수께끼였지." 시인은 라틴어 그노메(gnome)와 로고스(logos)의 소리와 의미를 생각하며 노인의 말을 이해하려 애썼다. 그노메는 속어(lingua volgare)와 동일한 것으로 금언이나 경구를 뜻했고, 로고스는 동화나 꾸민 이야기를 뜻했다. 하지만 노인은 청년이 완전히 이해하기도 전에 이야기를 계속해 나갔다. "성 아우구스티누스는 설교를 통해 기독교인의 삶의 가장 숭고하고 완벽한 기준이 되는 언어의 꽃을 피웠지."

시인은 라틴어 그노메(gnome)에서 파생한 그리스어에서 뿜어져 나오는 무지개 빛깔에 정신이 혼미해졌다. 고대 라틴어 그노스코드(gnoscod)에서 파생한 그리스, 라틴어 그노몬(gnomon)에서 파생한 그리스, 해시계의 운명적인 바늘, 시간의 거짓말에 대해 곰곰이 생각하는 가슴에 꽂힌 독화살, 시간을 헤아릴 길 없는 무한에 대한 자신의 무지함에 질문을 던지는 마음에 꽂힌 독화살. 이 세 겹의 의미를 아무리 찾으려 해 봐도 소용없었다. 이처럼 혼미한 무지개 빛깔 속에서 노인의 이야기는 계속되었다.

"이 설교는 서론, 영원한 생명에 관한 이야기 그리고 마지막에 관한 이야기

등 세 부분을 계산해 조합한 것이네. 세 가지 가운데 첫 번째는 고대 그리스와 히브리 운문에 기초를 둔 열 가지 지복(至福)에 충실하고 있네. 여기서 다시 10과 숭고한 신성과 10의 영원성이 삼각형을 이룬다네. 세 부분 가운데 두 번째는 세 부분 그 자체와 마찬가지인데, 이교도의 가르침이 담긴 율법의 해석이지. 세 부분의 세 번째는 세 개의 가르침을 포함하고 있네. 그 가르침의 기간 동안 예수는 자신을 율법을 가르치는 사람이라 불렀네.

그의 올바른 이름은 예수아였지만 사람들은 그의 이름도 올바로 부르지 않으면서 그를 경배했네. 사람들은 예수가 서른의 나이에 고난에 들었고, 3년 동안 사람들에게 가르침을 전한 뒤, 서른셋의 나이에 죽었다고 믿네. 죽을 당시에는 몸 세 군데에 못 박힌 채 세 시간 동안 괴로워하다 죽었고, 그 세 시간이 지나 오후 3시가 되자 어둠이 하늘을 뒤덮었다고 말했네.

그리고 복음서에는 예수가 십자가에서 했다는 서로 다른 세 가지의 말씀이 나와 있네. 〈마태복음〉에서는 예수에게 〈시편〉 22편 1절을 따라 읽으라고 시켰지만, 히브리어와 아람어(옛 시리아나 팔레스타인이 사용하던 셈계 언어—옮긴이)가 섞인 말이었네. '하느님 아버지, 왜 저를 버리시나이까?' 이러한 표현은 라메즈(ramez)라고 불리는 히브리어의 수사학적인 방법이네. 마태는 '하느님 아버지'라는 뜻을 가진 엘리(Eli)를 좋아했네. 〈시편〉에 나와 있듯이, 마가는 좀 더 고전적인 히브리어 용어 혹은 아람어일 수도 있는 엘로이(Eloi)를 좋아하네. 두 가지 용어 모두 고대의 전지전능한 신의 이름인 엘(El)에서 유래했다네." 노인은 첨필로 그 이름을 평판에 새겼다.

$$ \text{ム} $$

"이 엘('ēl)은 높은 곳에 있는 한 분을 뜻했고, 엘은 이스라엘 사람들이 사용하던 이름에 '신의 이름을 받은'이라는 뜻을 더해 주었네. 〈창세기〉에서 야곱에게도 그런 이름을 주었듯이.

한때 사용되었던 라틴어 일룸(illum), 일레(ille), 일라(illa) 등은 성별이 정해진 지시 대명사로 '그분' 혹은 '빛나는 분'을 의미했네. 엘은 라틴어에 기원을 둔 유럽 언어에 그대로 나타나 있지. 이탈리아어의 일(il)과 라(la), 스페인어의 엘(el)과 라(la), 프랑스어의 르(le)와 라(la).

그리고 히브리어와 밀접한 연관이 있는 아랍어에서는, 고대어 엘(El)이 알(Al)이었고, 우리가 사용하던 엘(El)이 엘리(Eli)와 엘로이(Eloi)가 된 것처럼, 그들이 사용하던 알(Al)은 알라(Allah)가 되었네."

الله

"엘에 모든 것이 있고, 알에 모든 것이 있네. 우리의 언어로는 라메드(lamed), 그들의 언어로는 람(lam)이지." 노인은 그렇게 말하며 첨필로 평판에 새겼다. 자신이 쓴 히브리어 라메드와 훌림체의 람을 가리키고 나서 알라의 이름 한가운데에 놓여 있는 것을 가리켰다.

"라메드는 히브리어 문자 가운데 정중앙에 위치하는, 권위가 느껴지는 문자라네. 30이라는 수치를 뜻하고, 20을 뜻하는 카프(caph)라는 요소와 6을 뜻하는 바우(vau)라는 요소로부터 형성된 것으로 알려져 있네. 따라서 라메드는 26을 뜻하는데, 말로 표현할 수 없는 신의 이름을 나타내는 테트라그라마톤 — yod, beth, vau, beth와 동일하네. 그러므로 여기서 우리는 삼각형을 구성하는 3, 숭고한 신성 그리고 10의 영원성을 뜻하는 13이 겹치면서 두 배가 되는 것을 볼 수 있네. 그리고 13이 삼각형을 구성하는 3, 숭고한 신성 그리고 10의 영원성을 뜻하는 것처럼, 30을 뜻하는 라메드는 역시 삼각형을 구성하는 숭고한 신성과 영원성을 뜻하는 10의 곱으로 역시 삼각형을 이룬다네.

람 역시 아랍어 가운데 권위가 느껴지는 문자로 역시 숫자 30을 뜻하고, 그리스어의 람브다(lambda)와 복음서에 나오는 말인 람다(lamda) 역시 30을 뜻하네. 그리고 람은 코란 도입부에 열세 번 나온다네.

그리고 엘리, 엘로이, 알라와 같은 신성한 이름은 히브리어의 세 문자, 알레프(aleph), 라메드(lamed), 요드(yod)가 만들어진 과정과 유사하네. 아랍어의 알리플람하(aliflam-ha) 그리고 이러한 이름의 한가운데에는 무수한 3의 문자가 들어 있네.

아부후라이라(Abu-Hurairah)의 하디스(hadeeth)가 우리에게 말하듯, 알라에게는 아흔아홉 가지 이름이 있네. 99는 33을 3으로 곱한 숫자이네. 유대인의 시대에 살았던 아부후라이라는 서른셋의 나이에 십자가에 못 박혀 죽은 것으로 알려져 있네. 마태와 마가가 그랬듯, 그는 마지막 숨을 거두면서 무수한 3의 신, 엘리 혹은 엘로이라는 이름을 부르며 기도했다네."

노인은 잠시 말을 멈추고 시인의 커다란 검은 눈동자를 들여다보며, 도둑이 상대방을 바라보듯이 그를 보며 말없이 미소 지었다. 그는 순수한 도둑이었다.

"성서에 나오는 첫 구절을 말해 보게." 그가 말했다.

시인은 커다란 검은 눈동자로 노인의 커다란 검은 눈동자를 들여다보며, 곧 허를 찔리게 될 도둑을 바라보듯이 그를 보며 말없이 미소 지었다. 성서에 나오는 첫 구절은 어린아이들과 문맹인 노동자들도 모두 아는 구절이었다. "태초에 하느님이 천지를 창조하셨도다." 그것은 세상을 창조한 이야기의 초석이었다. 시인은 그 말을 모국어인 이탈리아어로 말했다. "In principio Dio creò il cielo e la terra." 그리고 나서 다시 한 번 분명하게 말하려는 듯 라틴어로 말했다. "In principio creavit Deus caelum et terram."

노인의 얼굴에 더 환한 미소가 번졌다. "현명한 자들은 그 질문에 대답하지 않을 것이네. 오래전에 쓰인 히브리어를 읽을 수 있는 사람들 가운데에서도 대부분의 사람들은 〈창세기〉의 첫 구절을 읽거나 그것을 그대로 믿기를 거부하지."

시인의 얼굴에서는 미소가 걷혔지만 노인의 얼굴에는 여전히 미소가 어려 있었다.

"히브리어에서는 남성 복수형이 여느 단어와는 달리 -îm, 다시 말해서 yod, men, soffit이라는 문자로 끝나지. 〈창세기〉의 첫 구절은 엘로이가 하늘과 땅을 창조했다고 말하지 않네. 엘로힘이 하늘과 땅을 창조했다고 분명히 말하고 있다네. 하느님이 아니라 여러 신이 세상을 창조했다는 뜻이지."

노인은 복수 명사인 엘로힘(Elohîm)을 커다랗게 썼다.

אֱלֹהִים

그러고 나서 복수형으로 변화시키는 데 필요한 밑줄을 yod와 mem soffit 문자 밑에 그었다.

אֱלֹהִים

그가 다시 한 번 반복해서 말했다. "하느님이 아니라 여러 신이라는 뜻이지."

그러고는 장서 가운데 책 한 권을 꺼내며 몇백 년 전에 쓰인 성서라고 말했다. 갈릴리 호수의 서쪽 호숫가인 티베리아스에서 만들어졌다고 했다. 티베리아스는 신성한 문자 전통인 마소라(massora)를 계승하는 위대한 사람들이 살면서 공부하고 일하는 곳이었다. 가장 오래된 히브리어 성서의 모든 단어와 문장, 진정한 의미를 여러 세대를 거치면서 보존하는 장본인은 벤 아셔(Ben Asher)라는 이름의 가문이었다. 노인이 방금 시인에게 보여 준 성서는 바로 벤 아셔 가문이 쓴 것이었다.

"최초의 성서의 첫 구절이 쓰인 이래로, 그 내용은 절대 바뀌지 않았다네. 유대인들도 그것을 받아들이지 않았고, 다른 언어로 충실하게 번역되지도 않았지. 그러므로 기독교인 혹은 유대인들이 성서를 펼치자마자 우리는 그것을 거부하면서 동시에 포용해야 한다고 주장했어. 〈창세기〉 첫 구절의 정확한 의미를 몰랐던 사람들이 〈요한 계시록〉을 과감히 탐구하고 해명한 점은 이상하네."

유대인 노인은 오래된 동물 가죽으로 된 장정을 펼쳐 성서의 첫 구절을 폈다. בְּרֵאשִׁית בָּרָא אֱלֹהִים אֵת הַשָּׁמַיִם וְאֵת הָאָרֶץ. 섬세하고 유려한 필체에 넋을 빼앗긴 시인은 히브리어가 동일한 모계에서 기원한 아랍어와 마찬가지로 오른쪽에서 왼쪽 방향으로 쓴다는 걸 알게 되었다. 하지만 엘로힘이라는 단어는 분명히 알아볼 수 있었다.

"이걸 자네에게 보여 주는 건 우리가 3에 대한 많은 이야기를 하고 있기 때문이네. 여기서 자네는 세상 사람들이 성서에서 지울 단어를 보고 있네. 성서가 맨 처음 쓰였던 언어로 성서를 읽을 수 없는 사람들에게는 비밀로 남아 있는 단어, 그리고 성서가 맨 처음 쓰였던 언어로 성서를 읽을 수 있는 사람들에게도 비밀로 남아 있는 단어. 신을 언급하는 맨 첫 번째 그리고 가장 중요한 단어는 성서에 나오는 세 번째 단어이지. 그리고 〈창세기〉의 첫 장에는 그 단어가 서른 세 번 나온다네."

노인이 성서를 가리키며 말을 이었다. "그다음 줄에도 나오고 바로 그다음 줄에도 나오는 걸 볼 수 있네. '그리고 하느님의 성스러운 숨결이 혼돈의 상태에 이르렀다. 그리고 하느님이 빛이 있으라 말하자 빛이 있었다. 그리고 하느님이 빛을 보고 만족해하셨다. 그리고 하느님은 어둠으로부터 빛을 분리하셨다.' 그리고 그 단어는 계속 반복되는데, 항상 여러 신을 뜻하는 엘로힘이라는 단어가 사용되었네. 초기 불가타 성서(4세기에 쓰인 라틴어 번역본 성서—옮긴이) 이래로 여럿이 아닌 한 분의 신을 뜻하게 되었네. 자네가 사는 이곳에서는 트라두토레(traduttore), 트라디토레(traditore)라고 불리지. 반역자라는 뜻이네. 우리의 성전과 자네의 성당은 모두 한 분의 진정한 신을 기반으로 세워졌네. 하지만 그건 거짓말이자 반역이자 환상이자 잘못된 생각이라네.

〈창세기〉의 첫 구절을 넘어서도 마찬가지지. 하와라는 이름의 여자와 아담이라는 이름의 남자는 선악과를 따 먹어 신의 노여움을 사게 되지. '보라, 인간은 선과 악을 알게 됨으로써 우리와 같은 존재가 되었다.'

그리고 엘로힘이라는 여러 신과 여신들은 선과 악의 신들이었지. '보라, 인간은 선과 악을 알게 됨으로써 우리와 같은 존재가 되었다.' 테트라그라마톤의 엘로이(Eloi)와 야훼(Yahweh), 바알(Baal)과 아스다롯(Ashtoreth), 사악한 사마엘(Samael)과 릴리스(Lilith) 그리고 이름 없는 신들, 우리에게 이름이 알려지지 않은 여러 신들이 있었지.

성서에서 세 번째 나온 단어가 서른세 번 나왔다네."

노인이 서가에 꽂힌 장서 사이에 성서를 제자리에 두었을 때는, 마치 그가 아무 말도 하지 않았던 것 같았다. 그의 얼굴에는 더 이상 미소가 어려 있지 않았고 아무 말 없이 조용히 숨을 내쉬었다. 그는 아무 말도 하지 않았던 것처럼 십자가에 매달린 예수에 대한 이야기로 갑자기 넘어갔다.

"이미 얘기했던 것처럼, 예수가 마지막으로 했다는 말에 대해서는 세 가지 이야기가 있네. 누가는 예수가 이렇게 말했다고 했지. '하느님 아버지, 당신의 손에 내 영혼을 맡기나이다.' 세 가지 이야기 가운데 조반니가 우리에게 들려준 이야기가 가장 아름답지. '모든 것이 끝났다.'

그리고 실제 이름은 예수아이지만 예수라는 잘못된 이름으로 불리는 그분, 사람들은 그의 정확한 이름도 제대로 부르지 못하면서 그를 경배하지. 그는 무덤 속에서 3일 동안 있다가 부활했네."

노인은 말문을 닫으며 지친 얼굴을 왼손으로 닦았다. 그러고는 몸을 곧추세운 다음 숨을 깊이 들이마시면서 다시 말문을 열었다.

그는 다시 말문을 열면서 첨필의 평평한 끝 부분을 부드러운 촛불 위에 대고 천천히 돌렸다. 첨필의 평평한 끝 부분이 따뜻해지자 짙은 초록색 왁스를 바른 부분이 다시 부드러워졌다.

"나는 자네 종족이 무릎을 꿇고 경배하는, 잘못된 이름으로 부르며 경배하는 예수를 경배하지 않네. 당신네들은 그를 예수라는 이름으로 부르며 잘생긴 이탈리아 사람의 모습으로 바꾸어 버렸어. 하지만 나는 그가 무덤에서 보낸 3일을 경배하고, 광명 속으로 걸어 나온 모습을 경배한다네."

그러고 나서 노인은 아무 말도 하지 않았다. 그리고 그의 말을 기다리던 시인 역시 아무 말도 하지 않았다. 노인은 자리에서 일어나 천천히 방을 가로질러 오래된 짙은 나무 책상 앞에 섰다. 그가 책상 위에 놓인 작은 상자를 뒤지더니 몸을 돌려 시인에게 다가왔다. 그는 다시 자리에 앉았고, 그의 오른손 엄지손가락과 집게손가락 사이에 주사위 두 개가 끼워져 있었다. 그는 손바닥에 주사위를 올려놓고 손바닥을 뒤집어 흔든 다음 바닥에 던졌다. 그러곤 주사위를 보지 않고 다시 의자에 앉았다.

시인은 주사위를 내려다보았다. 첫 번째 주사위에는 점이 두 개 있었고, 두 번째 주사위에는 점이 하나 있었다. 청년은 불안한 마음으로 노인을 바라보았다. 그제야 노인이 몸을 숙여 주사위를 자세히 내려다보았다. 그는 곰곰이 생각에 잠긴 것 같았다. 청년의 마음은 점점 더 불안해졌다.

"이건 마법이 아니네." 노인이 말했다. "자네의 믿음과 우리가 기원한 3의 힘을 통해서이지. 이러한 힘이 이 두 주사위를 통해서도 명백히 드러난 것이지."

시인은 바닥에서 주사기를 주워 흔든 다음 바닥에 던져 결과를 살폈다. 첫 번째 주사위에는 점이 두 개 있었고, 두 번째 주사위에는 점이 하나 있었다. 그는 뒷걸음질 쳤다. 그리고 두려움에 떨며 머뭇거리는 듯한 낮은 목소리로 말했다.

"우리는 넘어섰습니다." 시인이 말했다. "우리는 지식과 그 신비로움으로 닿을 수 있는 곳을 넘어섰습니다. 당신은 마법이 아니라고 말하지만, 그것이 마법이 아니라면 도대체 뭐라 불러야 할지 모르겠습니다."

노인의 눈동자를 들여다보았는데, 그의 눈동자는 세 짐승의 눈동자처럼 빛났다.

"넘어선 것이 아니라고 생각해 보게." 노인이 말했다. 시인은 노인의 입술이 움직이는 걸 보지 못했지만 그의 목소리는 분명히 들었다. 시인은 짐승의 눈동자처럼 밝게 빛나는 노인의 눈동자에서 시선을 뗄 수 없었다. "대신 들어가는 입구라고 생각해 보게. 3의 힘의 신비로움을 찾다가 마침내 그 베일 사이로 보이는 것을 조금 알게 된 것처럼."

그러고 나서 노인은 주사위를 주웠다. 짐승의 눈처럼 빛나던 그의 눈동자는 어느새 어린아이의 눈동자처럼 맑고 순수했다. 그는 오른손 엄지손가락과 집게손가락 사이에 주사위 두 개를 끼웠다.

"파리에서는 속임수 주사위라고 부르곤 했지." 노인이 환하게 미소 지으며 말했다. "각각의 한 면은 나오지 않는데, 안쪽에 납을 넣어 무겁게 했기 때문이지." 그의 얼굴에는 더욱더 환한 미소가 번졌고, 어린아이처럼 기쁜 목소리로 시를 읊었다.

J'ai dez du plus, J'ai dez du moins,
De Paris, de Chartres, de Rains.

시인은 그 짧은 노래를 알고 있었다. '주사위의 높은 숫자가 나오고, 주사위의 낮은 숫자가 나오네, 파리에서, 샤르트르에서, 랭스에서.'

"사실이라네." 노인은 젊은 기운이 다시 솟은 귀중한 순간을 저버리고 싶지 않다는 듯 말했다. "내가 갖고 있는 주사위 면은 각각 다른 노란빛이 감도는 아이보리 색이고, 높은 숫자든 낮은 숫자든 각각 다른 숫자를 던질 수 있도록 만들어졌지."

노인이 말을 이어 가는 동안 젊은 기운이 목소리에서 다시 빠져나가자, 시인은 한편으로는 기운이 빠지면서도 또 한편으로는 안심이 되었다.

"자네가 생각하는 3의 신비로움과 힘도 그러하다네. 주사위를 던지는 것, 보잘것없는 속임수이지. 라틴어 트레스(tres)는 자네 모국어인 이탈리아어 트레카레(treccare)와 무척 유사하고, 라틴어 트리아스(trias)가 자네 모국어인 이탈리아어 트리카르(triquar)와 라틴어 트리카레(triccare)와도 무척 유사하지."

노인은 다시 자리에서 일어나 오래된 짙은 나무 책상 위에 놓인 작은 상자에 주사위를 다시 넣었다.

"성스러운 삼위일체에 대해 말하자면, 그리스어 신약 성서에 어렴풋하게 암시된 것을 제외하면 그러한 개념은 거의 언급된 적이 없다는 사실을 알아야 하네. 부조리한 교회의 달력 계산법에 따른 2세기가 되어서야 비로소 트리니타스(trinitas)라는 용어가 만들어졌다는 사실도 알아야 하네. 그 용어를 만든 것은 아프리카 출신의 기독교 신학자 테르툴리아누스이고, 신약 성서라는 이름을 부여한 사람도 바로 그라는 사실을 알아야 하네. 그리고 자네 종족이 숭배하는 예수의 죽음 이후 200년이 지나서야 비로소 교회는 니케아의 첫 심의회에서 삼위일체의 교리를 완전히 형성하고 받아들였다는 사실도 알아야 하네." 노인은 계속 서 있었고 자리에 앉지 않았다. "그리고 양심 있는 사람으로서, 이 삼위일체를 경탄해 마지않는 자네 종족과 모든 사람들이 경탄하게 된 경위를 찾다 보면, 또 다른 아프리카인인 데 트리니타테가 쓴 논문과 아프리카 북부의 옛 왕국 누미디아의 현인이었던 아우구스티누스의 박식한 상상력과 웅변까지 거슬러 올라간다는 사실을 인정해야 하네."

이윽고 노인이 의자에 앉았다. 그의 이야기는 약간 빗나가는 것처럼 보였지만 크게 빗나가지는 않았다. "사람들이 성서를 펼쳐서 맨 처음 나온 문구로 점치는 모습을 본 적 있는가? 그들이 주사기를 던져 라틴어 서사시 《아이네이스 (Aeneis)》의 이런저런 시구를 정한 다음, 그것으로 이런저런 수수께끼 같은 질문에 대한 답을 찾는 모습을 본 적 있는가? 그것은 점을 치는 오래된 방식으로, 기원전 10세기에 호메로스의 작품을 펼쳐 점을 보던 것까지 거슬러 올라가지. 하지만 이 이교도적인 점치는 방식을 기독교인들이 받아들인 것은 고대 로마 시인이었던 베르길리우스가 죽고 몇 년 지나지 않아서였네. 그의 죽음은 시간의 차이는 그리 크지 않지만 예수가 태어나기 이전의 일이지. 신탁이나 책이나 성인의 이름으로 점을 치기도 하지. 주사위와 성서로 이런 점을 치는 걸 본 적 있는가?" 그는 마치 아무 말 없이 흐뭇한 마음으로 생각에 잠기듯 잠시 말을 멈추었다. "자네 교회의 아일랜드인 성인인 갈루스가 베르길리우스 이후에 그러한 마법 같은 글을 실제로 써냈는지 혹은 전설로만 전해져 내려오는지 궁금하다네." 노인은 고개를 가로저었다. "우리는 이러한 일을 앞으로도 계속할 걸세. 인간의 영혼은 자신의 입으로 부르는 신에 의해 지배되기 때문이지. 주사위와 시 구절을 이용한 이 어리석은 놀이는 지금 이 순간까지 계속되고 있는데, 모든 기독교 국가에서 매 순간 계속되고 있지.

스스로도 신비 철학이나 마법에 관한 성향이 있던 아우구스티누스가 사람들이 이런 어리석은 놀이에 빠지는 걸 공공연히 비난했다는 건 무척 놀랍다네. 내가 보기엔, 아우구스티누스도 이런 똑같은 놀이를 했을 텐데, 그는 훨씬 더 고상하고 훨씬 더 위험한 놀이를 즐겼을 걸세. 최고의 지적 능력이 필요한 정교한 주사위 놀이를 했겠지."

시인은 마음속에서 다양한 기류가 올라와 하나로 어우러져 흐르는 듯한 느낌이 들었다. 저항의 기류와 굴복의 기류 그리고 무어라 말할 수 없는 여러 감정들의 기류.

"그럼 하느님의 아들을 믿지 않는단 말입니까?"

"나는 우리 모두가 하느님의 아들이라고 믿네. 우리 모두가 하느님의 아버지라고 믿네. 우리 모두가 하느님이라고 믿네. 어떤 한 사람을 다른 사람들보다 우월한 구원자라고 불러서는 안 된다고 믿네. 왜냐하면 모든 사람의 진정하고 유일한 구원자는 바로 자기 자신 안에 있기 때문이지. 그 자신을 발견하면 구원받고 발견하지 못하면 구원받지 못하는 것이지."

"하지만 당신은 예수가 무덤에 있었던 사흘과 그가 광명 속으로 걸어 나온 모습을 경배한다고 하지 않았습니까?"

"3일이든 50년이든 숫자는 중요하지 않네. 내가 경배하는 것은 광명 속으로 걸어 나온 것이지. 이 이야기에서 위대한 힘을 발견하는 부분이, 바로 무덤에서 나와 광명 속으로 걸어 나오는 모습이라네."

시인은 그제야 이해했다. 마음속에 있던 기류에 소름이 돋았고, 그 순간 그는 이해했다.

"그렇다네." 노인이 말했다. "50년 그리고 그보다 더 긴 시간. 어두운 무덤 속에서 깨달은 배움과 지식, 어떤 배움과 지식으로도 무덤 뒤에 자라난 희미한 풀잎의 향기를 맡을 수 없다네. 그러고 나서 나에게 주어진 삶을 허비하고 죽은 목숨으로 누워 있다가 부활했다네. 무덤에서 지혜의 광명 속으로 걸어 나온 것이지.

자네는 비밀스러운 지식 — 주사위의 높은 숫자가 나오고, 주사위의 낮은 숫자가 나오는 것 —을 찾기 위해 나를 찾아왔네. 이제 나는 내가 아는 것을 자네에게 말하겠네.

찾는 일을 그만두게. 지식을 찾아 나서는 무덤에서 걸어 나오게. 자네의 영혼과 이승의 모든 순간에 돋아난 풀잎의 향기로 가득 찬 광명 속으로 걸어 나오게. 걸어 나와 그녀를 포옹하게."

"그녀라고요?"

"소피아. 어떤 이름이 붙든, 지혜라는 뜻을 가진 단어는 늘 여성형이지. 지혜는 여성이라네. 여성. 지혜가 곧 여성이라네. 그녀."

"당신은 어떻게 무덤에서 나오게 되었나요?"

"부드러운 산들바람 때문이었지."

그리고 나는 다시 북쪽을 향해 밀라노로 갔다. 줄리에타가 살았던 곳이어서 그런지 마음이 불안해지고 그녀를 다시 만나지 못할 것 같은 예감이 들었다.

　첫눈에 반하는 사랑. 죽음 이후의 삶. 우리는 후자를 경험할지 그렇지 않을지 결국에는 알게 될 것이다. 하지만 전자를 경험할지 그렇지 않을지 어떻게 알 수 있을까? 미동도 하지 않은 채 단 한 번의 호흡으로 심연의 바다에 이를 수 있을까? 별들은 서로 한 번도 만난 적이 없는 두 영혼을 하나로 맺어 줄 수 있을까?

　나는 첫눈에 반하는 사랑이 어떤 것인지 예전에 알았다는 느낌이 들었다. 하지만 그건 오래전이었고, 욕망과 필요 그리고 나약함으로 가장한 사랑을 알던 때였다. 그때는 어떠한 가장도 없는 사랑을 알기 전이었다. 다른 사람뿐 아니라 가을 나무 사이로 불어오는 산들바람과 사랑에 빠질 수 있었을 때, 사랑이 마치 호흡처럼 자유롭고 아무런 목적도 없이 내 마음속에서 흘러나올 때, 그 산들바람과 호흡이 넘쳐 나는 사랑으로 나를 감싸 줄 때, 그제야 비로소 나는 사랑을 알게 되었다. 그리고 산들바람과 사랑의 호흡이 나를 감싸 주던 오랜 세월이 지나자, 예상치 못했던, 첫눈에 반하는 사랑을 다시 느끼게 되었다.

그것이 사랑임을 나는 확신할 수 있었다. 아, 그녀는 정말 아름다웠다. 하지만 그녀에게서 발산되는 아름다움, 육체적인 아름다움은 훨씬 더 보기 드문 정신적인 아름다움의 발현인 것 같았다. 나는 그렇듯 자연스러운 우아함과 고요함에 매혹된 적이 한 번도 없었다. 그렇게 우러러본 사람도, 내가 포옹할 수 없는 아름다운 영혼을 지닌 여신처럼 보인 사람도 없었다. 나를 넘어선다는 느낌이 든 것은 그때가 처음이었다. 그리고 그녀는 나보다 스무 살 더 어렸다.

하지만 시간이 지나 우리의 끊임없는 포옹이 시작되었다. 우리는 침대에 누워 서로의 품에 안겨 있다가 다시 떨어졌고, 그녀는 나와 처음으로 눈이 마주쳤던 그날 밤 내게 반했다고 고백했다.

우리는 함께 아이를 갖는 것에 대해 이야기했다. 나는 임종 때 내 손을 잡아줄 딸아이를 잃었다. 하지만 나 자신의 일부, 피와 살로 된 진짜 존재를 내가 떠난 이후의 이 세상에 남기고 싶었다. 그걸 함께하고 싶다는 바람을 갖게 된 여자는 줄리에타뿐이었다. 의사의 도움을 받아, 혹은 의사의 도움 없이도 가능할 것이다. 줄리에타를 보면 기운이 났고 그녀의 행복한 미소를 보면 살고 싶다는 의욕이 솟았기 때문이다. 신의 은혜가 함께한다면, 아름다운 생명체가 세상에 태어날 수 있을 것이다.

북쪽 지방에서 생산한 품질 좋은 화이트 와인을 마시며 비체 레스토랑에서 식사를 하면서, 우리는 우리가 바라는 아이에 대해 다시 이야기를 나누었다. 그날 밤, 우리는 사랑을 나누고 부드러운 햇살이 창으로 들어올 때까지 서로 한 몸이 된 것처럼 꼭 껴안고 함께 잠을 잤다.

그녀의 팬티스타킹이 침대 옆 바닥에 놓여 있었다. 나는 그걸 집어서 내 초라한 짙은 초록색 여행 가방에 던져 넣었다. 그녀는 내가 그것을 내 것으로 갖고 싶어 한다는 걸 알았다.

내가 이 글을 쓰는 지금, 팬티스타킹은 오른쪽 서랍에 들어 있다. 나는 여기에 앉아서 우리가 시간이라고 부르는 이 꿈속에 남아 있는 걸 마칠 준비를 하고 있다.

오른쪽 서랍에 모든 게 들어 있었다.

모르핀 약병, 권총, 문서 보관소에 있는 서류를 훔치기 위해 이탈리아로 올

때 사용하지 않았던 위조 여권, 큰돈 그리고 베이지 색깔의 팬티스타킹.

나는 그 팬티스타킹을 얼굴에 대고 그녀의 체취와 도저히 말로 표현할 수 없는 정원에서 풍기는 향기를 들이마신다.

이런 모습으로 죽는 나 자신의 모습이 눈앞에 보이는 듯하다. 나 혼자서, 산소마스크처럼 내 얼굴을 붙잡은 채, 그녀의 팬티스타킹에서 나는 꽃향기를 맡으며.

낯게 깔린 먹구름이, 햇살을 머금은 채 전혀 움직이지 않는 높은 구름
아래에서 빠르게 북쪽으로 움직였다.

오랜 나날이 지나도록 거의 하루 종일, 그는 두 손으로 얼굴을 받치고 팔꿈치를 무릎에 괸 채 자리에 앉아, 드넓은 우주가 먼지 묻은 샌들과 낡고 먼지 묻은 긴 옷자락으로 한정되어 아우를 때까지 똑같은 조약돌을 바라보았다. 날이 지날수록 방으로 향하고, 테이블로 향하고, 초라한 침상으로 향하고, 빵과 생선과 와인으로 배를 채우고 잠시나마 눈을 붙이고 잠을 자기보다는, 가죽신을 신은 발과 긴 옷자락과 길게 드리운 그림자를 넘어서지 않는 이 먼지 묻은 좁은 세상을 더 명징하게 의식하게 되었다. 그럴 때면 그는 다른 곳이 아닌 라벤나에 있는 듯한 느낌이 들었고, 그림자가 드리워진 먼지 속에 있는 것 같았다. 그곳에 있으면 눈에는 보이지 않지만 자신이 죽을 날짜가 적혀 있을 것 같았고 자신의 영혼은 곧 이 세상에서 사라질 것 같았다.

그가 썼던 수많은 사랑의 말들. 두서없이 그의 펜에서 흘러나오고, 괴로워하던 그의 입을 통해 나온 말이었지만, 그에게 아들과 딸을 낳아 주고 추방당할 수밖에 없었던 그의 운명을 자신의 운명으로 받아들였던 아내를 위한 것이 아니었다.

그리고 더 안 좋은 상황은, 그녀가 글을 읽을 수 있다는 사실이었다.

오랜 세월이 지나는 동안 그는 달팽이 진액으로 만든 잉크로 모든 것을 써 내려가며, 오래전 고인이 된, 다른 남자와 결혼했던 한 여인에 대한 연모와 사랑을 담게 되었다. 긴 글을 써 나가는 동안, 신 앞에 서서 하나 되기로 맹세했던 그녀에겐 사랑은커녕 감정의 편린조차 표현하지 않았다.

그는 그 사실을 잘 알고 있었고, 시간이 지나면서 더 분명히 그 사실을 알게 되었지만 여전히 아무 말도 하지 않았다.

그는 이제 다른 것에 대해서도 뼛속 깊이 알고 있었다. 그녀의 영혼에 매혹되어 결혼해서 함께 살았다면, 그는 더 이상 그녀를 사랑하지 않았을 것이고, 그녀는 젖가슴이 처지고 머리가 하얗게 세며 늙어 갔을 것이고, 그는 그녀를 위해 시를 쓰지 않았을 것이다. 그와 함께 잠자리를 한 여자는 어느 누구도 이상적인 여인일 수 없었고, 그의 품에 안긴 여자는 어느 누구도 환영의 제단에 오를 수 없었다.

그가 아는 열정과 사랑은 자신에게 온 마음과 사랑을 주는 여자가 아니라, 어린 시절 순수한 꿈을 꾸게 했던 그녀를 향한 것이었다. 그가 진정으로 사랑하는 여인, 성스럽고 아름답고 순수한 그녀는 이제 무덤 속에서 썩어 버렸고, 살아생전에는 그에게 단 한 번의 눈길밖에 주지 않았다. 그는 사랑에 대해서는 아무것도 몰랐다. 참회에 사로잡혀, 아름다운 운율과 그 운율을 가진 노래에 사로잡혀 있는 바람에 더 숭고하고 고요한 마음의 노래에 대해서는 아무것도 몰랐다.

그에게는 영혼이 없었다. 그는 오래전 무한한 풀밭에 혹은 그 이후 또 다른 하늘 아래 영혼을 두고 왔다. 그의 마음은 허울뿐이었고 스스로 만들어 낸 것이었다. 그의 사랑도 마찬가지로 그가 글로 써낸 것이었다.

그가 깃촉에 잉크를 묻혀 글을 통해 지옥에 보낸 사람들의 절반은 글과 문학을 멸시하고 얕보았다. 그는 이미 죽은 사람을 사랑할 수밖에 없었지만 그나마 온전한 사랑도 아니었다. 그는 지옥에서도 자신의 잃어버린 영혼을 위한 자리를 찾을 수 없었다. 그는 말로써, 단죄로써 천국을 그려 내고자 했다.

자신을 압도하던 창조의 아름다움으로부터 억지로 끌어낸다 해도, 자신이 훔친 아름다운 단어에 운율을 더한다 해도 그것은 그의 마음을 가장한 것이었다. 진정으로 마음에서 우러나온 단어와 색깔은 단 하나도 나오지 않았다.

어둠이 내렸지만 그는 램프에 불을 밝히지 않았다. 그는 조용히 앉아, 어둠과 구분할 길 없는 자신의 그림자 속으로 들어갔다.

글은 쓰이지 않았다.

그의 마음속을 떠나지 않는 속삭임만 들릴 뿐 더 이상 어떤 글도 쓸 수 없었다.

며칠 후, 그는 베네치아의 공화정 총독의 인장에 필요한 베네치아 문서를 가져오라는 부름을 받았다.

그가 유대인 노인을 찾아간 이래로 달이 몇 번 차올랐다가 다시 이울었다.

그들은 늦은 저녁의 열기 속에 함께 앉았다. 노인의 눈빛은 지쳐 보였지만, 마침내 올 것임을 알고 몇 년 동안 기다려 온 매의 눈빛처럼 날카로웠다. 그가 기다렸던 건 오래된 날개가 돋아날 자유의 산들바람이었다.

조심스레 무언가를 찾는 듯한 노인의 눈빛은 멈추지 않았고, 고요한 얼굴에는 고요함과 움직임이 번갈아 스쳐 지나갔다. 시인이 자신의 영혼을 잃어버렸다고 했지만, 노인은 아무 말도 하지 않았다.

오래전에 노인은 시인의 시가 적힌 나뭇잎 세 개를 받고도 마지막 것은 읽지 않고 아무 말 없이 그에게 돌려주었다. 시인은 그때 상처를 받았지만 이제는 노인의 침묵에 상처 받지 않았다. 당시에는 그가 자신의 영혼보다 그 말을 더 소중히 여겼기 때문일 것이다. 혹은 상처 받을 게 더 이상 남아 있지 않기 때문일지도 몰랐다. 그는 영혼에 대해 더 이상 이야기하지 않았다. 그리고 오랫동안 침묵한 다음 다시 말문을 열었을 때, 노인이 기다린 건 바로 산들바람이라는 생각이 들었다. 그제야 노인이 그의 말에 천천히 대답했다.

"산들바람, 호흡 그리고 영혼.

한 번도 갖지 못한 것을 잃어버릴 순 없는 법이지. 우리는 우리에게 애초부터 없었던 것을 잃어버렸다는 망상에 빠지는 실수를 저질러서는 안 된다네. 그러한 사실을 깨닫는 것은 슬퍼해야 할 일이 아니라 축복이라네.

우리에게 무엇이 부족한지 모르면 우리는 그것을 찾지 못하고, 온전하지 못한 모습으로 어둠을 빛이라 착각하면서 어둠 속에 계속 남아 있게 된다네.

산들바람, 호흡 그리고 영혼."

레프티는 지난번에 봤을 때도 안색이 좋지 않았는데 지금은 더 나빠 보였다. 머리가 모두 빠져 베레모를 썼고, 화학 요법을 받는지 입술에는 희미한 보라색 자국이 남아 있었다.

"레프티의 건강이 나아진 것 같지 않나?"

조 블랙이 말했다.

"이런 증세를 보이는 사람들을 봤는데 모두 잘 이겨 냈습니다." 내가 말했다. "지금 보니 레프티도 잘 이겨 낸 것 같습니다. 머리카락도 곧 다시 자랄 겁니다."

그 말을 하면서 래프티의 모습을 바라보니, 몇 달 후에 죽을 것 같다는 생각이 들었다.

레프티가 미소를 지었는데 안색이 더 나빠 보였다.

그때 루이가 내게 말했다.

"이 빌어먹을 '인증' 자료 뒤처리하느라 더럽게 고생하고 있네."

"그게 무슨 말입니까?" 내가 물었다.

"그게 무슨 말이냐고? 브리오니 정장에 베를루티 구두를 신은, 베로나에서 만난 그자에 대해 말하는 거야. 라벤나에서 만난 남자와 자네에게 그걸 가져다

준 그의 조수에 대해 말하는 거야. 나는 그 두 사람을 자루에 넣고 총을 겨누어야 했어. 무릎 꿇고 오줌까지 싸면서 울부짖으며 살려 달라고 애원하는 두 사람을 죽이는 게 얼마나 고통스러운지 알아?

그 여잔 결혼반지를 끼고 있었어. 지금쯤 그녀의 남편은 약간 열 받았겠지."

"제정신입니까 아니면 멍청한 겁니까?" 나는 이를 악물고 그에게 으르렁거렸다. "그들은 아무 상관 없는 사람들입니다. 아무 죄도 없는 순진무구한 사람들이라고요."

"순진무구? 순진무구한 게 이 빌어먹을 일이랑 무슨 상관이란 말이야?"

비로소 그를 알 것 같았다. 그가 하는 말을 알 것 같았다. 루이에게 '이 빌어먹을 일'이란 모든 걸 의미했다. 삶과, 이 세상과, 모든 것을 말이다. '이 빌어먹을 일'은 그의 존재론과 종합 백과사전적인 지식과 종말론 등 모든 것을 총망라하는 말이었다.

"별 볼일 없는 사서 주제에 어떻게 5,000달러짜리 양복에 3,000달러짜리 구두를 신을 수 있단 말이야?" 루이가 말했다. "그들이 누구인지, 그들이 누구와 말하는지 어떻게 알겠어? 닉, 자넨 흔적을 남겼고 난 지금 그걸 없애느라 애를 먹고 있어."

"흔적이라고요? 어떤 흔적 말입니까? 당신은 먼지밖에 없는 곳에서 피가 질질 끌린 자국을 남기고 있습니다."

"맙소사, 그만 입 닥쳐. 피가 질질 끌린 자국이라니. 이 빌어먹을 짓을 한다 해도 서류를 만들 수는 없어. 이 빌어먹을 짓을 한다 해도 서식을 채울 순 없어. 쓸데없는 짓이야."

루이에게서 시선을 돌리다가, 무언가를 기다리는 듯한 조 블랙의 시선과 마주쳤다. 그의 눈동자는 검은 나락처럼 차가워 보였다.

"누구든 이 원고, 타부투(Tabutu)로 멀리서도 우리에게 연락할 수 있어."

그의 목소리는 마치 검은 나락 같은 눈동자에서 나오는 듯했고, 입은 거의 움직이지 않고 말했다.

"왜요?" 내가 물었다.

조 블랙은 루이를 쳐다보았고 루이는 레프티를 쳐다보았다. 눈빛이 마주친 두 사람은 소리 내어 웃기 시작했다. 두개골의 뼈만 남은 것처럼 앙상한 레프티도 화학 요법을 받아 보라색으로 변한 입술을 가볍게 벌리면서 소리 없이 씩 웃었다. 그러자 그가 낯선 사람처럼 보였다.

웃음소리는 점점 더 커졌다가 이내 잦아들었다.

"왜요?" 나는 재차 물었다. "우리는 이걸 이탈리아에서 겨우 가져왔고, 이탈리아 정부는 도난당한 것을 되찾으려 했을 겁니다. 그것이 존재한다는 사실을 아는 사람은 아무도 없습니다. 그것이 존재했었다는 사실을 아는 사람도 없습니다. 한 번도 소실된 적이 없는 것을 훔칠 수는 없습니다. 한 번도 존재하지 않았던 것을 훔칠 수는 없습니다. 지금 여기에 있는 것처럼, 이건 우리 것이고, 상태는 깨끗하고, 절대 훔친 것이 아닙니다. 어떤 나라의 요구에도 손길이 닿을 수 없는 것이고, 우리가 이것을 소지하고 있는 것은 범죄가 아닙니다. 친필 원고도 깨끗하고 우리도 깨끗하고, 우린 이 일을 깨끗이 처리할 수 있습니다."

잠시 침묵이 흘렀고, 조 블랙이 침묵을 깼다.

"신의 은총에 감사하고 찬송가를 부르기 전에, 이것이 존재한다는 사실을 아는 사람들이 있다는 사실을 잊지 말게. 우리를 도와준 팔레르모에 있는 친구들 그리고 절반의 배분을 가진 사람들."

"쓸모없는 사서 대신 그자들을 죽이는 게 어떻습니까?"

그러자 조 블랙은 다시 루이를, 루이는 레프티를 쳐다보았고, 그들은 웃기 시작했다. 그들의 웃음소리는 점점 더 커지다가 이내 잦아들었다.

"파브리아노에 있는 그 남자는요?" 내가 물었다.

루이가 불쾌한 표정을 지으며 한숨을 내쉬었다. "그자는 사라졌어. 자네를 만나고 나서 위조한 신분으로 곧장 안코나 공항으로 갔어. 그리고 내가 알기도 전에 사라져 버렸지."

"적어도 그 일 하나는 망치지 않았군요."

나는 카르타 박물관에서 가져온 문서의 복사본을 조 블랙에게 건네주었다.

루이와 레프티는 조 블랙이 문서를 읽는 모습을 쳐다보았지만, 레프티의 시선은 멍하니 어느 곳에도 향하지 않았다.

관계자 분께.
이 종이가 1321년 5월, 라벤나 출신의 귀도 노벨로 다 폴렌타의 특별 주문
으로 파브리아노에서 제작되었음을 확인하는 바입니다. 이 종이는 다음 달
그에게 배달되었고, 그 시기는 그가 시인 단테 알리기에리를 개인적으로
그리고 공식적인 기관을 통해 후원하던 시기입니다.
이 문서에 본인이 직접 검사한 사본을 첨부했으며, 각 페이지마다 본인의
서명과 카르타 박물관의 인장이 찍혀 있습니다.

"보십시오." 내가 말했다. "이건 우리가 필요한 인증서의 일종입니다. 분석
자료 두 개만 더 있으면 됩니다. 이 인증서를 작성해 준 기관의 모든 사람들이 죽
은 것으로 드러나지는 않을 겁니다. 외떨어진 작은 도서관 두 곳에서 일어난 도난
사건이 이미 중대한 범죄가 되었으니, 이제 서로 연관 있다고 생각할 겁니다."
조가 내 말을 막으며 손을 내저었다.
"뭐라고요?" 나는 그에게 맞섰다. "도서관 관장 두 명이 거의 동시에 살해되
었는데 서로 연관 있다고 생각하지 않겠습니까?"
"그렇지 않을 거야." 조 블랙이 말했다. "이탈리아 어느 도시에서 매일 일어
나는 사소한 살인 사건은 다른 도시 관계자들에게는 알려지지 않을 거야."
"그건 상식 밖의 생각이고 그렇다면 이 일을 관둬야 합니다. 국제적으로 알려
진 전문가가 이 친필 원고를 검사한 직후 살해된 마당에, 그의 인증서가 첨부된
이 원고를 도대체 어떻게 팔 수 있겠습니까? 그건 말도 안 됩니다. 우리는 지금
완전히 다른 세상으로 들어가고 있습니다. 더 이상 핏자국도 없고 총도 쏘지 않
는 곳으로 말입니다."
루이가 지겹다는 듯 한숨을 내쉬었다. "젠장, 내 생각도 그렇습니다. 그러니
까, 이 일이 별로 달갑지 않을 것 같습니다."
조 블랙은 내게서 시선을 떼지 않은 채 루이의 말을 무시했다.

"좋아." 조 블랙이 말했다. "파브리아노의 그 남자 얘긴 그만하지. 밀라노의 그 여잔 어떻게 됐어?"

"그 여자는 아무 상관 없습니다. 그건 내 사생활입니다."

"그거야 내가 상관할 바 아니지만, 자네에게 해 둘 말이 있네. 내 밑에서 일하는 자들에겐 사생활이 없지."

그러자 레프티가 말했다.

"이런 속담도 있지 않습니까. 입술 단속을 잘못하면 큰 배도 가라앉는다."

맞아. 나는 마음속으로 대답했다. 그렇다면 보라색으로 변한 입술은 어떻단 말인가?

"어쨌거나 인증서 일을 마무리해." 조 블랙은 다시 차분하고 낮은 목소리로 말했다. "그러고 나서 우리 물건을 살 사람을 찾게 될 거야. 그러면 신나게 휘파람을 불겠지."

타부투(Tabutu).

그건 오래전부터 들어 오던 말이었다. 사람들이 저마다의 방식으로 말했지만, 조 블랙처럼 말하는 건 한 번도 듣지 못했다. 그것은 가장 불길하고 불안한 시칠리아 말 같았다.

타부투.

그것은 '죽은 자들의 집' 같은 걸 의미했다. 그리고 위협뿐만 아니라 위협을 반드시 지키겠다는 의지를 암시했다.

타부투.

그 말이 울려 퍼졌다.

타부투.

그건 내가 알 때였다.

타부투.

엿새 전.

타부투.

엿새 전, 나는 내 마음속 울림을 듣고 분노에 사로잡혀 이 글을 쓰기 시작했다. 지금 돌이켜 보니 나를 사로잡았던 광기가 의아하게 느껴졌다. 이 끊이지 않는 나무람, 서정적인 죽음에 관한 이 고요한 고찰, 향기로운 해먹에 누워 있는 사람의 뇌에 박힌 총알처럼 굳어 버린 이 심장 박동, 그리고 지금 광기를 본다. 그건 분명 광기였다. 글을 통해 도망치고, 글을 통해 살고, 글을 통해 죽으려는 시도였다.

그 가운데 어느 것도 중요하지 않았다. 그 어느 것도. 잃어버린 세계에 대한 광기, 지옥이 아니라 그보다 더 나쁜 미온적인 비겁함으로 흘러가 버린 세상에 대한 광기. 목을 자르고 목을 어루만져 주던 기억들. 내 영혼으로 향하는 문을 활짝 열어젖힌 건 무엇을 위해서일까? 어느 것도 중요하지 않았다. 그 어느 것도. 이건 기억나는 나른한 오후에 시작된 이야기가 아니었다. 이것은 그 울림과 함께 엿새 전에 시작한 이야기다.

타부투.

이것은 여기서 시작하고 끝나는 이야기, 여러분이 그런 것처럼 나도 모르는 이야기이다.

나는 세 시간 전, 한밤중에 이 글을 썼다.

두 시간 전, 한밤중에 잠에서 깨어났다.

부엌에 들어가 오븐을 켜고 알루미늄 접시에 빵을 준비해 오븐에 넣었다.

롤링 스톤스의 〈점핑 잭 플래시(Jumpin' Jack Flash)〉를 귀에 거슬리지 않을 정도로 크게 틀었다.

소파 양쪽 끝에 베개를 두었다.

서랍에서 총을 꺼냈다.

실내에서는 어떤 소리가 나는지 알고 싶었다.

지금도 여전히 부드럽게 작동하는지 알고 싶었다.

손에 잡으면 지금도 여전히 확고하고 안정적인 느낌이 드는지 알고 싶었다.

총소리가 실내에서 아무리 크게 울린다 해도, 큰 소리로 울려 퍼지는 〈점핑 잭 플래시〉의 압도적인 리듬이 총성을 가려 주어야 한다.

연기를 내며 검게 타는 빵 냄새는 화약 냄새를 가려 주어야 한다.

나는 소파에서 일어나 한 걸음 물러섰다.

한 손에 든 총을 재빨리 올려 총을 겨눌 틈을 주지 않았다.

타부투.

단 1초도 지나지 않은 짧은 순간에 베개 하나 그리고 둘.

손에 닿은 총은 마치 여자의 음부처럼 따뜻하고 기분 좋았다.

그는 한때 젊었지만 이제는 늙었다.

거의 아무 소리도 나지 않는 희미한 웃음, 자신을 조롱하는 듯한 맑고 순수한 웃음을 지으며, 그는 아직 사계절을 서른 번도 채 보내지 않은 풋내기 시절에 쓴 글을 읽었다. 그의 첫 번째 책 서두에 썼던 글을 읽었다. 그가 '기억나는 책'에 대해 쓴 글은 마치 청렴결백한 현자가 쓴 것 같았고, 일곱 겹으로 봉인되고 오랜 세월의 흔적이 묻어 펼칠 수 없을 정도로 무척 대단하고 육중해 보였다.

사람은 자신의 씨앗을 갈보집에 쏟아 냈고, 모든 게 끝났다. 어떤 수치심을 느끼든, 그 안에서 혼자 태어나야 한다. 하지만 자신의 어리석은 허영심을 공공연히 드러내는 것은 씻기지 않는 자국을 남기는 것이었다.

그는 약간 더 소리를 내면서도 더 순수하게, 자신을 비웃듯이 웃었다. 그는 어린아이처럼 살결이 연약하고 보드라웠을 때 펜으로 썼던 사악한 세 단어, 'incipit vita nuova(새로운 인생을 쓰기 시작하다)'에 낮은 목소리로 속삭였다.

그날 밤, 그는 여행을 다니던 오랜 세월 동안 가슴에 지니고 다녔던, 젊은 시절 필적이 남아 있는 양피지 조각을 가슴에서 꺼냈다. 그가 처음으로 펴냈던 작은 책이었다. 책은 얇은 가죽 줄로 헐렁하게 묶인 채 동그랗게 말려 있었다.

그 꾸러미를 윗옷 앞섶에 넣은 채, 그는 그날 밤 암말을 타고 달빛 아래를 달렸다. 구름에 희미하게 가려 점점 어두워지는 달빛을 받으며 그는 말을 타고 달렸다. 도시의 경계를 넘어서자 날씨는 더 차가워졌고 바람을 머금은 공기는 더 눅눅해졌다. 거친 지역을 지나 바다로, 모르타르와 석조로 지어 아직도 강하게 버티고 서 있는 고대 로마 안벽까지 달렸다. 파도가 높이 솟아오르며 성난 기세로 안벽에 부딪히는 소리가 들렸고, 멀리 달빛 아래에서 밀려오는 흰 파도 거품이 보였다. 그가 입고 있던 긴 옷은 마치 파도와 바람과 그가 하나인 듯 거친 소리를 내며 거센 바람에 날렸다. 바람은 달빛과 어른거리는 빛과 어둠의 영향을 받아 더 요란한 소리를 내며 몰아쳤고, 마치 굴레에서 벗어나 어두운 밤을 내달리는 암말처럼 구름이 빠르게 움직이자, 바람은 더 미친 듯이 불어 댔다.

그는 귀로 듣고 눈으로 보았고, 자신이 듣고 보는 것과 함께 오랫동안 있었다.

잠시 후, 그는 가슴에서 작은 두루마리 꾸러미를 꺼내 가죽끈을 풀고 양피지 조각이 이리저리 흩날리며 바다 속으로 들어가게 내버려 두었다. 그는 그 모습을 바라보았다. 사나운 비바람에 휩쓸린 새들이 높이 그리고 멀리 날아가다가 갑자기 사라져 목숨을 다하는 것 같았다.

"새로운 인생을 쓰기 시작하다(incipit vita nuova)." 그는 사납게 불어 대는 바람에, 거친 바다와 빛과 어둠에 대고 말했다. "새로운 인생을 쓰기 시작하다."

거친 바닷바람의 혹독한 숨결 속에서, 달은 미친 듯이 빠른 속도로 달리는 말을 내려다보며 눈을 떴다 다시 감았다. 그는 오랫동안 잊어버렸다고 믿었던 무언가를 다시 맛보았다. 그것은 그의 몸 안으로 들어온 숨결만큼이나 그 안에 있는 숨결에서부터 나왔다. 바람, 영혼. 그리고 여덟 번째 하늘을 넘어서 아홉 번째 하늘에 놓여 있는 숫자. 그리고 아홉 번째 하늘 너머에 있는 것. 그리고 항상 그를 앞서 갔던 것, 그 자신이었던 것, 앞으로 영원히 그의 뒤를 이을 것. 그는 마치 첫 호흡을 하듯이 숨을 내쉬었다. 지식의 호흡이 아닌 무지의 호흡, 이른바 지혜의 호흡을.

그렇게 해서 56년이 지나서야, 젊은 시절 모든 것을 알았던 청년은 아무것도 모르는 사람이 되어 새로운 인생으로 들어갔다.

그는 새로운 인생의 숨결로써 자신 안에 있는 것과 자의식을 모두 버리고 자신에게 남은 모든 것을 써 내려갔다. 그에게 남은 것은 말이 필요 없는 침묵이었다. 그래야만 하고 그럴 수밖에 없기 때문이다. 바람, 영혼, 숫자, 숨결 그리고 바람뿐이었다.

애리조나 대학의 물리학 실험실에서 사용하는 직렬식 가속 질량 분광계는 가장 강력하고 정확한 방사성 탄소 측정법이다.

애리조나 가속 질량 분광계 실험실은 사해 사본(사해 북서부의 동굴에서 발견된 구약을 포함한 고사본의 통칭—옮긴이)의 연대를 측정한 곳이다.

그리고 오랜 세월의 흔적이 묻어 있는 토리노의 수의(예수가 입었던 것으로 알려진 수의로, 토리노의 산조반니 성당에 보관되어 있다—옮긴이)가 중세에 만들어졌다는 결론을 내린 곳이기도 하다.

그 실험실은 최고의 권위를 인정받는 곳이다.

오늘 아침 피닉스에서 온 중년 여자가 루이가 있는 호텔로 총을 가져다주었다. 나는 총을 소지하면 그 실험실에는 절대 들어가지 못할 거라고 그에게 말했다. 총을 두고 들어갈 생각이 아니라면 아예 나서지 말라고 했다.

"내 눈앞에서 그런 일이 벌어지게 두진 않을 거야." 그가 말했다.

"내 의견을 믿는 사람이 아무도 없는 것 같군요, 그렇죠?" 내가 말했다.

"그렇지 않아."

"그럼 좋을 대로 하십시오." 내가 말했다. "당신이 언제까지 내 뒤를 그림자처럼 따라다닐지는 모르겠습니다. 분명히 말하지만, 괜히 일을 복잡하게 만들지 마십시오. 그 총을 들고 실험실 근처에 가면, 출입 검색을 철저히 할 겁니다." 나는 그를 두고 호텔을 나왔다. 그는 전화번호부에서 경호 서비스 업체를 찾고 있었다. 하지만 나는 그가 내 뒤를 따라올 것임을 분명히 알 수 있었다.

실험실 책임자인 물리학자는 내게 여러 이야기를 해 주었지만, 몇 시간이 지난 지금은 기억조차 나지 않는다. 탄소의 방사성 동위 원소는 우주의 빛이 대기 중의 질소에 끼치는 영향이 미량으로 남아 형성된 탄소의 방사성 동위 원소라고 했던 것 같다. 방사성 탄소 측정법은 한때 살아 있던 것 혹은 한때 살아 있던 것을 원료로 포함하는 것에만 적용할 수 있다고 했다. 왜냐하면 그것에 포함된 탄소의 비율을 측정하고 찾아냄으로써 시기를 추적해 내는 원리이기 때문이다. 탄소의 비율은 그 생명체가 죽은 후, 혹은 원료로 포함된 생명체가 죽은 후 일정한 비율에 따라 감소한다. 물리학자는 방사성 탄소가 다양한 자연의 생명체에 적용되는 비율을 가르쳐 주었지만, 나는 알아들을 수 없었다.

나는 우주의 빛에 관한 이야기가 맘에 들었다.

한때 생명이 있던 나무로 만든 오래된 상자와 한때 살아 있던 동물의 가죽으로 만든 양피지.

탄소 측정법의 원리는 다음과 같다. 분석을 마치면 오차 범위 내에서 특정 연도가 나오고, 그 오차 범위를 백분율로 나타낼 수 있을 때까지 줄인다. 연도가 오래된 것일수록 오차 범위는 더 커진다. 예를 들어, 10,011년 전이라는 구체적인 시기가 나올 경우 ± 300년의 오차 범위가 생긴다. 우리가 의뢰한 물건은 몇천 년이나 몇만 년이 아니라 500년 전에 만들어진 것이다. 그러므로 오차 범위는 상당히 줄어들 것이다.

그들은 필요한 견본을 가져갔다.

검사를 위해 나무와 양피지를 깎아 낸 조각이 너무나 미미해서 그 부분이 없어진다 해도 상관없었다.

친필 원고가 들어 있는 나무 상자는 1703 ± 10년으로 나왔다.

나는 그 결과에 그리 놀라지 않았다. 14세기 초기에 만들어진 나무 상자가 오랜 시간이 지나는 동안 그렇게 잘 보존되었을 거라고 생각하지 않았기 때문이다. 하지만 중요한 친필 원고 연대 측정이 어떻게 나올지에 대해 긴장감이 더 커진 건 사실이었다.

네 페이지의 친필 원고 표본 분석 결과가 나왔다. '지옥' 편의 첫 페이지와 '연옥' 편의 마지막 페이지, '천국'의 마지막 페이지 이전에 나오는 마지막 양피지 조각 그리고 '천국'의 마지막 페이지 검사 결과였다.

분석 결과는 대단했다.

'지옥'의 첫 페이지: 1309 ± 8년, 1년 내에 10퍼센트 정확성, 8년 내에 80퍼센트의 정확성을 갖고 있었다.

'연옥'의 마지막 페이지: 1315 ± 7년, 1년 내에 15퍼센트 정확성, 7년 내에 75퍼센트의 정확성을 갖고 있었다.

'천국'의 마지막 페이지 이전에 나오는 마지막 양피지 조각: 1320 ± 5년, 1년 내에 20퍼센트 정확성, 5년 내에 90퍼센트의 정확성을 갖고 있었다.

'천국'의 마지막 페이지: 1316 ± 6년, 1년 내에 15퍼센트 정확성, 6년 내에 85퍼센트의 정확성을 갖고 있었다.

그리고 우리는 시카고로 향했다.

그곳 실험실에서 일하는 과학자들은 세계 최고의 위조 감별자로, 어떤 미미한 반증 자료만 있어도 반대 입장을 취한다고 할 수 있다. 그곳 실험실에 들어오는 모든 것은 일단 위조로 간주되고, 그것이 위조임을 입증하기 위해 고안된 고도로 복잡한 실험을 순차적으로 진행한다. 가장 기본적인 실험에서 가장 정교한 분석 실험으로 넘어갈수록, 모든 위조 혐의를 통과하게 되는 것이다.

시각적인 검사.

적외선 현미경 검사.

필적의 특징으로 추정되는 연도나 기원 연도가 일치하는지를 인증하는 검사.

잉크의 특징으로 추정되는 연도나 기원 연도가 일치하는지를 인증하는 검사.

잉크 투과 검사: 잉크가 정확한 각도와 흡수되는 성질에 맞추어 양피지 위에 그리고 양피지를 통해 투과되었는지, 그리고 잉크 주변의 노란색 얼룩이 추정

되는 연도와 추정되는 페이지와 일치하는지를 인증하는 검사.

동일한 시간과 장소에서 발견된 역사적 자료를 시각적, 화학적, 기술적으로 비교하는 검사.

추적 원소 검사.

잉크 안료로 사용된 식물 염색제에 대한 화학적 검사.

전기 스캔 현미경 검사.

에너지를 분산하는 엑스레이 분광계 검사.

색층 분석 검사.

편광 현미경 검사.

어떤 상황에서도, 나를 제외한 어느 누구도 그 친필 원고의 소유권을 주장해서는 안 된다는 확신을 얻게 되었다.

뉴욕으로 다시 돌아왔을 때는 무더위가 최악의 상태로 치닫고 있었다.

나는 모든 걸 현금으로 바꾸었다. 은행 예금, 주식 등 모든 것을.

애리조나로 떠나기 전, 나는 스트리블링에서 일하는 친구 브루스에게 전화를 걸었다. 우리가 같이 거래하는 회계사와 변호사에게 전화를 걸어 내 아파트 소유권을 그들 두 사람 가운데 한 명의 명의로 이전하고 현금화할 수 있는 방법을 찾아보라고 말했다. 나는 모기지론이나 다른 대출이 없었다. 나는 아파트가 누구의 명의로 되어 있는지도 몰랐다. 술집에 앉아 있지만 어느 술집에 앉아 있는지도 모르고, 증서나 권리증 대신 100달러짜리 지폐로 100만 달러의 현금을 소지한 채 앉아 있다. "내가 연락할게." 나는 브루스와 다른 두 사람에게 그렇게만 말했다. "더 이상은 말해 줄 수 없어."

그리고 조수 미셸에게 전화를 걸었다. "내가 연락할게. 더 이상은 말해 줄 수 없어." 그녀에게 그렇게만 말했다.

현금 100만 달러는 무거웠다. 나는 회계사에게 전화를 걸어 밀라노에 있는 줄리에타의 계좌로 송금하라고 말했다.

"내가 연락할게요." 나는 그에게 말했다. "더 이상은 말해 줄 수 없습니다."

나는 줄리에타에게 전화를 걸어 양도 증서 번호를 가르쳐 주었다.

"내가 연락할게." 나는 그녀에게 말했다. "더 이상은 말해 줄 수 없어."

어쨌든, 내가 죽으면 그녀가 돈을 갖는 편이 더 나을 것이다.

나는 피자를 주문하고 바흐의 〈첼로 소나타〉를 듣는다.

피자를 먹고 롤링 스톤스의 〈점핑 잭 플래시〉를 듣는다.

주변을 둘러본다.

아, 내 담당 사서. 이 대단한 장서.

나는 새로운 책을 살 것이다.

묘지에는 독서용 램프가 없다.

이 모든 것. 이 모든 소중한 것들. 이 모든 소중한 사람들.

이런, 젠장.

이런, 빌어먹을.

제발 날 좀 살려주세요.

나는 잠시 꾸벅꾸벅 졸다가 잠에서 깨어난다. 빛이 이상해 보인다. 밤이 오는 걸까 아니면 새벽이 밝아 오는 걸까?

가방은 이미 꾸렸다.

몇 시간 후에 루이와 레프티, 조 블랙을 만날 것이다.

〈점핑 잭 플래시〉의 볼륨을 높인다. 커피를 마시고, 안정제를 먹고, 뜨거운 물을 받아 목욕을 하고, 면도를 한다.

이 긴 옷을 입은 지도 20년이나 되었다.

대부분의 부정한 놈들이 그렇듯, 레프티는 뒈지지도 않는다.

나는 음악을 끈다.

조 블랙의 책상 서랍에는 아마 총이 들어 있을 것이다.

주변을 둘러보자 울고 싶어진다.

루이의 모습이 유령처럼 보인다.

안정제 한 알을 더 먹는다.

서랍에서 총을 꺼낸다.

일 때문에 베네치아 근처로 왔을 때, 그는 노인이 지내고 있는 작은 방에 잠깐 들러야 했다.

그는 젊은 시절의 허영을 바다로 흘려보낸 이야기와 그때 느꼈던 숨결에 대해 허심탄회하게 이야기했다.

노인은 그의 심정을 이해한다고, 그의 생각에 동의한다고 했다.

"모든 말은 자신을 표현하고 다른 사람과 의사소통을 하려는 필요에서 태어나는 법이지." 노인이 말했다. "예전에 말했듯이, 알파벳의 기원이 된 모든 고대 문자와 소리에는 초자연적인 가치가 있다네. 따라서 라틴어에는 숭고한 섬세함과 단정적인 강력함을 전달하는 정확성이 있고, 라틴어의 기본적인 요소는 더 오래된 고대 히브리어보다 덜 강력하지. 자네가 간절한 심정으로 날 찾아온 건 그 힘을 알았기 때문일 걸세.

하지만 이 점을 곰곰이 생각해 보게. 고대 히브리어 첫 번째 문자의 첫 번째 소리는 알레프(aleph)로 시작하는 아(ah)인데, 바로 한숨을 내쉬는 소리지.

이것은 그리스어 첫 번째 문자인 알파(alpha)의 아(ah)도 마찬가지이고, 다른 여러 언어도 마찬가지이지. 모두 라틴어의 첫 번째 문자인 아(ah)에서 파생

된 것으로, 이탈리아어와 프랑스어 등 여러 언어의 첫 번째 문자가 모두 아(ah)로 발음된다네.

모든 언어는 말로 표현할 수 없는 것을 표현하려는 시도에서 새어 나오는 한숨 소리 아(ah)로 시작된 것이지."

산들바람, 숨결 그리고 영혼.

"아우라(Ah-ura). 아누무스(Ah-numus). 아누마(Ah-numa). 그 모습 안으로 들어기려 하고 말로 표현할 수 없는 신성한 것을 알고 경험하려 애쓰지만, 모든 언어는 결국 헛되이 끝나고 말지.

복음서에는 '태초에 말씀이 있었으니'라고 나와 있지. 그리고 그 말씀은 초자연적이고, 무에서 시작되었고, 소리가 없으며, 그 말씀에서 사람들은 영원성을 보는 것이라네." 그는 자신이 말했던 산들바람 같은 한숨을 천천히, 아름답게, 경이롭게 내쉬었다. "그 말씀은 바벨탑에 쌓아 올린 모든 언어 가운데, 이 세상에 존재하는 신의 목소리가 다시 울려 퍼지는 메아리일 것이네.

파롤라 프리마 파롤라 울티마(P*ahrola* prim*ah*, p*ahrolah* ultim*ah*, 최초의 언어, 최후의 언어)

트리니타(Trinit*ah*, 삼위일체)

아우라(*Ahurah*, 바람)

아니마(*Ahnimah*, 영혼)

스피라(Spir*ah*, 정신)

소스피라(Sospir*ah*, 한숨)

디비니타(Divinit*ah*, 신성)

포에티아(Poeti*ah*, 시)

베아타(Beat*ah*, 행복)

비타(Vit*ah*, 인생) 노스트라 비타(Nostr*ah* vit*ah*, 우리의 인생)

사크라(Sacr*ah*, 성스러움)

스텔라(Stell*ah*, 별)

202

아스트로노미아(*Ah*stronomi*ah*, 천문학)
아스트롤로기아(*Ah*strologi*ah*, 점성학)."

그는 산들바람 같은 한숨을 내쉬며 각 단어의 마지막 모음을 오랫동안 아름답고 천천히 발음했다. 그의 한숨 소리는 무에서 와서 무로 가는 것 같았다.

"예전에 말했듯이, 성서는 종교에 대해서는 아무런 언급이 없고 다만 구원과 지옥에 대해 말하고 있네. 이 글에 진실과 빛, 비밀이 놓여 있네. 그것은 교회와 성전이네. 그리고 이러한 이유 때문에 세속적인 교회와 그리스도의 이름을 가진 더러운 성직자 계급 제도는 양피지에 적힌 성서로부터 멀어졌다네. 마음속에 진정한 교회가 있다면, 교회를 상업적으로 만든 사람들을 떠받드는 것 이외에 교회가 있을 필요성이 없다네.

그 외에도 많은 것들이 있네. 유대인이나 기독교인이 발표한 모든 연구 보고에 나오는 다양성, 종교 교리 등의 단어는 기독교가 고수해 온 성서나 다른 책에선 찾아볼 수 없네. 〈창세기〉에서 〈요한 계시록〉까지, 어느 곳에도 종교에 관한 언급은 찾아볼 수 없네.

우리가 종교라고 부르는 것은 성스러운 장소나 물건을 뜻하는 라틴어 렐리지오(religio)라는 이교도적인 개념이 타락한 것에 지나지 않네. 그것은 우리 안에 있는 성스러운 곳이나 물건, 영혼의 빛을 가리킬 때 쓰는 말이지. 이교도가 되거나 이교도에 관해 이야기하지 않도록 올바르게 사용해야 하네. 모든 우주와 만물에 대해서도, 모든 원소와 그것의 원자에 대해서도 올바로 사용해야 하는데, 왜냐하면 신이 창조한 것이므로 모두 신성한 장소이고 신성한 물건이기 때문이네. 하지만 인간이 만들어 낸 것을 신성하다고 여기는 것은 이교도적인 망상에 빠지는 것이라네.

그러므로 유대인과 기독교인들의 오래된 종교와 새로운 종교가 이교도적으로 분리된 과정을 모두 없애야 하네. 종교는 오직 하나뿐이고, 그것은 우리의 마음속에 있고 우리를 에워싸고 있지. 모든 것의 신성함, 우리를 존재하게 하고 다른 이에게 주고 함께할 수 있도록 허락하는 이 호흡의 신성함.

그런 거라네."

노인은 다시 천천히 고개를 끄덕였고, 잠시 후 다시 말문을 열었다.

"예수아라는 이름의 유대인, 스스로를 메시아라 주장했고 이방인들도 그렇게 부르며 숭배했던 인물.

그가 했던 아름다운 말을 보면 의심의 여지가 없네. 그가 행했던 일련의 기적에 대해서는 전설적인 거짓말 혹은 마법사가 마법을 부린 것 같은 느낌이 드네. 결혼 연회장에서 마법을 부리고, 죽어서 부패한 시신을 다시 일으킬 신이나 성자가 있겠는가? 그런 일은 신이 하는 일이 아니라네. 그런 일은 신성한 자들이 하는 일이 아니라네.

그가 했던 아름다운 말은 그 자신에 대한 말이 아니었다네. 그는 문자를 모르는 평범한 이들에게 처음으로 위대한 웅변가의 모습을 보여 주었네. 그가 인간의 모습으로 강림한 신이 아니었다면, 그는 완벽하고 이상적인 겸손의 수사학의 현현이었을 것이네.

또 그가 했던 말의 신비로운 힘은 어떤 기교적인 수사학을 통해 불러일으킬 수 있는 것보다 훨씬 더 대단했네.

예전에 말했던 것처럼, 그는 오늘날까지 복음서에 남아 있는 말보다 더 많은 말을 했을 것이네. 몇몇 시리아인들이 그러한 복음서를 보존하고 있는데, 옛 시리아 말로 적힌 〈도마 복음서〉라 불리는 문서가 전해 내려오고 있지. 만약 신이 목소리를 내어 말을 한다면, 소리는 들리지 않고 모든 언어에 앞서는 언어일 것이네. 그는 〈도마 복음서〉의 비밀스러운 글을 통해 그렇게 했다네."

시인은 그 글을 보여 달라고 말하려 했지만, 노인이 먼저 그의 말을 막으며 말했다. "아니, 아니. 자네는 언어로 표현하는 시인이네. 무언의 시인이 될 때에야 비로소 이 성스러운 글에 어울릴 것이네."

시인은 노인이 말한 요점을 강조하지 않아야 한다는 걸 알았고, 옛 유대인의 뿌리 깊은 방식을 따라 오랫동안 잠자코 있었다. 옛 유대인의 오만함으로 여겼던 것을 마음 밖으로 몰아내려는 듯. 그 성스러운 글을 받아들일 준비가 되어 있든 그렇지 않든, 그는 자신이 시인이 아니라는 생각이 들었다. 그는 가벼운 미소를 지으며 아무렇지 않게 말했다. "아쉽게도 그런 날은 절대 오지 않을 것 같습니다."

노인의 얼굴에 파인 주름이 약간 움직였지만 미소 짓는 모습은 아니었다.

"더 이상한 날도 결국 왔다네." 노인이 말했다. "그리고 더 이상한 날도 앞으로 올 거라고 했네."

노인의 말 이후에 이어진 침묵이 어색했다. 그 말을 한 사람이 그 말을 듣는 사람보다 더 곰곰이 생각하는 것 같았기 때문이다. 침묵을 부드럽게 깨고 다시 말문을 연 사람은 노인이었다.

"그리고 예수아. 내가 찾고 있던 과정에 빛이 비쳤다네. 그 빛이 희미해진다는 느낌이 들어. 자네에게 이 수수께끼 같은 이야기를 해 보겠네. 예수가 십자가에 못 박힌 채 신에게 애원했던 말: 하느님 아버지, 왜 나를 버리시나이까?

자네가 '코메디아(commedia)'《신곡》의 원제목으로서 비극의 반대어인 희극이라는 뜻이다—옮긴이)이라고 명명한 것의 위대한 점은 무엇인가?"

시인은 희미한 미소를 지었다. 그 미소는 희미한 옛 기억에 대한 것도, 분명한 현재에 관한 것도 아니었다.

"잘 알 수는 없지만 올바로 이름 붙였다고 생각합니다. 그것은 나 자신과 자만에 관한 '희극'입니다. 그 '희극'을 쓴 나 자신과 나 자신의 광기를 그대로 비쳐 주는 수사학적인 거울입니다."

그 말과 함께, 그의 얼굴에 남아 있던 희미한 미소가 사라졌다.

"그럼 그 수사학적인 거울에서 무엇이 나올 것인가?" 노인이 물었다. "그것 역시 한밤중의 바다 폭풍우 때문은 아닌가? 우리가 이야기를 나누는 지금, 그 글의 일부는 이탈리아에서 읽히고 있고 프랑스어로도 전해졌다고 들었네. 자네를 추방한 도시도 이제 자네를 그 지역이 배출한 문인으로 주장하고 있다고 들었네."

시인은 지친 모습으로 별다른 생각 없이, 숨도 거의 쉬지 않고 짧게 말했다.

"나는 모릅니다."

그는 자신은 모른다고 사실대로 말했다. 그가 말하면서 내쉰 지극히 짧은 숨은 고요한 물속에 있는 조약돌 같았다. 그는 자신의 장대한 '희극'을 쓰는 데 네 번의 계절, 아마 그 이상의 시간을 보냈을 것이다.

그가 감히 보지 못했던 것들, 글의 시작과 끝 그리고 아름다움과 강인한 힘이 느껴지는 몇몇 구절은 이제 자신을 넘어선 것 같은 느낌이 들었다. 그는 펜을 다시 들 수 있는 영감을 얻기 위해 종종 그 시작과 끝과 몇몇 구절을 보았지만, 자신이 쓴 글을 보고 뒤로 물러날 뿐 아무런 효과도 없었다. 오히려 글의 시작 과 끝, 몇몇 구절을 볼 때면 그저 글을 음미할 뿐이었다.

글의 다른 부분을 보거나 볼 수밖에 없을 때, 새로운 것을 찾게 될 거라는 영 감에서든 혹은 스스로를 채찍질하는 과정에서든, 운율이 잘못되었거나 억지로 끼워 맞춘 부분만 눈에 띄었다. 조악하고 속세적인 것이 대부분이었고 위대하 고 영원한 것은 거의 없었다. 가볍고 수사학적인 표현은 많았지만 격정적인 영 혼의 울림을 담아낸 것은 거의 없었다. 사나운 폭풍우가 몰아치고 광기 어린 오 묘한 달빛이 비치던 그날 밤, 그의 글을 적은 양피지를 탐욕의 거친 바닷물에 날려 보냈던 그날 밤처럼 리듬에 사로잡힐 수만 있다면! 그럴 수만 있다면 그 속에 시가 들어 있을 것이다. 그 순간의 절정과 의미를 잡아서 손에 움켜쥘 수 있 다면, 그리고 그 운율을 자기 글의 운율로 만들 수만 있다면! 그가 글을 시작하 고 끝을 맺으며 울었던 울음소리가 파도처럼 높이 솟아오를 수만 있다면!

그것은 얼굴을 붉히는 호전적인 구름의 노래, 소나무와 야생화를 지나는 바 람의 힘의 향기의 노래, 죽음을 피할 수 없는 운명의 눈물로 이루어진 바다의 바닷물과 소금이 물보라를 일으키는 노래였다. 사나운 폭풍우가 몰아치던 그날 밤처럼, 그의 시는 운율의 파도 속으로 힘껏 나아가면서 스스로 탐닉하고 끊어 졌다. 더없는 행복감과 광포함이 춤을 추고, 잔인함과 지복(至福)은 무지와 흑 요석과 진주로 장식한 강철 위에 함께 놓여 있었다. 운율을 세게 내려치는 쇠망 치 아래에는, 거기서 나오는 불꽃 튀는 먼지가 섬세한 운율의 빛에 어울려 소용 돌이쳤다. 그가 짐승 셋을 원과 구 사이를 통해 야생으로 돌아가게 할 수만 있 었다면. 그가 사냥개(단테의 《신곡》에 나오는 동물로, 악마를 지옥에 떨어뜨리는 동물—옮긴이)를 자신의 길잡이로 삼았더라면.

하지만 그는 학생처럼 연습했고, 신이 일으킨 거센 비바람이 아닌 자신의 의도와 생각에 얽매였다. 그는 자신이 신을 위한 도구로 사용되는 걸 허락하지 않았다. 아무런 토대도 없는 산술적인 지푸라기 같은 사소하고 어리석은 구조에 매달리고 신과 우주 만물의 숨결이 흩어지지 않고 자신이 만든 비전에 담길 거라 생각했던 것보다 더한 바보짓은 없다는 걸, 그는 이제야 알았다.

그는 자기 안에서 새롭게 하려고 했다. 하지만 그렇지 않았다. 그는 자기 안에 있는 신에게 주의를 기울이지 않았다. 그리고 자기 안에 없는 신에게 주의를 기울이지 않았다. 그는 하늘에 주의를 기울이지 않았다. 그는 오만과 맹목으로 신 안에 있다고 착각했던 자신에게만 주의를 기울였다. 그 안에 있던 신은 그를 통해 글을 썼고, 글의 시작과 끝을 쓴 다음 그의 몸 밖으로 나가 버렸다.

"나는 모릅니다.

당신이 던져 준 수수께끼를 곰곰이 생각하고 또 생각해 보았지만, 도저히 풀수가 없습니다."

"수수께끼라……." 노인이 겨우 생각났다는 듯 말했다. 그런 다음 그의 목소리가 방금 쌓아 올린 무덤을 쳐다보는 듯한 목소리로 갑자기 바뀌었다. "아, 그 수수께끼."

"그렇습니다. 대답이 떠오르지 않습니다. 그 수수께끼를 듣고 곰곰이 생각해 보니 불경스러운 생각이 떠오르는 위험한 지점에 이르렀습니다."

"그렇다면 대답은 알지만 감히 그것을 입 밖으로 내지 못하는 게로군."

석조 바닥을 내려다보고 있던 시인은 고개를 들어 다른 데를 쳐다보다가 노인의 눈빛을 바라보았다.

"맞아, 자네는 알고 있어." 노인이 시인과 눈빛을 마주치자마자 말했다.

"대답은 스핑크스가 낸 수수께끼의 답과 똑같습니다. 대답은 사람입니다."

시인은 천천히 고개를 가로저으며 시선을 석조 바닥으로 향하다가 다시 정면을 응시했다.

"사흘째 되던 날, 그는 죽은 자들 사이에서 일어났네. 도대체 그는 왜 사람들이 볼 수 있도록 죽은 자들 사이에서 일어났겠는가?"

시인은 서둘러 대답하지 않았다. 머릿속에 떠오른 대답이 어린아이의 대답처럼 유치한 것 같았기 때문이다. 하지만 그는 신념을 갖고 그대로 대답했다.

"자신이 그리스도임을 사람들에게 보여 주어야 했기 때문입니다."

"그를 그리스도라고 생각했던 사람들의 믿음은 충분하지 않았겠나?"

"그것은 맹목적인 이단입니다. 당신은 유대인의 입장에서만 말하고 있습니다."

"그리고 그는 승천했네."

"그리고 그분은 승천했습니다."

"영혼으로 승천했나 아니면 육신으로 승천했나?"

"그것은 말하지 않았습니다."

"자네는 뭐라 말하겠는가?"

"나는 말하지 않겠습니다."

"자네가 아는 것을 내게 말하고 싶지 않아서인가 아니면 모르기 때문인가?"

"모르기 때문입니다."

"그럼 어땠을 거라는 느낌인가?"

"영혼만 승천했을 것 같습니다."

"천국으로 갔단 말이지?"

"네, 사흘째 되던 날, 죽은 자들로부터 일어나 승천하시어 신의 오른편에 섰습니다."

"그렇다면 그것이 바로 자네가 그 위대한 글, '희극'에 쓴 천국인가?"

"아닙니다. 나 자신으로부터 우러나온 것을 썼습니다. 환하게 빛나는 빛을 보고, 눈에 보이지 않는 곳에서 불어오는 산들바람 속에 묻어 온 알 수 없는 꽃잎과 소나무 향기에 사로잡혀, 밝게 빛나고 꿈도 꾸지 않는 경이로운 밤을 지새우며 썼습니다."

시인이 여덟 개의 하늘과 아홉 번째 하늘에 대해, 자기 안으로 온전히 들어왔던 무한한 하늘에 대해, 자신이 작품을 썼다는 사실에 대해 다른 사람에게 말한 건 그때가 처음이었다.

"그 천국만으로는 자네에게 충분하지 않나?"

시인은 잠시 아무 말도 하지 않다가 차분하게 힘주어 말했다. "네, 충분하지 않습니다."

"천국과 지옥은 자네 종족의 성서와 교의에 큰 부분을 차지하지만 우리에게는 그렇지 않네. 우리는 이곳 이승에서, 신이 우리에게 주신 선물 안에서 지옥을 발견하지만 천국을 더 자주 발견하지."

시인은 노인을 바라보며 다시 차분하게 힘주어 말했지만, 이미 모든 말을 다 해 버린 듯한 모습이었다.

"우리가 예수라고 부르는 그분이 신이었다고 믿습니까?"

유대인 노인은 지체하지 않고, 차분하게 힘주어 말했다.

"그렇다네."

시인은 그를 꼭 끌어안아 주듯 그를 바라보았다.

"그렇다면 당신은 기독교인이군요."

"그렇지 않네."

"그가 당신네 종족을 구원하러 온 구세주라고 생각하면서 어떻게 그를 믿지 않는다 할 수 있습니까?"

"나는 이렇게 대답하겠네. 나는 예수아라는 이름의 그 유대인과 마찬가지라고, 자네도 신이라는 믿음을 갖고 있다고. 그리고 나는 이렇게 대답하겠네. 이 세상에서 숨 쉬는 모든 존재가 신이라고. 그리고 무엇보다, 나는 이렇게 대답하겠네. 그러한 믿음은 우리가 갖고 태어나는 것, 시간과 장소에 따라 비록 형태는 다르지만 자신에게서 잘라 내지 못하는 신체의 일부분과 같은 거라고. 자네의 영혼 혹은 내 영혼이 아랍에서 첫울음을 터뜨렸다면, 자네 혹은 나는 회교도가 되었을 것이네.

자네의 영혼 혹은 내 영혼이 아주 오래전 칼데아 왕국에서 태어났다면, 이상한 신들 앞에 무릎을 꿇지 않았겠는가? 자네가 보다시피, 나는 유대인이라는 가면을 쓰고 이 세상에 태어났고 자네는 한때 여러 신을 숭배했지만 결국 자신을 신이라고 주장한 유대인 예수를 숭배하게 된 종족의 일원으로 토스카나 지방의 특징을 갖고 태어났네." 노인은 부드러운 미소를 지으며 시인을 바라보았다. "자네 코를 보면······." 노인이 좀 더 가벼운 어조로 말했다. "십자가에 못 박힌 자와 십자가에 못 박은 사람의 피가 섞여 있는 걸 알 수 있다네." 그 말을 들은 시인의 시선에는 아무런 변화도 없었다. 시인의 시선은 이상한 저주를 받은 것 같기도 했고 누군가를 저주하는 듯하기도 했고, 둘 다인 것 같기도 했다. 노인의 목소리에는 다시 위엄이 어려 있었다. "〈창세기〉를 믿는다면, 우리 모두는 한 부모로부터 전해져 내려온 똑같은 후손이라는 사실도 믿어야 하네. 우리들 사이에는 아담이 하와를 만나기 전 다른 동반자가 있었다고 믿는 사람이 있다네. 나는 신이 남자와 여자를 하나로부터 창조했다고 믿네. 이것과 반대되는 내용은 〈창세기〉에 나와 있지 않네. 신이 하루에 태양과 별을 창조하고 다른 날에 빛과 어둠을 창조한 것처럼, 빛과 어둠은 낮과 밤과는 다른 것이 틀림없네. 빛과 어둠은 바로 영혼의 빛과 어둠을 뜻하는 것임에 틀림없네. 나는 신이 남자와 여자를 창조한 것은 하나의 영혼을 둘로 나누어, 다른 한쪽이 없으면 어느 한쪽도 존재할 수 없는 존재로 창조한 것이라 믿네. 남자가 여자를 갈망하고 여자가 남자를 갈망하는 것은 각자 잃어버린 부분을 찾기 때문이라네. 한때는 하나였던 온전한 것을 되찾기 위해서이지.

남자가 여자를 바라볼 때는 자신을 바라보는 것이고, 여자가 남자를 바라볼 때는 자신을 바라보는 것이네. 신은 남자도 여자도 아닌 온전한 하나의 존재이고, 그 온전한 신의 모습은 바로 우리 안에 있다네. 우리는 신을 남성이라 여기는 어리석음을 범하고 있는데, 바람이라는 단어를 남성 명사로 규정한 것과 마찬가지이지. 하지만 이상하게도 우리의 모국어는 바람을 여성 명사로 여기고, 지혜를 뜻하는 소피아(sophia)나 사피엔티아(sapientia)도 여성 명사로 여기지. 그리고 벌벌 떠는 삼라만상(mysterium tremendum)은 중성 명사이지."

시인은 소용돌이치는 듯한 노인의 이야기에 정신을 잃은 듯, 질문에 대답하라는 요구를 받았을 때 무슨 말을 해야 할지 몰랐다.

"성별이 없는 것을 각각 성별이 다른 두 존재로 만들었는데······." 대답하라는 노인의 요구가 시작되었다. "'여자여, 내게서 떠나라. 내가 너를 알더냐?'라며 유대인이 자신의 근원이 되는 자궁을 지닌 여성에게 가혹하게 대하는 것은 어떻게 설명할 수 있겠나?"

잠시 후 노인이 다시 물었다. "그것은 사랑의 말인가?"

시인이 잠자코 있자 노인이 단언했다. "그가 모두에게 했던 말은 현명했네. 하지만 예수는 종종 제정신이 아닌 마법사처럼 말하기도 한 것 같네." 시인이 계속 잠자코 있자 노인이 단언했다. "자네 종족이 숭배하는 예수의 말은 십자가에 못 박혔을 때 했던 말과 마찬가지로 신중하게 생각해야 하네."

두 사람 모두 침묵을 지켰고, 그 침묵은 꽤 오랫동안 지속되었다.

"자네가 쓴 기나긴 시의 궁극적인 소리, 시의 마지막을 내게 알려 주게."

"어떤 모습이나 소리가 아닌 나 자신이 그 말을 보았고 그 말을 소리 냈습니다. 미완성으로 남아 있던 것을 오래전에 마쳤다는 사실을 사람들에게 알려서는 안 됩니다."

"자네가 창조한 것을 부끄러워해서는 안 되네. 우리의 운명은 우리가 숨을 내쉬기 이전에 이미 정해지는 법. 게다가 우리의 맹세는 죽음을 걸고 하는 맹세임을 기억해야 할 것이네. 자네가 한 말은 절대 누설하지 않고 비밀로 지키겠네."

"그렇다면 무엇을 바라는 겁니까?"

"난 자네가 본 것을 보기 바라네."

시인은 무언가를 말하려는 것처럼 입술을 살짝 벌렸다가 이내 다물어 버린 다음, 자신의 심장 박동에 귀를 기울였다. 잠시 후 그가 다시 입을 열어 말했다.

"그렇다면 눈을 감고 보십시오." 시인은 부드러운 목소리로 명했다. "내 기억 속에 선명하게 새겨져 있으니까요."

노인이 눈을 감자 시인도 눈을 감았다. 그렇게 두 사람은 그들만의 어둠 속에 앉아 있었다. 시인은 침묵이 어둠을 가라앉히기를, 그 고요함 속에서 시가 나오기를 기다렸다.

오로지 당신 안에서만 홀로 계시는 영원한 빛이시여!
스스로에게만 알려지고 스스로만을 아시는 당신은
알고 알려지면서 사랑하고 빛을 내십니다.

그렇게 당신 안에 비친
빛으로 나타난 그 원을
내 눈으로 바라보았습니다.

스스로 안에서, 스스로 색감으로 물들어
우리의 형상으로 그려졌으니,
내 시선은 온전히 그것에 멎었습니다.

원을 측정하려 고심하는 기하학자가
애써 보지만 결국 해내지 못하고
자신의 마음대로 생각하듯이

새로운 모습을 본 나도 그러했습니다.
그 형상이 어떻게 들어맞는지
어떻게 자리 잡는지 보고 싶었습니다.

내 날개는 거기 오르기엔 미약했지만
광휘로 깨어난 내 정신은
원하던 것을 이루었습니다.

환상은 그 힘을 잃었지만
내 소망과 의지는
일정하게 움직이는 바퀴처럼 이끌렸습니다.

시인은 잠시 말을 멈추었고 그의 부드러운 목소리는 조용히 잦아들었다.

태양과 다른 별을 움직이시는 사랑에 의해. (단테의《신곡》천국 편의 마지막 곡인 33곡의 마지막 8연에 해당한다—옮긴이)

별들이 사람들의 마음속에 건네는 속삭임처럼 침묵을 열망하며, 시인은 마지막 소리를 길게 내쉬었다. 그 소리에서 길게 이어지는 한숨 소리는 언어에서 무언으로, 인간에서 신으로 향하는 숨결을 담고 있는 듯했다. 무한하고 경이롭고 말로 표현할 수 없는 모든 것을 포용하려는 영혼의 욕망인 산들바람의 속삭임.

노인의 얼굴에는 아무런 표정이 없었다. 잠시 후 그의 표정은 진지해졌고, 시인이 노인을 바라보았을 때 그는 눈을 감고 있었다. 노인이 거대하고 섬세한 속삭임에 태어나듯이 숨을 깊이 들이쉬자, 그 마법의 손길이 그에게서 점차 사라지는 것 같았다. 말을 하는 동안에도 그의 눈은 여전히 감겨 있었고, 목소리는 침묵을 깨기보다는 침묵을 존중하기를 바라듯 부드럽고 나지막했다.

"자네의 시가 불러일으키는 환영은 천국의 빛에 감싸인 채, 낭랑하고 아름답게 운율이 울려 퍼지는 신성한 바다에서 우아하게 걸어 나오는 아프로디테의 발걸음 같네."

시인은 지금껏 직접 말을 통해서든 문서를 통해서든 그보다 더 심오한 칭찬을 들어 본 적이 없었다. 하지만 노인의 말은 아직 끝나지 않았다.

"신은 자네에게 숨결을 불어넣었고, 그 숨결이 자네를 통해 나온 것이네. 신은 말로 표현할 수 없는 것의 베일을 부드럽게 들어 올릴 수 있도록 자네에게 허락했고, 자네는 섬세하고 부드러운 말로 그걸 옮겨 적었네. 자네는 신으로부터 선택받았고 신의 뜻대로 잘 해냈네."

기쁨에 넘쳐 자부심이 강해진 시인은 마음속에 담고 있던 시구를 큰 소리로 말하지 않을 수 없었다. 다양하고 미세한 모음과 운율의 흐름, 그리고 지구가 태양과 다른 별들 사이를 움직인다는 이교도적인 생각을 불러일으키지 않은 마지막 시행.

"어느 완벽한 하늘은 얼핏 스치는 표정이나 색조의 변화에 따라 다른 하늘이 될 수 있고, 어느 하루의 완벽한 새벽이 수천 수만 일이 지난 후 완벽한 황혼 녘이 되기도 하지. 하지만 인간의 영혼을 통해 불러온 신성은 그렇게 끝없이 변화할 수 없지. 인간이 만들어 낸 언어의 운율은 그 변화와 색조와 채색의 움직임에 한계가 있기 때문이네. 자네는 신을 위해 일했고 힘들게 견뎌 냈네. 그렇게 받아들이게.

영혼을 구원하는 동안 시체를 교수대로 이끄는, 땅을 벌벌 떨게 만드는 마지막 시구는 가장 이상하고 사랑스러운 죽음의 순간이네. 그리고 신비로운 힘을 지닌 신의 숨결이 자네 몸속에 들어왔고, 자네가 신을 위해 일하고 힘들게 견뎌 냄으로써 밖으로 나온 것이지."

"당신이라면 견디겠습니까?"

"모르겠네. 써 본 적이 없기 때문에 죽음을 앞둔 지금도 알 수 없다네. 그건 자네처럼 신의 말씀을 그대로 옮긴 사람만 알 수 있겠지. 예전에 말했던 것처럼 선택은 간단하네. 거짓을 말하고 지옥으로 가는 형벌을 받거나 아니면 진실을 말하고 십자가에 못 박히거나.

아침 햇살이 밝거든 나를 찾아오게. 그러면 자네의 재능에 나도 재능으로 화답하기 위해 애써 보겠네.

자네는 한숨 속으로 들어왔네. 자네는 시(詩)가 되었네.

자네는 내가 말했던 언어, 금지된 〈도마 복음서〉의 비밀스러운 언어의 경지에 이르렀네. 자네가 알고 싶어 하던 것을 드디어 알게 된 것이네."

그러고 나서 그는 장서가 꽂혀 있는 서가로 향했다. 노인이 발걸음을 멈추었을 때 시인은 그가 유일하게 잠가 둔 책을 집어 들 거라고 확신했다. 하지만 노인은 임시변통으로 대충 만들어 박음질도 허술해 보이는 가장 오래된 책을 집어 들었다. 그는 선 자세로 페이지를 넘기더니 펼쳐진 책을 두 사람 사이에 놓인 긴 의자에 두고 자리에 앉았다.

이상한 시리아어로 쓰인 글은 짙은 검은색 잉크로 기품 있어 보였다. 노인이 소리 내어 읽으며 집게손가락으로 글을 가리켰는데, 글을 끊어 읽기보다는 기억이 끊기는 것처럼 간혹 손길을 멈추곤 했다. 그는 책에서 잠시 눈을 떼고 예수가 말했다는 아람어 방언으로 쓰인 부분을 부드럽게 가리켰다. 그는 자신이 아는 한, 그 글은 그리스어나 라틴어 혹은 히브리어로 번역된 적이 한 번도 없다고 했다. 그는 라틴어가 아닌 일반인이 사용하는 속어로 말했다.

"'네 안에 있는 것을 끄집어내면, 네가 끄집어낸 것이 너를 구원할 것이다. 네 안에 있는 것을 끄집어내지 않으면, 네가 끄집어내지 않은 것이 너를 파멸에 이르게 할 것이다.'"

이튿날 날이 밝자, 시인은 자신을 기다리고 있는 노인의 모습을 보았다. 검게 변한 강철 냄비에 담긴 귀리죽이 약한 불 위에 올려져 있었다. 짙은 황갈색의 포도주 병에는 비슷한 색깔의 증류주가 절반 이상 담겨 있었다. 아라비아 사람들이 하세시(ha-shesh)라고 부르는 양질의 증류주가 고상한 베네치아 스타일의 자그마한 유리잔 두 개와 함께 놓여 있었다. 그들이 앉아서 오랫동안 많은 이야기를 나눈 긴 의자에는 그들의 맹세를 말없이 지켜본 유일한 증인인 걸쇠와 자물쇠가 달린 책이 한 권 놓여 있었다. 그리고 책 위에는 주먹만 한 크기의 우툴두툴한 가죽으로 만든 주머니가 놓여 있었다.

냄비에서 올라오는 증기가 더 짙어졌고 계피 향이 방 안에 은은하게 퍼졌다. 아침 햇살이 황갈색 증류주와 유리잔에 부드럽게 빛났고, 노인의 초라한 골방은 감각이 살아 숨 쉬는 은신처처럼 변했다.

계피 향이 나는 귀리죽을 오목한 도자기 그릇에 옮겨 담아, 둘은 포만감이 들도록 배를 채웠다. 기분 좋을 만큼 충분히 먹었지만 과식하지는 않았다. 황갈색 증류주를 잔에 따르고, 노인이 먼저 잔을 들자 시인이 그를 따라 잔을 들었다.

"아침에 일어나 강한 술을 마시는 자에게 화가 있으라." 노인은 성서에 나오는 구절을 인용하며 말했다. 그러고는 시인을 바라보며 촌뜨기처럼 즐거운 표정으로 미소 지으며 술을 마셨고 시인도 그와 함께 술을 마셨다. 호흡을 길게 내쉬며 달아오른 불길을 끈 다음 노인은 걸쇠와 자물쇠가 달린 책과 우툴두툴한 가죽으로 만든 주머니가 놓인 긴 의자 한편에 앉았다. 시인은 의자 반대편 끝에 앉았다. 노인이 은근한 확신에 찬 것처럼 머리를 약간 기울였다.

"별." 그는 은근한 확신에 찬 것처럼 말했다. "별." 그는 지난밤 시인이 읊었던 시의 마지막 음을 계속 음미하듯 말했다. 그러고 나서 시의 마지막 부분을 간결하고 섬세하게 읊었던 시인에게 몸을 돌렸다.

"어젯밤 그 별을 보았나?"

시인은 보지 못했다고 고백했다.

"경이로웠다네." 노인이 말했다. "헤아릴 수 없을 만큼 많았다네." 그는 자신이 느꼈던 경이로움을 불러일으키듯 천천히 말했다. "헤아릴 수 없을 만큼 많았다네. 모든 숫자의 합을 넘어설 만큼. 신의 이름을 끝없이 속삭이듯이 그리고 신의 이름으로 태어난 모든 영(靈)과 힘 그리고 이름을 알 수 없는 신이었거나 혹은 신인 존재의 이름을 속삭이듯이. 그리고 떠돌다가 한곳에 모여 우주 삼라만상 안에 소용돌이쳤던 그리고 앞으로 소용돌이치게 될 모든 영혼이 속삭이듯이."

그는 그날 밤 별 아래서 들이마시던 공기를 다시 들이마시듯 숨을 깊이 들이마셨다. 그런 다음 눈을 감고 부드럽게 숨을 내쉬었다. 천천히 눈을 떠 시인의 눈동자를 쳐다보았을 때, 시인은 노인의 말과 호흡에 홀린 듯한 표정이었다.

"가장 경이로운 것은, 헤아릴 수 없는 이 무한함이 계속 변화한다는 사실이네. 그러므로 가장 깊은 지혜를 품은 헤라클레이토스와 같네. πάντα ῥεῖ. 여기에 한 영혼이 기한이 끝나 가는 몸으로부터 나오면, 저기에서 한 영혼이 빛을 발하며 아직 태어나지 않은 영혼 속으로 들어가지. 여기에 별 하나가 지구에 떨어지면 저기에 별 하나가 생겨난다네.

무한의 기하학은 지금껏 알려지지도 않았고 알 수도 없지. 하지만 그것은 우리의 주변을 돌고 우리를 관통하고 있으며, 우린 그것의 일부분이고 그것은 우리의 일부분이지."

하세시의 이상한 술기운이 서서히 시인의 몸에 올라오면서 노인의 말을 단순히 듣는 것 이상의 느낌이 들었고, 그가 느끼는 감정이 또 다른 감정을 불러일으켰다. 그리고 그 감정은 기이하고 풍요롭게 서로 한데 엮였다.

시인은 노인이 들려주는 이야기와 어제 저녁 노인이 해 준 칭찬을 떠올리며 헛된 자만심에 마음이 들떴지만, 마음속에서 서로 한데 엮이는 이상한 감정이 일자, 오랫동안 그를 지배해 온 의구심과 좌절감으로 괴로워했다.

이러한 의구심과 좌절감은 예전부터 노인의 방 안에 계속해서 감돌고 있었다. 하지만 풍요롭게 한데 엮이는 감정과 헤아릴 수 없는 깊은 감각, 가늠할 길 없는 웅대한 힘이 매혹의 어두운 이면에서 안개가 스며 나오듯, 어리석은 젊은 날에 대한 한탄을 불러일으켰다.

그는 학문적인 건축술에 미혹되어 쌓아 올린 자신의 '희극《신곡》'이 파멸이라 생각하고 또다시 자신을 저주하며 슬퍼했다. 그것은 본래 초월하는 모든 것에 대한 인과응보이자 원래 상태로 돌리는 것이었다. 그는 모든 생각과 자신의 생각이 저주받았다고 말했다.

그가 신의 형태, 형태가 없는 그것을 포용할 수만 있다면. 무한의 숫자와 한계, 숫자와 한계를 넘어서는 그것을 포용할 수만 있다면……

유대인 노인은 그가 두서없이 이야기하도록 내버려 둔 다음, 생각에 잠긴 눈길로 그를 바라보며 그를 침묵하게 했다. 노인의 눈길을 바라본 시인은 수치심이 들었다.

"그렇다네." 노인이 여유로운 한숨을 내쉬면서 말했다. "우리 두 사람은 자네가 3행 시절이라는 운율을 맞추기 위해 어리석은 기교를 부렸다는 걸 알고 있네. 내가 자네에게 이걸 주는 것은 그 때문이라네."

노인이 우툴두툴한 가죽으로 만든 주머니를 넘겨주었을 때, 시인은 주머니 안에 동전이 별로 들어 있지 않음을 곧바로 알아차렸다.

끈을 풀고 주머니 안에 손을 넣자 반짝이는 황금이 나왔다. 모두 합해 33플로린이었다.

"3으로 나눌 수 있는 금액이네." 노인이 여전히 생각에 잠긴 표정으로 미소 지으며 말했다.

"내가 지난 몇 년간 사람들에게 가르침을 전하며 받은 금액에서 십일조를 한 것보다 훨씬 더 큰 금액이지."

노인은 손을 내젓더니 얼굴에 웃음을 지우며 진지한 어조로 말했다. "이 돈은 자네가 내 시신을 몰래 훔쳐야 하는 노고를 덜어 줄 것이네."

시인은 아무 말도 하지 않았다. 금은 금이었다. 그리고 그것은 그가 지금껏 가졌던 금 이상의 것이었다.

"책을 쓰는 사람은 책을 쓰기 위해 피를 흘리지." 노인이 말했다. "그리고 그 것을 파는 사람, 발행인과 서점 주인은 모두 그의 피를 마신다네. 항상 그래 왔지. 고대 로마 시인인 마르쿠스 발레리우스 마르티알리스가 짐짓 꾸민 태도로 말하지. '독자들이여, 그대들은 나의 재산이도다(Lector, opes nostrae).' 하지 만 나중에 그는 독자들의 환호와 명성에 대해 진심으로 이렇게 말한다네. '그게 무슨 소용인가? 내 지갑은 그것을 알지 못한다(Quid prodest? Nescit secculus ista meus).'"

시인은 천천히 고개를 끄덕이며 자신이 잊고 있던 그 말의 지혜를 떠올리곤 부드럽게 미소 지었다.

"옷 안에 넣어 두게." 노인이 말했다. "마르티알리스도 망설이지 않고 당당하 게 그랬을 것이네."

시인이 자신의 언어를 마음속에 가라앉히자, 허영과 모든 그릇된 반발심이 가라앉으며 순수한 상태가 되었다. 시인은 그처럼 순수하게 가라앉은 언어를 입 밖으로 내었다.

"감사합니다."

노인은 자신의 그림자가 거의 움직이지 않을 정도로 부드럽게 고개를 끄덕였 다. 그리고 걸쇠와 자물쇠가 달린 책에 손을 얹으며 정교하게 만든 자그마한 놋 쇠 열쇠를 그 위에 내려놓았다.

"황금은 앞으로의 여행 비용을 쓰는 것 이상의 가치가 있을 것입니다." 그가 말했다.

열쇠를 열고 성서 사본을 펼쳤을 때 시인은 또다시 말이 없었다. 가장 특이한 양피지 조각, 심하게 문지르고 부석(浮石)으로 닦아 진귀하지만 그가 봐 온 어 떤 양피지보다 더 두꺼워서 표지 너머로 각각의 페이지가 진주처럼, 구름처럼 은은하게 빛났기 때문이다. 책 안의 색조는 당당했고 첫 번째 오른쪽 페이지를 제외하고는 잉크 자국이 거의 없었다. 첫 번째 오른쪽 페이지에 남아 있는 잉크 는 햇빛에서 희미한 그림자로 옮겨도 검게 보일 만큼 짙은 검은 잉크였고, 유려한 아랍어 문자가 섬세하게 적혀 있었다.

مُناأسْكُنُ
عَلى الثَّلاثَة
في الثَّلاثَة
في الثَّلاثَة

그리고 그 아래에 영원한 트리나크리아(Trinacria) 기호가 섬세하게 그려져 있었다. 원형 안에 삼각형과 역삼각형을 겹쳐 유대인의 별을 만든 다음 그 중앙에 트리나크리아 형상을 그려 넣은 것이었다.

시인은 트리나크리아 기호에 대해 잘 알고 있었다. 시칠리아 영토를 가리키는 이 오래된 상징을 그는 자신이 쓴 책에 시칠리아를 언급하면서 오비디우스 풍으로 인용하기도 했다.

시인이 곧잘 그러듯이 손가락을 천천히 움직이며 페이지를 따라가자, 책의 신비로움은 고급 양피지에서 은은하게 풍기는 빛으로 인해 더 커져만 갔다.

"그의 죽음 이후 나는 온갖 소식을 들었다네." 유대인 노인이 말했다. "그의 죽음에 관한 소식은 점점 더 빈번하게 들려오네. 시리아와 아라비아 사막에 사는 사라센 사람들 그리고 스페인이나 포르투갈계의 유대인들에게서 소문이 들려오기도 하고, 베네치아 상인들의 배를 통해 서한으로 도착하기도 한다네. 어떤 사람은 그가 거의 2주 전에 혹은 보름달이 떴을 때 죽었다고 말할지도 모르지. 하지만 풍문으로 그의 무덤을 들은 자라면 그의 주검을 직접 보지는 못했을 것이네." 노인이 서적과 양피지 두루마리를 어렴풋이 가리켰다. "그가 죽음에 이르게 되면 그로부터 소중한 선물이 계속해서 도착할 것이네."

시인은 의아한 생각이 들었지만 아무 말도 하지 않았다. 그의 시선은 앞에 놓인 희미하게 빛나는 양피지에 고정되어 있었다. 노인이 원형 안에 삼각형과 역

삼각형이 겹친 상징물이 그려진 페이지를 마디 굵은 손가락으로 가리켰다. 손톱이 맹금의 발톱처럼 휘어져 있었다. 시인은 깜짝 놀라며 눈을 들어 노인의 눈동자를 똑바로 쳐다보았다.

"이곳이 바로 자네가 그를 찾게 될 곳이네." 노인이 말했다. "3 안에 든 3 안에 든 3."

시인은 그 페이지에 어린 기이한 빛을 유대인 노인의 눈빛 속에서도 보았다.

노인이 말했다. "3에 대한 어리석음에 빠지지 않는 사람에게 어울리는 재능을 갖고 있지."

노인은 그에 대해 자신이 말할 수 있는 것을 시인에게 말했다.

"우리는 파리에서 함께 공부했네. 세상에 대한 배움을 함께하던 그 당시에 그 수도원에서 여러 학파가 하나로 합쳤고, 토마스 아퀴나스는 비옥한 삼각주를 위트와 감각으로 연결하여 면밀히 조사한 사람 가운데 한 명이었지.

나는 이사야라는 이름을 얻었지만, 그는 어떤 이름으로도 통하지 않았네. 때문에 사람들은 수많은 이름과 수많은 기원에 대해 추측했지만 분명히 말할 수 있는 사람은 아무도 없었다네. 그가 어둠 속에서 모습을 드러내지 않고 말한다면, 사람들은 그를 유대인이나 아랍인 혹은 스페인인이나 프로방스인 혹은 이탈리아인으로 생각할 것이네. 혹은 고대 그리스 시대의 라틴어 연설자나 방랑 시인의 혼이 되살아났다고 여겼을 수도 있겠지.

우리 두 사람을 함께 묶어 준 것은 유대교의 신비 철학이었네. 그는 대단히 방대한 지식을 통해 모든 지혜를 알려 주며 나를 계몽해 주었다네. 피타고라스의 《기하학의 신비 철학에 관한 온갖 어리석음》, 기독교 신비 철학에 관한 모호한 논문들 그리고 아르테미도로스의 작품으로 알려진 희귀한 서책의 원본을 소유하고 있었고 그 외에도 여럿 있었다네.

우리를 플로티노스의 영역으로 이끈 것도 바로 그 사람이네. 우리는 《아이네이스》 전체를 읽는 데 1년이 넘는 시간을 보냈다네." 노인은 시인을 쳐다보며 거의 알아차릴 수 없을 정도로 희미한 미소를 지었다. "그리고 거기에 다시 등장한다네. 3이 세 번 겹치는 것이.

세상은 창조되었을까? 신이 혹은 조물주가 혹은 만물의 창조주가 숨결을 불어넣어 세상을 창조했을까? 세상은 영원할까? 죽은 후에도 인간의 영혼은 살아 있을까 혹은 영원한 것은 삼라만상의 영혼뿐일까? 우리가 해결하고자 했던 것은 시간과 공간에 관한 것처럼 신비로운 것들이었다네. 하지만 우리는 여느 사람들과 달리, 감히 당시 학문적인 영역을 넘어서는 것을 탐구했다네. 사람들에게 거의 알려지지 않고 거의 언급되지 않던 불가해한 지혜를 탐구했다네. 플라톤의 논리학은 '티마이오스'의 신비로움으로 이끌었고, '소크라테스의 마지막 꿈'이라는 진실하고 비밀스러운 구절의 아름답고 마법 같은 생각으로 이끌었다네. 그것은 모든 논리학뿐만 아니라 모든 사고에 대한 위협이었다네." 그는 눈을 감고 기억을 떠올리며 말했다.

"플로티노스는 우리가 모르는 세상으로 들어가는 교각 같은 것이었네. 그리고 우리는 그 교각을 건넜다네.

우리는 이사도르가 선택한 것으로부터 전해 내려오는 것을 배우기 위해 프로방스로 함께 여행을 떠났다네. 나는 그곳에서 히브리어 율법을 가르치며 유대 교회의 랍비로 일했지. 그도 우리와 함께 오랜 시간을 머물렀지만, 사실 그는 유대인이 아니라 아랍인이었다네. 내 아버지는 북부 스페인계 유대인이었고, 그의 아버지는 북아프리카 출신이었지. 하지만 그의 어머니는 아랍인 창녀였고, 형편이 닿는 데까지 그에게 젖을 먹이고 글을 가르쳤네. 그리고 시간이 지나 그에게 출생의 진실을 알려 준 것도 바로 그녀였다네." 노인은 또다시 거의 알아차릴 수 없는 희미한 미소를 지었다. "어느 날 저녁 함께 식사를 하던 중에 그가 잔을 높이 들며 하던 이야기가 기억나는군. 식탁에는 코란과 성서가 펼쳐져 있었지만 우리의 시선은 지평선을 넘어가는 태양을 향해 있었지. '지옥에 있을 내 신성한 아버지를 위해. 천국에 있을 내 죄 많은 어머니를 위해.' 그리고 이런 말을 한 적도 있다네. '예수가 자신을 동정녀의 몸으로 기적처럼 낳은 아들이라고 믿는 마리아를 왜 포용하고 저버렸는지 알 것 같네.'

하지만 이런 이야기는 본론을 벗어난 것이네." 그는 혼잣말처럼 중얼거렸다. "늙은이의 옛 생각은 영원히 잊혀야 한다네. 그를 찾고 그에 대해 더 잘 알고 싶다면, 그가 유대인이라기보다는 아랍인이라는 사실을 말해 두는 바이네.

예전에 말했듯이 우리는 랑그도크에 한동안 함께 머물렀다네. 하지만 우리 유대인들이 그곳에서 추방될 당시, 그는 떠났네.

그는 히브리어와 아랍어에 모두 정통할 만큼 언어에 대한 재능이 뛰어났는데, 가장 난해하고 섬세한 운문 형식으로 알려진 무와사바에도 정통했다네. 그리고 호메로스의 영웅 서사시에서 프로방스어로 쓰인 시까지 다른 모든 시에도 정통했네. 프로방스의 왕자와 영주들뿐만 아니라 먼 곳의 파리 왕족들도 그에게 배움을 청했는데, 궁정에서 제 나라 말로 시를 읽어 주기를 청했고 왕족 문서를 라틴어로 번역하는 일도 부탁했다네.

내가 베네치아에 도착했을 무렵, 그는 시칠리아 왕의 환심을 얻어 이미 프랑스를 떠났네. 그는 만년의 지혜가 가장 깊이 남아 있는 곳은 바로 시칠리아라고 늘 말했다네. 그는 계속된 정복자들이 그 땅의 다양한 피를 마셔 버렸지만, 그 땅의 숨겨진 진정한 영혼은 모든 정복자들을 합한 것보다 더 강한 상태로 남아 있었다고 말했네.

그는 지금 그곳에 있네. 소중한 재능과 금지된 〈도마 복음서〉로부터 얻은 지혜를 가진 그가 이곳으로 나를 보냈네. 그의 재능은 앞으로도 계속 명성을 얻을 것이네. 하지만 그가 보내는 서한이 얼마 전에 중단되었다네. 그는 마지막 서한에서, 신화에 나오는 오디세우스의 고향인 이타카(Ithaca) 섬을 발견했는데 그곳 역시 자신의 고향이 될 거라고 했네. 그는 그곳을 자신의 매의 둥지라 불렀지.

내가 줄 수 있는 단서는 이것뿐이라네. 내가 가진 단서라곤 이것뿐인데, 나는 여행을 떠나 본 적이 없기 때문이네. 그러므로 3 안에 든 3 안에 든 3의 의미에 대해 나는 알지 못하고, 다만 자네는 그곳에서 그를 찾을 것이네.

자네가 들고 있는 책이 그에게로 가는 길잡이가 되어 줄 것이네."

침묵이 흘렀고 잠시 후 시인이 말했다. "이 부호가 다른 의미가 아니라 그가 머물고 있는 곳을 나타내는 부호라는 걸 어떻게 알 수 있습니까?"

"부호 위에 있는 필법이 그걸 말해 주고 있기 때문이네." 노인은 필적이 남아 있는 페이지를 맹금의 발톱 같은 집게손가락으로 다시 가리켰다. 그가 목소리를 내자 그 고요한 필적에서 심원한 물이 유유히 흐르는 소리가 들리는 듯했다.

Huna ʻaskunu
ʻala al-thalatha
fi al-thalatha
fi al-thalatha

후나 아스쿠누
알라 알탈라타
피 알탈라타
피 알탈라타

잠시 후 노인은 유유히 흐르는 그 물소리를 시인이 알아들을 수 있는 언어로 번역해 주었다.

"여기서 나는 머문다네. 3 안에 든 3 안에 든 3에서."

하지만 유유히 흐르는 물소리처럼, 시인은 그 말의 의미를 이해할 수 없었다.

"그는 자신이 머무는 곳을 왜 말하지 않았을까요?"

"아마도 나의 박식함을 더 높이 여겼기 때문일 테고, 자신이 머무는 곳이 자신의 의도와는 달리 알려지는 걸 원치 않았기 때문일 걸세. 이름도 없는 사람인데 무얼 더 기대하겠는가?"

다시 침묵이 흘렀고, 잠시 후 시인이 말했다. 하지만 이번에는 마음속에서 하고 싶었던 말에 좀 더 귀를 기울여 진심을 담아 말했다.

"친구이자 동료인 그분에 대한 이야기는 매혹적이고 인상적입니다. 하지만 그럼에도 불구하고, 제가 왜 힘겹게 그를 찾아 나서야 하는지는 잘 모르겠습니다."

노인은 자신이 할 말을 침묵 속에서 신중하게 고르는 듯했다. 하지만 아니었다. 그의 입에서 나온 목소리는 마치 피할 수 없는 운명처럼 단호했다.

"왜냐하면 그는 볼 수 있기 때문이네."

레프티의 얼굴은 파랗게 질린 채, 손은 부들부들 떨고 있었다. 그는 내 왼쪽에 앉고 루이가 내 오른쪽에 앉았다. 조 블랙은 책상 너머 의자에 앉아 우리를 쳐다보고 있었다.

　"그래서 그걸 시카고에 뒀다고?"

　"그럴 수밖에 없었습니다." 내가 말했다.

　"아시잖습니까." 루이가 빈정대듯 이를 드러내며 씩 웃었다. "엄청나게 중요한 인증서 아닙니까."

　"너한테 묻지 않았어." 조 블랙이 말했다.

　루이는 눈알을 굴리며 이빨을 핥더니 담뱃불을 붙이고 시선을 외면했다.

　조 블랙이 다시 나를 쳐다보며 내가 했던 대답을 똑같이 반복했다.

　"그럴 수밖에 없었다……."

　"그렇습니다." 내가 말했다. "두고 올 수밖에 없었습니다."

　조 블랙은 역겨운 표정으로 루이를 쳐다본 다음 레프티를 쳐다보았다.

　"네 말로는 이자가 능력 있다고 하지 않았나?"

　"그러니까……." 레프티가 나를 쳐다보며 기어들어 가는 목소리로 말했다.

"저 사람이 말한 것에 대해서는 직접 방문 검사를 해 주지 않습니다." 그런 다음 그는 다시 조 블랙을 마주 보며 말했다. "크기가 방만 했습니다. 크기가 방만한 기계들을 운반해 방문 검사를 해 주지는 않습니다."

"전기 스캔 현미경 검사실에 있는 기계를 말하는 겁니다." 내가 말했다.

"닉은 자신이 맡은 일에 대해 잘 알고 있고, 닉의 말이 옳습니다. 이 물건을 캐널 가의 가짜 롤렉스를 파는 장사꾼 옆에서 거래할 수는 없지 않겠습니까?"

조 블랙이 레프티를 노려보았다. 그의 시선이 이내 바뀐 것은 앞으로 살아갈 날이 얼마 남지 않은 레프티의 말기 증상을 의식해서인 것 같았다. 혹은 이미 계산된 절차에 의한 것인지도 몰랐다.

"내가 이 일에서 빠지길 원한다면, 내 몫으로 정해진 돈을 주십시오."

조 블랙이 고개를 약간 돌려 렘브란트의 〈자화상〉을 올려다보았다.

나는 몸을 앞으로 숙여 고개를 가로저으며 지친 한숨을 내쉬었다. 그리고 멍하니 등을 긁는 것처럼 손을 등 뒤로 가져갔다.

나는 오른쪽에서 총을 뽑아 들고 루이의 머리에 총을 쏜 다음, 왼쪽으로 총구를 돌려 조 블랙의 가슴을 향해 쐈다. 그가 몹시 괴로워하며 앞으로 꼬꾸라지자 나는 그의 두개골 윗부분에 총알을 명중시켰다.

루이에게 처음 총을 쐈을 때, 조 블랙과 레프티는 화들짝 놀라 소리를 질렀다. 순간의 일별이었다. 조 블랙은 숨 쉴 틈도 없이 그다음 총격을 당했다. 그리고 총성이 울리자, 그 일별의 순간 레프티는 갑자기 말문이 막혔다.

이제 총구는 레프티를 정면으로 향하고 있었다.

"닉, 난 네 편이었어. 난 항상 네 편이었다고."

옛 시절의

내 오랜 친구.

"너도 알잖아. 이건 조 블랙이 일방적으로 꾸민 일이었어. 그런데도 난 항상 너를 이끌어 주었어."

옛 시절.

"그리고 내가 맡은 일이 끝났으니 이제 꺼지라는 거야?" 나는 레프티의 눈을 똑바로 쳐다보았다. "닉, 그런 거야?"

"친구, 내 마음대로 할 수 없다면. 내 마음대로 할 수 없다면 그렇겠지."

"그런 말을 아주 쉽게 하는군. 내 무덤에 그렇게 빨리 뛰어들 거야?"

그가 말했다. "날 봐."

"보고 있어."

"집에 같이 가자."

"웃기고 있군. 저들이 제일 먼저 찾을 사람은 바로 너야. 바보 멍청이 같은 놈. 넌 저들과 함께 날 찾을 거잖아."

"닉." 레프티가 말했다. 그러고 나서 더 이상 아무 말도 들리지 않았다.

나는 그의 영혼이 있던 자리에 구멍을 뚫었다.

옛 시절은 죽었고, 내 오랜 친구도 죽었다.

타부투.

나는 시카고에 친필 원고를 두고 왔다는 사실을 누가 알고 있는지 알지 못했다. 나는 누군가가 이 세 구의 시신을 찾아내는 데 얼마의 시간이 걸릴지도 알지 못했다. 내가 아는 것은, 넌 조 블랙 같은 사람을 죽이지 않았고, 무슨 일이 일어날지를 기다리는 것이었다. 그렇다, 법의 그림자가 있다. 조 블랙 같은 사람에게는 뉴욕에서 팔레르모까지 많은 그림자가 있을 것이다. 그리고 그 그림자에는 또다시 그림자가 있을 것이다.

나는 문을 당겨 잠갔다. 거리를 내려오자, 좀 더 고급스러운 공간을 만들기 위해 내부 공사를 하고 있는 건물이 보였다. 목재 쓰레기와 회반죽 등이 몇 층 위에 연결된 파이프 장치를 통해 커다란 쓰레기차로 내려왔다. 회반죽 가루가 내려올 때마다 요란한 소리가 났고 앞이 보이지 않을 정도로 희뿌연 먼지가 일었다. 나는 쓰레기차를 지나가며 그곳에 총을 던져 넣었다.

나는 가방을 움켜쥐고 마지막으로 주변을 둘러보았다. 이제는 이 모든 걸 돌이킬 수 없고, 내 인생의 소중한 것을 잃어버렸다는 생각이 들면서 눈앞이 캄캄했다.

나는 곧바로 시카고행 비행기에 몸을 실었다. 그리고 현대 과학 기술로 알아낼 수 있는 모든 안전 검사를 통과했다는 인증서와 친필 원고를 찾았다. 연구소는 기밀을 유지한다는 동의서에 서명했고, 나는 공항으로 가서 곧장 파리로 향했다.

'왜냐하면 그는 볼 수 있기 때문이네.' 그 말이 그의 머릿속에 머물렀다. 단지 머릿속에 머문 것 이상이었다. '왜냐하면 그는 볼 수 있기 때문이네.' 그 말은 그의 머릿속에 박혀 좀처럼 떠나질 않았다. '왜냐하면 그는 볼 수 있기 때문이네.'

그리고 그의 머릿속에 박힌 생각은 암흑으로 변했다. 라벤나에 불어온 첫 여름 바람은 전원 풍경을 아름답게 지나가며 그곳 도시 사람들과 시골 사람 모두에게 새로운 생명을 불어넣었지만 그에게는 질병의 하늘을 가져다주었다. 아름답게 울리는 청동으로 만든 교회 종 위에, 즐겁게 노래하는 어린아이들과 새 위에, 클로버와 꽃들이 피어 있고 선명한 색깔과 흰색의 나비가 살포시 날아다니는 낮은 언덕과 풀밭에 푸르게 우거진 엉겅퀴와 이슬 맺힌 잎사귀 위에 따스한 햇살이 비쳤다. 하지만 그 똑같은 햇살이 그에게는 따스하지 않았다. 오히려 눈이 아프고, 무언가 부패하는 것 같은 고약한 냄새를 불러일으키고, 구더기와 파리가 들끓게 했다. 그리고 햇빛 아래에서 빛나고 즐겁게 노래하며 춤추는 모든 것은 그에게 감각을 마비시키는 질병이었고, 마음속의 암흑을 비웃고 아프게 하는 잔혹한 악마 같았다. 그는 더 이상 견딜 수 없을 것 같아 자신의 암흑 속으로 움츠러들었다. 그를 둘러싼 우주는 지상에 나부끼는 먼지로 뒤덮였고, 그는 이미 죽어서 마음과 영혼이 태양으로부터 추방당한 것 같았고, 심지어 그를 에워싼 암흑으로부터도 추방당한 것 같았다. 심장이 길을 잃고 우는 것처럼 박동하자, 그는 질병의 하늘에 대해 곰곰이 생각했다. 그는 하늘을 바라보던 시선을 외면하며 자신의 마음속에 깃든 암흑의 원천에 대해, 음침한 분위기를 몰고 온 하늘에 대해, 지난번에는 환심을 샀던 하늘에 대해 곰곰이 생각했다.

날이 지날수록 마음속 암흑은 점점 더 깊어 갔다. 그는 음식을 거의 먹지 않았다. 그의 아내와 자식들의 목소리든 야비한 이방인의 목소리처럼 들렸고, 그에게는 그들을 조용히 하게 할 힘이 남아 있지 않았다. 그는 자신이 해야 하는 모든 일과 만나야 하는 사람들에게 신경 쓰지 않았다. 몸도 씻지 않았고, 아무리 비천하고 헐벗은 사람이라도 최소한의 예의를 갖추어 입는 옷에도 전혀 신경 쓰지 않았다. 그는 더 이상 모자를 쓰지 않았고 속대(옛 그리스·로마에서 사제들이 머리에 두르던 흰 무명 띠―옮긴이)를 두르지 않는 경우도 많았다. 그가 거지처럼 머리에 아무것도 쓰지 않고 속대를 손에 들고 있으면 흰색 리넨이 땀에 젖은 더러운 누더기처럼 펄럭거렸다.

그는 서쪽에 있는 뒷골목으로 가끔씩 발걸음을 향할 뿐, 더 이상 멀리 가지 않았다. 폐허로 변한 수도원의 무너진 담벼락 한가운데의 한적한 안뜰에는 그늘이 드리워져 있었다. 남아 있는 담벼락에는 덩굴이 매달려 있었고, 푸른 녹 위에 녹이, 초록 위에 짙은 어두운 와인 색이, 이끼 위에 이끼가 덧입혀 있었다. 그는 한때 우물이었던 커다란 입구 위에 놓인 이끼 낀 돌에 앉아 있곤 했다.

그는 음식을 더 적게 먹으면서 와인은 더 많이 마셨다. 그리고 몸에 기어 다니는 파리를 쫓기 위해 몸을 움직이지도 않았고, 입술에 말라붙은 와인 자국과 황달에 걸려 눈가에 묻어 나온 진물에 파리가 앉아도 불평 한마디 하지 않았다. 그가 앉은 이끼 낀 돌 아래 이끼 낀 바위의 깨진 틈 사이로, 돌로 뒤덮인 깊은 우물에서 고약한 냄새가 올라오는 것 같았다. 그는 앙상한 두 팔로 머리를 가린 채 아직 온기가 남아 있는 빗물에 흠뻑 젖었다. 그는 역겨운 냄새를 맡은 것처럼 고개를 가로저었다. 하지만 잠시 후, 그는 고약한 죽음의 냄새, 아니 그보다 더 고약한 사후의 냄새가 바로 자신에게서 스며 나온다는 걸 깨달았다.

그의 발걸음은 점점 더 느려지고, 더 힘이 빠지고, 발걸음을 옮기는 경우가 점점 더 줄어들었다. 몸을 움직일 때면 고통스러웠다. 그는 자신의 호흡을 의식할 때마다, 죽음을 두려워하며 단말마의 고통을 겪는 사람처럼 숨이 막혔다. 그리고 이렇게 숨이 막힐 때면, 그는 숨을 내쉴 수 없을 것 같았다. 심장이 멎을까 두려웠고, 바싹 마른 목구멍 속으로 혀를 삼켜 버려 숨이 막힌 것처럼 몸이 부들부들 떨렸다. 그럴 때면 그는 벌써 지하 세계로 내려온 것 같았고 끔찍한 악몽 속을 헤매는 것 같았다.

그는 열이 나서 침상에 누웠고 온몸이 땀에 젖었다. 그는 수십 번 죽음을 경험했다. 삶의 빛은 단 한 번도 보지 못했고, 편안하고 고요하게 단 한숨도 잠들지 못했다.

그런 다음 그는 꿈을 꾸다가 몸을 부들부들 떨며 잠에서 깨어났고 다시 꿈속으로 빠져들었다. 그러고 나서 또다시 꿈을 꾸다가 몸을 부들부들 떨며 잠에서 깨어났고 다시 꿈속으로 빠져들었다. 그리고 잠시 후 다시 꿈을 꾸다가 깜짝 놀라 잠에서 깨어났다. 그럴 때면 목숨이 얼마 남아 있지 않은 작은 새처럼 심장이 콩닥거렸다. 두려움은 괜찮았다. 그것이 현실이라는 걸 알았기 때문이다. 그러고 나서 그는 잠들었고 꿈을 꾸지 않았다. 그리고 두려움에 떨며 힘겹게 잠에서 깨어났다.

와인에 대한 갈증이 났지만 그는 물만 마셨다. 그리고 시간이 지나자 물밖에 마시고 싶지 않았다. 빵 굽는 오븐에서 나는 향긋한 냄새가 풍기며 그에게서 나는 고약한 냄새가 가셨다. 그리고 그는 잠을 잤다. 고요한 여름밤, 그는 안뜰에 놓인 원통에 나신을 담그고 몸을 문질러 씻었다. 아내가 그의 속옷을 삶아서 빤 다음 공기가 잘 통하는 햇빛에 말렸고, 그의 허리띠와 긴 옷을 햇빛에 널었다는 걸 그는 알았다. 그는 옷을 입은 다음 새벽이 밝아 오기를 기다렸다. 다리의 기력이 약해진 그는 단단한 단풍나무 가지를 지팡이 삼아, 이유도 모른 채 시내 외곽에 위치한 테오도리크(?454~526. 동고트족 족장으로 태어나 이탈리아 반도 전역과 시칠리아를 정복해 이탈리아의 왕이 된 인물—옮긴이) 무덤을 향해 발걸음을 옮겼다.

이 무덤 안에 무언가가 살았다.

파도와 구름.

거짓말을 하면 지옥에 떨어지고, 진실을 말하면 십자가에 못 박힐 것이다.

세 점의 세 점의 세 점.

세 개 안에 들어 있는 세 개 안에 들어 있는 세 개.

트리나크리아 안에 들어 있는 트리나크리아 안에 들어 있는 트리나크리아.

시인은 커다란 석관 위에 손을 올리고 장밋빛 반암(斑岩)의 가느다란 혈관 같은 무늬와 그 위에 놓인 자신의 손등에 드러난 혈관을 들여다보았다. 그의 시선은 무덤의 둥근 지붕과 벽으로 향했다. 좁은 동쪽 창문에서 떠오르는 햇살이 당당하고 정교하게 바위에 새겨진 성스러운 글귀를 밝게 비추었다. 거의 800년의 세월을 견딘 비석이었다. 바위와 끌로 새긴 시는 앞으로 수천 년의 세월을 견딜 것이다.

이 불멸의 사람은 알았을까? 땅에서 돌을 캐내 비석을 깎아 새기고, 신과 무덤 안에서 썩은 사람을 위해 영원한 영광을 장식하고, 미사의 축성과 같은 수사법을 영원히 끌로 새겨 넣으리란 것을 알았을까?

초라한 비석은 오랜 세월을 견뎌 왔고 앞으로도 오랜 세월을 견딜 것이다. 이름도 숭고한 글귀도 적혀 있지 않지만, 그것을 만들고 오랫동안 그것의 도움을 받아 온 수많은 사람들에게는 역사적인 기념물이었다. 어둠 속에서도 그것이 그를 도와주었던 것처럼.

영혼이 머무는 천국과 지옥이 있다면, 황제의 영혼과 이름 없는 수많은 이들의 영혼은 거친 삼베옷과 튜닉을 벗고 조야하게 만든 낫을 내려놓을 뿐만 아니라 보석과 왕관을 벗고 지휘봉도 내려놓을 것이다. 영혼이 머무는 천국과 지옥이 있다면, 이러한 비범하고 웅장한 비석이 초라한 바위로 만든 비석만큼 소용없을 것이다. 그리고 훌륭하고 더 초라한 것, 소박한 것과 더 웅장한 것은 진정한 기념물에 비추어 보면 아무것도 아닐 것이다. 그 기념물은 돌에서 구름 위로 올라가고, 돌에서 바다로 내려오고, 바람과 파도로 그리고 영원의 손길로 만들어진 것이다. 이곳은 불멸의 성전이었고, 사람들이 쌓아 올린 모든 석조물 가운데 가장 초라한 것이다. 신은 당혹스럽고 화가 나서 그것을 잠시 쳐다보겠지만, 주춧돌을 바라보며 깊은 생각에 잠겨 만족해할 것이다.

깊은 생각에 잠긴 미소가 그의 얼굴 주름 사이로 퍼지기 시작했다. 그는 기력이 약해진 왼쪽 다리를 지탱하고 야윈 몸을 의지하기 위해 단풍나무 지팡이를 짚은 채 무덤으로 향했다. 그런데 그의 얼굴에서 갑자기 미소가 사라졌다.

자만심을 심판하기 위해 자만심으로 쌓아 올린 성전 혹은 돌이나 자기 자신, 다른 사람을 이용해 쌓아 올린 성전에서 그는 누구인가? 왕좌에서도 하찮은 바위에서도 태어나지 않은, 왕좌보다도 하찮은 바위를 더 고귀하게 여기며, 이 지구 상에서 전쟁이 사라진 양피지 위에 자신의 삶을 피로 쓴 그는 누구인가? 신과 자신의 영광을 위해 위대하고 아름다운 돌에 글을 새기는 게 아무 소용 없다고 생각한 그는 누구인가? 보잘것없고 세 번 문질러 세 번 사용한 동물 가죽에, 뭉근한 불로 끓인 싸구려 종이와 납작하게 펴서 말린 말의 내장 그리고 더러워져서 버린 속옷과 변소에서 사용하는 누더기에 신과 자신의 영광을 쓴 그는 누구인가? 그리고 신의 모습을 흘긋 보았다고 말하는 그는 누구인가? 신은 그의 마음속에 머물렀고, 황제의 마음속에도 그리고 수많은 평범한 사람들의 마음속에도 똑같이 있었다. 그리고 물론 악마도 함께 있었다. 신이 인간에 대해 판단하는 것은 마음속에 있는 신이 아니라 악마의 소행이었다. 우리는 온갖 허세와 어리석음에 빠져 악마의 소행을 인간의 자만심으로 찬양한다.

그렇다, 결점 많고 괴로워하는 이성을 영혼의 감정보다 더 귀중히 여기는 것은 마음속에 있는 신에게 고개를 돌려 신과 삼라만상을 외면하는 것이다. 영혼의 파리는 우리 삶의 호흡을 끊임없이 괴롭히고, 끊임없이 눈살 찌푸리게 하고, 끊임없이 걱정을 불러일으키고, 끊임없이 아름다움으로부터 벗어나게 하고, 서로 밀고 당기면서 삶 대신 무덤으로 향하게 한다. 그렇다, 생각은 모든 악의 근원이었다. 식인(食人) 마왕, 그것은 올바르게 명명되었다.

생각하는 것은 신에게 받은 숨결과 느낌을 저버리는 것이었다. 신처럼 판단하며 생각하는 것은 더 고약한 죄를 저지르는 것이다. "남에게 판단당하지 않도록 남을 판단하지 마라"는 옛말도 있지 않은가.

웅장한 석관 아래 앉아 있던 그는 자신을 신의 종복이라 여기고 신에게 받은 재능을 생각하며 오랜 시간을 보냈다는 사실을 깨달았다. 그는 영혼이 없는 부질없는 지식에 이끌리는 자신을 저주하고, 소박하고 죄 없는 순례자로 지내면서 자신이 원하는 사람이면 누구든 펜을 통해 천국이나 지옥에 보내곤 했다. 그는 자신보다 뛰어난 모든 작가를 '지옥'으로 보냈는데, 그들이 자신과는 다른 다양한 이름으로 삼라만상의 힘을 이해했다는 핑계이자, 이유이자, 생각 때문이었다. 그리고 다른 작가들이 또 다른 글로 피렌체의 젊은 여성을 성스러운 경지로 끌어올렸기 때문이다. 그녀가 신성한 것은 오직 그의 여인이 아니기 때문이었다. 그녀는 뚱뚱하고 구레나룻을 기른 남자의 아내로 죽었다. 그녀는 바다에서 태어난 미의 여신 아프로디테에 비하면 아무것도 아니었고, 그는 그녀의 아름다움을 칭송하는 이들을 지옥에 가라고 저주했다. 이제야 그가 자신에게 사실대로 말할 수 있듯이, 그녀는 그가 수많은 옛 시인들의 시에서 훔쳐 온 다른 여인들과 마찬가지로 평범한 존재였다. 그는 대개 그 시인들을 망설임 없이 단번에 지옥으로 던져 넣었다. 당시의 유행에 따라 시를 쓰지 않았다면, 도대체 그의 베아트리체는 누구이고 어떤 사람이었을까?

그리고 그의 그릇된 박식함, 그가 한 번도 읽어 본 적 없는 시를 쓴 시인과 철학자들을 칭송한 것은 어떻게 된 것일까? 그는 그들이 신과 모든 사람의 적이라는 핑계 아래 자신의 적이라 저주하며 합리화했다. 보니파시오 8세가 교활한 정치적 방식으로 시인을 내쫓았듯이, 시인은 사탄의 악보다 보니파시오의 악에 대해 더 많이 거론했다. 숭고하고 강인한 믿음은 도대체 어디로 갔단 말인가?

그는 협잡꾼이었다.

그는 자신의 영혼과 삶을 다시, 또다시 신에게 바쳤다. 하지만 신에게 굴복하는 그의 마음은 진심이 아니었다. 사악한 펜과 공허한 기도로는 천국에 이르지 못할 것이다. 신은 그의 마음속에 있었고, 언어로 쓸 수 없는 방대한 무한의 시가 그 모습을 드러냈고, 그는 무한한 하늘을 보았다.

지상에서 그에게 남은 호흡은 얼마나 될까? 그리고 그는 계속 호흡하게 될까? 그는 지난번과 같은 어둠의 하늘을 견디지 못할 것임을 알았다. 이제는 가장 아름답고 신비한 하늘 그리고 말로 표현할 수 없는 시에 진심으로 굴복할 시간이었다. 마음속에서 나와 자신을 구원해 줄 것을 향해 나아갈 시간이었다.

죽은 자들의 공간에서 느껴지는 아침 공기는 순수하고 서늘했다. 그는 그 공기를 들이마셨고 가슴속에 가득 찬 상쾌한 호흡을 천천히 뱉어 냈다.

무덤 안에는 아침 햇살이 어둑하게 비쳤다. 서쪽 바다의 회색 하늘이 태양의 찬란함을 앗아 갔기 때문이다. 하지만 무덤 밖의 하늘은 화창하다는 걸 알 수 있었다. 그 화창함을 마음속으로 느낄 수 있었기 때문이다. 상쾌한 호흡을 천천히 내쉬면서, 그는 자신이 호흡했던 모든 하늘에서 굽이치던 숨결을 느낄 수 있었다. 수많은 호흡에 경탄하고 온전히 즐기지 못한 채 지나가는 동안, 매 순간의 호흡은 과거나 현재 모두 무한대에 머물러 있었고, 영혼과 감각에 내려앉은 영원의 이슬방울이었다. 아홉 개의 하늘에서 각각 느끼는 호흡, 무한한 순간과 영원의 이슬방울, 신성한 서약. 그것 없이 우리의 폐에서 울리는 울부짖음이 얕은 바다에서 들리는 파도 소리를 빨아들였다 분출한다 해도, 우리는 삶을 사는 것이 아니라, 우리에게 끝없이 열려 있는 구원과 빛과 기적을 돌려보낼 뿐이다.

지상에서 그에게 남은 호흡은 얼마나 될까? 그는 이제 자신을 통해 지나온 호흡을 붙들지 않을 수 없고, 그 이슬방울과 무한한 흐름을 음미하지 않을 수 없었다.

오르락내리락, 그의 호흡이 그의 운명일 것이다. 오르락내리락, 스스로 만든 의지의 강철 수갑의 무게는 없을 것이고, 그 수갑은 마음속에서 그를 구원한 달콤하고 부드러운 호흡에 의해 끊어졌다. 오르락내리락, 그의 호흡은 마음속에 있는 신의 숨결일 것이고, 그는 그 숨결에 굴복할 것이다. 그러면 그는 아래 혹은 위로, 천국 혹은 지옥으로, 더없는 행복 혹은 어둠으로, 어떤 장소 혹은 미처 보지 못하고 꿈꾸지 않았던 운명으로 그를 데려갈 것이다.

그는 붉은 석조로 만들어진 거대한 석관의 차가운 표면에 한 손을 대고, 다른 한 손으로 단단한 단풍나무 지팡이를 움켜잡으며 자리에서 일어났다.

그렇다. 미리 보지 못했고 알지 못했던 것. 그는 자신이 알아낼 것이 자신을 구원할 것임을 알았으나, 구원의 본질에 대해선 알지 못했다. 그 자신의 말이 머릿속에 떠올랐다.

셀바(Selva), 살베(salve), 셀바조(selvaggio), 살바자(salvagia). 단어만으로도 그 뜻이 소리로 울리는 듯했다. 여정을 마칠 무렵 어둑한 구원 속에서, 그는 자신의 모습이 무척 잘 어울린다는 사실을 깨달았다.

그는 산 비탈레(San Vitale) 교회당으로 들어가 기도했다. 그는 지금껏 살아오면서 동정심 같은 아름다운 감정을 불러일으키는 사람의 영혼과 눈과 손을 어디에서도 본 적이 없었다. 오래전, 촛불이 가득 켜진 그곳에 첫 발걸음을 내디뎠을 때, 그는 무수한 태양 빛 속에서 빛나는 무수한 무지개를 보며 경탄을 금치 못했다. 빛이 한데 모여 눈이 부실 정도로 밝게 빛나던 정교한 형태와 모양을 구분조차 할 수 없었다. 그 후 그 형태와 모양에 대해 잘 알게 되었지만, 그는 무수히 변하는 색조를 바라보며 여전히 경탄을 금치 못했다. 알아차리지 못하는 순간에 분홍빛 그림자가 흰빛으로, 희미한 푸른색이 짙은 초록색으로 변해가는 모습은 경이로웠다. 모든 단어마다 숫자와 신령이 깃들어 있다면 색조 또한 마찬가지일 것이다. 각각의 시의 호흡마다 그 색조가 있다면, 각각의 색조에도 시의 숨결이 있을 것이다. 모든 색깔의 숨결이 굽이치며 앞으로 나오는 듯했다.

그 아름다운 수많은 돌덩이 위에 수많은 돌덩이를 쌓아 올린 것은 그가 아홉 번째 하늘에서 보았던 바로 그 성령으로부터 만들어진 것 같았다. 그 하늘의 모습은 여전히 그의 마음속에 남아 있었다. 그것이 그를 겸손하게 만들었고, 소리 없는 부드러운 목소리로 〈전도서〉의 시인이 가르쳐 준 진리를 그에게 영원히 노래해 주었고, 마침내 모든 현자와 새로운 사람들이 그에게 굴복하도록 했고, 마침내 무덤 앞에 이르러서야 산들바람이 속삭였다. '태양 아래 새로운 것은 없다.'

그가 무릎을 꿇은 채 마음속 이야기를 들으며 마음속에서 상상하는 것을 아름답게 비추는 하늘을 올려다보자, 그 자신이나 다른 사람이 상상하던 어떤 모습보다 훨씬 더 아름답게 빛났다.

그는 남의 글을 몰래 훔쳐 자신의 작품에 갖다 붙였다. 하지만 그의 작품을 낳은 자신만의 순수한 힘에 대해서는 마음속 깊이 확신했고 심술궂어 보일 정도로 자만심을 느꼈다. 그의 책에 등장하는 짐승은 그 신비로움과 힘을 증명해 보이는 것이었다. 그랬다, 주변을 둘러보자 짐승과 책과 그 신비로움과 힘이 발산하는 기운이 느껴졌다. 그리고 그 모든 것은 그의 작품에서처럼 하늘 위에 있는 아치형의 별들에게 인도되었다. 비석에 새겨 넣은 〈전도서〉의 지혜로운 글귀처럼, 그는 어리석음과 오만에 빠져 새로운 것으로 포용했던 모든 것이 부질없게 느껴졌다. '새로운 인생'은 오로지 삶이 있음을 알 때만 존재했다. '새로운 글'은 시를 통해 그 힘을 나타내고 글을 초월할 때, 바다와 바람과 별이 새로울 때에만 존재했다. 모든 아름다움은 오로지 '영원한 글'뿐이었다.

그의 환영이 신에게 이어지듯 그 장소의 환영도 마찬가지였고, 모든 환영은 거기서 나오는 것뿐만 아니라 필연적으로 그곳으로 이어져야 했다. 하지만 신을 마주하면, 마치 성전의 하늘에서 내려온 번개를 맞은 것처럼 깜짝 놀랄 수밖에 없다. 그 모든 광경을 바라보는 인간의 마음은 성스럽고, 상상할 수 없을 정도로 아주 오래전 인류가 처음 불꽃을 봤을 때처럼 대담했다. 창조자는 집게손가락과 새끼손가락을 뿔 모양으로 펼치고 나머지 손가락을 오므려 마노 코르누타(mano cornuta, '뿔난 손'이라는 뜻으로, 뿔이 난 악마가 보호해 준다는 불경스러운 손 모양—옮긴이)를 만들었다.

그는 하느님 아버지에게 기도하기 시작했지만 곧 포기했다. 다시 눈을 감고 숨만 쉬면서 마음속에 들어 있는 모든 말을 밖으로 내보내려 했다. 하지만 아무 말도 나오지 않았기에 그는 기뻐했고, 한숨이 계속 새어 나와 호흡만으로 말 없는 기도가 되었다. 그리고 잠시 후, 호흡과 기도가 하나가 되었을 때, 그의 마음속에서 복종의 희열을 알게 되었을 때, 그는 다른 존재로 변했다.

파리에 도착한 나는 20구에 있는 데누아예 거리로 곧장 향했다. 이미 밤이 찾아왔다.

데누아예 거리(Rue Dénoyez). 분명치 않게 빨리 발음하면, 북아프리카의 어느 한적하고 어두컴컴한 우범 지대처럼 들린다. 데 누아예(Des Noyés), 다시 말해 익사한 자들의 거리일 수도 있을 것이다. 그곳은 익사한 자들의 거리, 모든 희망을 저버린 사람들의 거리, 무위로 도망친 자들의 거리, 무화과로 만든 생명수인 부카 보콥사 병을 쥔 채 비틀거리며 걸어 다니는 자들의 거리였다. 투명하면서 독한 튀니지 무화과 증류주에 서서히 그리고 어느 순간 급격히 익사하는 것이다.

안전하다는 느낌을 느껴 본 지 오래되었다. 안전하다는 느낌을 느낄 수가 없었다. 어디를 가든, 내게 라이터가 있냐고 묻는 사람들의 눈빛에서, 서서히 길어지는 그늘 속에서, 지나가는 사람들이나 속도를 늦추고 천천히 가는 자동차의 움직임 속에, 나는 내 죽음을 보고 느끼면서 더 이상 안전과 위험을 구분할 수 없게 되었다. 내가 바랄 수 있는 건 몸을 숨기는 일뿐이었다.

데누아예 거리에서는 어떤 것도 안전하지 않지만 숨을 필요는 없었다. 어두컴컴한, 익사한 세계인 데누아예 거리에 모든 것이 숨었기 때문이다.

무화과 증류주를 팔고 미친 듯한 고함 소리가 고약한 사람 냄새와 연기 자욱한 곳에서 울려 퍼지는, 인사불성과 유혈 참사가 일어나는 비좁은 무허가 술집에서 나와 거리를 따라 내려가면 데누아예 호텔, 익사한 자들의 싸구려 숙소가 있었다.

나는 체크인을 했다. 썩은 문과 썩은 벽, 쥐 새끼와 술 취한 아랍인과 마약에 중독된 튀니지 사람들이 성교를 하거나 서로 죽이는 그 어두컴컴하고 습기 찬 곳에 단테의 친필 원고를 감히 방심한 것처럼 내버려 둘 수는 없었다. 방이 다닥다닥 붙어 있어서 어느 방인지 구분하기조차 어려웠다.

아침이 왔다. 나는 친필 원고와 문서 그리고 나의 진짜 신분 증명서를 파리 7구에 위치한 은행 금고에 보관했다.

그다음 '익사한 자들의 거리'로 되돌아왔다. 그곳에 몸을 숨기는 것은 내가 생각해 낸 거였다. 하지만 나는 그곳에서 나를 덮치는 파도에 빠져 익사하고 말았다.

시끄러운 무허가 술집과 어둡고 습기 찬 싸구려 숙소 사이를 며칠 동안이나 비틀거리며 오갔는지 모른다. 나는 무화과 증류주를 마시면서, 익사한 자들과 익사하고 있는 자들이 뱉어 놓은 토사물 위에 내 속에 든 것도 토해 냈다. 그들이 내게 접근하며 짓는 뒤틀린 표정이나 알아들을 수 없는 말로는, 나를 위협하는 건지 반갑게 맞아 주는 건지 구분할 수가 없었다. 누군가 내 목에 건 십자가 목걸이에 침을 뱉었다. 나는 그의 얼굴에 침을 뱉었다. 그는 고함을 질렀고 나도 지지 않고 고함을 질렀다. 서로 뒹굴며 싸우는 동물들처럼 우리는 익사했다.

나는 당뇨병성 케톤산 혈증의 고약한 냄새를 맡을 수 있었다. 내 땀구멍을 통해 스며 나오는 케톤 냄새였다.

이렇게 죽고 싶지는 않았다.

식은땀을 흘리며 몸을 부들부들 떨고 숨을 헐떡이며 누워 있었고, 발작이 일어났다. 그러고 나서 며칠이 지나자 아픈 증세가 사라졌다.

익사한 자들의 호텔에 방을 그대로 유지한 채, 친필 원고를 맡겨 둔 은행 근처인 몽탈랑베르 거리에 있는 진짜 호텔의 작은 방을 하나 더 얻었다. 나는 멋진 정장 한 벌을 구입하고 몸을 깨끗이 씻은 다음 공항으로 향했다.

어느 흐릿하고 조용한 여름날 오전, 그의 친구이자 후원자가 그의 모습을 보며 미소 지었다.

"아!" 그는 희극 배우처럼 들뜬 목소리로 말했다. "아직 살아서 숨 쉬고 있군."

"그렇다네."

그의 친구이자 후원자의 목소리는 원래대로 되돌아왔지만 들뜬 어조는 그대로 남아 있었다. "현명한 자네 부인은 관으로 쓸 목재를 미리 마련해 놓았을 걸세."

시인은 짙은 푸른색 벨벳 천이 깔린 커다란 의자에 앉아 있었다. 그의 친구이자 후원자는 농담으로 던진 인사에 시인이 짧게 한마디로 대답하는 모습을 보자 마음이 다소 불안해졌다. 표정이 이상하리만치 심각해 보이는 데다 기이할 정도로 침착한 표정으로 말했기 때문이다. 그 미미하게 느껴지는 불안한 감정, 그 기이한 느낌은 처음에는 거의 알아차릴 수 없을 정도로 미미하지만 점점 더 큰 동심원을 그리며 퍼져 나가는, 조용하고 맑은 연못에 가라앉는 작은 조약돌 같았다. 그가 의자에 앉는 모습, 한 손에서 다른 손으로 천천히 지팡이를 옮기는 모습, 다리를 꼬는 모습, 그가 들이마시는 공기는 이 세상의 공기와 다르고 더 정제된 공기인 것처럼 조용히 음미하듯 호흡하는 모습, 그의 모든 움직임은 소름 끼칠 정도로 조심스럽고 섬세했는데, 그 움직임을 알아차리자마자 이내 미묘하고 고요한 감각으로부터 사라졌다.

풍미 좋은 와인을 권하자 시인은 부드럽게 손을 내저어 사양하면서 미소와 따뜻한 시선으로 고마운 마음을 표했다.

시인은 곁에 함께 있었지만, 그의 친구이자 후원자는 그와 함께 있지 않는 듯했다. 그의 환영이 되살아나 그의 말을 대신 해 주는 것 같았다. '내 친구는 여전히 잠자리에 누워 있고 그는 이미 죽었다네. 여기 내 앞에 앉아 있는 것은 그의 환영일 뿐, 영혼이 몸을 빠져나가기 전에 작별 인사를 전하러 온 거라네.' 아니, 그렇지 않았다. 그 앞에 앉아 있는 건 그의 친구가 분명했다. 하지만 기이하게도, 그가 알던 친구의 모습은 분명 아니었다. 완고하고 고집 센 모습, 냉혹한 모습, 곰곰이 생각에 잠긴 어두운 모습은 어디서도 찾아볼 수 없었다.

아마도 마침내 대단한 작품을 마쳤을 것이다. 작품을 마치자 고요하면서도 불안한 그의 존재에 빛을 주었을 것이다. 아니다, 그렇지 않다. 그는 와인을 거절했고, 그가 마쳤을 작품이 들어 있는 주머니나 꾸러미도 근처에 보이지 않았다. 그가 가지고 되돌아온 것은 자기 자신과 지팡이 그리고 기이한 모습뿐이었다.

"시는 어떻게 되어 가고 있나?"

"시를 살고 시를 호흡하고 있네."

"그거 좋군." 그의 친구이자 후원자는 희미한 목소리로 말하면서, 수수께끼 같은 그의 말을 곰곰이 생각했다.

"사실 아주 잘되어 가고 있다네." 시인이 말했다.

"글씨를 쓰는 사람과 인쇄하는 사람이 자네의 시를 기다리고 있네."

"더 훌륭하고 덜 훌륭한 사람들이 더 훌륭하고 덜 훌륭한 것을 기다려 왔지."

그의 친구이자 후원자가 풍미 좋은 와인을 따라 마셨다.

"하지만 '천국'의 서른 번째 시를 쓴 이후에는 아무것도 없었다네."

"아니, 많은 것이 있었네. 많은 것이 죽었고 많은 것이 태어났지. 어떤 영혼들이 어떤 바람에서 나와 다른 바람으로 옮겨 갔다네. 거친 파도가 바위에 부딪혔고, 별자리들이 신비롭게 움직였네. 새로운 것이 드러났고 새로운 것을 보았다네. 우리 안에 있는 것이 파괴되었고 우리 안에 있는 것이 구원받았네."

시인은 이런 이야기를 마치 편안하고 일상적인 대화를 나누는 것처럼 그리고 동시에 몽환의 경지에서 혼잣말을 하는 것처럼 말했다. 그는 이야기를 이어 갈 것처럼 보였다. 마지막으로 했던 말과 그가 곧 할 말의 호흡 사이에, 그는 무릎 위에 올려놓은 오른손을 내려다보았다. 그는 자신의 손을 쳐다보면서 마노 코르누타 모양을 만든 다음, 친구이자 후원자의 눈빛을 쳐다보면서 이 마노 코르누타를 들어 자신의 눈으로도 똑바로 쳐다보았다. 그의 친구이자 후원자는 갑작스러운 파렴치하고 모욕적인 행동에 화가 나고 당혹스러워 뒤로 물러났다. 하지만 시인은 편안한 대화를 나누듯이 동시에 멍하니 혼잣말을 하듯이 다시 말문을 열었다.

"바실리카(옛 로마의 법정이나 교회로 사용된 회당 – 옮긴이)에서 신의 손을 만든 게 누구였는지 아는가?"

"제정신이 아닌 고딕 주교 가운데 하나인 어느 장인이 만들었는데, 이교도의 저주와 신성한 그리스도의 형상에 빠져 만들지 않았는가." 그는 실망하는 기색을 감추지 못하며 한숨을 내쉬었다. "도대체 지금 왜 그런 걸 묻는 건가?" 시인은 온화한 모습으로 어깨를 으쓱하더니, 방금 자신이 말한 것을 눈앞에 보기라도 하듯 마노 코르누타를 눈앞에 가져가 유심히 바라보았다.

그의 친구이자 후원자는 격분하여 시선을 돌려 버렸다. 잠시 후 시인은 손을 풀고 원래대로 무릎 위에 내려놓았다. 그의 친구이자 후원자가 다시 시인을 바라보자, 가장 존경했고 진심으로 좋아했던 시인의 모습이 다시 보였다.

"손과 형상에 대해 말하자면……." 시인이 말했다. "우리의 친구인 조토가 내 시를 엮은 책에 그림을 그려 넣어 시를 설명해 주기로 동의했다네."

"우리의 친구 조토는 좋은 사람이지. 파도바에 있는 스크로베니(Scrovegni) 예배당에 그린 그의 작품을 본 적이 있는가?"

"경이로운 작품이라 들었네."

"정말 경이로운 작품이라네. '시기(猜忌)'." 시인은 옛 유대인의 초기 언어인 긴 아(ah) 발음을 하듯 마지막 모음을 천천히, 최대한 천천히 끌었다. 그는 모음을 길게 발음하면서 엄지손가락과 집게손가락을 거의 떨어뜨리지 않은 채 아랫입술로 가져가더니, 조토가 그린, 뱀이 벌린 입속에서 나오는 시기의 형상을 재현하듯이 천천히 그리고 나서 사악한 모습으로 입술에서 손을 뗐다. "조토가 그린 그 예배당 벽화에는 인간성의 모든 면면이 완벽한 형상으로 그려져 있지." 그는 잠시 쉬었다가 다시 말을 이었다. "맞아, 스크로베니 황금으로 매수했지. 최근에는 고리대금업자들이 죄책감 때문에 신에게 큰 영광을 돌리고 있는 것 같네."

"그림을 의뢰하는 것에 대해서는 동의했네. 하지만 시가 모두 완성되었을 때 그의 작품을 시작할 계획이네."

시인은 친구이자 후원자의 실망하는 모습이 마치 자신의 모습인 양 천천히 고개를 끄덕였다. 그리고 불쌍히 여기는 마음을 가지니 실제로도 그랬다. 그는 부드러운 목소리로 다시 말문을 열었다.

"슬프게도, 시를 짓는 것은 빵을 굽는 것과 다르다네. 반죽을 빵틀에 넣어서 곧장 결과물이 생기는 게 아니라네."

그의 친구이자 후원자의 얼굴에는 고통과 번민이 어려 있었다.

"자네의 얼굴에 자주 나타나던 미소에 감사하는 마음이 어려 있지 않는 것 같네. 나는 처음부터 자네의 시를 좋아했고, 자네의 세속적인 짐을 덜어 주기 위해 내가 할 수 있는 모든 것을 다했네. 약속을 통해 그리고 희사를 통해 내 지갑에 든 것을 자네에게 기꺼이 건네준 것은 오로지 자네의 뛰어난 재능이 꽃 피기를 바라는 마음에서였네. 우리의 관계가 비천한 시장의 거래와 같다면, 내게 돌아올 몫은 어디 있는지 말해 보게. 자네의 시가 세상에 나오면, 나는 그것을 조야하게 베껴 판매함으로써 이득을 챙길 저속한 상인이 아니네. 자네가 본인이 쓴 시로 이득을 얻지 못하는데 내가 어찌 그럴 수 있겠는가? 내가 원하는 것은 이 시가 가장 아름답게 활짝 꽃피우는 것과, 앞으로 더 큰 대가를 치르더라도 그 완벽한 시를 적은 아름다운 책을 소유하는 것뿐이라네. 자네는 옛 로마 시인 베르길리우스의 언어에 능하지만, 지금은 아우구스투스 시절이 아니네. 시를 후원하는 이들은 향기로운 화밀(花蜜)에 몰려드는 벌 떼처럼 모여들지 않네. 시를 탐닉하여 도락을 즐기는 내 모습을 보고 제정신이 아니라고 말할 사람도 분명히 있다네. 나는 그들에게 이렇게 말했네. '그는 내 친구라네. 그가 쓰는 시는 이 세상의 정신에 황금 같은 존재가 될 것이네. 때문에 나는 황금과 같은 시를 쓰는 그에게, 이 미천한 금화를 기꺼이 바치는 거라네.'

고요함이 흘렀다. 멀리서 들리는 새소리가 이 세상의 유일한 움직임처럼 느껴졌다. 새소리가 잦아들자 시인이 말했다.

"자네는 내 친구네. 내가 잘못 건넨 말에 자네가 상심했으니 슬픈 일이로군. 그리고 자네를 실망시킨 것도 슬픈 일이로세."

시인은 친구이자 후원자가 자신과 나눈 대화와, 그들이 나눈 침묵 사이에 흘긋 본 무언가를 규정하거나 이해하지 못한 채 그저 미미하게 감지한 것을 분명히 하듯이, 고개를 약간 내렸다가 다시 올렸다.

"친구와 친구로서, 마음과 마음으로 이야기를 나눈다면……." 시인이 낮은 목소리로 말했다. "자네, 내게 좀 더 솔직하게 말할 수 있겠는가?"

그의 친구이자 후원자는 아무 말도 없이 기다리는 눈빛을 통해 그에게 대답했다.

"시를 읽으며 순수하지 않은 기쁨을 느꼈던 적이 있었는가?"

그의 친구이자 후원자의 눈빛이 잠시 희미해졌다가 다시 빛났다. 그리고 미미하지만 확고한 움직임이 있었다.

"고인이 된 내 숙모 프란체스카를 지옥에 떨어지게 한 글을 읽을 때는 무척 즐거웠네. 그녀가 우리 가족을 모욕하고 슬프게 했기 때문일세."

"자네를 기쁘게 함으로써 자네의 호의를 얻을 걸 알고, 내가 이처럼 순수하지 못한 글을 썼으리라는 생각은 해 본 적 있는가?"

"그렇다네, 그런 생각이 든 적이 있었네. 이제는 내가 자네에게 좀 더 솔직히 말하라고 요구하겠네. 이 시가 그렇게 쓰였나?"

"내가 지금 거짓을 말한다면 신의 손에 죽어 마땅할 것이네. 하지만 진실을 말하건대, 더 이상 기억나지 않네."

친구이자 후원자가 다시 미미하지만 확고한 움직임을 보였다. 잠시 후, 그는 마음을 가라앉히고 힘 있는 목소리로 말했다.

"신과 진실에 관한 이야기는 이제 그만하세." 그는 자리에서 일어나 오래된 짙은 색 나무로 만든 길고 좁다란 진열장 위에 놓인, 호두나무로 만든 작은 상자를 향해 걸어갔다. "이리 와 보게." 그가 말했다.

시인이 친구이자 후원자 옆으로 다가가 호두나무로 만든 작은 상자의 뚜껑을 열자, 황홀할 정도로 아름다운 양피지 다발이 들어 있었다. 그의 친구이자 후원자가 맨 위에 놓인 양피지 조각을 들어 희미한 불빛에 갖다 댔다. 유대인 노인에게 받은 서책의 두꺼운 종이보다 더 미세하고 얇았지만, 똑같은 진주 빛 광택이 났고 천사의 날개처럼 새하얗고 뒤틀린 자국이나 흠이라곤 찾아볼 수 없었다.

"내가 이 종이를 얼마나 자주 불빛에 비춰 보는지 아는가? 시가 시작되는 대문자 엔네(N)를, 다른 인쇄업자의 잉크와는 다른, 짙은 붉은색이 감도는 가장 화려한 색깔을 내 마음의 눈으로 본다네." 친구이자 후원자는 여전히 양피지를 불빛에 비춘 채 시인을 돌아보며 말했다. "아직 누구에게도 말한 적 없지만, 가장 미세한 빨간색뿐만 아니라 귀족적인 보라색 잉크를 손에 넣을 수 있을 것이네." 그가 양피지를 낮추어 건네주자, 시인은 천천히 음미한 다음 이슬람 헝겊 위에 조심스럽게 두었다. 그의 친구이자 후원자는 뚜껑을 닫은 다음 상자를 부드럽게 만졌다.

"이것은 새끼 양의 자궁으로 만든 진귀한 양피지라네. 붉게 물든 심홍색과 검은 글씨, 어느 것과도 같지 않은 빛나는 색깔을 담을 수 있지. 우리의 친구 조토가 양피지에는 그림을 그린 적이 한 번도 없지만, 그의 그림은 회반죽을 액화하여 그린 그림만큼 아름답게 빛날 것이네. 그리고 책의 장정 과정도 기다리고 있네. 가장 훌륭한 물소 가죽을 가장 섬세한 아프리카 방식으로 무두질할 것이네."

시인의 시선은 호두나무로 만든 상자에 머물러 있었다. 가장 훌륭한 양피지로 이 상자를 채우기 위해 얼마나 많은 어린 양과 송아지를 도살했을까?

"숫처녀인 베아트리체의 깨끗하고 반투명한 가죽으로 더 훌륭한 양피지를 만들 수 있었을 텐데." 그는 의아해하는 친구이자 후원자의 눈을 똑바로 쳐다보며 말했다.

"그런 종류는 아프리카에 거주하는 아랍인들에게 돈을 주면 구할 수 있네." 그의 친구이자 후원자는 기이한 표정으로 말했다. "하지만 나라면 그런 걸 구입하지 않을 것이네." 그는 호두나무로 만든 상자를 가리켰다. "그래도 자네가 굳이 알고 싶다면, 그런 건 이 양피지만큼 깨끗하고 훌륭하지 않다는 걸 알려주는 바이네."

시인은 편안한 의자로 되돌아와 앉았다. 예전에도 그랬듯이, 그의 시선은 커다란 장식장과 마찬가지로 오래된 짙은 색 나무로 만든 책장 선반 위에 놓인 책에 오랫동안 머물렀다. 그는 자신이 쓴 《신곡》이 책들 사이에 끼어 있을 모습을 마음속에 그려보았다.

시인의 마음속 생각을 읽은 것처럼, 친구이자 후원자가 말했다. "자네가 쓴 시는 밤나무를 조각해서 만들고, 황금 경첩을 달고, 자네가 지금 앉아 있는 의자의 쿠션과 똑같은 푸른색 벨벳 천으로 장식한 상자에 담아 둘 것이네. 그리고 똑같은 밤나무를 조각해서 만든 낭독대에 올려 둘 것이고, 밤나무와 낭독대는 짙은 색의 훌륭한 나뭇결로 만들 것이네. 책을 상자에서 꺼내 낭독대에 올려 두고 읽을 수 있도록 크고 화려한 촛대를 옆에 놓아둘 것이네."

시인은 아직 존재하지 않는 것에 대한 애정과 경탄 어린 말에 매료되었다. 그의 친구이자 후원자는 자신이 말했던 모습을 머릿속에 그려 보았다. 두 사람은 아직 환영으로만 존재하는 모습을 꿈꾸며 말없이 앉아 있었다.

시인이 이제 떠나려는 듯 천천히 자리에서 일어서자 친구이자 후원자는 장식장과 책장과 마찬가지로 어두운 목재로 만든 책상 위에서 희미하게 빛나는 금화가 놓여 있는 곳으로 조용히 다가갔다.

"앞으로 자네에게 필요한 것과 자네가 원하는 것을 위해서네." 그가 말했다.

시인은 금화를 내려다보고 나서 호의적인 눈빛으로 친구이자 후원자인 그의 눈을 들여다보았다. "자네한테는 늘 모자람이 없게 받았네." 그가 말했다. 그는 손에 지팡이를 잡고 말없이 작별 인사를 한 다음 아치 모양의 석조 문으로 향했다.

석조 대문을 막 나서려는데, 친구이자 후원자의 목소리가 그의 등 뒤에서 들렸다.

"난 이해할 수가 없네. '연옥'를 쓰는 데 꼬박 1년이 걸렸네. 그 이후로 6년이 지났는데, '천국'은 아직 미완이네. 난 잘 이해할 수가 없네."

시인은 그를 똑바로 응시했다.

"나도 마찬가지네." 그는 툭 터놓고 말했다. "나도 잘 이해할 수가 없네."

시인은 그가 더 말해 주기를 바라며 그 자리에 머물렀다. 하지만 그는 더 이상 아무 말도 하지 않았다.

"언젠가는 완성되겠지, 그렇지 않겠는가?"

그러자 그가 말했다.

"모든 건 시간이 지나면 끝나는 법이지."

공항 흡연실에는 나를 제외하고 단 한 사람밖에 없었다. 그가 들고 있는 검은색 소형 서류 가방에는 '유럽 심장 학회'라는 빨간색 글씨가 적혀 있었다. 머리가 하얗게 센 신사는 조용히 앉아 담배를 피우고 있었고, 나는 그의 모습, 서류 가방과 담배를 피우는 모습이 마음에 든다고 말하며 미소 지었다. 그는 담배와 심장 학회라는 글귀가 서로 어울리지 않는다는 걸 그제야 깨달은 듯 나를 보며 웃었다.

"아무한테도 말하지 말아요." 그가 비밀이라는 듯 집게손가락을 입술에 갖다 대며 말했다. 그는 스톡홀름에서 열린 국제 심장 협회 모임에서 연설을 마친 뒤 되돌아오는 길이고, 그 모임에 참석한 의사들은 모두 그 서류 가방을 받았다고 했다.

우리의 짧은 대화가 끝나 갈 무렵, 나는 모임에서 연설을 마친 후 스톡홀름에서 여가 시간을 보냈는지 그에게 물었다.

"스톡홀름에 가 본 적 있습니까?"

"아니요."

"스톡홀름에서 여가 시간을 보내는 것은 '연옥'에서 여가 시간을 보내는 것과 같습니다. 거기엔 아무것도 없습니다."

우리는 자리에 앉아 한동안 말없이 담배를 피웠다. 그는 잠시 텔레비전을 틀어 뉴스를 봐도 괜찮겠냐고 내게 물었다. 나는 괜찮지 않았지만 괜찮다고 대답했다.

뉴스에 나온 소식은 다음과 같았다. 유나이티드 에어라인의 비행기가 맨해튼 시내에 있는 보기 흉한 쌍둥이 건물 가운데 하나와 정면으로 충돌했다.

우리는 믿기지 않는다는 표정으로 서로를 쳐다보았다. 그리고 말하지 않아도 우리는 알 수 있었다. 이슬람교의 유일신인 알라의 의지와 분노가 강림했다는 사실을.

"미국의 우호적인 하늘을 날았군." 내가 말했다.

검게 소용돌이치며 피어오르는 연기가 하늘을 집어삼켰다. 우리가 보고 있는 사이, 두 번째 비행기가 건물을 강타했다. 그러자 의사는 우리가 지금 새로운 시대의 도래를 지켜보고 있다고 천천히 고개를 끄덕이며 소름 끼치도록 무섭게 단언했다.

"관계 당국이 유독가스 흡입 등 2차적인 위험으로부터 무고한 사람들을 현명하게 보호한 것은 그나마 다행입니다." 그가 말했다.

그는 담배를 한 개비 더 꺼내 불을 붙인 다음 천천히 고개를 가로저었지만, 이번에는 아무 말도 하지 않았다.

"세상의 종말에 온 걸 환영합니다. 이곳은 금연입니다." 그가 말했다.

죽음의 천사 루이가 있었다면 좋아했을 것이다. 모든 게 불길에 휩싸인 채 무너져 내렸다.

익사한 자들의 호텔에서 쥐가 바닥을 긁는 소리, 술 취한 아랍인들과 마약에 중독된 튀니지 사람들이 성교를 하고 서로를 죽이는 소리, 다닥다닥 붙어 있는 방에서 그 소리를 구분하기는 어려웠다. 일신교의 소리.

쾅, 쾅, 쾅. 일신교의 소리.

일신교. 악의 근원.

우상 숭배를 버리고, 신을 저버리고, 신성한 것을 전지전능한 것으로 분열하면서, 인간은 오랫동안 잠들어 있던 고대 크레타 섬의 전쟁과 파멸의 신인 엔얄리온(Enyalion)의 다양한 이름과 겉모습으로 선택하고, 되살리고, 포용했다. 그리고 윌리엄 블레이크(1757~1827. 영국의 낭만주의 시인이자 화가. 단테의 《신곡》에 그린 삽화로 특히 유명하다—옮긴이)의 말을 빌리면 '자기 전멸까지 내려갔다'.

엔얄리온. 무위. 전멸.

진정한 신을 인위적으로 만들어 내는 것은 엔얄리온의 역병, $\psi\bar{u}\chi\acute{o}\theta\varrho o\varsigma$, 영혼의 죽음으로 이르는 치명적인 질병의 진정한 기원이었다. 영혼과 하늘을 통해 신과 인간이 하나 되었던 곳에, 이제는 죽음으로 변해 버린 영혼과 하늘을 통해 모든 게 사라지는 검은 연기가 피어오르고 있었다.

먹잇감이나 영역 때문에 자기 종족을 죽이는 것으로 알려진 동물이 있다. 하지만 인류가 자연의 섭리를 거스르고, 사악하게 변하고, 자기 종족을 잔혹하게 살해하기 시작한 것은 바로 종교에 대한 병적 집착 때문이었다. 인류는 오래전부터 항상 전쟁을 벌였고, 전쟁을 벌일 때마다 신이 도와주기를 갈망했다. 하지만 그들은 신의 이름으로 전쟁을 벌이지는 않았다. 트로이의 헬렌은 여느 인간처럼 쉽게 죽지 않는 제우스의 딸이라는 전설이 있지만, 제우스는 트로이 전쟁에서 어느 편도 들어 주지 않았다. 전지전능한 신의 이름으로 처음 살인을 저지른 것은 유대인들이었다. 기원전 3세기에 그리스와의 전쟁에 맞선 유대인들은 그리스의 신을 받아들였다. 하지만 지금으로부터 1,000년 이상의 세월을 거슬러 올라간 당시에는 일신교가 악이었기 때문에, 아멘호테프 4세는 이집트의 다신교를 강제로 끌어들였다.

일신교.

십자가, 초승달, 여섯 개의 꼭짓점이 있는 별. 그것은 엔얄리온의 어깨에 늘어뜨리는 띠에 장착한 무기일 뿐이었다.

한동안, 담배를 내 입술에 갖다 댈 때마다 방아쇠를 당겨 사람을 죽인 손끝의 느낌을 떨쳐 버릴 수 없었다. 이제는 기분 좋은 독한 담배 연기만 느낄 뿐이다.

나는 왜 죽였을까? 빌어먹을 신을 위해서도, 빌어먹을 알라를 위해서도, 빌어먹을 예수 그리스도를 위해서도 아니었다.

나는 왜 죽었을까? 이제 더 이상 상관없었다.

그리고 이제 더 이상 문제 되지도 않았다.

예전에도 전혀 문제 되지 않았다.

내가 아는 건, 신의 왕좌이기도 한 악마의 왕자를 차지하지 않았다는 사실뿐이었다.

그러니 상관없다.

옛 시절의 종교, 진정한 옛 시절의 종교를 돌려 다오. 사랑과 미의 여신 아프로디테와 함께 눕게 하고, 주신(酒神) 디오니소스가 내 혈관 속에 흐르게 하라.

빌어먹을 유대인의 3, 빌어먹을 셈(Shem)의 후예인 모든 유대인들.

레반트(시리아, 레바논 이스라엘 등 동부 지중해 연안 제국—옮긴이), 예루살렘, 모든 악마의 짐승의 요람. 세 개의 유일신 종교가 함께 있는 성스러운 도시.

성스러운 진정한 여러 신이 그들을 날려 버리기를, 그리고 빌어먹을 예루살렘을 이 죽어 가는 지구로부터 날려 버리기를.

나는 담뱃불을 붙이고, 담배 연기를 들이마시고, 집게손가락을 입술 위에 대고 있다.

몇 시간 후, 나는 런던에 있는 리츠 호텔 스위트룸 418호실의 플러시 천 소파에 누워 잠을 자고 있다. 무언가 가볍게 움직이는 것을 알아차리고 잠에서 깨어난다. 방에서 꽃을 갈고 있던 호텔 여직원이 잠을 깨워 미안하다며 내게 사과한다. 나는 소파에서 일어나 그린 파크가 내다보이는 커다란 유리창을 가리고 있는 얇은 커튼을 젖힌다. 나는 잠시 밖을 내다보다가 텔레비전을 켠다. 그 흉하게 생긴 고층 빌딩은 더 이상 존재하지 않는다.

나는 브루클린에 있는 미셸의 집에 전화를 걸었다. 국가 번호나 지역 번호를 누르자마자 곧바로 통화 중이라는 안내 멘트만 계속 나왔다. 몇 시간 후에야 비로소 나는 브루클린에 있는 미셸과 통화를 할 수 있었다.

"미셸." 내가 말한다.

"맙소사." 그녀가 말한다. "닉 선생님."

그녀는 괜찮다. 그녀는 내가 괜찮은지 걱정했다고 한다. 나는 안전하게 잘 있다고 그녀에게 말한다.

"나와 지난번에 통화했던 사실, 다른 사람한테 말한 적 있어?"

"아니요." 그녀가 말한다.

"확실해?"

"네, 확실해요."

"좋아. 자, 힘든 일이 있어. 우리 두 사람은 항상 잘해 왔어. 서로에게 거짓말한 적도 없고 서로를 속인 적도 없었지. 우리가 항상 했던 말 기억나? 거짓말로 가득 찬 세상에선 정직이 가장 강하고 가장 두려운 무기인 법. 그것이 우리를 훌륭하게 만들었고 우리를 강인하게 만들었지. 하지만 지금 당장은 날 위해 거짓말을 해야 해. 요즘 내가 이상하고 냉담하게 행동했다고 말해 줘."

"그게 무슨 거짓말이에요?"

"내가 오늘 아침 이른 시각에 세계 무역 센터에서 약속이 있고, 약속에 대해서는 더 이상 아무 말도 하지 않았다고 말해. 재정 전문가나 그런 일 때문에 약속을 잡은 것 같다고 말해. 아는 건 그게 전부이고, 내가 걱정된다고 말해."

그녀는 불안하게 한숨을 내쉬었다.

"왜 그러시는 거예요?" 그녀가 묻는다.

"설명할 수 없어." 나는 그녀에게 대답한다. "그냥 러스에게 전화를 걸어서, 내가 오늘 아침 약속이 있는데 걱정된다고 말해."

"차라리 러스에게 이 일을 시키는 게 어때요? 난 거짓말을 잘 못해요. 거짓말을 해 본 적도 없고요. 할 수도 없고, 해 본 적도 없어요."

"러스는 그럴 수 없어. 우선, 내가 이른 아침 시각에 재정 전문가와 만날 약속이 있다는 걸 그가 알고 있다는 게 말이 안 돼. 그리고 또 다른 이유, 하여튼 러스는 말도 안 돼. 내 말 믿어, 나를 위해 이 일을 할 수 있는 사람은 너뿐이야. 너 말고는 아무도 없어. 그러니 제발 부탁이야. 네가 원한다면, 내가 시내에서 누군가와 만날 약속을 잡았다고 들었는데 그 이후로는 나와 연락이 되지 않는다고 말해 줘."

"너무 복잡해서 알아들을 수 없어요."

"해 줄 거지?"

"하지만 이유가 뭐죠?"

"왜냐하면 난 죽어야 하니까."

시뇨라 젬마는 죽고 싶을 때가 몇 번 있었고, 자신이 죽었음을 알 때도 간혹 있었다.

하지만 이승을 떠나는 죽음은 그녀가 바라는 죽음이 아니었다. 닭이나 생선의 내장을 빼내기 위해 날을 간 칼을 손에 들고 있을 때면, 그녀는 잠시 숨을 멈추고 맥박이 뛰는 자신의 부드러운 손목에 칼날을 깊이 긋거나 목 아래를 격렬하게 그어 버리는 모습을 상상하곤 했다.

자신의 손으로 직접 자행하는 이 사소한 죽음에 대해, 오른손에 의한 죽음(mortiti di mano destra)에 대해 백일몽을 꾸기 시작한 것은 언제부터였던가?

그녀는 내성적이었지만 신비로운 생각에 잠길 때면 행복해하는 아이였다. 지체 높은 집안의 아이들과 어울려 노래하고 춤추며 뛰어다니는 것보다 하녀가 들려주는 신비로운 이야기에 빠져드는 걸 더 좋아했다. 그녀는 명문가 자녀들의 오만한 태도와 소란스럽게 심술부리는 모습을 보면 위협감을 느꼈는데, 그들 대부분은 그녀보다 더 지체 높은 가문의 자녀들이었다. 그녀는 더러운 누더기 옷을 입고 순수한 노래와 춤을 추는 아이들을 보면 마음이 슬퍼졌고, 자신보다 더 나이 어린 아이들이 노예처럼 들판에서 멍에를 매거나 허리를 구부린 체

고된 일을 하는 모습을 볼 때도 슬펐다. 경이로움에 가득 차 감격하고, 기뻐하고, 즐거워 웃고, 빙빙 돌며 주변을 돌아다닐 때는, 마음씨 착한 하녀가 들려주는 이야기를 들을 때뿐이었다. 그녀가 삶의 모습을 발견하는 것도 하녀가 들려주는 이야기에서였다. 이야기 속에서는 냉혹하고 오만한 자들이 정의에 굴복하고, 마음은 순수하지만 운명으로 고통받는 자들이 마침내 복을 받았다. 그리고 그녀는 그런 이야기를 들을 때 가장 기분이 좋았고, 그 이야기가 현실이 아님을 알 때면 현실 세계의 공기와 빛과 그림자에 우울한 기운이 어려 있는 것 같았다. 하지만 그러한 우울함은 그녀를 위협하고 슬프게 하는, 도저히 현실로 받아들일 수 없는 세계와 비교하면 아무것도 아니었다. 그녀는 구름 아래에서, 저택 정원의 나무와 꽃 사이에서, 밤하늘에 빛나는 별을 바라보면서, 하녀의 다정한 목소리를 들으면서, 자신의 마음속에서 끊임없이 메아리치는 목소리를 들으면서, 잠에서 깨어나면서 그리고 꿈을 꾸면서, 그녀는 어린아이에서 어여쁜 아가씨로 성장했다.

시간이 지나자 마법 같은 그녀의 세계는 종교적으로 변했다. 구름과 나무와 꽃에, 밤하늘에 빛나는 별 속에, 하녀가 들려주던 이야기와 그녀의 마음속에 끊임없이 울리던 메아리 속에, 잠에서 깨어나면서 그리고 꿈을 꾸면서 만났던 신을 법전과 문자를 통해 배우게 되었다.

교회 예배당의 긴 의자에 앉아 공부하던 그녀를 데려온 어느 날 낮, 그녀의 부모님이나 다른 어느 누구보다도 그녀를 더 잘 아는 하녀는 그녀의 마음이 불편하고 어둡다는 걸 알아차렸다.

"아가씨, 무슨 일이라도 있습니까?"

그녀는 마음이 불편하고 어두운 일은 없다며 한동안 부인했다. 현명한 하녀가 더 이상 물어보지 않자, 그녀는 한동안 입을 다물고 있다가 마침내 마음속에 있는 무거운 짐을 털어놓았다.

"신은 우리가 상상하는 것 이상으로 끊임없이 행복해하며 즐거워할 수 있을 텐데, 왜 그렇게 엄격하고 완고해야 하는 걸까?"

"아가씨, 성직자에게 그런 질문을 해서는 절대 안 됩니다."

마치 어린아이였을 때처럼 그녀의 마음속에 두려움이 엄습했다. 그녀의 마음은 무겁게 가라앉았고, 그녀는 고개를 힘없이 떨어뜨리며 말했다. "난 죄를 지었어."

신앙심 깊은 하녀가 그녀의 자그마한 손을 장난스럽게 잡고 그녀의 눈빛을 바라보았다. "아닙니다." 하녀는 부드러운 미소를 지으며 말했다. "아가씨는 죄를 짓지 않았습니다. 신의 모습은 우리들이 보기에 따라 다릅니다. 엄격하고 완고한 성직자들의 눈에는 신의 모습이 그렇게 보이는 것이지요. 천진난만한 아가씨에게는 신의 모습이 있는 그대로 보이는 것이지요. 아가씨가 앞으로도 신의 모습을 그렇게 본다면, 신은 항상 그런 모습일 겁니다.

아가씨가 행복한 모습을 보면 예수님도 기뻐할 것이고, 예수님도 자신처럼 아무도 고통스러워하지 않기를 바라실 겁니다. 아주 오래전, 예수님은 즐거운 마음으로 가시 면류관을 버리셨습니다. 예수님에게 가시 면류관을 다시 씌운 사람들은 우리들 가운데 엄격하고 완고한 자들입니다. 예수님은 여전히 즐거운 마음으로 다시 면류관을 쓰고 계시지요."

"그렇다면 그게 죄 없는 것인지 왜 물어보면 안 되는 거야?"

"왜냐하면 엄격하고 완고한 자들은 자유롭게 날아올라 천국의 노래를 부르는 새 같은 아가씨를 질투할 것이기 때문입니다."

그녀는 다시 마음이 한결 가벼워지고 기분이 좋았고, 신은 다시 햇살 빛나는 공기 속에, 한결 마음이 가벼워지고 기분 좋은 그녀 마음속에 있는 듯했다. 부드러운 햇살이 비치는 한낮, 마음씨 착한 하녀의 손을 꼭 잡은 그녀는 앞으로도 영원히 그럴 것 같은 느낌이 들었다.

"그럼 우리 함께 노래하자."

"우리는 새처럼 노래할 수 없으니 주님을 노래하도록 하지요."

"좋아, 그렇게 하자. 〈집에서 멀리 날아간 울새(The Robin Far from Home)〉를 부르자!"

그녀가 들려주는 노래와 이야기는 끝이 없을 것이다. 마음씨 착한 하녀는 글을 읽거나 쓸 줄 몰랐지만 좋은 선생님이었다. 예배당에서는 아무것도 물어서는 안 된다는 것을 하녀에게서 배운 그녀는 은연중에 박식한 대답을 들을 수 있는 질문도 하지 않았다. 그녀는 신에 대한 온갖 질문들, 산술, 수사학, 문법에 관한 질문을 꾹 참았다가 사랑스러운 표정으로 하녀에게 물어보았다. 하녀가 운문과 산문으로 들려주는 노래와 이야기는 더할 나위 없이 아름다웠고, 신에게서 비치는 빛으로 빛나는 것 같았다. 그리고 즐겁게 지저귀는 지빠귀와 다람쥐가 몰래 훔쳐 온 열매들, 순수하고 아름다운 형식의 수사법으로 풍요로운 나날을 보냈다.

그녀가 받는 교육의 목적은 교양 있고 우아한 숙녀로 성장해 나가는 것이었다. 거기에 상응하도록 라틴어를 배웠다. 라틴어를 배우고 나서 놀라운 이솝 우화를 알게 되었다. 그녀와 마음씨 착한 하녀는 그 어느 때보다 자매처럼 지냈는데, 젬마와 하녀가 이제는 서로 이야기를 주거니 받거니 할 수 있었기 때문이다. 어린 젬마는 교회에서 여우 이야기를 듣고서는 곧장 마음씨 착한 하녀에게 달려가, 아주 어린 시절부터 하녀가 들려주었던 이야기와 똑같고 그녀가 들려준 이야기와 이솝 우화가 똑같다고 말했다. 책에서 읽지도 않은 이솝 우화가 그녀의 정원에서 피어났다는 게 무척이나 신기하고, 글을 읽고 쓸 줄 모르지만 마음씨 착한 하녀가 아리스토텔레스보다 더 아름다운 형식을 통해 자신에게 훌륭한 가르침을 주었다는 게 놀랍다고 말했다.

젬마가 라틴어를 더 깊이 공부하게 된 것은 교양 있는 숙녀가 되기 위해서라기보다는 이솝 우화에 깊이 빠져들었기 때문이다. 그리고 얼마 지나지 않아, 그녀는 호라티우스, 베르길리우스, 오비디우스의 시를 하녀에게 읊어 주었다.

그녀는 노래로 부르기에 무척 잘 어울리는 운율을 가진 궁정 음악에 빠지게 되었다. 한번은 프로방스 궁정의 악단이 피렌체에 온 적이 있었다. 그녀는 악단이 부르는 노래를 한마디도 알아들을 수 없었지만 지금껏 그렇게 감미로운 소리는 한 번도 들은 적이 없었다. 그리고 그렇게 아름답고 우아하게 노래 부르는 여성을 한 번도 본 적이 없었는데, 남자들은 자신보다 더 뛰어난 사람에게 존경을 표하듯이 여자들 뒤로 한 발짝 뒤로 물러섰다. 그들이 부르는 노래 가사는 이해할 수 없었지만, 그들의 목소리와 감미로운 현의 울림은 충분한 의미를 전해 주었고, 젬마는 새로운 마법의 영역을 알게 되었다.

젬마가 나중에 알게 되듯이, 이러한 새로운 마법의 영역을 가져온 남자들은 음유 시인으로 불렸고, 이러한 새로운 마법의 영역을 가져온 여자들은 여성 음유 시인이라는 이름으로 불렸다. 그리고 그들이 이 새로운 마법의 영역을 갖게 된 것은 한 세기 전이고, 그 영역의 이름이 '가장 순수하고 진실한 사랑'이라는 사실도 알게 되었다. 그 사랑은 가장 위대한 순수함과 힘, 열정의 영역으로 확대된다. 그것이 바로 남성 음유 시인과 여성 음유 시인의 영역이었고, 궁정의 여성과 남성 사이에 존재할 수 있는 가장 아름다운 것이었다.

나는 랑간 레스토랑을 향해 걸어간다. 오이와 스틸톤 치즈로 만든 수프. 달걀을 넣어 다진 스테이크와 양파 튀김. 신선한 야채 샐러드. 큰 물병 하나와 와인 한 잔.

나는 살아 있다.

혹은 죽어 가고 있다.

어쨌든.

나는 위조 여권으로 미국을 떠났다. 새로 만들어진 지옥 속에 흩어져 있는 수천 구의 주검, 그들의 모습을 원래대로 되돌리는 일은 불가능할 것이다.

나는 신원을 규명할 수 없는 흩어진 질량의 작은 조각이다.

나는 Οὖτις이다.

나는 아무도 아니다.

나는 죽은 목숨이다.

그는 늙은 할멈이 일하는 여관에서 점심을 먹은 다음, 가방에 살구 한 개를 넣고 오래된 피네타 묘지로 걸어갔다. 그는 묘지 한가운데 서 있는 커다란 느릅나무 아래 풀밭에 앉았다. 그는 굵은 나무줄기의 오래되고 두꺼운 나무껍질에 등을 기댄 채, 땅에서 튀어나온 부분만으로도 그의 몸통만큼 굵은 나무뿌리 사이에 앉아 있었다.

묘지와 느릅나무, 어느 것이 더 오래되었을지 그는 궁금해졌다. 물론 이 정도로 큰 나무는 몇백 년의 수령에 달할 것이다. 하지만 나무 주변에 서 있는 대부분의 비석도 수백 년의 세월을 견디며 비바람을 맞아 옛 흔적은 거의 남아 있지 않았다. 비석 가운데 몇몇은 나무뿌리가 점점 더 굵어지고 옆으로 퍼짐에 따라 원래 자리에서 움직였거나 위로 솟아오른 것처럼 보였다.

몇 미터 떨어진 곳에는 오래되어 남루한 비석이 왼쪽으로 기울어 있었다. 그가 기울어진 비석과 같은 각도로 고개를 기울이자, 비석 위에 참새 한 마리가 보였다.

그는 피렌체 묘지에 묻힌 아버지의 무덤과 어머니의 무덤에 있는 비석을 떠올렸다.

어머니의 손길을 기억하려고 애썼지만 기억이 나지 않았다. 그는 너무 어렸고, 얼마 안 있어 의붓어머니가 생겼기 때문이다.

그는 죽은 아버지의 축축한 이마에 입술을 대던 기억이 떠올랐다. "살아 있을 때보다 더 차갑지 않았습니다." 그는 어렸을 때 그 말 하기를 좋아했지만, 그건 거짓된 공상이었다. 주검은 살아 있는 자의 몸보다 항상 더 차갑기 때문이다.

하지만 그의 아버지가 살아생전 냉정한 기질이었다는 사실은 부인할 수 없었다. 그는 기울어진 묘비를 보면서 무표정한 얼굴로 고개를 끄덕였다. 자신도 그런 냉정한 기질을 지니고 있었기 때문이다.

그러한 차가운 기질은 피를 통해 다음 세대로 전해질 수 있을까? 차가운 씨앗을 받아 잉태할 수 있을까?

그는 공허한 눈빛으로 비석을 바라보며 다시 고개를 끄덕였지만, 이번에는 무표정한 얼굴이 아니었다. 그의 마음속에 이는 고요한 생각이 얼굴에 그대로 나타났다.

그는 도시 사람들의 시선이 자신에게 향하는 걸 확인하고는 무덤 위에 꽃을 놓아두었다. 그의 마음속에 아무도 모른 채 죽어서 누워 있는 무덤 위에 아름다운 꽃을 놓아두는 것이야말로 그의 시라고 할 수 있을 것이다…… 사랑과 자비와 성스러움을 노래한 꽃처럼 아름다운 그의 시어. 하지만 그의 삶 자체를 노래한 것은 완전히 다른 노래였다.

죽음을 맞이한 아버지의 얼굴이 기억 속에 떠올랐다. 두 눈은 크게 뜨고 있었고, 자신에게 찾아온 예상치 못한 죽음의 순간에 소스라치게 놀란 듯 턱은 아래로 내려와 있었다.

아내의 얼굴과 아이들의 얼굴이 머릿속에 떠오르자, 마음 한 켠이 서늘해지면서 슬퍼졌다. 여느 사람들의 얼굴을 떠올릴 때의 슬픔과는 달랐는데, 마음속에서보다는 밖에서 느껴지는 차가운 기운 때문인 듯했다. 아버지 때문에 몹시 괴로워했던 그는 자기 자식들의 마음을 몹시 괴롭게 하지 않았던가? 아내에게 아이를 잉태하게 하면서 그는 그녀의 처녀 시절 기질 또한 바꿀 수 있었던가? 그는 묘지를 향해 무표정한 얼굴로 다시 고개를 끄덕였다. 그렇다, 그는 진정 경이로운 것은, 운명에 의해 고약한 모습으로 변한다 해도 결국 인간의 신비로움과 항상 함께해 온 자연이라는 생각이 들었다. 그렇다, 그를 구원한 호흡은 그의 마음속에 있던, 아름다운 언어를 고르느라 모두 써 버린 희미한 사랑과 열정을 모두 끌어냈다. 밤하늘의 별을 향하는 시선처럼, 그는 멀리 있어 도저히 다가갈 수 없는 것에 대한 사랑을 느꼈다. 그리고 사랑의 이름을 갖고 있다 해도, 자연의 또 다른 결점은 무엇인가? 성 요한은 더럽고 천한 나병 환자를 따뜻하게 해 주고, 그를 위로하기 위해 사랑으로 안아 주었다. 그 자신은 시에 나오는 처녀가 아닌 피와 살이 있는 처녀를 보면 몸을 움츠렸는데, 성스러운 조물주가 그녀의 흰 피부와 영혼에 조금이라도 남겼을 불완전한 자국이나 흠을 보지 않기 위해서였다.

지금껏 진정으로 호흡한 적이 없었던 것처럼, 그는 사랑한 적이 없었다. 무한의 하늘이 점점 더 희박해지는 것은 그 순간을 포착하지 못했기 때문이다. 현자들이나 성인, 혹은 그럴 경우는 거의 희박하겠지만 현자이면서 성인인 사람들을 제외하고 진정으로 사랑한 사람이 있었을까?

그는 호흡했다. 그 정제된 호흡 속에서 그는 사랑이 있음을 느꼈다. 그의 머리 위로 비바람을 막아 주는 나뭇잎, 그의 주변에 펼쳐진 풀밭 그리고 그 밑에 누운 죽은 자들의 시신. 그는 자신에게서 나온 호흡과 사랑이 온 세상에 퍼지기를, 그 위와 주변 그리고 그 아래로 퍼지기를 기도했다.

태양이 회색 구름을 뚫고 나와 모습을 드러냈고, 햇빛이 푸르게 우거진 잎사귀와 나뭇가지를 지나 그에게 부드럽게 내려와 비쳤다. 그는 가방에서 살구를 꺼내 과일 표면에 황금빛으로 비치는 햇빛을 유심히 바라보았다. 살구(apricot)와 철자가 비슷한 아프리쿠스(apricus)는 자연의 빛을 뜻하는 사랑스럽고 미묘한 라틴어였다.

살구는 겉모양 만큼이나 맛이 감미로웠다. 그는 살구 맛을 음미하며 오랜 세월이 지나 바랜 비석을 곰곰이 생각했고, 커다란 나무뿌리가 점점 더 굵어지면서 위로 솟아오른 다양한 비석에 대해서도 곰곰이 생각했다. 그리고 나무뿌리가 죽은 자들의 관 속으로도 들어갔을 거라는 생각이 들었다. 나무뿌리는 완강한 힘으로 습기 차고 썩은 관 속으로 들어갔을 것이고, 죽은 자들의 살 속으로도 들어갔을 것이다. 땅 아래로 스며든 습기에서 자양분을 취하는 나무뿌리는 죽은 자들의 피를 마셨을 게 틀림없고, 썩어 가는 시신에서 흘러나오는 액을 마셨을 게 틀림없고, 썩어서 똑똑 떨어지는 온갖 수분 성분을 마셨을 게 틀림없다. 그러므로 죽은 자들의 찌꺼기는 생명과 물질 그리고 나무의 구성 성분으로 흡수되었다. 그러므로 죽은 자들은 나무 속에서 살고 있고, 그러한 나무를 통해 죽은 자들의 작은 입자는 새로운 살아 있는 존재로 변화되었다.

떨어진 나뭇잎을 들어 올린 그는 완벽한 형태를 보며 경이로움을 느꼈다. 오래전에 죽은 생명이 잎맥으로 들어와 되살아나고, 이 잎 역시 썩어서 수분이 되고, 모든 것이 돌고 돌아 새로운 생명으로 되살아나고, 내쉰 모든 호흡이 다른 생명에게는 들이쉰 호흡이 되고, 그렇게 끊임없이 계속되면 아직 세상에 태어나지 않은 생명이 예수 그리스도의 호흡을 들이마시고, 이 세상에서 주어진 생명이 다할 때면 봄에 새싹으로 돋아날 것이다.

달콤한 살구의 과육이 그의 몸 안으로 들어왔고, 씨를 뺀 오목한 부분을 빨자 맛이 가장 좋았다. 그는 과즙을 빨면서 더 깊은 생각에 빠졌다.

그가 앉아 있는 커다란 나무가 그렇게 열매를 맺었다면? 그렇다면 그는 달콤하게 익은 과일 속에 들어 있는 죽은 자의 썩은 살의 작은 입자를 먹은 것이다. 그가 방금 먹은 살구가 가족묘로 사용된 작은 언덕을 개간한 밭에서 수확한 것이라면? 그렇다면 나무와 그 나무가 맺은 열매에 살고 있던 죽은 자가 이제 그의 일부가 된 것이다. 그리고 그의 입 속에 든 살구의 오목한 부분이, 이곳 지하 아래에 흐르는 얕은 개울 안에 있다가 언젠가 땅 밑 수분을 끌어당길 만큼 자랄 어린 묘목의 뿌리를 통해 죽은 자들의 작은 입자가 새롭게 태어난 것이라면? 그렇다면 먼 곳에서 살다가 죽은 사람이 먼 곳에 있는 살구나무 안에도 살 수 있고, 다른 시대에 다른 곳에서 죽은 자들과 함께 섞일 수도 있다. 그런 과정이 계속되고 씨앗에서 열매로 이어져 누군가가 그것을 먹으면, 그 열매의 껍질 안쪽의 유조직은 공기 중에 흩어지고, 죽은 자들은 산 자들에게 자신의 일부를 전한다.

그가 사랑하는 사람들이, 그는 운율의 가능성을 시도하면서 천천히 속삭이다가 다시 시작하고 또 새롭게 시작했다. 아, 그녀를 사과나무 아래 잠들게 할 수 있다면, 신이 지상에 영원한 수목을 허락해 줄 날에는 그녀의 달콤한 성스러움을 영원히 맛볼 수 있을 텐데.

그는 자신의 손바닥 오목한 부분에 침을 뱉어 기울어진 비석을 향해 던졌다.

하찮은 시도, 사랑과 그녀에 대한 거짓말도 그것으로 충분했다.

자신이 혐오스러워진 그는 고개를 가로저으며 눈을 감았다. 그는 결의에 차서 숨을 깊이 내쉬었다. 그런 다음 그저 숨을 내쉬었다.

나는 줄리에타에게 전화를 걸어 런던에서 만나자고 말하며, 리츠 호텔에 체크인할 때 사용한 가명을 가르쳐 준다.

"설명할 수 없어." 나는 그녀에게 말한다. "그냥 와. 가능한 한 빨리. 그리고 전신환으로 2,000달러 정도 가져와."

나는 어슬렁거리며 리츠 클럽으로 향한다. 이래서는 안 된다. 이곳을 떠난 지 거의 1년이 되었다. 호텔 직원들과 관리인들은 가끔씩 오는 손님을 잘 기억하지 못한다. 손님이 도착하기 전에 기록을 확인하고 나서 기억하는 척할 뿐이다. 하지만 카지노 관리인들은 다르다. 그들은 분명히 기억한다. 난 도박을 하고 싶다. 젠장!

"어서 오십시오, 토시즈 씨. 만나 뵙게 되어 반갑습니다. 오랜만이군요."

"다시 오니 기분 좋군요."

그는 내 얼굴과 이름을 기억하고 있다. 나는 그의 얼굴만 기억난다. 그는 오래된 이 고급 술집의 안내 데스크에 혼자 앉아 있다. 나는 50파운드짜리 지폐 몇 장을 그에게 건네고, 우리는 악수를 나누며 인사를 한다. 죽은 자들에게는 이름이 있어서는 안 된다.

"오늘 저녁에는 형식적인 입장 절차를 생략하고 싶습니다."

"물론입니다. 당신 같은 신사 분의 존재는 등록부에 서명하거나 회원 카드를 제시하는 것보다 더 분명하지요."

진정한 신사.

나는 블랙잭 테이블에서 7,000파운드를 잃고 100파운드짜리 분홍색 칩 두 개만 남았다.

물론, 나는 지금도 줄리에타가 내 돈을 들고 사라질 거라 생각하고 있다.

나는 각각 5,000파운드가 들어 있는 비닐봉지 세 개를 들고 밖으로 나간다.

결국 그녀는 나를 진정으로 사랑하는지도 모른다.

"안녕히 가십시오."

그렇다, 진정한 신사이다. 감사와 칭찬의 의미로 윙크를 하면서, 나는 내 이름을 부르지 않은 그의 신중한 태도에 대한 대가로 100파운드를 건네준다.

나는 내 음경에 손을 올린 채 잠이 든다. 사랑스러운 줄리에타가 양손에 1,000파운드를 들고 스타킹을 신는 모습이 꿈속에서 보인다.

아침이 되자, 나는 올드 본드 스트리트의 테일러 이발소에서 면도를 하고 머리를 자른다.

유스턴 가에 위치한 대영 도서관의 친필 원고 부서.

수전 풀리스 박사의 사무실은 조용하다. 그녀의 사랑스러운 이탈리아 억양을 듣자, 줄리에타와 모든 아름다운 추억이 마음속에 떠오른다.

"당신 덕분에 호기심이 일었어요." 그녀가 말한다. "대학 시절부터 단테의 친필 원고가 모두 사라졌다는 사실에 깊은 관심을 갖고 있었거든요. 어떻게 그런 일이 있을 수 있는지 종종 의구심이 들었죠."

"그러한 친필 원고를 찾을 가능성에 대해 당신이 어떤 기분인지 말한 적 있습니다."

"맞아요. 그 중요성을 가늠할 수 없을 정도로 대단한 발견이 될 거라 믿어요. 또한 가장 뜨거운 논쟁을 불러일으키겠죠. 풍부한 지식과 경험을 가진, 내가 존경해 마지않는 이탈리아 학자들과 고전 서체 전문가들에게도 그러한 친필 원고는 힘든 도전이 될 거예요. 내가 반드시 연락해야 할 이탈리아 학자들이 적어도 네 명은 떠오르는군요."

그녀가 학자들의 이름을 열거한다. 어떤 학자들은 내가 아는 사람이고, 어떤 학자들은 내가 모르는 사람이다. 밀라노 가톨릭 대학의 미렐라 페라리, 피렌체 대학의 스테파노 참포니와 테레사 데 로베르티스, 피사 고등 사범 학교의 아르만도 페트루치였다.

"내 개인적인 생각입니다만……." 그녀가 말한다. "크기가 아무리 작고 보존 상태가 나빠도 단테가 직접 쓴 친필 원고라면 모든 출판 단체와 개인 컬렉터들은 특별한 가치를 지닌 유산으로 평가할 겁니다. 큐레이터들과 컬렉터들은 친필 원고를 보유하는 것을 항상 꿈꿔 왔지요. 그러한 친필 원고를 금전적인 가치로 평가하는 것은 어려울 터이고, 그 가치는 여러 가지 요소에 의해 결정되겠지요."

그녀는 또 다른 이름도 열거한다. 런던 소더비 경매의 서양 친필 원고 부서 책임자인 피터 키드, 소더비 경매의 서양 친필 원고 부서 책임자였다가 현재는 컨설턴트이자 케임브리지 코퍼스 크리스티 칼리지의 파커 도서관 수석 사서로 있는 크리스토퍼 드 호멜.

"물론 단테의 친필 원고임을 입증할 방법은 물론이고 비교할 수 있는 견본도 없습니다."

"그렇습니다." 내가 말한다. "내가 알기로는, 그의 서체에 관한 참고 자료는 단 한 건밖에 없습니다."

"단테가 죽은 지 80년 이후에 쓰인 레오나르도 브루니의 《신성한 이야기에 관한 대화》에서 니콜로 니콜리가 말했지요."

나는 송아지 가죽으로 만든 손가방을 열고 종이 한 장을 꺼내, 니콜로 니콜리가 한 말을 소리 내어 읽는다.

"나는 최근에 그가 쓴 편지를 읽었는데, 그가 직접 쓰고 자신의 인장으로 서명한 것으로 보아 매우 조심스럽게 쓴 것으로 추정된다. 하지만 헤라클레스에 비하면 모두 교양을 갖춘 사람들이기 때문에, 그의 필체가 그렇게 이상하다 해도 부끄러운 일은 아니다."

"그가 자신의 인장을 사용한 것만으로도 분명히 놀라운 일입니다." 그녀가 곰곰이 생각에 잠긴 모습으로 말한다.

나는 문장학 용어로 말한다. "방패 복판의 황금색 세로줄, 검은담비 털로 만든 화필, 방패꼴 무늬 바탕 중앙의 은색 가로띠입니다."

"그걸 어떻게 알 수 있죠?" 그녀가 묻는다.

"'지옥' 편의 마지막 페이지, 작가의 서명 위에서 발견되었기 때문입니다. 'tondo(둥근)'와 'stelle(별)' 단어가 부분적으로 가려졌습니다."

나는 다시 검은색 손가방에서 모든 연구 결과 사본이 들어 있는 폴더를 꺼내 그녀 앞에 내려놓는다. 파브리아노에서 작성한 서한 사본과 여러 분석 실험을 거친 친필 원고 사본도 폴더 안에 들어 있다.

그녀는 잠시 서류들을 자세히 살펴본다. 나는 다른 데를 처다본다. 거의 들리지 않는 그녀의 속삭임, 말의 그림자 같은 희미한 그녀의 속삭임이 들리자 내 시선은 다시 그녀에게로 향한다. "맙소사, 맙소사."

그녀는 나를 처다본다.

"내가 어떻게 연락하면 되죠?"

나는 기분 좋게 웃는다. 그녀는 정말 기분 좋은 여자이기 때문이다.

"내가 연락하겠습니다."

줄리에타와 나는 평소와 달리 맑게 갠 런던 오후의 시원한 공기를 가르며 걸어 다닌다. 신문 가판대에는 공황 상태와 전쟁, 운명과 세계 종말의 날이라는 머리기사가 실린 타블로이드판 신문들로 넘쳐 나고 있다.

"오늘은 당신의 날이에요, 그렇죠?" 그녀가 말한다.

"그게 무슨 뜻이야?"

"오늘."

"오늘이라니?"

"지난 1년 내내 당신은 어처구니없는 도박에 나오는 마법의 숫자의 의미에 대해 그리고 당신의 비밀 달력에 나오는 성스러운 날에 대해 이야기했잖아요. 이젠 다 잊어버린 거예요?"

"당신이 무슨 말을 하고 있는지 모르겠어."

"오늘." 그녀는 다시 반복해서 말한다. "오늘은 바로 단테가 죽은 날이에요."

마음씨 착한 하녀가 젬마의 운명을 말해 준 것은 그녀가 첫 월경을 하던 날이었다.

"아가씨, 아가씨는 이제 꽃처럼 활짝 피었으니 더 이상 어린아이가 아닙니다. 그것은 여성임을 알려 주는 첫 번째 장밋빛 이슬입니다. 이제 곧 아가씨는 아가씨의 아이를 낳을 것이고, 우리가 그랬던 것처럼 그 아이들과 함께 경이로움과 마법으로 가득 찬 새로운 곳을 거닐게 될 것입니다. 그리고 얼마 지나지 않아, 제가 아가씨의 손을 꼭 잡았던 것처럼 아가씨는 아기의 자그마한 손을 잡을 것입니다."

어린 젬마는 기적을 행했다. 신비롭고 천상에서 울리는 듯한 음유 시인들의 노래를 처음으로 들은 지 얼마 지나지 않아, 하녀는 그녀를 대신해 그녀의 아버지에게 프랑스어를 배우게 해 달라고 간청했다. 계단 맨 꼭대기에 몸을 구부려 앉은 젬마는 가장 마음씨 착한 하녀와 가장 두려운 존재인 아버지 사이에서 어떤 이야기가 오가는지 마음을 졸이며 귀 기울였다. 하녀는 마음속으로는 그의 관심을 모르는 척 간청하면서도 겉으로는 고개를 숙이고 경의를 표하며 이렇게 말했다. "아가씨는 이제 어엿한 숙녀가 될 것이고, 학교에서도 항상 재능이

특출했습니다. 앞으로 피렌체어를 쓰지 않는 이웃 나라의 궁정에 갈 수도 있으니 교양을 쌓아야 할 것입니다. 특히 지참금 제도가 없어진 것은 경사스러운 일이 아닐 수 없습니다." 젬마는 그 이상한 말을 듣고 의아했지만 잠자코 이야기를 계속 들었다. "앞으로 외교 정세가 어디로 향하든 프랑스 왕정의 언어를 익히면 남들보다 더 교양 있는 숙녀가 될 것입니다. 문의해 보니 교습 비용도 그리 비싸지 않았습니다. 게다가 아가씨가 요즘 게으름을 피우면서 하루 종일 백일몽을 꾸고 있으니, 그러한 교육을 받으면 아가씨에게도 좋을 것입니다. 아가씨도 한껏 활기가 넘칠 거라고 자신합니다." 젬마의 아버지는 아무 말이 없었다. 아버지가 마음이 산란한 표정으로 고개를 끄덕이며 하녀에게 나가라는 손짓을 했다는 것을, 젬마는 나중에야 알게 되었다. 하녀는 무릎과 상체를 굽히고 고개를 숙이며 물러났는데, 현명한 행동인지 어리석은 행동인지는 알 수 없었다. 하지만 그 사실을 전혀 몰랐던 그 순간, 아버지의 침묵이 이어지자 젬마는 더욱더 마음 졸이며 귀를 기울였고, 하녀가 계단을 내려와 자신에게 다가오는 소리를 들었다. 하녀의 얼굴에는 밝은 미소가 번지면서, 환한 미소를 짓는 입술 위에 손을 갖다 대고 조용하라는 신호를 보내며 흥분을 감추지 못했다.

두 사람은 프로방스 악단이 노래 부르던, 젬마의 마음을 사로잡은 신비롭고 천상에서 울리는 듯한 언어가 그들이 들어 오던 프란치아 언어와 같지 않다는 걸 알았다. 그들은 악단에 속한 젊은 여인이 피렌체어를 유창하게 구사하는 모습을 나중에 보게 되었는데, 그날 공연을 위해 멋지게 차려입은 하녀는 그 여성 단원에게 젬마를 도나티 가문의 딸이라고 소개했다. 젬마와 하녀는 프랑스 남부에서 사용하는 언어가 갖가지 이름과 즐거운 가락으로 알려져 있다는 사실을 알게 되었다. 그 사랑스러운 여성 음유 시인은 100년도 더 거슬러 올라가 프로방스 귀족 정원에서의 진정한 사랑을 처음 노래한 것도 바로 그 언어라고 말했다.

"아름다운 목소리를 지닌 여성 시인이시여." 젬마가 고요한 바다 같은 음유 시인의 눈동자를 들여다보며 말했다. "그대가 시를 노래하면 사람들이 고개 숙이고 옆으로 물러납니다."

사랑스러운 여성 음유 시인의 얼굴에 환한 미소가 번졌다. "포에타(poeta)와 포에진(poesin)은 모두 여성 명사 아니던가요? 시의 여신도 모두 여성이 아니던가요?"

"맞아요, 사실이에요."

그러자 젬마는 기뻐 소리쳤다.

"그리고 고대 그리스 시대에 가장 아름다운 시를 쓴 시인들 중에서도 여성이 있지요. 사포라는 이름의 시인은 직접 노래를 부르고 자신의 시가 아름다운 노래로 불리는 소리를 들었지요. 아랍인들이 그 노래를 다시 불렀고, 이제 여러분이 우리의 노래를 들은 겁니다. 그리고 나는 여러분에게 그 아름다운 의미를 말해 줄 겁니다."

그 아름다운 소리에 매혹된 어린 젬마는 눈을 감았다. 그 여성 시인이 새로운 언어를 들려주는 동안 젬마는 두 눈을 꼭 감고 있었다.

"내 고국에서 사람들로부터 존경받는 위대한 궁정 시인 가운데 마리 드 프랑스라는 여성이 있습니다. 진정한 사랑에 대해 자신의 방식으로 시를 썼지요."

"이곳에서는 여성들의 훌륭한 시를 찬미하지 않고 침묵하는 것 같습니다."

"여러분도 오늘 직접 보았겠지만, 우리는 남녀가 함께 노래합니다. 여러분의 말이 맞습니다. 프로방스 궁정의 사랑의 노래와 프레데릭 2세의 시칠리아 궁정 시인들의 노래를 비교한다면, 그들에게서는 여성 음유 시인의 노래를 들을 수 없을 것입니다."

"프랑스에서 시인들이 만들어 낸 이야기를 들려주세요."

젬마가 계속 꼬치꼬치 물어보자 하녀는 여성 시인에게 미안하다며 양해를 구했지만, 그녀는 관대하게 받아 주면서 곰곰이 생각에 빠졌다.

"마법과 모험에 관한 이야기로, 숙녀는 기사를 기다리고 전쟁에서 용감무쌍하게 싸운 기사는 부드럽게 사랑을 고백하는 이야기이지요."

숙녀로 성장해 가는 젬마는 그 이야기에 마음을 빼앗기고 말았다. 넋을 잃은 표정이 크게 뜬 두 눈과 벌어진 입술에 그대로 드러났다. 어린 시절 그녀의 마음을 사로잡은 정원 담 너머 풍경을 거의 보지 못하고 성장한 젬마는 이제 그 너머에 있는 더 광대하고 더 매혹적인 세계, 기어오르려고 열망했지만 그럴 수 없었던 세계에 눈을 떴다.

젬마는 마음씨 착한 하녀와 여성 시인이 조심스럽게 이야기 나누는 모습을 쳐다보았다. 하녀가 여성 시인의 귀에 대고 무어라 속삭이자 여성 시인이 하녀의 귀에 대고 속삭였고, 두 사람의 그런 행동은 몇 차례나 계속되었다.

새로운 세계에 빠져든 젬마는 그들을 똑바로 쳐다보고 있으면서도 그들 가운데 누가 그 비밀스러운 속삭임을 시작했는지 알지 못했다. 하지만 그들의 이야기를 조금 엿들었기 때문에 구체적인 이야기의 소재는 추측할 수 있었다. 그들은 어느 지체 높은 남자와 불행하게도 죄를 범한 여자 그리고 불결한 어린아이에 대해 이야기하고 있었다. 그런 이야기를 들어서는 안 되지만 그녀는 즐거운 천성을 타고난 사랑스러운 아이였다. 혹은 우연히 윤색되고 과장된 갖가지 이야기를 들은 건지도 모른다.

마음씨 좋은 하녀가 귓속말로 나누던 은밀한 대화를 마치며 말했다. "그럼, 진심으로 감사드리는 바입니다."

"우리 다시 만나게 될까요? 앞으로 다시 만나게 될까요?" 젬마가 여성 시인에게 말했다.

"그거야 알 수 없는 일이지요." 여성 시인이 말했다. "이야기를 읽을 때 앞으로 어떤 일이 일어날지 미리 엿봐서는 안 되지요. 그리고 우리네 삶의 이야기에서는, 그런 유혹에 굴복할 기회조차 없지요. 한 가지 분명히 말할 수 있는 건, 다음에 현악기를 들어 노래를 부를 때면 마음속으로 당신을 생각할 것입니다."

바로 그때 아버지는 말없이 그녀에게 손을 흔들었고, 밀라노 공국의 궁정 살롱에 초대되었다.

"내가 여기 온 것은 진정한 사랑의 언어, 숙녀는 기사를 기다리고 전쟁에서 용감무쌍하게 싸운 기사는 부드럽게 사랑을 고백하는 마법과 모험의 이야기를 배우기 위해서입니다."

젬마의 이야기를 들은 여성 시인은 잠시 가만히 있다가 말했다.

"반드시 배우게 될 거예요."

라틴어로 쓰인 이솝 우화를 잘 알고 이탈리아 속어로도 번역한 그녀는 100년 전에 프란치아 속어로 번역된 이솝 우화를 먼저 시작하는 것이 최선이라고 생각했다. 그러면 각각의 언어에서 어떤 라틴어 단어가 없어지고, 변화하고, 각각의 방식으로 그대로 유지되었는지 분별할 수 있을 것이다. 그리고 라틴어 음악에서 갈라져 같은 어족에 속하는 한 언어로 부르는 노래와 다른 언어로 부르는 노래의 차이점도 알 수 있을 것이다.

그리고 나서 몇 달이 지나는 동안 그녀는 마리 드 프랑스의 서정시에 빠져 지냈다. 〈오카생과 니콜레트(Aucassin et Nicolette)〉, 〈랜슬롯(Lancelot)〉, 〈페르스발(Perceval)〉 등 노래로 부르는 우화 그리고 〈트로이의 기독교도(Chrètien de Troyes)〉, 〈장미 이야기(Roman de la Rose)〉를 읽었고, 〈어리석은 트리스탄(Folie Tristan)〉에서 이졸데가 자신이 트리스탄을 알아보지 못한다는 사실을 깨닫고 눈물을 흘릴 때, 그녀는 마치 자신의 일인 양 상심했다. 그녀는 심지어 3부작 고전의 첫 작품인 《아이네이스》도 읽었는데, 8음절 2행 연구 운율에 매혹되어 마음을 빼앗겼다. 다음은 라비니아(Lavinia)가 창가에서 아이네이아스의 집을 내다보는 장면이다.

그가 되돌아오기만을 기다렸네.
곧 돌아오기를 바라는 마음,
그의 집을 내다보는 그녀의 머릿속엔
그에 대한 생각뿐이었다네.

그렇다, 이야기 속의 아가씨처럼 언젠가 그녀에게도 한 남자가 나타날 것이다. 그녀는 양팔을 가슴 위에 올린 채 침대에 누웠다. 그 모습은 마치 초상화에 그려진 기사와 성인들의 모습 같았다. 하지만 가슴에 손을 얹자 살아 있는 생명이 느껴졌고, 두 눈을 감자 잘생긴 기사가 아름다운 장미 한 송이를 손에 들고 무릎 꿇은 자세로, 지난번에 거절당한 그녀에게 되돌아와 사랑을 간청하는 모습이 눈앞에 떠올랐다.

"'그의 모습을 본 순간, 사랑의 화살이 심장에 꽂힌다.'" 그녀는 마치 꿈속에서 미리 본 것을 되뇌듯 누운 채 속삭일 것이다. 그녀는 마치 사랑의 화살 맞은 곳을 찾듯이 손끝을 갖다 댔다. 그리고 자신도 모르는 사이에 한숨을 내쉬며 속삭였다. "'그녀는 마음이 설레고 몸이 차가워지고 떨리기 시작한다.'"

그리고 새벽에 희미한 동이 틀 무렵 마음씨 좋은 하녀는 음유 시인이 노래하던 바로 그 시를 읊었다. "아가씨는 이제 꽃처럼 활짝 피었으니 더 이상 어린아이가 아닙니다."

그렇다, 그녀는 진정으로 기적을 행한 것이다. 꽃처럼 활짝 피어난 것이다. 연애 이야기에 나오는 장미처럼, 프랑스 궁정에 피어난 장미처럼. 그녀는 이제 꽃처럼 활짝 피어났고, 그녀의 호흡과 육신은 '진정한 사랑'의 세계로 들어갈 것이다.

"이제 난 구애를 받는 숙녀가 된 거야?"

"곧 그럴 겁니다."

"그럼 내게 구애할 기사와 왕자들 사이에서 한 남자를 고를 수 있도록 내 옆에 있어 주겠어?" 하녀가 젬마를 위로하듯 그녀의 손을 부드럽게 꼭 잡아 주며 위로하는 듯한 미소를 지었다. 그러면서 젬마의 흔들리는 눈빛을 고요히 가라앉혔다.

"아가씨에겐 약혼자가 있습니다." 그녀가 말했다.

그 말을 듣자 젬마의 심장은 세차게 뛰었고, 그녀의 세상은 갑자기 쓸쓸한 어둠 속에 빠졌다. 그녀의 마음속 꿈은 끔찍한 밤바다에 떠밀려 사라져 버렸다.

"그럴 리가 없어."

"아가씨는 더없이 행복하실 테니 두고 보세요."

그러자 젬마의 눈에는 눈물이 고였고, 그녀는 식은땀을 흘리며 몸을 부들부들 떨기 시작했다. 하녀가 그녀를 꼭 안아 주자 고여 있는 눈물이 하염없이 흘러내렸다.

모든 눈물은 시간이 지나면 그치듯이, 젬마도 시간이 지나자 눈물을 그쳤다. 하녀가 자신의 행복한 미소를 보여 주기 위해 젬마의 턱을 가볍게 들어 올리며 말했다.

"나도 아가씨처럼 행복했으면 좋겠습니다. 하지만 저는 아가씨의 행복을 통해 제 행복을 찾았지요. 그리고 앞으로 제 미래의 행복도 아가씨의 행복 속에서 찾을 겁니다."

"나를 행복하게 해 준 사람은 너야. 나를 낳아 준 어머니보다 더 어머니 같고, 하녀보다는 친언니 같고, 내겐 가장 친한 친구야." 마음씨 착한 하녀는 눈물 자국이 남아 있는 젬마의 뺨을 옷자락으로 닦아 준 다음 그녀를 똑바로 서게 했다.

"약혼자는 기사야?"

"그렇고말고요. 전쟁터에선 누구보다 용감한 전사일 겁니다. 하지만 무척 고귀하고 밤하늘의 별처럼 위엄 있고 기품 있는 분일 거고, 영광스러운 그분 옆에 아가씨가 계실 겁니다."

"내게 장미를 가져다줄까?"

"장미는 물론이고 더한 것도 가져다주실 겁니다." 의자에 앉아 있던 하녀는 몸을 앞으로 숙이면서 젬마의 연한 분홍빛 귓불에 대고, 나이 든 숙녀들처럼 짐짓 조심스러운 태도로 은밀하게 말했다. "그는 시를 씁니다."

소녀의 눈에 다시 눈물이 고였다. 이번에는 행복에 겨운 눈물이었다.

"사실대로 말하자면……." 하녀가 말했다. "여자로 살아온 우리 두 사람은 인생이 운율로 옮길 수 있는 이야기가 아니라는 걸 알게 되었습니다."

젬마는 세상 이치를 모두 아는 여인네처럼 무심히 고개를 끄덕였다.

"하지만 아가씨 앞에 놓인 일은 이 세상이 들려주는 이야기와 운율의 전조일지 모릅니다. 그 이야기와 운율은 우리들과 우리들의 꿈을 먼지처럼 날려 버리지요."

그러고 나서 침묵이 흘렀고 햇빛이 좀 더 비치기 시작했다. 두 사람이 또다시 그런 침묵을 공유할 시간은 없을 것 같았고, 그들은 부드러운 고요함 속에 가만히 있었다. 어떤 신령처럼 느껴졌던 고요한 순간이 지난 후 공기가 떠나갔다. 하지만 그들은 계속 침묵 속에 있었다. 젬마는 거의 말을 하지 않고 자신의 말에 귀를 기울였다. 그녀는 자신의 목소리가 이상하게 느껴졌다.

"그는 어떤 사람이야?"

"명문 알리기에리 가문의 젊은 거장으로, 세례명은 두란테입니다."

하녀는 아가씨가 약간 풀이 죽는 모습을 눈치챘다.

"그게 무슨 말이야?"

"5월제와 다른 행사 때 봤습니다."

"어땠어?"

"수줍음이 많은 사람이었습니다."

하녀는 유쾌한 목소리로 말했다. "아가씨, 거울 앞에 서서 단장을 하세요. 조용한 물이 깊게 흐른다는 속담도 있지 않습니까."

"새처럼 기괴하게 생기지는 않았겠지?"

"아가씨, 그런 예의 없는 말을 하면 안 됩니다. 독수리, 새가 아니라 매와 닮았지요. 옆모습이 옛 황제처럼 용감무쌍하답니다. 아가씨, 여자처럼 섬세하고 곱게 생긴 남자가 좋습니까? 그렇다면……." 하녀는 젬마의 가슴을 가볍게 간질였다. "그는 한눈에 봐도 용감한 무사임을 인정해야 할 겁니다."

"그래, 독수리와 닮았다니, 정말 친절한 표현이군."

가벼운 간질임과 젬마의 장난기 어린 가벼운 웃음소리가 얼마 전 두 사람 사이를 감돌았던 고요함을 걷어 갔다.

"내가 그를 사랑하게 될까?"

"아가씨가 그를 사랑하면 그도 아가씨를 사랑하게 될 것입니다."

하녀는 그녀의 이마에 소리 없이 따뜻한 입맞춤을 해 주었다.

줄리에타와 나는 도박을 하고 질 좋은 화이트 와인을 마신다. 아, 나는 이 여자를 정말 사랑한다.

그녀의 눈빛을 들여다보고 그녀의 미소를 바라보면 내게서 흘러나온 모든 사랑이 감미롭게 물결치며 내게 되돌아오는 듯한 느낌이 든다.

여러 신은 우리를 하나로 묶어 주었고 우리는 축복받았다.

누군가 이 여인에게 상처를 입힌다면 나는 그자를 죽여 버릴 것이다.

우리는 위층에 있는 객실에서 표범처럼 사랑을 나누었다.

나는 그녀와 함께 잠을 자는 게 좋고, 그녀가 내 품에 안겨 있는 느낌, 별을 함께 공유할 사람과 영혼의 따뜻한 위안을 얻는 느낌이 좋다.

나는 내가 아는 사람 가운데 최고의 행운아이다. 나는 서로 증오하는 남자와 여자를 알고 있고, 20년의 세월이 지나도 함께 테이블에 앉아 서로의 눈을 들여다보지 못하는 남자와 여자를 알고 있다. 혼자 지낸 것보다 상대방과 함께 살면서 더 깊은 외로움에 빠진 남자와 여자를 알고 있다.

줄리에타와 함께 있으면 죽음은 꿈에 불과하고, 오로지 살고 싶은 생각밖에 들지 않는다. 우리 두 사람 모두 표범처럼 세상에서 가장 자유롭고 광대하고 달콤한 숨결을 서로에게 전해 준다.

몇 년 전 5월 어느 날, 미의 여신 아프로디테가 바다에서 처음 걸어 나온 키프로스의 바위에서 나는 폭풍우 치는 바다에 내 씨앗을 뿌렸다. 그런 다음 금으로 만든 결혼반지를 내 손가락에 끼고 두 번째 결혼반지는 물결치는 파도 속에 최대한 멀리 던지면서 미의 여신 아프로디테와 결혼하게 해 달라고 기도했고, 입과 목구멍을 활짝 열어 그녀의 한숨을 들이마셨다. 그러자 판테아(Panthea)로서 그녀가 말했다. "나는 지금껏 그렇게 해 왔고, 지금도 그렇고, 앞으로도 마찬가지일 것이다. 반드시 죽을 운명의 인간이 내 옷을 벗긴 적은 아직 한 번도 없다." 그러고 나서 고대 팔라이파포스(Palaipafos) 유적지에서 멀지 않은 곳에서 어두운 오후가 밤으로 깊어 갈 무렵, 나는 인간이 숭배한 물건 가운데 가장 오래된 것으로 알려진 신전의 검은 돌을 훔쳤다. 그것은 판테아, 이시스, 아프로디테 등 여러 이름으로 불리는 여신의 탄생보다 더 앞서는 것으로, 모든 이름 없는 물건을 숭배한 것 가운데 가장 오래된 것이었다.

나는 두 눈을 감고 기도하면서 그것에 입을 맞추었고, 그 차갑고 영원한 힘에 내 음경을 갖다 댔다. 사뮈엘 베케트의 말대로, "실존하는 위대한 여성의 성기"였다.

그렇게 진심에서 우러난 순수한 결혼식은 지금껏 없었으리라.

그리고 나는 며칠이 지나 다른 곳에서 줄리에타를 만났고, 내가 며칠 전 결혼했던 여신의 모습을 그녀에게서 보았다.

지도 제작자인 이냐치오(Ignazio)의 공방은 건물 세 채 가운데 두 채를 차지했다. 좁지만 연귀(면과 면을 맞추려고 문짝 등의 귀 끝을 모지게 엇벤 곳―옮긴이)를 낸 건물의 구조는 옆에 있는 더 오래된 건물이 함몰되는 걸 방지하기 위한 석조 버팀기둥처럼 보였다. 시인은 세 번째 건물도 지도 제작자의 방이라는 것을 알아차렸는데, 그곳은 거처로 사용하는 듯했다. 대문 위에 걸린 대리석 석판 가로대에는 집주인의 이름이 고대 로마체로 새겨져 있었고, 대문 맞은편에는 배를 선착장에 넣는 기둥과 거칠게 자른 돌로 만든 운하 계단이 놓여 있었다.

　지도 제작자는 무척 기쁜 표정이었다. 이국적인 분위기의 세련된 옷차림에 머리는 하얗게 세었고, 턱수염과 콧수염은 세심하게 손질해서 다듬었다. 시인의 친구이자 후원자의 서면과 인장이 찍힌 서한을 받자마자, 지도 제작자는 마지못해 예의를 갖추어 머리를 숙였다. 그러고 나서 다시 마지못해 예의를 갖추어 실례를 구한 다음 위층 회랑으로 올라가 작업 중이던 도제에게 호되게 말했다. "이번에도 해협을 잘못 표시했어. 동쪽과 서쪽에 솟아 있는 부분은 네가 지도에 나타낸 것처럼 평행이 아니야. 서쪽 융기 부분을 좀 더 남쪽에 위치하도록 정확히 표시해야 해. 그래야 양쪽 융기 부분이 똑같이 이어지지. 네가 다시는 이런 실수를 하지 않을 것이니 내가 이런 잔소리를 다시 할 필요는 없겠지, 그렇지? 자, 그럼 잘못된 부분을 지우고 다시 만들어."

시인을 둘러싼 벽에는 특별 열람실이 격자무늬로 들어서 있었다. 각각의 열람실에는 느슨하게 말아 둔 지도 한 장 혹은 여러 장이 함께 놓여 있었는데, 각각의 열람실에 전시되어 있는 지도는 회색과 황갈색이 도는 양피지에서 밝고 흐릿한 흰색 종이까지 색조도 다양했다.

"자." 지도 제작자가 시인이 있는 곳으로 다시 돌아와 마지못해 예의를 갖추며 말했다. 시인이 주변을 둘러싸고 있는 벽을 응시하자, 그는 당당하게 팔을 펴면서 말했다. "자세하면서도 넓은 지역을 아우르는 지도가 나왔습니다. 이 도시의 운하와 구불구불한 좁은 길에서부터 이 나라의 가장 먼 곳까지 모두 나와 있습니다. 이 세상의 모든 부분이 기술적으로 정확하게 표시되어 있습니다. 지도에 칠한 색깔이 마르지 않았지만, 지금껏 마리노 사누도가 제작한 세계 지도 가운데 가장 정확하고 세밀한 지도를 보게 될 겁니다."

시인은 아무 말도 하지 않고 잠자코 지도 제작자의 말을 들었다. 그러자 지도 제작자가 말을 이었다. "마르코 폴로의 책에 나와 있는 지도나 이름만 지도뿐인 시시한 엉터리와는 완전히 다른 것을 보게 될 겁니다. 폴로가 적은 이야기를 설명하기 위해 그려 넣은 지도의 정확성과 솜씨 모두 품위가 떨어지지요. 폴로의 책을 본 적이 있습니까?" 시인은 그의 책을 읽은 적이 있다고 했지만, 이번에도 표정으로만 대답했다. 그는 베네치아의 중심 지역인 리알토에 걸려 있던 폴로의 서책 몇 권을 훑어본 다음 다시 걸어 둔 적이 있었는데, 무척 지루하고 형편없는 글이라 생각했다. "맹세컨대……." 지도 제작자가 말을 이었다. "폴로의 책을 세 권 이상 자세히 훑어보았지만 세 권이 모두 하나같이 배움이 부족하고 자신의 방 문지방 너머로는 가 본 적이 없는 어린아이가 그린 것처럼 상상력이 빈곤했습니다. 정식으로 폴로의 가족들을 초대해서 그들의 편익을 존중하며 호의를 보인 적도 몇 차례 있습니다. 하지만 정중한 응답은 받지 못했습니다. 이유가 뭐겠습니까? 왜냐하면 그들은 나를 두려워하기 때문입니다. 나는 폴로가 쓴 어떤 책도 중국으로부터 멀리 벗어나지 못했다는 사실을 알고 있습니다.

게다가 내가 자세히 살펴본 세 권의 책 모두에 나와 있듯이, 그 여행 지도를 그리는 것은 모든 실질적인 가능성과 자연법칙을 벗어나는 경로를 따를 것임을 알고 있습니다. 폴로와 그의 추종자들이 이미 수중에 있던 설명서를 왜 사용하지 않았는지, 나로서는 이해할 수가 없습니다. 왜냐하면 이것은 정확성과 가치로 특허권을 가진 기술을 이용하고 존중하는 것이기 때문입니다. 폴로 가문은 인색한 장사꾼에 지나지 않고, 이득이 생기지 않는 한 진실된 이야기를 하지 않습니다. 폴로는 기이한 거짓말 덕분에 세상의 평판을 얻은 것뿐입니다. 그와 그가 꾸며 대는 이야기는 나와 다른 사람들 그리고 그들을 따라다니는 직함에도 부끄러운 것입니다."

지도 제작자가 말을 멈추고 숨을 들이마시자, 시인은 여유 있게 침묵을 지키며 안으로 들어갔다.

바로 그때, 시인은 자물쇠와 걸쇠로 고정한, 3에 관한 3에 관한 3에 관한 책을 가죽 가방에서 꺼냈다. 지도 제작자는 책을 유심히 살폈고, 왼쪽 눈썹을 치켜 올리며 섬세하게 다듬은 턱수염을 조심스럽게 쓰다듬었다. 그러고 나서 평평하게 편 지도와 동전을 넣어 둔 넓고 긴 테이블 위에 책을 펼쳐 보았다. 시인이 그랬던 것처럼 지도 제작자는 양피지로 만들어 진주 빛처럼 은은하게 빛나는 두꺼운 책을 보고는 경탄을 금치 못하면서 책의 종류가 무엇이고 책을 만든 사람이 누구인지 물었다. 하지만 시인은 유감스럽게도 알지 못한다는 대답만 했을 뿐이다.

"기술과 과학의 대가이신데……." 시인이 물었다. "이 책을 보고 떠오르는 장소가 있습니까?"

"물론 시칠리아, 다시 말해 트리나크리아가 떠오릅니다."

"그렇군요. 당신이 말한 것처럼, 3 안의 3 안의 3이 의미하는 곳은 트리나크리아일 것입니다."

"나는 아랍어를 모르는데, 이 부호 위에 있는 이 문자는 어떤 의미를 갖고 있습니까?"

"'나는 여기에 머무노라, 3 안의 3 안의 3 안에'라는 뜻입니다. 부호뿐만 아니라 문자도 수수께끼 같지요."

지도 제작자는 그 부호를 좀 더 자세히 들여다보다가 고개를 가로젓더니, 왼쪽 벽 열람실에서 지도를 찾아 꺼내 왔다. 그러고는 지도를 펼쳐 테이블 위에 올린 다음 똑바른 자세로 서서 지도를 내려다보았다.

"여기에 트리나크리아가 있군요." 지도 제작자가 말했다. 그는 지도 위에 손을 흔들어 움직이곤 다시 한 번 고개를 가로저었다.

"수많은 경계점이 수많은 삼각형으로 형성되지 않은 곳이 없군요. 하지만 두드러지는 삼각형이나 세 점이 모인 곳은 없는 것 같습니다. 당신이 보기에는 어떻습니까?"

시인은 지도를 보고 또 보았지만 아무것도 보이지 않았다.

지도 제작자가 자물쇠와 걸쇠로 잠근 책의 부호를 다시 한 번 들여다보며 말했다. "이 삼각형이 서로 결합하여 마법사의 별표를 형성한다는 사실을 알아챘습니까?" 그는 책에 악마라도 들어 있는 것처럼 뒤로 물러서며 말했다. "이 부호는 육지나 바다의 지리를 뜻하기보다는 사탄의 부호인 것 같습니다. 시칠리아의 블랙 하트와 같은 마술에 대해 잘 아는 아랍인에게 가져가 봐야겠습니다."

시인은 책을 덮고 자물쇠로 잠근 다음 가죽 가방에 다시 넣었다.

그는 대리석으로 만든 문 입구를 지나 문을 잠근 다음 희미한 가랑비 속으로 걸어 들어갔다.

"잠깐만 기다리시오!" 지도 제작자가 소리쳤다. 시인이 돌아보자 지도 제작자는 목소리를 낮추며 말했다. "찾아냈습니다. 트리나크리아 안에 있는 삼각형. 찾아냈습니다. 이 항해 안내서에 분명히 나타나 있는데, 좀 더 은밀하고 신비로운 것을 찾는 데 열중하느라 보지 못한 것입니다." 시인이 지도를 내려다보자 지도 제작자가 트리나크리아 동쪽 근처 바다에 있는, 삼각형을 이루는 세 점을 가리켰다.

"이 섬은 거의 알려지지 않았는데, 계절에 따라 바뀌는 조류를 이용해 참치를 낚는 제노바 사람들조차 잘 모르는 곳입니다."

시인은 사파이어처럼 밝게 빛나는 별을 보듯 지도에 나타난 그 세 점을 유심히 바라보았다.

"3 안에 3, 그 대답은 바로 이 지점처럼 이곳 안에 놓여 있다는 느낌이 듭니다." 시인이 지도 제작자의 눈빛을 들여다보았다.

"이 어두운 바다를 항해하는 제노바 사람들에게 물어보면 될 겁니다." 지도 제작자가 말했다. "하지만 소용없을 겁니다. 이 부호를 고안해 낸 제노바 사람은 없기 때문입니다."

"아닙니다." 시인이 말했다. "내 생각은 다릅니다."

다시 파리로 돌아온 나는 검은색 서류 가방을 들고 국립 도서관
으로 향했다.

희귀본 보존과 친필 원고 부서를 담당하는 관리인을 만난 곳은 리슐리외 가
에 위치한 친필 원고 전시실에서였다.

그는 두 손을 경쾌하게 문지르고 눈썹을 치켜 올리며 미소를 지었다.

"프랑수아." 그가 동료에게 말했다. "이제야말로 우리가 존경해 마지않는 작
가의 광기에 대해 분석할 수 있는 귀한 기회가 찾아온 셈이군."

"그럴지도 모르지요." 내가 말했다. "그렇지 않을지도 모르고요."

"맞습니다." 관리인의 동료인 프랑수아가 말했다. "우리 프랑스인들은 분석의
귀재들입니다. 프랑스 학술원에서 한때 이런 분석을 내린 사실을 알고 있습니
까? '프랑스에는 술주정뱅이는 많지만 다행스럽게도 알코올 중독자는 없다.'"

그곳에 있는 것은 프랑수아, 앙투안, 나 그리고 검은색 서류 가방뿐이었다.

바티칸을 제외하고 국립 피렌체 도서관의 팔라티노 소장본 313번과 비교할
만한 것은 아무것도 없다. 그것은 바로 1330년으로 거슬러 올라가는, 아름다운
그림이 함께 그려진 《신곡》으로, 다른 유수의 도서관에도 그들만의 가장 소중

한 유물을 소장하고 있다. 대영 도서관은 이른바 에거튼(Egerton) 친필 원고를 소장하고 있고, 프랑스의 국립 도서관에는 오래된 병기고 소장본이 있다. 그림이 곁들여진 이 장대한 작품은 팔라티노 친필 원고가 쓰인 지 10년 정도로 거슬러 올라가지만, 에거튼 친필 원고는 그보다 더 오래된 것으로 추정된다.

나는 혹시라도 그럴 기회가 있다면, 프랑스 국립 도서관 쪽에서 병기고 친필 원고를 에거튼 친필 원고와 바꿀 의향이 있는지 물어보았다.

"물론 바꾸지 않을 겁니다."

술주정뱅이는 많지만 알코올 중독자는 없다고 했던가.

나는 그들 앞에 서류를 내려놓았다.

그들은 양피지 조각을 복사한 서류를 자세히 들여다보았다. 서류에는 연구기관의 검증 결과가 가득 채워져 있었다. 그들의 눈빛을 자세히 살펴보니, 이 서류는 모작을 만들어 내는 사람의 것일 리 없다는 놀라움으로 가득 차 있었다. 모작을 만들어 내는 사람이라면 작가의 친필 원고와 함께 가짜 원본을 동시에 제시할 리 없는데, 작가의 원본을 쉽게 확인할 수 있고 전혀 무가치한 것일 경우에는 특히 그러하다.

그들은 아무 말이 없었다.

"당신이라면 단테가 직접 쓴 《신곡》의 친필 원고에 얼마를 지불하겠습니까?"

그들의 말은 아지랑이처럼 희미했다. 프랑스 국립 도서관이 가격을 먼저 제시한 적은 한 번도 없었다. 소장품을 가진 사람이 가격을 정하면, 도서관이 구매 여부를 결정했다.

나는 천천히 고개를 끄덕이며 아무 말도 하지 않았다.

그들 가운데 한 사람이 이렇게 말했을 뿐이다. "이런 소장품은…… 이런 소장품은……."

그러자 다른 한 사람이 말했다. "이런 소장품은 이탈리아가 권리를 요구할 것입니다. 이탈리아 세습 재산의 일부라고 주장할 것입니다. 이런 소장품은 이탈리아의 유산이 되어야 합니다."

바티칸에 있는, 그림으로 장식한 커다란 《신곡》 서책이 떠올랐다. 14세기 중엽 고딕체 가운데 반흘림체로 쓴 것으로, 이탈리아 작가인 보카치오가 라틴어로 쓴 긴 운문과 함께 시인 페트라르카에게 헌정한 것으로, 페트라르카가 직접 주석을 달았던 그 사본은 16세기 귀족인 풀비오 오르시니의 소장품이었다. 하지만 그 서책에는 '파리 도서관에서' 1815년에 기록했다는 주해가 달려 있다. 그리고 바티칸 도서관 인장 옆에 프랑스 국립 도서관의 인장도 함께 있다.

이 사람들 사이에서 무슨 일이 있었는지 그리고 지금 무슨 일이 있는지, 도대체 누가 알 수 있단 말인가?

"하지만 병기고 친필 원고는 이곳 프랑스 국립 도서관에 남아 있지 않습니까?" 내가 말한다.

"하지만…… 이런 소장품은…….

"이런 소장품은 없습니다." 내가 말한다. "오직 이것뿐입니다."

"당신은 가격을 얼마로 책정하고 있습니까?"

나는 미소 지으며 그들에게 잘 있으라는 인사를 한다.

호텔로 돌아온 나는 내가 아는 희귀본과 친필 원고 거래인 가운데 가장 전문가답고 가장 믿을 만한 사람인 데이비드 행커에게 전화를 건다. 내가 처음으로 구입한 친필 원고인 단테의 《새로운 인생》 1576년 판도 그를 통해서였다. 총 다섯 권으로 나온 단테 전집의 자타(Zatta) 초판을 구입한 것도 그를 통해서였다. 그를 통해 수많은 값비싼 서책을 사들였지만 지금은 하나도 남아 있지 않다. 그 모든 걸 생각하면 애통해지고, 나는 그것을 되찾을 방법을 찾아내야 한다. 여의치 않을 땐 더 많은 걸 가지면 그뿐이다. 하지만 1948년 에즈라 파운드가 직접 쓰고, '〈제왕론〉처럼 황제당(중세 이탈리아에서 황제 편을 들어 교황당에 맞선 정치적 조직―옮긴이)의 개요가 누락된 첫 번째 권의 제5부'라는 비밀스러운 주석이 달린 '장편 시'는 어떻게 한단 말인가? 비밀스럽다고 한 것은 이후에 나온 '장편 시'에는 이 '누락된 개요'가 포함되도록 개정되었기 때문이고, 단테 본인이 〈제왕론〉에 그러한 개요를 포함시킨 적이 한 번도 없기 때문이다. 그것과 똑같은 판본을 하나 더 구하는 것은 불가능했다.

나는 《신곡》의 친필 원고 가치가 얼마나 되는지 물어보았다.

"그런 걸 갖고 있습니까?"

그의 목소리에는 흥분이 묻어 있었다.

"아닙니다." 내가 그에게 말한다.

"확실합니까?"

"그런 걸 갖고 있다면 기억하지 못할 리 없겠지요. 그렇게 가정해 보는 것뿐입니다. 단테가 직접 쓴 원고가 남아 있다는 증거조차 없습니다. 그건 당신도 잘 알지 않습니까."

"바티칸에 그가 쓴 서한은 남아 있을 겁니다."

"아닙니다. 이른바 열세 편의 서한문 얘기를 하는 것 같은데, 단테가 쓴 서한의 필사본으로 추정되고, 편지의 원본이 존재한다는 증거도 전혀 없습니다. 어떤 사람들은 실제로 있었던 편지의 필사본이라고 하지만, 어떤 사람들은 그럴 가능성은 거의 없을 거라 여깁니다. 어쨌든, 필사본이라고, 필사본을 다시 베껴 쓴 필사본이라고 추정되는 건 아무것도 없습니다. 내 말을 믿어요. 내겐 아무것도 없습니다."

하지만 그는 내 말을 믿지 않는다. 내 말을 믿고 싶어 하지 않는다.

"이탈리아에 있는 누군가에게 전화를 건 다음, 다시 전화하겠습니다."

"데이비드."

"네."

"앞으로 어떻게 할 생각이든, 나와 이런 이야기를 나누었다는 사실은 아무에게도 말하지 말아요."

그는 이제 정말 내 말을 믿지 않는다.

나는 담뱃불을 붙인다. 그 담배를 다 피우기도 전에 전화벨이 울린다. 나는 수화기를 들지만 아무 말도 하지 않는다. 전화를 건 사람은 데이비드이다.

"페이지당 200만에서 500만." 그가 말한다. "값은 내용에 따라 달라집니다."

계산은 쉽다. 총 319페이지가 있다. 2 곱하기 300은 600이다. 4 곱하기 300은 1,200이다. 그리고 각각의 숫자를 100만으로 곱하면 된다. 6억 달러, 12억 달러이다. 두 값을 합해 평균을 내면 대충 10억 달러는 되는 셈이다.

"그림도 있습니까? 나는 항상 그림이 있을 거라 상상했습니다."

"그럼 계속 상상하십시오."

"닉."

"이제 더 이상 나를 그렇게 부르지 마십시오."

"맙소사!" 그가 말한다. 그의 목소리가 갑자기 차분해진다. "당신은 그 원고를 분명히 갖고 있군요."

"내가 전화하겠습니다."

"언제요?"

"조만간."

샹젤리제와 포부르 생토노레 가 사이에 위치한 마티뇽 대로.

크리스티 경매, 희귀 서적과 친필 원고 부서의 국제 컨설턴트 책임자.

"추정 가격이라고요?" 그는 내가 한 말을 반복한다.

"그렇습니다, 추정 가격 말입니다." 내가 말한다.

"금액으로 환산할 수 없습니다."

"금액으로 환산할 수 없다고요?"

"그렇습니다. 비교할 자료가 없습니다. 레오나르도 다빈치의 '해머 사본'이 1994년에 판매되었는데, 필기장 한 권이었습니다. 사람들에게 널리 알려지고 널리 복사되었지요. 한 이탈리아 은행이 그걸 구입하길 원했고 빌 게이츠가 그 은행보다 더 높은 입찰가를 불렀습니다. 크리스티 측은 경매 시작 가격을 3,080만 달러로 정했습니다. 이러한 소장품의 경우 대개 시작하는 입찰가를 정하는 게 관례입니다. 이 원고는 지금까지 판매한 친필 원고 가운데 가장 높은 입찰가를 기록할 것입니다. 잠정 가격을 제한할 수 있는 건 사람들의 재력뿐일 것입니다. 아무리 작은 원고 조각이라 해도 200만 달러 정도는 할 겁니다."

나는 검은색 서류 가방을 열고 물건을 내려놓았다.

그가 조심스럽게 서류를 살펴보았다.

"도대체 어떻게 이것을 수중에 넣은 겁니까?"

나는 쓸쓸히 고개를 가로젓는다.

"나는 자신의 신분을 철저히 숨기는 수집가를 대신하는 것뿐입니다."

"물론 그렇겠지요. 점잖은 신사 분의 수집품이겠지요."

"그렇습니다."

다시 호텔로 돌아온 나는 아까 했던 통화에 이어 몇 군데 전화를 걸었다.

뉴욕 공립 도서관. 뉴욕 메트로폴리탄 미술관. 피어폰트 모건 도서관.

피어폰트 모건 도서관 관장인 윌리엄 보엘클은 다른 사람들보다 더 설득력 있게 말하지만, 다른 모든 사람들을 대신해서 말하는 것 같다.

"우리 도서관은 상당히 풍부한 수집품을 보유하고 있지만 자금은 그렇지 못합니다."

나는 빌 게이츠에게 전화를 건다.

그는 내 전화를 받지도 않는다. 그리고 내게 전화를 걸지도 않는다.

빌어먹을 빌 게이츠.

하루하루가 지나가고, 새로 시작된 날은 매번 그 전날보다 더 이상하다.

나는 다양한 모습으로 가장하여 스무 군데가 넘는 기관과 개인에게 연락했다. 호텔을 옮겨 다니며 여러 사람들의 전화를·받았지만, 그들의 목소리는 기억 나지 않는다. 그들의 목소리는 실재 신원이나 대리인의 목소리와는 다르지만 거의 비슷한 조건을 제시한다. 일부는 현금 일부를 용역이나 재화로 지불하겠다는 조건이다. 자금이 없는 미술관은 내가 가장하는 익명의 신사가 좋아하는 르네상스 화가에 대해 물어본다. 도서관 측은 불행하게도 곤혹스러울 만큼 주기적으로 사라지는 희귀본의 수를 넌지시 암시하기도 한다. 최상품의 헤로인을 다량 소지하고 있다고 에둘러 말했던 것이 개인인지, 기관인지, 정부 기관인지 기억나지 않는다. 나는 발신자 확인 단말기를 구입해, 단말기에 나타난 번호에 다시 전화를 걸었다가 곧바로 끊어 버린다. 다름슈타트에서 상당한 분량의 아편을 곧 약탈할 거라는 목소리가 들린다. 그 목소리가 들렸던 번호로 다시 전화를 걸자, 독일에서 어떤 여자가 전화를 받더니 크리스텐 문화 연구소라고 말한다. 내가 가장하고 있는 신사는 젊은 아가씨나 젊은 청년을 좋아하는 취향이 있는가? 살아 있는 사람 가운데 죽은 사람들 편으로 내몰고 싶은 사람이 있는가?

모든 일에는 대가가 있는 법. 그리고 그 대가는 사람들이 상상할 수 있는 모든 은밀한 형태로 나타날 수 있다.

이러한 이상한 목소리를 듣고 있는데 신문에 난 기이한 기사가 눈에 띈다. 한 자선가가 런던의 타운 하우스에서 살해된 채 발견되었다. 그리고 한 야간 경비원이 뉴욕 클로이스터 박물관에서 살해된 채 발견되었다. 팔레르모와 그곳 주변 도시에서 또다시 유혈극이 일어날 것 같다. 예술을 위한 다국적 기부 성금을 모집하던 한 금융업자가 납치되었다. 나와 통화했던 빈(Wien)의 한 큐레이터가 일주일 넘게 실종된 상태이다. 그리고 또 한 가지 놀라운 사실. 익사한 자들의 호텔에서 미쳐 날뛰며 약탈하던 한 무리의 사람들이 이탈리아어로 말했다고 한다.

나는 더 이상 신문을 보지 않는다. 그리고 파리를 벗어나 바르비종 근교의 작은 호텔 바브레오로 옮긴다.

낯선 사람들의 시선에 여전히 마음이 불안하다. 과대망상은 두려움이 아니다. 과대망상은 환각 상태와 비슷한 증상이다.

죽어서 과대망상에 빠지는 건 썩 좋은 일이 아니다.

유대인 노인은 이제 시인이 3에 대한 3에 대해 알고 있다고 믿는다며 기쁨을 표했다. 그리고 그러한 믿음은 이 3이 세 섬이 삼각형을 이루는 3이라는 사실로 확인해야 한다는 데 뜻을 함께했다. 전설로 내려오는 오디세우스의 고향인 이타카를 발견한 것 같고 그곳을 자신의 고향으로 삼았다고 말하던 아랍인이 한 섬을 가리키며 전설로 내려오는 이타카 섬이라고 했기 때문이다.

"예전에 말했듯이⋯⋯." 노인이 말했다. "자네는 3을 위한 사람이네."

"며칠 후면 베네치아 상인의 작은 선박이 아랍으로 가기 위해 팔레르모로 출항합니다. 나는 그때 출발할 것이고 다음 달 초승달이 뜰 무렵 팔레르모에 도착할 것입니다."

"여행을 하면 마치 아랍 같을 것이네. 사람들을 죽음에 이르게 한 시칠리아 여름의 폭염이 기승을 부리고 있으니 말이네."

"그를 찾게 된다면⋯⋯."

"자넨 반드시 그를 찾게 될 것이네." 노인이 시인의 말을 막으며 확고한 어조로 말했다.

시인은 그의 눈빛을 들여다보며 말을 마쳤다. "제가 그분에게 전할 말이라도 있습니까?"

노인은 다소 힘겨워하며 자리에서 천천히 일어섰다. 그는 사면이 둘러싸인 공간에서 길을 잃은 사람처럼 서성거리다가 창문 앞에 서서 오랫동안 밖을 응시했다. 이윽고 그는 시인에게 등을 돌린 채 말했다.

"없네."

시인은 오랫동안 밖을 내다보는 노인을 떠나며 지도 제작자가 했던 말을 아무렇지 않게 말했다. 그 부호를 만든 사람은 이 세상의 지리보다는 오히려 사탄의 세계에 속한 것 같다고.

시인을 등지고 있던 노인이 몸을 돌려 시인을 바라보며 말했다.

"오히려, 라고 말했나?"

서서히 다가오는 망령처럼, 시인은 자신과 함께 있는 사람이 아까 문에서 자신을 맞아 주던 노인이 아닌 것 같았고, 창가에 서 있는 존재는 자신이 알던 노인의 유령인 듯한 느낌이 들었다. 그는 마음이 불안했지만, 노인의 쇠약해진 모습을 보고 있을 뿐이라고 스스로에게 말했다. 작별을 고하며 노인과 포옹을 나누자 그 생각은 분명해졌다. 노인은 금방이라도 쓰러질 것처럼 약했다.

시인과 포옹을 나누던 노인이 그의 어깨를 잡으며 말했다. "내 이름은 야곱이네."

그 순간, 시인은 이승에서는 그를 두 번 다시 만나지 못할 것임을 알았다.

나는 로버트 루이스 스티븐슨이 글을 쓴 곳으로 알려진 개인 빌라인 바브레오(Bas-Bréau)에 누워 있다.

프랑스어만 하는 줄 알았던 웨이터 둘이 내게 등을 돌린 채 목소리를 낮추어 이탈리어로 무언가 이야기를 나누는 것 같다. 나는 내 손이 떨리는 걸 알아챈다.

나는 이곳에서 나가야 한다. 나는 죽은 사람이지만 여전히 마음이 동요한다.

바로 그 순간, 기억이 떠오른다.

메피스토펠레스.

몇 년 전 나는《지상의 힘》이라는 책을 썼다. 국제 금융의 세 짐승과 마피아, 바티칸이 만나는 비밀스러운 교차로, 세계의 악의 중심 왕좌를 차지하고 있는 시칠리아의 악명 높은 금융업자인 미켈레 신도나의 어두운 세계에 관한 책이었다. 신도나는 내가 아는 사람 가운데 가장 주목할 만하고 흥미를 자아내는 인물이었고,《지상의 힘》은 내가 들려준 이야기 가운데 가장 주목할 만하고 흥미를 자아내는 이야기였을 것이다.

그 책이 출판될 즈음, 법적인 이유로 일부 내용이 삭제되었다. 일부 내용을 삭제했음에도 영국에서 예정된 책 출판은 곧바로 취소되고 말았다.

미켈레 신도나가 내게 들려준 이야기 가운데 대부분은 기이하고 믿기지 않았으며, 다시는 자유의 공기를 마실 수 없음을 알고 있는 복역수의 폭언 같았다. 그는 내게 이탈리아 총리 줄리오 안드레오티에 관한 이야기를 들려주었는데, 1986년 책이 출간되었을 때 아무도 그 이야기를 믿을 수도 없었고, 믿으려 하지도 않았다. 그로부터 7년 후, 안드레오티는 부정부패와 마피아를 보호한 혐의로 공식적인 조사를 받았다. 그는 1995년에 기소되었고 공판은 4년 동안 지속되었다.

신도나는 효율적인 자금 세탁 방법 세 가지를 알려 주었는데, 그 가운데 가장 정교한 방법에는 통화-선물(先物) 옵션 조작 과정에 날카로운 통찰력과 비밀이 개입된다. 그 방법 가운데 아무것도 알지 못하는, 조직범죄에 관한 대통령 자문 위원은 자금 은닉을 자금 세탁이라고 말할 정도로 순진했다. 신도나가 내게 말해 준 바에 따르면, 조직범죄에 관한 대통령 자문 위원회 위원장인 제임스 D. 하먼 2세는 자신이나 자신의 보좌관 가운데 통화나 물자 혹은 선물(先物) 계약에 대해 아는 사람이 아무도 없다고 했다. 그는 자금이 세탁되어 세금을 내야 하는 합법적인 수입으로 바뀌는 과정을 이해할 수 없었다고 말했고, 정부 기관은 아직까지도 자금 세탁 과정을 이해하지 못한다고 했다.

그는 중동에서 카를 한슈와 거래한 이야기도 내게 해 주었다. 알하네슈라고도 알려진 독일계 이슬람교도인 그는 대부분의 지하 테러리스트 조직과 훈련 캠프에 직접 명령을 내린다. 동독 정보부 트리폴리 책임자였던 한슈는 동독 S.E.D.의 병력으로부터 도움을 받았을 뿐 아니라 무아마르 알카다피와 긴밀히 협조하던 리비아의 군사 계급과 경찰 계급으로부터도 원조를 받았다. 속내를 알 수 없는 카를 한슈는 중동 정보부 H.V.A.의 수장이자 중동을 위한 첩보 활동을 지시하는 유일한 유대인인 마커스 '미샤' 울프와 함께 손잡고 일했다. 울프와 막역한 사이였던 한슈는 아랍과 이슬람 지역에 갈등을 조장하고 테러를 일으킬 여러 계획을 실행했다.

신도나는 문명의 종말은 그것이 시작된 곳인 메소포타미아와 그 너머의 불모지에 찾아온다고 믿는 것 같았다. 그는 이슬람교도들이 신성한 대의명분을 위

해 자신을 기꺼이 희생하려는 수많은 젊은이들을 맹목적으로 확충하고 있다고
여겼는데, 그들 가운데는 순교를 영원한 신록이 우거진 성스러운 정원과 무한
한 희열에 이르는 관문으로 여기는 분파도 있었다. 신도나의 말에 따르면, 그들
이 깨닫지 못하는 것은 알라신의 목소리와 한슈와 울프의 목소리, 독일인과 유
대인의 목소리가 하나라는 것이었다. 그리고 이들 젊은이들을 죽음에 이르게
하는 유일신은 탐욕의 신이었다.

신도나는 자살을 범한 3월의 그날, 내게 많은 이야기를 들려주었다. 그는 감
옥 독방에서 청산칼리가 든 커피를 마시고 자살했다고 한다. 그가 죽고 나서 며
칠 후, 나는 그가 쓴 편지를 받았다. 죽은 자에게서 온 편지였다.

'자네는 나에 대해 잘 알고 있으니 내가 죽음을 두려워하지 않는다는 걸 알
것이네. 신과 영원한 삶을 믿는 나는 그곳으로 건너가기를 침착하게 기다리고
있네. 그러므로 나에 대한 어떤 과격한 행동을 한다 해도 걱정하지 않네.'

신도나. 그는 내게 많은 걸 이야기해 주었다. 무척이나 많은 이야기를.

메피스토펠레스.

"나는 그를 이렇게 부르지." 그는 다정다감하게 말했다. "그는 젊어. 자네보
다 아마 열 살이 많을 거야."

당시 나는 서른다섯이었고, 신도나는 예순다섯이었다.

메피스토펠레스.

"그는 뭐든지 할 수 있어. 그가 모르는 것은 내가 가르쳐 주었지. 그리고 그는
나를 닮았어. 그는 혼자 일을 처리해."

감옥에서 면회를 나누는 동안, 신도나는 그 사람에게 은밀하면서도 짧은 메
시지를 전해 달라고 했고, 나는 그 메시지를 전해 주었다.

그리고 이제 기억난다. 파리에서 보낸 모든 시간들이 이제야 기억난다.

고인이 된 신도나의 영혼이 내 길을 평온하게 안내해 준 것 같다.

철컥거리는 무거운 소리가 천천히 그리고 애잔하게 울렸고, 철제 고리를 서로 연결해 닻을 올렸다. 부피가 큰 노후한 배가 천천히 그리고 구슬픈 소리를 내며 위로 향했고, 육중한 무게의 선박이 서서히 그리고 구슬픈 소리를 내며 올라갔다. 선체가 요란한 소리를 내고 돛대가 철컥거리는 무거운 소리를 내며 닻이 부풀자, 아드리아 해의 바람이 닻에 펄럭였다.

선장이 뱃머리에서 성호를 긋고 무사 항해를 기원하며 바다에 던진 빵 덩어리와 화환이 뱃길 오른쪽의 거품이 이는 파도 속으로 사라졌다. 시인은 그곳 뱃머리 난간에 몸을 기댄 채 거품이 이는 파도를 바라보며 서 있었는데, 넘실거리는 파도가 갑자기 그를 향해 올라왔다가 내려가고 다시 솟았다가 사라지곤 했다.

그는 모든 생각으로부터 자유로워져, 가만히 호흡하며 거품이 이는 파도를 응시했다. 그러자 두려운 호흡, 두렵지 않은 호흡, 신비로운 호흡, 강인한 힘의 호흡, 모든 하늘의 호흡이 한데 섞였다. 그는 단지 미지의 세계라는 이유만으로 미지의 세계로 나아가고 있는 듯한 느낌이 들었다. 그가 들여다보는 넘실대는 파도는 그 자신이 최면에 걸려 미지의 세계로 나아가는 격동적인 움직임 같았다. 그 움직임은 더 신비롭고 깊어져, 두려운 호흡과 두렵지 않은 호흡, 신비로운 호흡과 강인한 힘의 호흡, 모든 하늘의 호흡이 함께 어우러지면서, 깊은 바다와 깊은 호흡과 깊은 미지의 세계가 마침내 하나로 되는 것 같았다.

바로 그 순간, 한데 엉켜 가볍게 떠다니는 꽃잎이 그의 마음을 앗아 갔다. 그 모습은 그의 눈으로 본 게 아니었다. 거품 이는 파도와 무(無)와 미지의 그림자 모습을 통해 그는 어머니의 무덤과 아버지의 무덤에 꽃을 놓는 자신의 모습, 젊은 시절 아름다운 장미 한 송이를 어색하게 손에 들고 있던 자신의 모습을 보았다.

"당신은 젊은 아내의 마음과 애정보다 더 귀중한 것을 얻을 것입니다." 그 여인의 하녀가 그에게 은밀하게 애원했다. 그리고 그는 한쪽 무릎을 꿇고 머리를 숙이면서 그 뜻에 따랐다.

그녀의 마음. 그녀의 애정. 그는 마치 그 마음과 애정을 얻고자 하는 것 같았다. 그 장미는 많은 것을 의미했다. 그녀의 손에 장미를 건네주면서 그의 젊은 마음의 꿈도 함께 무덤에 내려놓았기 때문이다.

그의 아버지와 그녀의 아버지가 뜻을 같이하여 약혼을 결정한 것은 그의 나이 고작 열한 살일 때였다. 마음속으로, 그리고 시를 통해 베아트리체라 부르는 소녀 비체 포르티나리를 만난 지 세 번의 봄이 지난 후였다. 넘실대는 파도를 바라보는 그는 45년 전 그해 봄날 그녀가 입고 있던 옷 색깔을 지금도 기억하고 있었다. 그 색깔은 그가 젊은 날의 꿈과 함께 부모님의 무덤에 바쳤던 심홍색 장미와 똑같은 색깔이었다.

그는 아직 만 아홉 살도 채 되지 않았고 베아트리체는 만 여덟 살이 된 직후였다. 그는 '새로운 인생'이라는 제목으로 알려진 책에서 자신이 쓴 글을 이렇게 기억했다.

"그녀를 처음 본 순간, 가슴 가장 깊은 곳에 있던 생명의 기운이 너무나 격렬하게 떨리기 시작해서, 내 몸속 모든 맥박에서 그 떨림을 느낄 수 있었다. 그 떨림 속에서 나는 이렇게 말했다. '나를 지배하러 온, 나보다 더 강력한 신의 모습을 보라.'"

오래전 봄날 그녀를 처음 만난 그는 오랜 세월이 지나 그 글을 썼다. 그 만남이 그 글의 원천이 되었을 수도 있고 그 글의 원천으로 앞서 정해졌는지는 알 수 없지만, 그 글을 떠올리던 그는 거짓된 표현을 읽으며 놀라워했다. 여덟 살 소년이 사랑 때문이든 욕망 때문이든 '생명의 기운이 격렬하게 떨린다니'. 그렇게 우스꽝스러운 모습으로 떨면서 완벽한 운율의 라틴어로 편지를 쓴 여덟 살 소년의 마음은 어떤 것이었을까? '나를 지배하러 온, 나보다 더 강력한 신의 모습을 보라.' 젊은 시절에 이르러 여덟 살 소년의 심정을 그렇게 표현한 그는 문득 최소한의 시어로 표현할 수 있는 비유를 찾고 있었을 거라는 생각이 들었다. 이 소중한 사랑의 예감을 '나보다 더 강력한 신'이라 표현한 것은 신도니우스를 흉내 낸 진부한 표현이기도 하다. 그 구절 몇 행 아래에는 다음과 같은 글이 나온다. '내 머릿속을 떠나지 않는 그녀의 형상을 통해 사랑이 나를 지배하고 있지만, 그 영향은 너무나 숭고해 사랑이 명징한 이성으로 나를 이끌게 했다.' 앞의 표현이 당혹스러운 것은 나이에 어울리지 않는 거짓 표현이고 마음속에서 우러나온 게 아니라 판에 박힌 수사학적인 표현이기 때문이다. '나보다 더 강력한 신'이라는 다소 과장된 표현을 중얼거리며 곰곰이 생각해 보니, 그 오만한 표현은 신의 존재에 대한 질문, 신이 자신보다 강할 리 없다는 질문을 던지고 있다는 생각이 떠올랐다. 따라서 그 표현은 당시 철학적 경향에서 완전히 벗어나 있었다.

몸이 부들부들 떨렸다. 마치 배움에 전념하여 무기력해진 혈관이 떨리듯.

그는 첫 만남 이후 9년 동안 그녀를 다시 만나지 못했다. 하지만 그 긴 세월 동안 그녀의 모습은 그의 마음과 영혼과 존재의 하늘에 오롯이 남아 있었고, 여덟 살 소년보다 더 강력한 신처럼 보였던 그녀의 모습은 무척이나 아름답고 고귀했다.

그가 자신이 지은 단시를 저명한 시인들에게 선보여 인정과 관심을 얻기 시작한 것은 그 9년 가운데 6년째였다. 그는 '새로운 문체'라 불리던 기존의 저명한 시인들의 방식으로 글을 쓸 줄밖에 모르던 열다섯 살 풋내기 소년에 지나지 않았다. 그는 라틴어가 아닌 미완의 속어로 품격 있는 사랑, 숭고한 사랑을 표현한 시를 썼다. 속어로 맨 처음 시를 쓴 사람은 볼로냐의 시인 귀도 귀니첼리로, 속어는 프로방스 궁정의 프로방스어(語)에서 시칠리아 궁정의 이탈리아어까지였다. 그리고 피렌체의 새로운 문체 양식이 처음으로 표현된 것도 그를 통해서였다. 볼로냐의 귀도는 이렇게 노래했다. '사랑은 항상 부드러운 마음을 얻으려고 애쓴다.'

그는 거품이 이는 파도와 바람이 부는 미지의 세계를 향해 그 말을 속삭였다. 그 말은 얼마나 아름다운가. 그 말만으로도 위로가 되고 구원이 되었다.

그렇다, 9년 가운데 6년째 되던 해였다. 그가 자신의 시에 더 잘 어울리도록 소녀의 이름을 베아트리체로 고친 것도 바로 그해였다. 그는 당대의 문인이 되려 했고, 위대한 피렌체의 문인 귀도 카발칸티에게 인정받아 그 신분에 속하게 되었다. 사랑의 시의 배경을 달콤한 궁정에서 평범한 시민들이 살아가는 도심으로 옮긴 주인공은 바로 카발칸티였다. 그보다 열다섯 살 연상인 카발칸티는 사랑을 신의 축복이라기보다는 신의 저주로 보았다. 그는 천국도 지옥도 믿지 않았고, 이승의 삶을 치열하게 살았다. 그리고 젊은 시인인 그는 카발칸티를 최고의 문인이라 칭할 수밖에 없었다. 그는 거품이 이는 파도를 바라보며 다시 속삭였다. 자신의 가장 친한 친구이자 자신보다 더 훌륭한 시인이었으며, 자신을 저주하며 최후를 맞았던 그의 시어를 속삭였다.

소녀를 다시 만난 건 그가 열여덟 살이 된 9년째 되던 봄이었다. 피렌체 법에 따르면 그는 성년이 되었고, 당시 그의 아버지는 세상을 떠났기 때문에 그는 고아로 성인이 되었다.

그렇게 그는 성년이 되어 한쪽 무릎을 꿇고 장미 한 송이를 바쳤다. 그렇게 그는 이미 정해진 대로 젬마 도나티와 정식으로 결혼했다.

그가 젬마 도나티와 결혼하고 베아트리체도 은행가 시모네 데이 바디와 결혼했지만 베아트리체에 대한 그의 사랑은 계속되었고, 시를 통한 표현은 예전보다 오히려 더 빈번해졌다. 아들이 태어난 이후에도 혹시나 그녀를 볼 수 있을지 모른다는 기대에 길거리를 헤매 다니는 어리석은 짓을 저질렀고, 대답 없는 사랑에 하염없이 흘리는 눈물을 글로 표현하는 어리석음을 저질렀다.

세월의 흐름은 파도의 흐름과 같았다. 그 세월의 의미와 진실은 금방 나타났다가 영원히 사라지는 파도처럼 거품이 일고 손에 잡히지 않았다.

《새로운 인생》이라는 책은 여덟 살 때 느낀 사랑으로 온몸을 부들부들 떠는 자신의 초상으로 시작하지만, 자신의 필력으로 '더 가치 있는 것'을 쓸 수 있을 때까지 더 이상 베아트리체에 대해 쓰지 않겠다는 스물여덟 살 때의 결심을 이야기하면서 끝난다.

바다와 하늘이 어둡게 변하면서 희미하게 변한 파도를 들여다보며 그는 20년 동안의 세월을 곰곰이 생각해 보았다. 그 기간 동안 아버지가 세상을 떠나 고아가 되었고, 결혼해서 아들을 낳았다. 하지만 그 기간 동안 그가 쓴 글에는, 운문에든 산문에든 그에 대한 어떤 암시도 나타나 있지 않았다. 연모하는 베아트리체의 죽음은 여러 곳에 드러났다. 때 이른 베아트리체의 죽음은 중요하게 다루었고, 그녀를 성모가 승천하듯 신과 얼굴을 마주할 수 있는 천국으로 끌어 올려 주었다.

자기 혈육의 죽음을 지켜보면서, 혹은 운명적으로 다른 사람과 결혼하면서, 혹은 자신의 피를 받아 세상에 태어난 생명을 바라보면서 그의 마음속 깊은 곳에 있던 생명의 기운은 꿈틀거리지 않았던가?

아버지를 그토록 증오했으면서도 베아트리체와의 결혼은 어떻게 단념할 수 있었을까? 어머니가 죽은 후, 아버지는 왜 자신에게 두 번째 부인이자 자신의 아이들에게 박정한 계모를 집안으로 들였을까? 그러한 열정은 진심이었고 자만심이 아니었다. 마찬가지로 그가 결혼하게 된 것은 냉정한 판단에서였다. 그는 자신의 운명을 결정한 아버지의 완고한 음모에 깊이 분개했다. 그 냉정함은 지옥 가장 깊숙한 곳에서 느껴지는 것이었다. 그렇다면 그의 차가운 씨앗을 받아 살과 피가 있는 존재로 태어난 아이들은 어떻단 말인가? 포대기에 폭 싸인 금방 태어난 아이는 신이 내려 주신 축복 가운데에서도 가장 순수하고 가장 경이롭고 가장 순수한 축복이 아닌가? 길거리를 지나가는, 그와 아무 상관 없는 교태 부리는 여자를 사랑스럽게 바라보는 심정으로 잠시나마 아이를 쳐다볼 가치는 있지 않을까? 《새로운 인생》이 배부되었을 때 그의 아들은 아홉 살이었는데, 나이 든 아버지로서 자신의 아홉 살 난 아이의 마음에만 신경 쓰지 않았던 것일까? 베아트리체가 죽었을 때, 그는 그녀가 평범한 대금업자의 품에 안겨 죽었다는 사실을 왜 언급하지 않았던가?

마지막 질문에 대해 그는 자신에게 정직하게 대답할 수 있었다. 베아트리체가 결혼했다는 사실을 언급하지 않은 것은 그의 의도나 자부심에 걸맞지 않았기 때문이다. 좀 더 당혹스러운 다른 질문에 대한 대답 역시 군색했다. 그러한 문제는 책의 영역을 벗어나는 것이고, 그러한 문제는 시적인 범주를 벗어난다는 대답이었다. 물론 그러한 대답은 거짓이었다. 진실은 그를 당혹스럽게 했다. 산문이나 운문 혹은 말을 통해서도 은밀하게나마 그 진실을 드러낸 적이 없었기 때문이다.

이제 더 거세게 솟구쳐 오르는 파도를 넋이 빠진 듯 바라보다 보니, 자신에게 가까이 있던 것과 자신과 자신의 삶을 시로 쓸 수 없었던 것은 아닌지 의구심이 들었다. 파도의 찬란한 빛 속에서 시어가 흘러나왔다. 그 시어 역시 《새로운 인생》에 나오는 시구였다. 그 시구에서 사랑의 주님은 그에게 이렇게 말했다.

"시간은 우리가 만들어낸 모든 것을 초월하는 환영(幻影)과 같다."

책의 여느 부분과 달리 유독 신비로운 느낌이 드는 이러한 지혜의 원천은 무엇이었을까? 그에게서 나온 것일까 아니면 하늘에서 나온 것일까?

그는 《신곡》의 시작과 끝에 나타난 순수하고 거친 아름다움과 힘으로 자신을 이끌어 준 것은 바로 그러한 지혜라고 이제야 믿게 되었다.

그가 베아트리체를 그녀의 이름이 적힌 비석 아래 평화롭게 잠들도록 내버려 두었더라면. 하지만 그러한 지혜에도 불구하고 그는 그녀에게 계속 미혹되었고 그녀의 환영을 떨쳐 버릴 수 없었다.

그녀의 마음씨 좋은 하녀의 말이 옳았다. 그는 기사도 정신을 발휘해 아름다운 장미 한 송이를 들고 그녀에게 다가갔다. 그리고 그는 두려움 없이 무장한, 전쟁터에서 가장 용감한 무사였다. 피렌체 군대에서 토스카나 겔프당(黨)을 도와 산타 세실리아의 포조(Poggio) 성(城)에 대항해 싸웠고, 캄팔디노 전장에서는 아레초의 황제당(黨)과 대항해 싸웠고, 카프로나의 포위 공격에 대항해 싸웠다. 그는 최고의 지위까지 올라가, 피렌체 정부의 통치 계급인 수도원의 최고위원 6인 가운데 한 사람이 되었다. 그리고 무엇보다, 그가 젬마를 사랑하는 만큼 그녀 역시 그를 사랑할 거라던 하녀의 예상은 옳았다. 그녀는 그의 사랑을 얻기 위해 많은 노력을 기울였지만 허사로 돌아갔고, 사랑에 대한 희미한 환영마저 없는 그에게 똑같이 대응할 수밖에 없었다. 첫아이를 낳던 날 아침, 조산사가 아이를 보여 주자 그는 떨떠름한 표정으로 아이를 쳐다보기만 할 뿐 품에 안지 않았다. 그의 냉담한 태도를 본 그녀는 불길한 징조를 느끼며 괴로워했다. 그리고 이후 다른 자식이 태어났을 때도 마찬가지였다. 젬마가 위로를 얻은 것은 자식들과 어린 시절부터 함께 지내 온 하녀에게서였다.

아내가 있고 장남이 태어나고 모든 피렌체 사람들이 그의 시를 읽었지만, 그는 베아트리체를 향해 계속 솟아오르는 어리석은 사랑을 멈추지 못했다. 그녀의 죽음 이후 그의 어리석은 사랑은 더 깊어졌고, 비속한 수난극처럼 한껏 더 고양되었다. 그녀는 베아트리체가 죽은 지 꼭 1년이 되던 날을 절대 잊지 못할 것이다. 그는 동료 문인에게 그날 자신의 집으로 찾아오라 했고, 애처로운 표정으로 이 세상과는 어울리지 않는 자세로 그들 앞에 앉아 동료들의 존재는 아랑곳하지 않고 펜을 손에 들고 종이를 앞에 놓은 채 어린아이 같은 천사 그림을 그렸다. 그러자 카발칸티가 그의 모습은 염두에 두지도 않고 조롱하듯 말했다. "자신이 발광하는 모습을 보여 줄 구경꾼을 부른다고 상상해 보게. 우리 모두 예견했던 바이고 예견은 경솔하지 않았군." 카발칸티는 그렇게 말하며 젬마에게 따뜻한 인사를 건넨 뒤 떠났다. 젬마는 점점 더 지긋지긋해지는 남편의 행각에 신물이 났고, 조용히 걸어 다니는 다섯 살 난 아들이 남편보다 더 어른스러워 보였다.

   수많은 나날이 지나면······

이 단시에서 그녀의 남편에 관한 진실을 가르쳐 준 사람은 카발칸티였다. 친애하는 카발칸티, 그는 꽃잎 위에 사뿐히 앉은 나비처럼 섬세했고, 격분하여 바위를 내려치는 강철 망치처럼 가차 없었고, 대담하게도 형식보다 힘을 먼저 내세우는 진정한 시인이었다.

내가 말하고 싶은 것의
운율과 음절과 울림이
사라질 것이다.

   친애하는 카발칸티. 젬마는 그가 남편과 가장 가까운 친구라 믿었다. 하지만
남편은 카발칸티를 존경하면서도 한편으로는 두려워하고, 그를 흠모하면서도
한편으로는 시기한다는 느낌이 들었다. 그의 강직함을 두려워했고, 그가 장미
와 가시에 관한 단시와 민요를 표현할 때 느껴지는 위엄을 시기했다.
   당시는 지배당인 겔프당이 흑당과 백당으로 분열되던 시기였다. 백당은 베로
나와 피사, 로마냐의 황제당과 동맹을 맺었고, 흑당은 교황 보니파시오 8세와
동맹을 맺었다. 피렌체의 흑당을 이끈 사람은 귀족이라 자임하는 코르소 도나
티였다. 도나티와 적대적인 정적이었던 카발칸티는 당연히 백당에 속했다. 젬
마의 남편이 《신곡》을 시작한 그해 오월제 동안, 흑당과 백당의 가족과 후원자
들 사이에 무력 충돌이 일어났다. 젬마의 남편과 그의 수도원 동료 위원들은 충
돌을 일으킨 양쪽 당파 우두머리의 추방을 명했다. 단테의 가장 막역한 친구인
카발칸티는 단테와 그의 동료 임원들에 의해 사란차로 추방되었다.
   젬마가 13년 전 첫아이를 출산했던 날 아침 남편에게서 냉담함을 느꼈던 이
래로, 그 사건은 그녀에게 가장 냉혹한 일이었다. 남편이 자신을 포용해 주고,
사랑해 주고, 문인의 일원이 될 수 있도록 이끌어 준 가장 가까운 친구를 추방
한 것은 마음속에 있던 두려움과 시기를 몰아낸 거라는 생각밖에 들지 않았다.
피렌체의 가장 위대한 시인을 피렌체 밖으로 몰아냄으로써 자신이 그 월계수
를 찬탈하려 한다는 생각밖에 들지 않았던 것이다.
   냉혹한 남편의 모습에서 강직함과 사랑이 느껴지던 카발칸티의 대담한 목소
리가 사라지면서 마치 분노에 찬 카발칸티의 울부짖는 소리가 젬마에게 전해
진 것처럼, 그녀는 남편에게 그의 친구를 어떻게 생각하는지 대담하게 물었다.
그는 처음엔 화난 표정으로 아내를 얼핏 보더니, 이내 처음 첫아들을 봤을 때처

럼 떨떠름한 표정으로 변했다.

"수도원 최고 위원은 여섯 명이야." 그는 단호한 어조로 말했다. "난 그 가운데 한 명일 뿐이고. 내가 다른 사람들에게 맞서야 했단 말이야?"

"물론이에요." 젬마가 큰 소리로 외쳤다. "정의와 선의를 위해서 그래야 해요."

그러자 그는 그녀에게 화난 표정으로 손을 내저으며 시선을 외면했다. 하지만 그녀는 멈추지 않고 말을 이었다.

"화려한 수사와 웅변의 위대한 힘은 어쩌고요? 당신은 뻔뻔스럽게도 신을 향해 이야기하고, 사랑에 대한 짧은 시로 세상을 움직일 수 있다고 생각하잖아요? 그런데 몇 명 되지도 않은 위원들의 마음을 움직여 위대한 시인이자 순수한 정치가인 친구를 동정하도록 할 수는 없었나요?"

그는 위협적인 눈길로 그녀를 쏘아보았지만 그녀의 목소리는 또렷하게 들렸다.

카발칸티의 시에서, 사랑은 '종종 내재적인 죽음을 갖고 있다'고 표현된다. 젬마가 생각했던 것처럼, 그녀의 남편에 대한 카발칸티의 애정은 그 자신의 죽음을 초래했다. 카발칸티에게 내린 추방의 저주는 오랫동안 지속되지 않았다. 그가 추방된 사란차에 돌던 역병의 기운이 몸 안으로 들어와 그는 말라리아에 감염되었다. 그해 8월 중순, 거의 죽어 가는 모습으로 피렌체로 돌아온 그는 그곳에서 마지막 숨을 거두었다.

그는 카발칸티 미망인의 눈빛을 어떻게 마주 볼 수 있었을까? 공교롭게도 그녀의 이름은 그가 평생 동안 잊지 못하고 사랑한 베아트리체의 본명과 똑같은 비체였다. 카발칸티의 아들 안드레아의 눈빛은 어떻게 마주 볼 수 있었을까? 그리고 윤나게 닦은 거울에 비친 자신의 눈빛은 어떻게 마주 볼 수 있었을까?

그녀의 남편은 양심의 가책을 느끼기는커녕, 후일 '지옥' 편에 그를 몰아넣음으로써 위대한 시인의 명예를 또다시 더럽혔다.

카발칸티가 죽은 지 1년이 조금 더 지나, 젬마의 남편은 피렌체 집권당인 백당의 특사 세 명 가운데 한 명의 자격으로 로마에 있는 보니파시오 8세에게 갔다. 몇 달 후, 그와 동료 위원들이 자리를 비운 사이 천둥과 우박을 동반한 폭풍이 피렌체를 강타했다. 그 모습을 지켜보던 젬마는 카발칸티의 기백이 복수하는 거라고 여겼다. 특사들이 자리를 비운 사이 천둥과 우박에 이어 또 다른 종류의 폭풍이 닥쳤고 흑당이 백당의 권력을 찬탈했다. 다음 해 3월, 로마에서 돌아온 시인은 사형 선고를 받았다.

시간은 우리가 만들어낸 모든 것을 초월하는 환영과 같다.

그렇다, '새로운 인생'으로 알려진 책의 여느 부분과 달리 유독 신비로운 느낌이 드는 이러한 지혜에 대해 그는 다시 한 번 의구심을 갖게 되었다. 그것이 진정 알려지지 않은 하늘 아래에서 그가 했던 말인가? 의구심이 점점 더 커질수록 그는 확실히 알 수 없었다. 그러자 그의 마음속에서, 다른 사람의 목소리로 그 말이 더 깊고 심원하게 울렸다. 그의 목소리와 이 지혜의 원천은 하나일까? 그것은 오래전 카발칸티에게 들은 조언에서 나온 게 아닐까?

아니다, 그 글에는 카발칸티의 영향이 남아 있지 않았다. 하지만 지금 그에게 들리는 소리, 그의 마음에서 울리는 소리와 거센 파도 소리에서 들리는 천둥소리는 기억도 생생한 카발칸티의 목소리 같았다.

고인이 된 친애하는 카발칸티. 그는 동료 위원들이 그를 추방하기로 한 결정을 바꾸기 위해 자신이 할 수 있는 모든 것을 다했다. 모든 수사를 동원해 그들을 설득하려 했고, 카발칸티의 목소리는 피렌체가 단념해서는 안 될 보물이라고 말했다. 그리고 불같은 그의 기질은 마음속에 불타오르는 신성한 시상의 불길이 잘못 타오른 것일 뿐 피렌체에 영광을 가져다주고, 백당이나 흑당에도 속하지 않고, 황제당이나 겔프당에도 속하지 않고, 오로지 피렌체의 진정한 심장, 이 힘들고 거친 시대의 고통스러운 가슴 아래에서 박동하는 심장일 뿐이라고 말했다.

그는 거의 굴복할 뻔했다. 그는 굴복했어야 했다. 모든 사람이 지켜보는 가운데 베아트리체의 형상 앞에 굴복해 조롱거리가 된 것은 젊은 시절의 씻을 수 없는 과오로 남지 않았던가. 달콤한 와인 같은 시보다 피 같은 우정이 더 큰 가치가 있지 않을까?

귀도 카발칸티의 마지막 시에 나오는 끔찍한 시어는 영혼에 뜨거운 낙인을 찍듯이 영원히 새겨졌다.

강렬하고 새로운 뜻밖의 놀라운 모습에
내 마음 깊이 낙담하네.
사랑을 품은 온갖 달콤한 생각들.

그렇게 첫 번째 연이 시작되고, 몇 행 이후에는 그에게 남아 있는 것을 엿보면서 끝나는데 다음과 같다.

아, 어떤 의도로 말하든
내재된 죽음을 보게 되나니

그러고 나서 두 번째 연은 이렇게 시작된다.

왜 되돌아올 것을 결코 바라지 않는가
토스카나의 집으로

그리고 이렇게 계속된다.

그대는 느낀다.
죽음이 나의 목을 조여오는 것을.
삶이 나를 저버리는 것을.

그는 새로운 수사법과 미리 꽃피운 웅변술을 구사하고, 부드러운 말을 도끼와 철퇴처럼 휘두름으로써 동료 위원들에게 카발칸티가 피렌체로 다시 돌아올 수 있도록, 마지막 숨은 피렌체에서 거둘 수 있도록, 그러한 자비를 베풀어 줌으로써 그의 위대한 영혼이 피렌체에서 되살아나게 하자고 설복했다. 귀도 카발칸티가 마지막 숨을 내쉬며 죽어 갈 때, 그는 로즈메리와 알로에 오일로 그의 발을 씻어 주었다.

하지만 사실대로 말하자면, 그의 삶의 세월과 행적, 그의 영혼의 모든 어두운 면을 두고 출항한 바다의 일렁이는 파도를 바라보며 조용히 고백하자면, 그가 카발칸티의 발을 씻은 것은 순수한 기독교적 사랑이 아니라 죄의식 때문이었다. 카발칸티의 발을 씻기면서 시인은 그가 자신의 발을 씻기고 있음을 알아차리기를 바랐고, 죽어 가면서 자신을 사죄해 주기를 바랐다.

아, 그는 자신을 사랑하려고 애썼던 모든 이들, 친구들과 아내와 자식들에게 얼마나 잔인하게 대했던가. 사랑을 예찬하는 그의 거짓 꾸밈에서 나온 말에 아름다움과 힘이 있었다면, 그것은 오로지 그 거짓 꾸밈 아래 진정으로 사랑하고 사랑받기를 원했던 사람이 있었기 때문이다. 하지만 사랑 노래는, 살과 피와 영혼으로 이루어진 진실 안에 있는 야수성의 더없는 행복과 아름다움을 표현함으로써 영혼을 굴복시키고 의지를 단념하게 하는 것보다 훨씬 더 쉬웠다. 더없는 행복과 야수성은 때때로 그의 마음을 비틀어 시를 쓰게 했고, 비전과 비밀스러운 마음과 영혼과 시어의 리듬은 모두 하나였다. 하지만 그의 강퍅함과 냉정함은 정도가 지나쳐, 더없는 행복과 야수성으로 인해 가차 없이 통제를 벗어나기도 했다. 그는 전쟁터에 나가 두려움을 표현하기보다는 그냥 전쟁터로 나가는 게 더 쉬웠고, 자신의 말과 영혼을 스스로 만들어 내지 않는 사람에게 영혼을 드러내 보이기보다는 죽은 혼령에게 그의 거짓 영혼을 드러내 보이는 게 더 쉬웠다. 그가 전장에서 입었던 사슬 갑옷과 금속판은 그의 심장을 가려 준 무용지물이었다. 지체 높은 귀족과 교황을 마주 대할 수는 있으면서 왜 아무 말 없는 신생아의 모습은 편안히 지켜볼 수 없는 것일까? 왜냐하면 전자는 자신을 속이면서 마음을 감추고 갑옷을 입을 수 있지만, 후자는 어떠한 기만도 할 수 없고 그 순수하고 무결한 대상을 바라보며 자신의 부패한 모습을 꿰뚫어 볼 수밖에 없기 때문이다.

그에게 신과 아름다움을 가져다준 것이 무한한 하늘이었다면, 그 오랜 세월 동안 그를 지배했던 것은 그의 질병의 하늘이었을 것이다.

이제 바람에서 차가운 기운이 느껴졌고 거친 파도가 일던 바다는 어두워졌다. 파도 거품은 희미한 초승달 빛을 받아 하얗게 빛났다.

흑당과 백당, 모두 오래전 일이었다.

하지만 위대한 시인에게 사죄를 빌면서 그의 발을 씻겨 준 지 10년이 더 지나서, 그는 무엇에 홀려 그 시인을 '지옥' 편에 넣었을까? 살아생전 두 사람은 규범에서 벗어난 아리스토텔레스의 해석을 좋아했었다. 단테가 고대 철학에 대한 억지 생각을 갖게 만드는 토마스 아퀴나스의 해석을 준수한 반면, 단테보다 연상인 카발칸티는 인생은 영혼의 여정의 합이라고 믿는 아베로에스(Averroës)라는 이슬람 현자의 설명대로 아리스토텔레스의 철학을 이해하면서 많은 지혜를 찾아냈다. 그러므로 단테가 자신의 책략에서 자연에 반대되고 신에 반대되는 삶을 살았던 반면, 카발칸티는 자연의 완성을 위해 노력하는 태도로, 삶을 신에게서 받은 선물이라 여기며 올바르게 살았다. 따라서 사후 세계를 믿는 단테는 자신을 가장 성스러운 존재로 보았고, 평생 독신으로 살았던 카발칸티는 자신을 저주받은 존재로 여겼다. 하지만 그는 자신을 사랑해 주고, 자신이 존경하여 축복과 조언을 구하고, 마침내 사죄를 구했던 그를 왜, 다른 수많은 사람 가운데 왜 하필이면 그를 무신론자의 예로 들었던 것일까? 자신의 죄의식을 누그러뜨리기 위해서일까 아니면 자신보다 더 훌륭하다고 여기는 사람을 저주함으로써 그를 깎아내리려는 비열한 획책이었을까? 그리고 그의 '지옥' 편에는 지혜를 찾는 과정에서 모든 이들의 자유를 부인한 사람들을 위한 장소는 왜 없는 것일까?

그렇다, 무신론자인 아베로에스의 지혜에서 진실을 찾은 것만으로도 카발칸티를 지옥에 보낼 충분한 이유가 되었다. 그는 그것을 곰곰이 생각해 보았다. 그는 어두운 밤바다를 항해하면서 유대인 노인의 간절한 부탁에 따라 신비한 아랍 세계를 향해 가고 있었다.

그날 밤 그는 비좁고 삐걱거리는 선실 안에서, 무릎을 꿇고 소리 내어 기도했다.

근사한 사무실이다. 건물 마지막 층인 4층의 상당 부분을 차지할 정도로 공간이 넓은 데다, 대부분의 귀중한 고가구들이 그렇듯 사람의 손길을 경계하기보다는 따뜻하게 맞아 주는 듯한 루이 14세풍의 화려한 가구들로 장식되어 있다. 사무실에 놓인 고가구에서는 품위 있는 주인처럼 섬세함보다는 강인한 힘이 느껴진다.

우리는 이탈리아 건축가 팔라디오 양식으로 만든 창가에 함께 서 있다. 짙은 와인 색의 두꺼운 직물로 만든 커튼은 황금빛 실로 만든 두꺼운 장식 술이 달린 끈으로 주름을 잡아 두었다.

직물의 색깔과 짜임새가 고혹적이다. 나는 한 번도 키스해 본 적 없는 여인의 입술을 만지듯, 오랫동안 친밀하게 지냈지만 항상 처음 같은 느낌이 드는 여인의 입술을 만지듯, 그 직물의 느낌을 부드럽게 만져 본다.

"Οἶνοψ." 그가 내 마음을 읽은 것처럼 낮은 목소리로 속삭인다. 호메로스의 시에 처음 나오는 것처럼, 짙은 와인 색은 아름다움을 나타내는 별칭이다.

호메로스의 시구를 인용하면서 그는 《일리아드》의 스물세 번째 시에 나오는, 첫 번째 사건에 관한 글을 천천히 인용한다.

"'교활한 나무꾼은 완력을 가진 나무꾼보다 훨씬 더 낫다. 짙은 와인 색 바다에 선 교활한 키잡이는 거친 바람에 흔들리는 배를 바로잡고, 전차를 모는 교활한 전사는 평범한 전사보다 더 낫다.'"

그는 희미하게 미소 짓는다.

"교활함이라……." 그가 말한다.

그는 창문 아래 작고 불가사의한 성 토마스 아퀴나스 광장 너머로 보이는, 커다란 성당 근처에 있는 작은 건물을 내려다본다.

"저곳에서 평생을 살았던 많은 사람들은 이곳이 프랑스의 비밀 업무를 수행하는 비밀 사무실이라는 사실을 모릅니다." 우리가 내려다보고 있는, 평범한 외관의 작은 건물을 가리키며 그가 말한다.

그러고는 고개를 돌린다.

"저들이 나를 아는 것보다 나는 저들에 대해 더 많은 걸 알고 있습니다."

그는 소파에 앉으면서 나에게 맞은편 소파에 앉으라고 손짓한다.

"자." 그가 말한다. "당신은 언제 죽었습니까?"

"말하자면, 단테 사건 며칠 전에 죽었습니다."

"당신은 내게 일어난 그 불행한 사건의 두 번째 희생자이군요."

나는 그처럼 기민하게, 상대방의 심리를 그처럼 정교하게 간파하는 사람을 본 적이 없다.

"그 사건이 일어나고 며칠 뒤에 나를 찾아와 죽음과 환생을 바란 사람이 두 명 있었습니다. 나는 새로운 삶을 만들 수 있고 죽음을 만들 수도 있었습니다. 그들에게는 더 쉬웠죠. 당신이 사라진 날 아침에 그들의 위치를 적절히 잡아 주면 되었으니까."

나는 깜짝 놀란다.

"하지만 그걸 어떻게 알아냈습니까?" 내가 묻는다.

"당신이 바로 장본인이라는 사실을 알아낸 것과 마찬가지 방법입니다."

"장본인?"

"단테의 친필 원고를 가지고 있는 장본인."

나는 아까보다 더 깜짝 놀란다.

"나는 단테에 대해서는 많은 걸 알고 있지만……." 내가 말한다. "단테의 친필 원고에 대해서는 아무것도 모릅니다."

하지만 그는 그런 건 상관없다는 듯 어깨를 으쓱한다.

"나는 대화를 나누듯이 말할 때도 종종 있지만……." 그가 말한다. "업무 이야기를 할 때는 업무에 관련된 이야기밖에 물어보지 않습니다. 하지만 당신 같은 사람들은 단테 이야기를 하면서 의도하지 않았던 많은 걸 드러내고 말지요. 물어보지도 않은 질문에 대답하는 것이지요."

"당신은 누구를 위해 일하는 겁니까?"

나는 미리 생각하지도 않은 말을 해 버렸고, 그 말을 하자마자 후회한다.

그는 그저 말없이 미소 짓기만 한다.

"몹시 오만하고 어리석은 자들만이 스스로를 위해 일한다고 생각하지요."

그는 잠시 말을 멈춘다. 내가 그의 동정을 살피려는 사이, 그가 다시 말문을 연다.

"내가 이 세상의 지배자를 위해 일한다고 생각해 봅시다. 혹은 지배자가 여러 명일 수 있으니, 이 세상의 지배자들을 위해 일한다고 칩시다. 혹은 내가 당신을 위해 일한다고 가정해 봅시다."

나는 말없이 그의 눈빛을 들여다본다. 담배를 피우고 싶다. 나는 우리 둘 사이에 놓여 있는 낮은 테이블에 놓인 자그마한 자기 제품을 바라본다.

"이거 재떨이입니까?"

"재는 아무 데나 털어도 괜찮습니다."

앙상한 가지가 바람에 흔들리던 그 운명의 3월, 그에게는 마지막이
될 수도 있었다. 젬마가 경외에 찬 눈길로 그를 바라보았다. 그는 두려워하지
않고 침착한 모습으로 사형 선고를 받아들였다. 자신의 삶이 이승에서 다음 생
으로 날아가는 하찮은 것에 지나지 않은 듯 여겼기 때문이다. 그가 떠나고 혼자
의 삶을 살게 될 날을 그리며 젬마는 잠시 설레기도 했다. 하지만 그러한 사악
한 설렘도 잠시일 뿐, 차가운 비석 아래 지하에 묻힐 생각을 하자 가슴이 철렁
내려앉았다. 그런 생각이 들면서, 모든 솔직한 감정의 본성이나 이성과는 반대
로, 그를 향한 사랑이 느껴졌다. 그리고 바로 그 순간, 그녀는 그가 알아차리지
못할지라도 실제로는 그의 심정도 마찬가지일 거라고, 언젠가는 그러한 심정을
겉으로 드러낼 거라고 믿었다.

하지만 그는 자신의 사형 선고를 듣고도 차가운 비석 아래 묻힐 사랑을 생각
하지 않는 것 같았다. 가장 비참한 운명에 처한 그는 아내에게 도움을 청하거나
따뜻한 위로를 얻을 수도 있는데, 왜 그녀를 안아 줄 수조차 없었던 걸까? 그녀
가 안아 달라고 애원하는 눈빛으로 눈물을 글썽이며 서 있는데 도대체 왜 "내
모든 일은 정리되었지?"라고 부드럽게 말하며 쳐다보기만 하는 걸까?

더 이상 참을 수 없었던 그녀는 자신의 말을 들으면 남편이 자존심 때문에 하지 않았던 것을 해 주리라는 희망을 품고 애원했다.

"당신은 헛되이 죽어서는 안 돼요. 비열한 악한들에게 살려 달라고 애원해야 해요."

그는 그녀의 말을 새겨듣는 것처럼 보였지만, 마치 장례식에 참석한 것처럼 엄숙한 표정으로 아무 말이 없었다.

"우리 가문의 숭고함은 누군가에게 애원해서 얻는 게 아니고 누군가에게 애원함으로써 무너지지도 않을 거야."

젬마는 그가 그럴 거라고는 꿈도 꾸지 못했다. 그는 자신이 처형당할 것을 자신을 위로해 주기 바라는 사람을 안아 주는 것보다 더 자연스럽게 받아들였다. 그녀가 어렸을 때 읽었던 비극적인 이야기에서도 그렇게 기품 있는 모습으로 죽음을 맞이하는 기사나 왕자는 없었다. 그녀는 남편이 베아트리체를 기억하며 그린 우스꽝스러운 천사 그림을 보면서, 마치 시와 시인이 하나임을 보여 주려는 것처럼 슬픔에 빠져 미친 듯 훌쩍거리던 모습이 기억났다. 하지만 지금은 가장 현실적인 슬픔이 닥쳤고, 감정의 가장이나 진실도 없었다. 그는 기도를 하면서도 시를 읊거나 애도의 노래를 부르지 않았다. 그는 시나 산문을 쓸 때면 거짓된 마음을 자신과 세상에 보여 주었다. 하지만 이번만은 그와 세상으로부터 자신의 마음과 인간적인 본심을 감추는 대의명분이 있을 것이다. 하지만 그것은 사실일 리 없었다.

그 어떤 것도 사실일 리 없었다. 사형 선고. 그녀의 꿈을 빼앗아 가 버린 삶에서의 죽음. 모든 것이 태어나 결국 이르게 되는 죽음. 호흡의 끝인 죽음이 지척으로 다가왔지만, 그럴 리 없을 것이다.

사실일 리 없지만 사실이었다. 남편이 기다리는 모습을 바라보고, 자세히 알지 못하지만 자신들의 운명을 알아차리고 무언가를 묻는 듯한 아이들의 시선을 바라보는 매 순간이 느리게 느껴질 정도로 사실적이었다. 그녀는 기도하고 또 기도했다. 그녀는 진심이 느껴지지 않는 자신의 기도 소리를 듣지 않았고 왜 기도를 하는지도 알 수 없었다. 하지만 그녀는 기도하고 또 기도했다. 밤이 되자 기도 소리는 그녀의 무의식에서 나오는 노래 같았다. "주님, 그가 살아서 활짝 꽃을 피우게 해 주소서. 모든 거짓말에는 진실이 들어 있기 때문입니다." 길게 한숨을 내쉬자, 기도 소리와 희망이 모두 잦아들었다.

다행히 사형 선고는 추방 선고로 바뀌었다. 그의 생명이자 피와 같았던 피렌체를 이제 쓴 담즙처럼 뱉어 내야 했다. 알리기에리 가문이 일군 강인하고 숭고한 나무는 뿌리째 뽑혀 바람이 휘몰아치는 어두운 바다 위를 정처 없이 떠돌게 되었다.

피렌체 밖으로 추방된다는 소식을 들었을 때보다 그 끝을 내다볼 때 마음이 더 착잡했다. 그는 심란한 표정으로 주변을 둘러볼 뿐이었고 그녀도 마찬가지였다. 그들이 둘러보고 있는 영지와 모든 화려한 장식들을 두 번 다시 볼 수 없을 것이고, 하녀와 몸종들 모두 마찬가지일 것이다. 그가 그토록 소중히 여기던 가문은 당시 귀족의 특권이었던 마차와 화려한 의상 없이 떠날 것이다. 그들은 위엄 있고 품위 있는 삶의 은총을 다시 알게 되겠지만, 멀고 먼 그리고 전혀 비교도 할 수 없는 귀족이 그들을 비호해 줄 것이다.

17년 동안 그들은 호화스러움 속에서 비참한 삶을 살아왔다. 그리고 17년 동안 방랑하며 살았다.

그가 부드러운 목소리로 내게 말한다. "당신이 하는 말은 당신이 미국인임을 무심코 드러내지요. 그러므로 영어를 모국어로 사용하거나 모국어는 아니지만 공용어로 사용하는 나라에서는 미국 이민자의 아들인 것처럼 말해야 합니다."

나는 그가 하는 말을 듣고 고개를 끄덕인다.

"당신의 여권은 위조 여권입니까?"

나는 고개를 끄덕인다.

"좋습니다. 그리고 당신의 아내 역시 미국인입니까?"

"아닙니다, 이탈리아인입니다."

"그렇군요. 그녀는 본래대로 이탈리아인이군요. 새로운 이름, 새로운 환경, 새로운 결혼 증명서. 당신이 새로 태어난 나라에서 결혼을 통해 얻은 새로운 시민권." 그는 잠시 말을 멈추고 나를 힐끗 본다. "실제로도 결혼했지요, 그렇죠?"

"아닙니다."

"결혼하고 싶습니까?"

나는 잠시 망설인다.

"좋습니다. 결혼 증명서는 가질 수 있습니다. 그리고 실제로 공공 기관에 가서 사람들이 지켜보는 가운데 결혼식을 올릴 겁니다. 하지만 그녀에게 말할 필요는 없습니다. 어느 날 밤, 별들이 특별히 달콤하게 빛나고 와인이 감미롭지 않다면 말입니다.

모든 세금 계산서는 당신의 세금 기록을 새로 만들어 낸 회계 사무소에서 관리해 줄 것입니다. 회계 사무소는 당신 아내의 세금 기록, 이탈리아에서의 새로운 과거와 당신과 함께한 새로운 과거에 대해서도 관리해 줄 겁니다. 아무도 믿지 않지만, 실제로는 세금 기록이 가장 어려운 부분입니다."

아까부터 계속 메모를 하고 있던 그가 비로소 종이와 연필을 내려놓는다.

"당신은 우호적인 국가의 합법적이면서도 세금을 내는 시민이 될 것이고, 원하는 대로 자유롭게 세계를 여행할 수 있는 여권도 받게 될 겁니다. 하지만 당신은 당신이 죽은 사람이라는 사실을 떠올릴 수 있는 사람을 만나는 걸 조심해야 합니다."

"비용은 얼마입니까?"

"500만 달러. 당신과 당신 아내, 모든 게 포함된 비용입니다. 100만 달러는 지금 지불하고, 나머지는 일이 진행되었을 때 지불하면 됩니다. 그 이후에, 법적으로 신고하고 싶지 않은 수입에 대해서도 세금을 내야 합니다. 비용은 일반 회사 세율보다 약간 더 높습니다. 나는 35퍼센트를 가질 것이고, 그에 대해서는 모든 세금을 합법적으로 낼 것입니다. 그러한 모든 수입은 양수인 계좌를 통해 컨설팅 서비스에 대한 대가로 내게 지불하도록 되어 있음을 당신은 확인해야 합니다."

"다음 주에 100만 달러가 들어올 겁니다."

"잘됐군요."

나는 자리에서 일어서고 우리 두 사람은 악수를 나눈다.

"그건 그렇고……." 그가 말한다. "실제로 단테의 친필 원고를 소유하고 있는 사람을 만나야 합니까? 관심 있는 사람들과 함께 그를 데려올 수 있습니다."

"관심 있는 사람들이라면 누구입니까?"

"재력가들에 관한 문제에 대해서는 신중을 기해야 합니다."

나는 고개를 끄덕이며 그에게 인사한 뒤 등을 돌리고 떠나려 한다. 그때 그의 목소리가 들린다.

"하지만 이름을 거론하지 않으면 별다른 해가 없겠군요." 그가 말한다. "관심 있는 사람들은 세상에서 가장 중요한 세 종교를 대표하는 사람들이라고 말할 수 있을 겁니다. 그들 가운데 둘은 이 소중한 유산을 세상에 내놓기를 바랍니다. 세 번째 역시 이 유산을 세상에 내놓길 바라지만, 사람들이 지켜보는 데서 불태워 버리기를 바라지요."

내가 뒤돌아보자 그는 '사람들은 이상합니다'라고 말하는 것처럼 무심한 몸짓을 보여 준다.

매일 저녁 딱딱한 비스킷과 먹다 남은 소고기 말린 것을 먹고 나서, 선박 가로대로 나가 고해자인 자신과 바다에서 밀려오는 파도와 하나 되는 게 그의 일상이 되었다.

어디인지도 모른 채 남쪽으로 향하는 여정은 밤이 되기 직전에는 아름답게 보였다. 저물어 가는 빛에 비친 파도 색깔은 아름답게 움직이며 행운이 따랐을 때만 순간적으로 볼 수 있는 영원의 섬광으로 이어지기 때문이다. 그는 오랜 방랑 기간 동안 그러한 움직임을 놓치지 않았다.

어두워지는 희미한 하늘이 바다와 맞닿을 때면, 가로누운 장미 다발처럼 화려하게 물들었다.

그는 황혼에 빛나는 어두운 하늘을 바라보았는데, 어떤 사람들은 별이 가려진 곳이라 믿었다.

그는 17년 동안 추방되어 살았다. 그는 이제 바다를 바라보며, 추방된 자신에게 자애와 은혜를 베풀었던 사람들에게 감사의 기도를 했다. 우선 추방된 이후 가장 힘들었던 초기에는 베로나의 바르톨로메오 델라 스칼라에게 감사의 기도를 했다. 그러고 나서 트레비소, 파도바, 베네치아, 루니자나, 카센티노, 루카에 있는 여러 사람들 그리고 베로나의 칸그란데 델라 스칼라에게 감사의 기도를 했다. 그의 관대한 후원 덕분에 '지옥' 편을 세상에 내놓을 수 있었고, 피렌체는 마침내 사형 선고를 철회했다. 그리고 나중에는 그의 친구이자 후원인인 라벤나의 귀도 노벨로 다 폴렌타에게 감사의 기도를 했다.

그가 지내 온 17년의 세월은 그의 손목과 뺨에 와 닿았다가 금방 사라져 버리는 물보라에 지나지 않았다. 하지만 호의와 신념의 광대하고 깊은 바다는 강한 바람이 불어닥치고 경이로운 장밋빛으로 빛나는 하늘 아래로 그를 데려왔다. 이제 그 바다는 그의 마음속에 있다. 분노했다가 부드럽게 가라앉는 웅대한 참회의 바다, 모든 시어를 넘어서고 어떤 시보다 더 강력한 바다, 모든 신학자들의 헛된 논쟁거리가 되는 태양의 불빛이 비치기 시작함으로써 신의 목소리나 신의 존재를 증명하지 않는 운율을 지닌 장밋빛 하늘 같은 바다였다.

그를 추방한 저주는 그를 위한 축복이었다. 그가 짐승 셋을 발견한 것은 바로 추방된 어두운 숲을 통해서였기 때문이다. 그가 신의 도시로 오게 된 것은 그의 사랑과 세속적인 뿌리를 둔 도시에서 강제로 추방당했기 때문이다. 그것이 그를 이곳으로 데려왔기 때문이다.

그는 자신을 사랑했거나 사랑하려고 애썼던 사람들 그리고 그가 잔인하게 대했던 사람들에 대해 다시 생각해 보았다. 그의 아내는 17년 동안 말없이 고통을 참아 냈고, 냉담하고 가식적으로 포장한 그의 두려움과 병적인 자기중심적 성향을 17년 동안 견뎌 냈다. 두려움과 병적인 자기중심적 성향은 서로 떼려야 뗄 수 없는 것처럼 보였다. 두려움이 커지면 자기중심적 성향이 더 강해졌고, 그런 성향이 강해질수록 자기 자신과 자신의 세계에 더 깊이 빠져들었다. 교회는 지구가 세상의 중심이 아니라고 넌지시 빗대어 말하는 모든 주장을 이교도로 간주했기 때문에, 인간을 우주의 중심이자 거대한 우주 안의 소우주라 여기는 자기중심적 성향은 자연스러워 보였을지도 모른다. 하지만 인간은 무의 중심이자, 폭풍이 다가오면서 배가 일렁이면 더 높이 솟아오르는 물보라보다 더 보잘것없고 의미 없는 존재라는 생각은 자연스럽지 않았다.

두려움에서 기인한 감정은 성스럽지도 않았고 선하지도 않았다. 마음속에서는 곡해된 두려움이 아닌, 모든 두려움을 없애고 사랑과 생명을 가져다줄 수 있는 가장 순수한 사랑이 흘러나와야 했다. 그는 자신을 사랑해 주고 사랑하려고 애썼던 사람들을 사랑해야 한다. 그는 모든 이를 사랑해야 한다.

귀가 먹을 정도로 요란한 돌풍이 몰아치면서 거대한 파도가 그를 덮치며 이렇게 말하는 것 같았다. '목이 아프고 목소리가 갈라지고 배 속이 아프도록 소리 지른다 해도, 온 힘을 다해 소리쳐라. 그러면 그 소리는 달콤하고 부드러운 속삭임으로 다가올 것이고, 그러면 나는 이렇게 드넓은 사죄와 사랑을 줄 것이니라.'

그가 있는 힘을 다해 힘껏 외치자, 창자가 뒤틀리고 몸이 부들부들 떨리고 금방이라도 기절할 것 같았다. 그는 쓰러지지 않기 위해 손마디가 창백해질 정도로 난간을 꼭 붙잡았고, 평생 가장 큰 목소리로 소리 지르며 절규했다. 하지만 일곱 발자국 떨어져 있던 선원에게는 그의 절규가 거의 들리지 않는 듯 고개를 돌려 그를 쳐다보지도 않았다.

그는 좀 더 날카로운 목소리로 다시 소리쳤다. 남아 있는 숨을 모두 토해 낼 만큼, 맥박이 뛰는 한 오랫동안 소리쳤다. 참회하는 자와 구원하는 자, 바다와 귀가 먹을 정도로 큰 파도 소리와, 말없는 삼라만상, 그것이 어떤 신의 모습을 한 것이든 그는 자신에게 남아 있던 두려움과 거짓, 그의 마음속 어둠이었던 더러운 자국을 모두 비워 냈다.

폭풍은 더 거세졌다. 하늘은 칠흑처럼 검었고 천둥과 번개가 치면서 억수 같은 비가 내렸다. 시원한 밤공기를 마시며 갑판 위에서 자는 건 더 이상 불가능했다. 여러 낮과 여러 밤 동안 배는 파도에 밀려 떠내려갈 뿐이었고 밤이 되어도 밤하늘에선 별을 볼 수 없었다. 나침반을 보고 배의 키를 조종할 수도 없었고, 돛을 감아 올리거나 내릴 수도 없었지만, 다행히 얕은 여울이나 바위에 부딪혀 좌초하지 않았다. 선장과 항해자, 천문학자 모두 이러지도 저러지도 못했다. 아드리아 해 해안을 선회하여 가르가노 갑(岬)을 돌 때, 톱니처럼 들쭉날쭉한 바위에 부딪혀 선박이 난파될 뻔했다. 배가 거친 파도에 휩쓸려 높이 떠오르자 뱃바닥에 괸 더러운 물이 올라왔고, 그 더러운 물이 배밑판 안에서 파도가 되어 출렁거렸다. 배밑판에 갑자기 물이 차오르자 수많은 시궁쥐가 숨 쉴 곳을 찾아 미친 듯이 휩쓸려 나오면서 물속에 빠졌다. 살아 있는 쥐들이 이미 죽은 쥐들을 헤치며 안간힘을 다해 떼 지어 헤엄치는 모습은 삶과 죽음이 한데 뒤엉킨 끔찍한 모습이었다. 뱃바닥에 괸 더러운 물이 가라앉자, 살아남은 쥐는 흩어져 있는 죽은 쥐들을 짓밟고 돌아다녔다. 쥐들이 사방으로 돌아다니면서 쥐꼬리와 고약한 냄새가 풍기는 뻣뻣한 털이 선체 중앙과 선실 이곳저곳에서 불쑥 튀어나왔고, 아사 직전의 쥐들은 죽은 쥐의 살을 파먹었고 음식이 든 통이 있는 곳은 어디든 나타났다. 심지어는 사람들이 몸과 영혼을 유지하기 위해 입으로 가져가는 음식을 뛰어올라 물어 갈 정도로 대담해졌다. 그사이 바람과 파도에 떠밀려 사라질까 봐 아무도 마음 놓고 갑판에 나가지 못하게 되었고, 거센 바람과 파도에 맞설 수 없어 선실에 둔 요강을 함께 사용했다. 쥐와 사람들의 악취가 배 안에 진동해 사람들은 사라센 유목민들이나 악당들처럼 누더기 옷을 걸친 채 코와 입을 막고 다녔다. 사람들이 배 속에 든 것을 토해 내는 바람에 배는 더욱 더러워졌다. 시궁쥐에게 물린 사람 가운데 두 사람이 상처가 곪기 시작했다. 한 사람은 오른쪽 다리에 다른 한 사람은 왼쪽 다리에 상처 자국이 있었는데, 고름이 나면서 괴저 상태로 머물지 않았다. 자신도 고열로 고생하던 의사는 그들의 목숨을 구하기 위해 상처 자국을 칼로 절단했다. 피를 멈추게 하고 벌어진 틈새를 봉합하기 위해 불에 달군 칼로 자른 다리를 갑판으로 가져가, 밧줄로 발목에 묶어 가로대에 걸었다. 그러면 사람들은 시궁쥐들이 그 다리로 올라왔다가 배 밖으로 떨어져 물속에 빠지도록 손이나 곤봉 혹은 시궁쥐를 쓸어내거나 때릴 수 있는 온갖 도구를 사용해 시궁쥐를 몰아냈다. 다리를 잃은 두 사람은 결국 목숨을 잃었고, 그들 이외에 고열로 죽은 두 사람은 심하게 부풀어 오르고 바짝 마른 혀가 부은 입술 밖으로 흉측하게 나와 있었다. 그들의 시신을 시궁쥐를 내모는 데 사용하자고 감히 제안한 사람은 아무도 없었다. 하루아침에 네 명이 끔찍한 시신으로 변했다. 사람들은 아무런 의식도 행하지 않고 네 구의 시신을 바다에 던졌다. 그들 가운데 선원이 아닌 유일한 승객이었던 시인은 그들 가운데 신성한 라틴어를 할 수 있는 유일한 사람이었다. 선장은 그를 불러 네 구의 시신을 바다 속으로 던지는 동안 라틴어를 하라고 했다.

격노한 바람과 거센 파도 때문에 항구나 대피처를 찾을 수 없었다. 굵은 빗줄기가 거세게 쏟아졌고 거센 파도가 그들을 덮쳤다. 사람들이 비에 흠뻑 젖은 채 부들부들 떨고 있으면 시궁쥐들이 더러운 침상에 나타나곤 했다. 자그마한 발톱을 사람의 턱에 고정하고 자그마한 이빨을 부드러운 입술에 들이미는 시궁쥐를 더 이상 참지 못하고 세게 내리치면, 쥐들은 서로 부딪치며 나뒹그라졌다. 그러면 병든 사람이나 지쳐서 감각이 마비된 사람 이외에는 모두 잠을 이룰 수 없었다. 식량에서 고약한 냄새가 나고, 구더기가 생기고, 곰팡이가 피어 퍼렇게 변하고, 쥐들의 약탈로 인해 병든 사람과 감각이 마비된 사람들은 더 늘어났다.

두려움과 고통에 시달리면서도 시인은 죽음이 가까이 왔다고 느낀 적이 단 한순간도 없었다. 그는 고해자인 바다가 자신이 아닌 참회하고 있는 다른 모든 사람들에게 죽음을 가져다줄 거라 여겼다. 어느 날 아침, 목덜미에 엉킨 머리카락에 쥐가 걸려드는 바람에 머리카락이 두피에서 뜯기는 것처럼 갑작스러운 통증이 느껴졌다. 손을 더듬어 그것을 꽉 붙잡아 비틀자 엉켜 있던 머리칼이 함께 빠졌고, 더럽게 번들거리는 누런 눈동자와 누런 이빨이 보였다. 시인이 그것을 더 세게 움켜잡자, 부서진 나뭇조각이 삐걱거리듯 희미한 소리가 났다. 그리고 조그만 시궁쥐의 열린 입에 눈곱만큼 묻은 피, 심홍색 레이스에서 풀린 실처럼 누런 이빨을 물들이며 천천히 흘러내린 피가, 쥐를 꽉 붙잡고 있는 시인의 집게손가락에 흘러내렸다. 시인은 평평한 대들보를 향해 있는 힘껏 그것을 집어 던졌다. 너무 힘껏 던진 나머지 흘러나온 피로 접착제처럼 벽에 달라붙어 있던 쥐가 대들보에 핏자국을 남기며 바닥에 떨어졌고, 대들보에 묻어 있던 피도 두세 뼘 아래로 흘러내렸다. 자리에서 일어난 그는 대들보를 향해 천천히 걸어갔다. 한 손을 대들보에 뻗고 그는 피 묻은 손을 흘러내린 핏자국에 갖다 대 피를 묻혔다. 그러고 나서 피 묻은 손가락으로 대들보 위에 십자가를 그렸다.

그는 자신이 왜 그랬는지 전혀 알지 못했다. 그저 그렇게 했을 뿐이다. 분명히 의식하면서도 아무 생각 없이, 왜 그런지도 모른 채, 가면을 벗고 그저 그렇게 했을 뿐이다. 그가 그저 그렇게 하는 동안, 그곳에 있던 스페인 사람들은 그저 묵묵히 지켜보았을 뿐이다. 그 행동을 끔찍한 신성 모독으로 여긴 사람들조차 너무 힘이 없거나 정신 착란에 빠져 아무 말도 못하며 울부짖지도 못했다.

그날 밤, 배는 지중해로 들어갔다. 비와 파도는 잦아들었고, 검은 하늘에 낀 먹구름 사이로 별들이 보였다. 빗줄기는 멈추었고, 파도는 천천히 잦아들었고, 별들이 구름 없는 밤하늘을 수놓았다. 동이 틀 무렵, 죽어 가지 않는 모든 사람들은 갑판으로 나와 떠오르는 태양을 마치 신을 바라보듯 올려다보았다. 배는 황금빛 태양 아래 상쾌한 바람이 부는 방향대로 나아갔다. 바로 그때, 모든 사람들이 시인을 마치 구원자이자 성스러운 존재인 양 쳐다보았다. 그는 참회자 바다의 파도 거품과 물보라와 경쾌한 파도를 다시 보게 되어 기뻤다. 신을 향해 힘껏 소리치던 사나운 비바람은 잦아들었고, 어느덧 평온해진 바다를 보자 그는 마음이 편안해졌다. 그는 평온한 바다를 자신의 구원자이자 성스러운 존재로 여겼다.

곧이어 바다를 항해하는 다른 배들이 보였고, 미끄러지듯 날아다니는 흰 갈매기 떼와 서둘러 날아다니는 새들도 보였다. 멀리 보이는 안개 너머로 육지의 산봉우리가 솟아올랐다. 스페인과 아라곤 왕국, 시칠리아 왕국의 깃발이 차례로 올라갔다.

닻을 내릴 무렵, 황금빛 태양은 희미한 금빛으로 변해 갔다. 산 사람들과 죽은 사람들이 대형 선박에서 내려 항구로 향할 무렵, 희미한 금빛 태양은 장밋빛으로 변했다. 시인이 자리에 서 있는 동안 태양은 수평선 아래로 잠겼다. 발치에 놓인 작은 가방을 내려다보고, 그는 그곳에 이는 먼지에 장밋빛으로 어둑어둑해진 태양 빛이 남아 있음을 보았다. 그 먼지가 보이지 않는 것의 그림자처럼 가뿐하게 떠올라 소용돌이치며 움직이자, 한 번도 들어 본 적 없는 기이한 노랫소리가, 보이지 않는 것의 그림자처럼 가뿐하게 떠올라 소용돌이치고 움직이며 멀리서 들려오는 것 같았다. 그 노랫소리는 영원한 애가와 바다의 요정이 부르는 노래를 하나로 합친 것 같았다.

그는 작은 가방을 들어 올리고 먼지 이는 해안 길거리를 천천히 지나, 먼지를 일으키며 소용돌이치는 구슬픈 소리가 들리는 곳을 향해 걸어갔다.

친구 데이비드는 내가 프랑스 국립 도서관의 관계자들을 만나고 나서 전화한 이후로 내 목소리를 듣지 못했다. 하지만 메피스토펠레스의 목소리는 들었다.

데이비드는 내가 보낸 원고 두 페이지를 판매하는 데 48시간도 채 걸리지 않았다. 한 페이지는 350만 달러에 팔렸고 다른 한 페이지는 400만 달러 이상에 팔렸다. 수수료를 제외하고 합법적으로 세금을 낼 필요가 없는 내 몫은 425만 달러였다.

바베이도스 원주민의 언어인 바잔(Bajan)은 일종의 외래종 영어로, 바베이도스나 뉴욕 혹은 런던의 학교에서 가르치는 영어와 거의 구분이 되지 않는다.

해안에 나가자, 나이 든 흑인이 내게 오래된 커다란 나무를 가리킨다.

"맨처닐 나무지." 그가 내게 말한다. "독이 있어 매우 위험하니 가까이 가면 안 된다네."

맨처닐(Manchineel).

그 단어를 듣자 다른 단어가 떠오른다.

매너키(Manichee, 마니교도).

맨처닐 나무가 드리우는 그늘에 앉아 노인의 이야기를 들으며 시원한 바닷바람을 쐬고 있으니, 그림자와 태양이 느껴진다. 마니교도들은 그것을 신성하게 여겼고, 사탄은 신과 떨어질 수 없는 존재로 보았다.

"나무의 수액과 과일을 먹으면 목숨을 잃지. 많은 사람들에게는 적이 있지. 맨처닐 나무 수액을 커피에 약간 떨어뜨리면, 더 이상 적이 없지."

나무는 크기만큼이나 모양새도 아름답다.

"저기 위에 보이는 과일은 사과처럼 보이지? 저 과일 맛이 어떤지는 아무도 몰라. 저걸 먹은 사람은 아무도 살아서 말할 수 없으니까. 하지만 저 나무에서 떨어져 있으면 아무 문제 없어."

흰나비들이 서로 날개를 파닥거리면서 빙글빙글 돈다.

아이들을 위해, 아이들이 커 가는 모습을 지켜보며 살아온 젬마는 사랑과 행복이 자신의 나날을 아름답게 장식하고 있음을 깨달았다. 그녀의 남편이 고른 유모는 아이들을 돌보는 데 큰 도움을 주었지만, 어린 시절 하녀와 느꼈던 친밀한 감정은 느낄 수 없었다. 그녀는 아주 오래전 기억 속에 사라진 마법 같은 시와 이야기와 노래를 떠올리려고 애썼다. 마음씨 착한 하녀는 음울한 어머니나 아버지와 달리 저 멀리 햇빛 너머에서 환하게 웃는 천사 같았지만, 젬마는 그럴 수 없었다. 기쁘고 즐거운 모습을 아이들에게 보여 주려 애써도, 실제 그녀 삶의 분위기는 그렇지 않았기 때문이다. 그녀가 자신의 어렸을 적 꿈을 즐겁게 들려주면, 아이들은 그러한 꿈이 결국 불행한 결말로 끝났다는 걸 아는 듯 슬픈 표정으로 그녀를 바라보았다.

"그래서 난 하녀에게 물었단다. '그가 장미 한 송이를 가져올까?' 그러자 하녀는 반드시 그럴 거라고 내게 확신을 주었지. 마침내 그날이 왔고, 너희 아버지는 멋진 기사처럼 한쪽 무릎을 꿇고 고개를 숙인 채, 내가 본 가장 아름다운 장미를 내게 바쳤단다."

그녀가 꿈을 실현할 로맨틱한 분위기로, 냉담하고 사랑 없는 약혼자의 마음을 얻기 위해 애쓴 사실을 모르는 아이들은 그 이야기를 들으며 마음속으로 죄책감을 느꼈다. 마치 그들 때문에 그녀의 삶을 환하게 해 주던 로맨스가 끝난 것처럼. 아이들은 아버지가 어머니에게 아름다운 장미를 바쳤다는 이야기를 믿었고, 그 로맨스는 자신들이 태어나면서 끝났음을 알았다. 왜냐하면 그동안 아버지가 어머니에게 장미를 가져다준 기억이 전혀 없었고, 부모님 사이에 환한 빛도 없었기 때문이다. 그 때문에 아이들은 겉으로 내색하지 않았지만 자신들이 장미의 죽음이라는 느낌이 들었고, 자신들을 향한 어머니의 사랑이 희생과 상실감이라는 생각이 들었다. 그런 이유로 아이들은 어머니를 더 사랑해야겠다고 결심했다.

아이들은 음유 시인에 대한 이야기를 무척 좋아했다. 하지만 아름다운 언어를 구사하는 어머니가 왜 아버지처럼 시를 짓지 않는지, 시를 짓는 것이 신을 기쁘게 하고 마음이 즐거운 일이라면 왜 아버지는 그렇게 힘겹고 불행한 모습으로 시를 쓰는지에 대한 의구심이 점점 더 커져만 갔다. 그녀는 아이들의 질문에 가능한 한 더없이 행복한 모습으로 대답했다. 그녀가 아이들을 낳을 때는 영혼이 지칠 만큼 힘들었지만 아이들이 커 가면서 아름답고 신성한 삶을 펼치는 것과 마찬가지로, 아버지는 고심에 찬 위대한 시를 짓기 때문에, 위대한 시로 지은 성전을 신에게 바칠 거라 결심했기 때문에 끔찍할 정도로 고뇌에 싸여 시를 짓는 거라고 말했다.

그녀가 아이들에게 그런 얘기를 들려준 것은 베로나에 사는 친절한 바르톨로메오 델라 스칼라가 제공한 작은 집에서 처음 은신하던 시기였다. 그녀가 아는 바에 의하면, 그 시기에 《신곡》은 그의 마음속에 아직 희미하게조차 움트지도 않았다. 하지만 그의 오만함과 근엄함, 자신이 추방당한 걸 언젠가 복수하겠다는 고통스러운 마음을 냉혹한 서사시를 통해 표현해 영광을 되찾으려 한다는 사실은 분명히 감지할 수 있었다.

하지만 베로나에서 방랑 생활을 하던 첫해, 그녀의 첫째 아들은 이미 성년이 된 것처럼 학식이 풍부했고 수줍음을 많이 탔다. 그녀가 그런 이야기를 한 이후에 둘째 아들과 딸은 정원으로 나갔지만, 첫째 아들은 어머니 곁에 남아 부드러운 목소리로 함께 이야기를 나누었다.

"아버지가 작은 책에 적힌 시를 읽는 소리를 들었습니다."

"아주 훌륭한 시란다, 그렇지?" 어머니가 부드러운 목소리를 감추며 어색하게 대답했다.

"네, 훌륭한 시입니다. 하지만 어머니께서 말씀하신 위대한 성전에 관한 내용은 없었습니다." 그는 그녀가 오랫동안 바라 왔던 비밀스럽고 즐거운 음모가 이제야 시작되었음을 알려 주려는 듯, 어머니에게 부드럽게 미소 지었다. "제가 보기엔 어린 소녀를 향한 안절부절못하는 사랑인 것 같습니다."

"아!" 그녀는 아들이 아버지를 무시하지 않도록 하기 위해 한숨을 내쉬었다. "아버지가 그 단시를 짓기 시작했을 때는 지금 네 나이보다 별로 많지 않았단다. 그 책이 나왔을 때 넌 고작 일곱 살이었지."

"하지만 어머니와 다른 사람들이 말하기를, 당시 아버지는 가장 용감한 무사였다고 했습니다. 아버지가 동료들이 지켜보는 가운데 이렇게 미려하고 여성적인 사랑 노래를 읊었다면 왠지 어색했을 것 같습니다."

"그러나 너도 잘 알겠지만, 궁중의 시는 원래 그런 것이란다."

"시의 형식은 존중하지만, 마음을 나타내는 완곡한 방법에 있어서는 문인들의 시를 넘어서는 새로운 시를 더 좋아합니다. 우리 마음속 감정은 사실일 뿐 환상이 아니기 때문에, 마음을 더 진실하게 표현하는 시를 더 좋아합니다."

"사랑하는 내 아들, 너는 특별한 기백을 가졌구나. 앞으로 네게 무슨 일이 일어나도 네 감정을 저버리지 않길 바란다."

"요즘 아버지는 어떤 시를 씁니까?"

"아버지와 우리는 추방된 신세여서 법령과 서신을 라틴어로 번역하는 일로 생계를 해결해야 한다는 걸 이해해야 한단다. 궁정 서류뿐만 아니라 잡다한 서류를 작성해야 할 뿐 아니라, 밀사와 특사 그리고 궁정의 대표 사절의 시중을 드는 잡다한 일도 맡아야 한단다. 이러한 와중에도 아버지는 속어를 라틴어처럼 권위 있는 언어로 사용해야 한다고 주장하는 글의 초고를 쓰고 있단다."

짐짓 다른 걸 물어보는 것처럼 질문했던 그녀의 아들은 이제 아무렇지 않은 듯 무심하게 물어보는 것 이외에는 다른 방법이 없음을 깨달았다.

"그럼 아버지가 시를 통해 신처럼 숭배한 베아트리체는 누구입니까?"

숨을 내쉬면 적당한 대답을 찾을 수 있기라도 하듯, 그의 어머니는 부드럽게 한숨을 내쉬었지만 어떤 대답도 찾을 수 없었다. 그녀는 아무렇지 않은 듯 무심하게, 심각한 진실 대신 피상적인 진실을 말해 주었다.

"네 아버지는 베아트리체라는 이름을 가진 여자에 대해 아는 게 거의 없으셨단다."

"하지만 아버지는 그녀와 그녀의 죽음에 대해 잘 알고 있습니다."

"그것이 바로 네가 지나치게 서둘러 배척하는 궁정 시의 기법이란다."

"하지만 제가 생각하기엔 어머니를 숭배하는 게 더 나을 겁니다."

그녀는 아들을 꼭 끌어안았다. 그는 어머니의 손끝에서 자신의 머리로 전해지는 따뜻한 호의를 느끼면서 말없이 앉아 있었다.

"그럼 비체라는 이름의 여인은 누구입니까?"

그녀는 아들의 눈빛을 부드럽게 들여다보았다. 그 순간, 아들을 쓰다듬던 그녀의 손길이 잠시 멈추었다.

"몇 년 전, 아주 오래전은 아니고 3~4년 전의 일입니다. 대학에서 학생들을 가르치는 신사 분과 제 교육에 관해 상의하려고 아버지와 함께 볼로냐에 가던 길이었습니다. 마차를 타고 우리가 묵을 곳으로 향하던 어느 날 저녁, 아버지는 마차 안에서 잠이 들었습니다. 오랫동안 주무시지는 않았지만, 잠에서 깨어나자마자 비체라는 이름을 불렀습니다. 저는 깜짝 놀랐지만 감히 아버지에게 물어볼 수 없었고, 그 이후로 궁금증을 떨쳐 버릴 수 없었습니다."

젬마는 가슴 한 켠이 아팠고 어떻게 대답해야 할지 몰랐다. 시간이 지나면 언젠가는 아들도 진실을 알게 될 것이기 때문이다. 그녀는 거짓말을 해서는 안 된다는 걸 알면서도, 방금 전 피상적인 진실로 교묘하게 가렸던 깊은 진실을 밝힐 수는 없었다. 비체는 다름 아닌 남편의 가장 절친한 친구였던 위대한 시인 카발칸티의 아내 이름이었던 것이다. 그녀가 뻔한 거짓말을 하면 아들은 예전에 느꼈던 것보다 더 은밀한 의구심을 가지게 될 것이다.

"내가 생각하기에는……." 그녀가 말했다. "이런 질문은 나보다 네 아버지에게 하는 편이 나을 것 같구나."

그는 아버지에게 절대 물어보지 않았다. 아버지를 무서워했기 때문이다. 그리고 성인이 되어서도 절대 물어보지 않았다. 아버지를 무서워했기 때문이다. 하지만 어머니와 은밀한 이야기를 나누었던 그 잊을 수 없는 날 이후 10년이 더 흐른 뒤, 그는 자신이 물었던 질문의 답을 알게 되었다. 그때 그는 스물여덟 살의 성인이었다.

어느 날 아침, 아버지가 쓴 시에 나오는 이름이 누굴 뜻하는지 알게 된 첫째 아들과 둘째 아들은 아버지의 책상에 놓인 작은 조각 가운데 오래된 양피지 조각을 발견했다. 그 양피지 조각에는 아버지가 직접 손으로 그린 별자리가 빼곡하게 채워져 있었다. 하지만 그 구겨진 양피지 조각 한 켠에 공들여 쓴 '오, 비체, 나의 베아트리체'라는 글씨 주변에서 후광이 비치는 것 같았다. 그날 저녁, 그들은 아버지를 바라본 다음 서로의 눈빛을 쳐다보았다. 첫째 아들은 이내 거칠게 숨을 내쉬며 천천히 고개를 약간 움직였고, 오랫동안 쌓여 온 역겨운 감정을 숨기지 않고 드러냈다.

그는 그것에 관해 어머니에게 아무 말도 하지 않았고, 그녀는 첫째 아들과 다른 자식들이 베아트리체나 비체라는 이름을 언급하는 걸 다시는 듣지 못했다.

젬마는 자식들이 커 가는 모습을 지켜보며 그들을 사랑했다. 첫째 아들은 그녀에게 이따금 아름다운 빨간 장미를 건네며 그녀를 깜짝 놀라게 했고, 이후로는 다른 자식들이 장미를 선물하여 그녀를 놀라게 했다. 장미를 받은 날이면 칼과 손목이 마법처럼 눈앞에 나타나곤 했다. 그녀는 신의 가호에 감사하며 감사의 눈물을 흘리면서도 볼을 타고 흘러내리는 눈물이 어떤 의미인지 잘 알 수 없었다. 다만 장미를 받으면 마음속 감상이 큰 반향을 일으키며 넘실거리고, 그 마음 한가운데는 장미 한 송이가 있었을 뿐이다.

자식들이 성장하는 모습을 지켜보던 그녀는 자식들이 아버지의 모습을 낯설어 하면서도 결국 각자의 방식대로 아버지의 모습을 닮아 가는 걸 알게 되었다. 그는 시를 쓰고, 세속적인 사건에 연루되고, 그의 영혼으로는 이 세상을 이해하지 못하고 다른 세상에 속한 사람 같았다. 한 아들은 시를 지었고, 다른 아들은 법을 공부했고, 연약하고 섬세한 딸은 점점 더 자신의 세계 속에 빠져들어 마침내 수녀원으로 가게 되었다.

자식들이 성장하는 모습을 지켜보던 그녀는 자식들이 아버지의 모습을 닮으면서도 자신의 옛 모습도 닮아 가는 걸 보며 마음속으로 기뻐했다. 그들 모두 장미의 자식들이었기 때문이다.

자식들이 성장하던 모습을 지켜보던 그녀는 늙어 가는 자신의 모습도 지켜보았다. 아, 어느새 50년의 세월이 흘렀다. 어린 시절 마법 같은 봄날의 정원을 날던 나비 한 마리는 부드러운 봄바람을 타고 그 너머로 보이는 더 넓은 풀밭으로 날아갔고, 그런 다음 어둑한 강풍이 불어와 쓸쓸한 외딴곳으로 날아가게 되었다. 장미 줄기를 칼로 자르는 곳으로 날아갔다. 그곳에서 그녀는 남편에게 받지 못한 것을 자신의 자궁에서 태어난 아이들에게서 얻었다. 이제 그 아이들은 성장해 그녀의 곁을 떠났고, 한때 밝은 노랫소리가 울리던 곳에 이제 그녀의 숨소리와 심장 박동 소리와 속삭임만 들렸다.

밤이 되었지만 그녀는 촛불을 밝히지 않고 어둠 속에 가만히 앉아 있었다.

돈이 끊임없이 들어온다. 유로화와 파운드 그리고 달러로 들어오고, 계속 끊임없이 들어온다.

이제 메피스토펠레스는 나를 고객이자 친구로 여긴다.

"포르노 산업의 수입 가운데 60퍼센트 이상이 인터넷을 통해 얻는다는 사실을 알고 있습니까?"

"아니요." 내가 대답한다.

"수많은 인터넷 포르노 사업체 가운데 단 두 곳의 거대 기업이 90퍼센트 이상을 점유하고 있다는 사실은 알고 있습니까?"

"아니요." 내가 대답한다.

"그 거대 기업이 실시간 포르노 산업, 손님이 원하면 실제로 매춘 행위를 하는 사업에 뛰어들려고 한다는 사실은 알고 있습니까?"

"아니요." 내가 대답한다.

"그 사업으로 수익이 열 배 이상 늘어날 거라는 사실은 알고 있습니까?"

"아니요." 내가 대답한다.

"현재 시세보다 훨씬 더 낮은 가격에 거래되는 실리콘 그래픽스라는 회사가 이러한 사업에 필요한 고도의 기술을 보유하고 있는 유일한 회사라는 사실은 알고 있습니까?"

"아니요." 내가 대답한다.

"당신에게 알려 줘야겠다고 생각했습니다. 아침에 1,000만 주를 매입할 예정인데, 그것만으로도 주가가 약간 오를 겁니다. 만약 관심 있으면 지금이 적기입니다."

"나도 1,000만 주 매입해 주십시오." 내가 말한다.

"좋습니다."

"그 두 거대 기업은 어떻습니까?"

나는 투자를 하거나 증권에 손을 댈 이유가 더 이상 없다. 심지어 블랙잭을 하고 싶은 마음조차 없다. 이제 전율을 느낄 수 있는 유일한 방법은 주식 할당금이다. 여기서 100만 주, 저기서 1,000만 주를 매입한다. 카드의 그림 패에 따라 몇십만 혹은 100만 달러를 잃을 수도 있다.

정확하게 총 113페이지를 팔았다. 이제 더 이상 서둘러 팔지 않을 것이다. 절대 팔지 않을 페이지도 있다. '지옥' 편의 첫 페이지, '천국'의 마지막 페이지, 첫 페이지 앞에 나오는 마지막 양피지 조각. 그 양피지 조각에 적힌 글씨는 누군가 다른 사람의 손으로, 종이에 사용한 똑같은 잉크로 적은 것이다. 세상 사람들은 절대 그 글귀를 보지 못할 것이다.

"La via sola al paradiso incommincia nel inferno." 이 글은 다음과 같은 뜻이다. '천국으로 가는 유일한 길은 지옥에서 시작된다.'

끊임없이 들어오는 돈. 계속 끊임없이.

다른 손. 그 다른 손. 다른 손으로 적은 '천국' 편의 원본인 종이 페이지를 자세히 들여다볼수록 의구심은 점점 더 커지고, 점점 더 커져 가는 의구심 때문에 미칠 것만 같다.

밤이 온다. 어둠 속에서 다가오는 짐승의 목구멍에서 나오는 숨소리처럼, 죽음이 느껴진다.

숨소리와 프시케(그리스 신화에 나오는 영혼을 인격화한 것으로, 나비 날개를 단 미녀의 모습이다―옮긴이)의 저주. 그리스어로 ψυχή, 라틴어로 프시케인 숨소리는 우리의 마음을 숨 막히게 한다.

내가 있는 곳은 한밤중이다. 메피스토펠레스가 있는 곳은 아침이다.

"1,000만 달러를 추가로 매입해 주시오." 내가 그에게 말한다.

나는 달빛이 비치는 바다에 가서 커다랗고 아름다운 고목이 드리우는 그늘 아래로 간다.

눈을 감고 내 마음속 그늘 아래로 움츠러든다. 딸의 얼굴이 보인다. 내가 등을 돌려 버린 천사, 내가 저버린 천사. 죽음이 우리 둘을 갈라놓은 뒤에야 나는 참회했다. 우리 사이에 활짝 꽃필 사랑은 꺼져 버렸고, 도난당했다. 그리고 우리가 함께 나눌 말들은 영원히 침묵 속으로 사라져 버렸다.

눈을 뜨고 그림자를 바라본다. 이제야 알 것 같다. 그 손. 종이 페이지에 글씨를 적은 다른 손. 이제야 알 것 같다.

어둑한 장밋빛으로 물든 황혼이 밤이 되면서 서서히 사라져 갈 무렵, 그는 자신을 손짓해서 부르는, 그 구슬프게 울부짖는 소리에 가까이 다가갔다. 소리가 점점 더 커지고 분명해지자, 그는 한 사람의 목소리가 아니라 여러 울부짖음이 한데 얽힌 소리임을 알게 되었다. 저음의 관악기 소리를 아래에 깔고 아홉 개의 하늘 소리가 탬버린처럼 울리며 천둥소리 같은 타악기처럼 요란하게 울렸고, 심오하면서도 천천히 그리고 빠르게 갑자기 달려들다가 우르르 소리 내며 여기저기 울려 퍼졌다. 그러고 나서 팽팽한 북을 두드리는 소리와 우르르 쾅쾅 소리가 울리며 다시 천둥소리로 합쳤다. 그 소리는 의미를 알 수 없지만 유려한 형식만으로도 그의 마음을 사로잡는 섬세하면서도 강인한 힘이 느껴지는 필체와 같았다. 하지만 그 소리에는 아름답게 꾸며 주는 노랫말과는 달리 독자적으로, 그 자체로 이야기하는 힘이 있었다. 그 소용돌이치는 구슬픈 목소리는 공기 중에 마법을 부리는 필체 같았다. 여러 가지 북과 고대 이집트 악기인 시스트럼이 울리는 소리가 그에게 가장 직접적으로 이야기하며 그 뜻도 알지 못한 채 마음속에서 윙윙거리면서 울리면, 그의 맥박이 점점 더 빨라지면서 마치 그가 그 소리의 일부가 되는 듯했고 그 소리가 그의 일부가 되는 듯했다. 그는 비록 여행으로 몸이 지쳐 있었지만 들고 있는 가방은 더 이상 짐이 되지 않는 것 같았다. 가방을 들고 발걸음을 옮기자 멀리 맞은편 어둠 속에 우뚝 버티고 서 있는 벽이 보였고, 보이지 않는 불빛에 비쳐 악마처럼 불쑥 튀어나와 춤을 추는 어두운 그림자가 어렸다. 맹렬하게 우르르 소리를 내며 윙윙거리는 마음속 감정은 그가 그 소리뿐 아니라 그 운명과 함께하는 것처럼 점차 고조되었다. 그는 그 운명을 알 수 없으면서도 그 운명의 흐름에 이끌리는 듯했다. 악마가 춤추던 벽을 향해 그가 돌아서는 순간, 춤추는 모습과 마법 같은 소리가 그 앞에 펼쳐졌고 마음속 맹렬한 감정이 그의 마음을 뒤흔들면서 천둥소리가 한바탕 돌풍으로, 울부짖는 소리가 참을 수 없는 황홀경 같은 살인 현장의 비명 소리로 변했다. 그 모든 소리가 세 개의 벽으로 둘러싸인 오래된 광장 안에서 울려 퍼졌다. 밤하늘이 올려다보이고 악마의 그림자가 어린 벽으로 둘러싸인 그곳은 지옥 같은 공기를 관통하는 모든 소리가 다시 울려 퍼지는 신성한 공간 같았다. 밤의 열기는 몇 군데에서 피운 불의 열기로 더 뜨겁게 달아올랐다. 소리를 내는 모든 사람들은 땀에 젖어 번들거리고, 춤을 추는 사람들은 빗물처럼 땀을 흘리고, 타다 남은 불과 함께 공기 중으로 날아올랐다. 타오르는 불길에서는 뜨거운 열기와 화염뿐 아니라 이국적인 향기도 피어올랐는데, 커다란 솥이 걸려 있는 삼각대 아래에서 타오르는 불길에 어린 양이나 송아지의 궁둥이와 뒷다리 살이 익으며 타올랐기 때문이다. 고기 기름이 딱딱 소리를 내며 불길에 튀었고, 튀기는 소리가 날 때마다 정향이나 계피 향이 터지면서 솟아오르는 불길에 잠시 군침 도는 향기가 피어올랐다. 시인은 작은 가방을 바닥에 내려놓고 모닥불이 없는 벽 쪽으로 가서 등을 기댔다. 그는 가방을 뒤꿈치 밑에 고정한 다음 옷을 느슨하게 하고 머리에 두른 속대를 풀고 예복을 벗고 나서, 머리를 벽에 기대며 차가운 석보(石堡) 벽의 냉기를 느끼려 했다. 그는 눈을 감고 마음속에서 느껴지는 운명을 느끼려 애썼고, 구슬프게 애도하며 신에게로 올라가 그의 심장을 새롭게 박동하게 하는 노랫소리를, 그의 마음속에 차오르는 그 이상한 소리를 느끼려고 애썼다.

그는 기독교 신학자와 철학자로 살아왔고, 평생 공부하고 깊이 생각하는 삶을 살아왔다. 하지만 이제는 세상에 뒤처진 채 여기에 기대 있었다. 그곳에 있는 사람들은 거짓 우상 앞에 무릎을 꿇고 있었는데, 그것은 기독교도 전체에 대한 맹렬한 공격이었다. 하지만 그에게는 어떠했는가? 기독교도인 그는 자신을 '천국'으로 이끌어 줄 교부의 현자나 성인을 선택하지 않았다. 성 베드로나 성 아우구스티누스, 신성하고 신에 가까운 모든 이들 대신 어느 은행가의 죽은 아내를 선택했다. 알라신과 은행가의 죽은 아내를 선택했다. 그녀를 신성의 화신이라고 항변할 수 있다면, 그는 다른 신을 신성하게 여기는 사람들을 도대체 왜 저주해야 한단 말인가? 유대인 노인이 했던 말이 떠올랐다. 그에 따르면, 믿음은 우리가 갖고 태어나는 모반과 같고, 시간과 장소에 따라 알 수 없고 잘라 낼 생각도 하지 않는 신체의 일부와 같다고 했다.

그가 받아들여야 하는 한 가지 사실은, 이렇게 기쁨과 환희에 넘치는 소리를 낼 수 있는 이들은 강인한 힘을 가진 사람들이라는 것이었다. 그는 지금 벌어지고 있는 의식이 신성한 축제인지 장례 의식인지 알 수 없었다. 끊임없이 이어지는 노래가 슬픔을 애도하는 동시에 기쁨에 넘친 노래였기 때문이다. 불빛과 그림자가 어른거리는 남자들의 얼굴은 두려움에 뒤섞인 광기로 뒤틀려 있었고, 여자들은 얼굴에 베일을 쓰고 있어서 두 눈만 호박처럼 반짝였다. 여자들의 눈빛은 사악하면서도 평온했고, 경건하면서도 관능적이었고, 음울하면서도 야성적이었고, 불빛과 그림자에 어른거리는 두려움에 뒤섞인 광기에 의해 수십 가지 빛으로 번쩍거렸다. 바로 그 순간, 그는 호박처럼 빛나는 눈빛은 그에게 아무 말도 하지 않는다는 사실을 깨달았다. 그들의 눈을 통해 많은 걸 이야기해 주는 것은 베일을 쓴 여자들이 아니라, 그의 눈을 통해 본 것이 그의 자유롭고 불타오르는 영혼의 불빛의 두려움에 뒤섞인 광기와 함께 스며드는 것이었다. 그는 자유와 선의로 불타오르는 것이 자신에게서 나오는 것이기에 신에게서 오는 것임을 알았다. 글로 쓰이지 않은 이 장대한 필체 같은 아우성은 알라신을 향한 외침이었고, 그를 전율하게 하고 자유롭게 하는 것은 알라신이 아니라 아담을 창조한 조물주의 힘이었다. 그리고 그곳을 가득 채운 사람들은 성령의 존재를 모른 채 의식에 열중하고 있었다.

귓가에 들려오는 시칠리아 궁정의 노래를 듣던 그는 시칠리아 궁정에서도 먼 프랑스 음유 시인의 노래 못지않은 아름다운 노래를 부른다는 사실에 놀랐다. 이러한 격정적인 의식 앞에 문인들은 어떤 꽃을 놓았을까? 그리고 그는 새로운 달콤한 양식의 글을 찬양하며 달콤함을 만끽했는가? 그는 자신의 마음이 가장 간절하게 열망한다는 걸 느끼지 못했는가? 어리석음에 사로잡혔던 그는 자신의 마음을 알지 못했고, 그가 열매를 맺은 새로운 달콤한 양식의 글은 목적을 위한 수단에 지나지 않았는가? 그리고 그 목적은 영원한 양식의 글이었는가? 영원한 양식의 글로 쓴 노래는 그의 '연옥' 편에 나오는 늑대가 울부짖는 소리였다. 그것은 〈전도서〉를 적은 시인의 지혜의 운율이 담겨 있는 소리였다. 바다가 집어삼켰던 것은 그의 영혼의 외침이었다. 이제 그 노래는 그를 매료시키고 그의 마음을 뒤흔들었다. 매료당하고 마음이 뒤흔들리는 건 아름다운 일이었다. 그는 사형 선고를 받고 추방당함으로써 예전에 누리던 모든 세속적인 성공을 빼앗겼다. 성공과 부를 맛본 다음, 그것을 빼앗긴 것이다. 힘든 일 때문이라기보다는 소모적인 고통스러움 때문에 상실감이 컸다. 이 세상에 사는 사람 가운데 부와 재산을 소중하게 여기지 않는 사람은 아무도 없기 때문이다. 사람들은 자신의 이야기나 우화, 주인공을 성인으로 이상화한 전기문에서 '황금'이라는 단어를 모든 것 가운데 최상인 것으로 끊임없이 사용했다. 황금 같은 말과 황금 같은 열망, 황금 같은 빛과 황금 같은 태양, 황금 같은 젊음과 황금 같은 기쁨, 황금 같은 영광 등 수사학적인 용법에 있어 최상의 표현은, 사람이 자신이 허구로 만들어 낸 것에서 숭고하다고 생각한 포기와 비난, 배척을 잘못 나타내기도 했다. 기쁨이나 구원은 물질로 살 수 없기에 정신적인 삶의 풍요로움과 세속적인 부의 무가치함을 가장 확신에 차서 말하는 사람은 가장 부자인 사람들이었다. 하지만 모든 삼라만상과 더불어 정신이 충만하고, 기쁨을 느끼고, 구원을 받는다면, 세속적인 부는 충만한 정신과 기쁨과 구원 속에서 가장 풍요롭게 살 수 있는 자유를 줄 수 있다. 고대 로마 시대에 하인이 해방 증서 화폐로 자유를 살 수 있었던 것처럼, 돈으로 삶의 자유를 살 수 있다. 빵 한 덩어리가 좋은 것이라면 그것을 살 수 있는 수단도 마찬가지이고, 아무런 신경도 쓰지 않고 영원히 그것을 살 수 있고 배고픈 자들에게 언제나 마음대로 나눠 줄 수 있는 건 훨씬 더 좋은 것이다. 하지만 예전에는 항상 수중에 있던 피렌체 금화가 지금은 전혀 없었고, 날품팔이 신세로 전락해 다른 사람들에게 구걸해야 하는 거지였다. 그렇다, 그는 모든 것을 잃었고 예전의 부귀영화를 생각하면 후회가 밀려왔다. 그 때문에 다른 것에 매료되어 마음이 흔들리고 자유로움을 느끼는 게 좋았다. 부와 자유에 대한 꿈은 오래전에 끝났고, 그는 자신보다 더 대단한 사람들이 수중에서 가볍게 던지며 노는 한낱 금화 신세였기 때문이다. 바다처럼 그에게 다가왔던 그 신비로운 소동을 지켜보며 무일푼의 그는 해방되었다. 자유로움은 만물을 창조한 조물주의 손아귀에 놓여 있었고, 조물주는 알 수 없는 신비로운 존재이면서 그 신비로움에 갇혔고, 그 신비로움의 황금인 그는 정신의 불을 통해 도망치려 애썼고, 이 불은 황금을 녹이고 액화하여, 이 세속적인 세상 분위기가 다른 이들의 화폐가 다시 굳어 버리기 전에 잠시나마 그 손아귀 안에 스며들었다. 그리고 그때 흔들림이 있었다. 세상을 뒤흔드는 요란한 소리와 불길은 풍요로운 황금을 누리던 시절, 자주 입에 오르내렸던 신이 없는 자유를 잠시나마 누리게 할 수 있을 것이다. 다시 말해서, 뜨거워져 녹고 차가워져 딱딱해지는 순간 사이에, 그들은 다른 세상에 속하게 될 것이다. 그리고 이제 그는 자신을 에워싸고 있는 그 세계에서 어떤 상실감이나 후회도, 자신의 말과 감정을 부정하는 자기 연민이나 자기 애도도 느끼지 않았다. 바다를 향해 소리치면서 텅 비었던 마음이 이제 다시 가득 차올랐다. 부를 가질 수 없다면 그는 삼라만상을 가지게 될 것이고, 부를 나눠 줄 수 없다면 그는 자신의 마음속에 있는 모든 걸 줄 수 있을 것이다. 바로 그때, 그림자와 연기, 불길과 점점 잦아드는 요란한 소리가 들리는 곳에서 한 사람이 나타나 그에게 나무 위에 올린 고기를 한 점 내밀었다. 고기는 아직 남아 있는 열기로 증기가 올라오고 딱딱 소리를 내며 익고 있었는데, 아래에는 핏물이 흥건히 고여 있었다. 그는 짐승의 살점을 씹어 먹으면서, 지난 며칠 동안 혹은 지난 몇 주 동안 굶주렸던 배를 채웠다. 입술에 닿는 어린 양의 핏물이 달콤하게 느껴졌다. 잠시 후, 향료를 곁들인 묽은 수프를 토기에 담아 내오더니, 갈증을 풀어 주는 동시에 갈증을 자극하는 특이한 와인을 가져다주었다. 그러고 나서 자그마한 무화과 열매와 꿀에 절인 견과류를 가져다주었고, 산비둘기로 만든 묽은 수프와 갈증을 풀어 주면서 동시에 갈증을 자극하는 와인을 더 가져다주었다. 그는 이 축제와 광기와 무한한 영원 같은 시간이 얼마나 오랫동안 계속되었는지 알지 못했다. 하늘에 떠 있는 별이 밤하늘을 움직이는 것이 아니라, 우아하게 즉흥적인 춤을 추며 하늘을 날아다니는 것처럼 보였기 때문이다.

한밤중에 성벽을 찾아 궁전으로 다가가던 그는 벽에 설치된 강철 촛대의 불빛을 보았다. 촛대는 사람 키만큼 높았고 호위병이 지키는 아치형 정문의 거대한 돌 장식이 새겨져 있었다. 그의 가방 안에는 궁정 사절단 문서와 확인 문서가 들어 있었지만, 그는 자신의 행색이 해변으로 떠내려와 더러운 구정물에 몸을 담갔다 말린 것처럼 보인다는 걸 알았다. 공문서와 자신의 안전을 위협당할까 두려워하던 그는 공문서를 더럽히지 않기 위해 호위병에게 가방을 내밀면서 가방을 먼저 자세히 살펴본 후에 자신을 들여보내 달라고 요청했다. 그리고 몸을 깨끗이 씻고 면도를 하고 나서 휴식을 취한 뒤, 옷을 갈아입고 위엄을 갖춘 모습으로 날이 밝으면 궁정에 가게 해 달라고 했다. 그 과정은 언어 문제 때문에 복잡해지고 지연되었다. 우선, 호위병은 공문서에 적힌 라틴어를 전혀 읽을 줄 몰랐다. 그리고 호위병은 스페인 사람으로 지역 언어는 거의 할 줄 몰랐다. 시인은 스페인어를 거의 할 줄 몰랐고 시칠리아어를 읽는 데 어려움이 많았는데, 이제 시칠리아어는 방언이라기보다는 그 지방의 언어로 당시 가장 알기 어려운 모호한 언어였다. 때문에 그가 궁정에서 사용하는 보편적인 라틴어를 지방어인 이탈리아어와 거의 모르는 스페인어와 함께 더듬거리며 말하자, 호위병은 스페인 지방어와 시칠리아어를 섞어 가며 말했다. 마침내 그의 마음을 흔든 것은 공문서에 찍힌, 권위 있어 보이는 인장이었다. 그 인장과 시인이 혼자라는 사실에 마음이 흔들렸다. 무엇보다 그의 마음이 흔들렸던 것은 불쌍해 보이는 그의 행색이 아니라 윗사람에게 야단을 맞고 쫓겨날지도 모른다는 두려움이었다. 그래서 그는 육중한 철문을 열고 시인이 들어올 수 있도록 해 주었다.

도망친 신. 사람으로부터 숨은 신. 나는 그를 찾아냈다.

그는 자신을 3의 3의 3으로 데려다 줄 돛배를 받았다.

뒤로 보이는 트라파니 항구의 망루에서 빛나던 불빛이 어두운 밤 속으로 사라졌다.

라힙과 가지라트 알 야 비사라는 오랜 아랍 이름의 섬 그림자가 사라지자 바다는 이상하리만치 고요하고 평온해졌다.

돛배가 가지라트 말리티마라는 오래된 아랍 이름을 지닌 오래된 섬을 향해 나아가자, 시인은 저주받은 듯한 느낌이 들었고 행색도 그러했다. 초승달에 비친 섬의 모습 또한 저주받은 섬, 죽음의 섬 혹은 그보다 더한 모습이었다.

섬뜩할 정도로 고요한 바다 덕분에 돛배를 탄 시인은 바위에 다다랐고, 바위에서 이어지는 구불구불한 길을 따라가면 삼각형 모양의 검은색 돌 위에 서 있는 성곽 같은 구조물이 서 있는 높은 곳까지 이어졌다. 성곽 같은 구조물의 일부는 높이 솟은 석조 봉우리를 조각한 것이고, 일부는 도저히 이 섬에 있을 것 같지 않은 거대한 바윗덩어리로 만든 것이었다.

초승달에서 비치는 달빛은 희미하기만 했다. 위로 올라가는 길은 길고 힘들었다. 길을 오르던 시인은 마치 별을 향해 올라가는 듯한 느낌이었다.

시종은 그가 잠자리에 들도록 도와주었다. 아침이 되자 그는 자신이 찾던 노인이 있는 곳으로 가서, 그에게 노인의 기호가 적혀 있는 책을 건네주었다.

주변은 온갖 값진 물건으로 둘러싸여 있었지만 노인은 지극히 소박한 차림이었다.

시인은 아무 말도 하지 않았다. 노인 역시 아무 말도 하지 않았다.

시종이 말린 참치, 빵, 야생 딸기, 꿀에 절인 무화과가 담긴 금으로 만든 쟁반을 시인 앞에 내려놓았다.

"내 이름은 단테 알리기에리입니다." 시인이 말했다.

"그렇군요." 노인이 미소 지으며 말했다. "베네치아에 있는 내 오랜 친구와 친분이 있으시지요. 난 당신을 무척 존경합니다. 당신은 《신곡》에서 트로이의 헬렌을 '지옥'으로 가도록 저주했고, 창녀 라합을 '천국'으로 보냈지요. 당신은 로마의 서정 시인 호라티우스에 필적하고, 그를 다른 위대한 우상 숭배자와 함께 '연옥'에 두었지요. 내가 알기로는, 그들 가운데 당신처럼 뱀과 교접하는 인간인 이교도의 모습을 불러일으킨 사람은 아무도 없습니다. 나는 그러한 것을 보며 무척 경탄합니다. 그리고 그 모든 것은 더할 나위 없이 아름답게 쓰였습니다. 작품이 완성되기를 학수고대하고 있습니다."

"감사한 마음으로 고개를 낮추어야 할지, 부끄러워하며 고개를 숙여야 할지 모르겠습니다."

"그런데 뱀과 교접해 본 적 있습니까?"

"아닙니다. 당신은 교접해 본 적 있습니까?"

"그렇습니다. 당신이 한 말로 판단하건대, 메카의 신성함과 제카의 모든 황금을 걸고, 당신도 그랬을 거라는 데 내기를 걸겠습니다."

시인은 노인의 얼굴을 쳐다보았지만 노인의 얼굴에는 아무런 표정도 드러나지 않았다.

"그런데⋯⋯." 노인이 마침내 한숨을 내쉬었다. "여기는 어쩐 일입니까? 내가 도와줄 일이라도 있습니까?"

"그가 말하기를, 당신은 볼 수 있다고 했습니다."

노인은 오랫동안 아무 말이 없었고, 그 오랜 시간 동안 시인의 눈빛을 들여다보았다.

　"나는 세 가지 질문에 대답해 줄 것입니다. 그 세 가지를 잘 고르십시오. 적당한 시간이 되면 당신에게 말해 주겠습니다."

　그날이 지나고 또 다음 날이 지나갔다. 생선과 닭고기와 산토끼와 과일은 끝이 없는 듯했다. 밤에는 보이지 않던 달이 환한 대낮 하늘에 창백한 유령처럼 떠 있었다. 시인이 밤을 기다리던 곳에서, 저 멀리 바다가 보였다. 어둑어둑해지는 북쪽 하늘은 회색빛과 분홍빛으로 물들었고, 라힙과 가지라트 알 야 비사섬 너머 남쪽 하늘은 담청색과 보랏빛이었다. 북쪽 하늘과 남쪽 하늘의 빛이 함께 섞일 무렵, 구름은 여전히 파도 위에 떠 있었다. 그는 그런 하늘을 알지 못했다. 그러고 나서 모든 게 깊어졌고, 모든 게 어두워졌고, 모든 게 검게 변했다.

　"지금이 좋은 시간이군." 노인이 혼잣말처럼 중얼거렸다.

그렇다, 이제 나는 안다. 다른 손으로 쓴 세 페이지는 이제 더 이상 풀지 못할 수수께끼가 아니다.

《신곡》 완본을 베껴 적은 것 가운데 가장 오래된 것은 조각으로만 남아 있는 히브리어 번역본이다. 리보르노에 있는 탈무드 토라 도서관에 보관되어 있던 그 종잇조각은 1948년 이스라엘 정부에 의해 '신성한 도시'로 공포된 예루살렘에 있는 유대인 국립 대학 도서관으로 옮겨졌다. 수위표 분석 결과, 그 종잇조각은 1326년에서 1332년 사이에 만들어진 것으로 드러났다. 1330년 10월에서 1331년 1월 사이 피렌체에서 이탈리아어로 옮겨 적은 증거도 남아 있다. 그러나 완본을 베껴 적은 수백 개의 필사본은 오래전에 통용되었겠지만 지금은 모두 소실되었다. 이건 놀라운 사실이 아니다. 1472년 4월, 마인츠에 사는 구텐베르크로부터 기술을 배운 폴리뇨에 사는 요한 노이마이스터는 《신곡》의 첫 번째 인쇄본을 생산했다. 당시 몇 부를 인쇄했는지는 알 수 없지만, 오직 열두 권만이 지금까지 전해져 내려오는 것으로 알려져 있다. 손으로 직접 쓴 마지막 필사본은 두 페이지가 소실되었지만 1999년 파리의 피아자 그룹이 경매를 통해 100만 달러에 달하는 가격에 사들였는데, 프랑스에서 판매된 인쇄본 가운데 최고가를 경신했다. 1472년에 첫 번째 인쇄본이 사라진 점을 고려하면, 140년 전에 손으로 베껴 적은 필사본이 여럿 있었지만 여러 세기가 지나면서 소실되었다고 추정할 수 있다.

이 소실된 필사본 가운데 첫 번째 것은 단테의 아들인 야코포(Jacopo)가 쓴 것으로 추정되는데, 단테가 죽은 지 9개월 뒤에 시인의 후원자였던 귀도 노벨로 다 폴렌타에게 전해졌다.

그런데 왜 하필 단테가 죽은 지 9개월 뒤에 썼을까? 보카치오의 말에 의하면, 단테는 시를 완성했지만 그가 죽은 직후 일부분이 발견되지 않았다. 전해 내려오는 이야기에 따르면, 그러고 나서 8개월이 지났을 때 야코포는 꿈에서 죽은 아버지의 영혼을 만났고 그의 아버지는 사라진 시의 일부분이 어디에 있는지 가르쳐 주었다고 한다.

야코포는 시인이자 법률가였는데, 서로 상반된 두 가지 일을 함께하는 건 위험한 일이었다. 그리고 우리가 잊지 말아야 할 것은, 단테도 평범한 사람이었다는 사실이다. 젬마와 결혼해서 야코포를 낳았고, 야코포가 어린아이에서 청소년으로, 청소년에서 성인으로 성장해 가는 모습을 보았고, 그가 전혀 모르는 죽은 여자를 애도하며 시적인 상처를 끌어냈다. 야코포는 무언가를 느꼈음에 틀림없다. 그는 다음과 같은 감정을 느꼈음에 틀림없다.

'부정한 베아트리체, 불결한 베아트리체!'

베아트리체는 '천국'이 시작되는 첫 페이지에서 사라진다. 그 첫 페이지에서 비열한 손과 단테의 신성한 시는, 고결한 손과 단테의 아들이자 시인이자 악덕 법률가인 야코포의 조악한 시로 바뀐다. 그러고 나서 시는 오래전 빛나는 영광을 느끼며 양피지에 쓴, 단테의 손으로 직접 쓴 시로 끝난다.

촛불이 기다란 그림자를 드리우고 있었고, 시인은 첫 번째 질문을 했다.

"진정한 신은 어떤 이름을 갖고 있습니까?"

질문과 대답 사이의 침묵은 짧았다.

"진정한 신은 이름을 갖지 않습니다."

질문과 대답 사이의 침묵은 길었다.

"내 영혼은 고통과 질병으로부터 영원히 자유롭겠습니까?"

"아닙니다."

질문과 대답 사이의 침묵은 더 길어졌다.

"내가 언제 죽을지 말해 줄 수 있습니까?"

"말해 줄 수 있습니다."

시인은 촛불에 부드럽게 빛나는 상대방의 눈을 들여다보았다. 그러고 나서 시인은 고개를 돌렸다.

"이제 내가 당신에게 무언가를 물어봐야겠습니다." 노인이 말했다.

"무엇을 물어보시겠습니까?"

"마지막 질문은 두려움 때문에 물어본 겁니까, 아니면 내가 예언할 수 있는 능력이 있는지 알아내는 것보다 당신이 죽는 순간을 미리 알고 싶었던 겁니까?"

밤바다와 밤하늘의 별을 내다보던 시인은 시선을 돌려 노인을 쳐다보지 않았다. 잠시 후, 노인이 미동조차 하지 않음을 알아차린 시인은 그를 쳐다보았다.

"그럼 말해 주십시오. 내가 언제 죽을지."

"당신은 세 가지 질문을 할 수 있었고, 세 가지 질문을 모두 했습니다."

"그렇습니다. 당신이 말한 건 사실입니다. 내가 말하는 동안 마지막 질문에 두려움이 어렸습니다."

노인이 시인을 이해한다는 듯 부드러운 눈빛으로 그를 바라보았다.

"겁에 질린 채 이곳을 떠나고 싶지 않습니다. 나는 품위 있고 당당한 모습으로 이곳에 왔고, 더 품위 있고 더 당당한 모습으로 이곳을 떠나길 바랍니다."

"그렇다면 이 말만 하지요. 당신은 품위 있고 용감하게 죽음을 맞이할 것입니다."

내가 사랑하고 내 마음속에 항상 머물러 있는 사람들이 있다. 그들 가운데 몇몇은 오래전에 내가 저버렸다. 다른 사람들은 오래전에 나를 저버렸다. 하지만 그들은 내 마음속 사랑 안에 항상 머물러 있다.

내가 절대 저버리지 않은, 그리고 나를 절대 저버리지 않은 사람들도 있다.

내 두 번째 죽음, 내 진정한 죽음이 가까이 다가오면 나는 그들을 내게 불러들일 것이다.

아주 오랜 시간 동안, 다른 사람들의 영혼이 내 영혼만큼이나 나를 굳건히 지탱해 주었다.

아, 나는 지금 그들을 얼마나 간절히 원하는가!

나는 그들에게 내가 숨 쉬고 있음을 알려 주어야 한다. 우리가 앞으로뿐만 아니라 지금도 여전히 함께 숨 쉬고 있음을 알려 주어야 한다. 그 일이 다가와 축하하기 위해 그들을 불렀을 때에만, 나는 그들에게 그 사실을 알려 줄 수 없다.

아, 줄리에타가 곁에 있으니 나는 얼마나 축복받은 사람인가! 그녀의 숨소리를 내 피부와 영혼으로 느낄 수 있고, 그녀의 피부와 달콤한 영혼 속으로 숨을 내쉴 수 있다.

나머지 여러분들에 대해서는, 나도 내 마음속에 머물러 있는 사람들도 당신과 동행하기를 바라지 않는다. 두려움과 어리석음과 질투심 때문에 당신의 전생을 모독한 것처럼 내 전생의 길을 어둡게 만든 사람들에게, 내 안에 머물러 있는 사람들이 자신이 누구인지 알듯이, 당신들은 자신이 누구인지 알고 있다. 당신들의 영혼의 죽음이 그랬던 것처럼 당신들의 진정한 죽음이 내 죽음보다 먼저 찾아오기를.

　성부와 성자와 신성한 망령의 이름으로. 아멘.

베네치아로 돌아오는 여행길에 시인은 교묘한 솜씨로 쓴 모든 운문과는 다른 진정한 시를 쓰겠다고 맹세했다. 호흡과 다른 요소들 속에 내재한 자연스러운 운율을 위해 교묘한 솜씨는 버리고, 애써 만들어 낸 모든 운율을 넘어서는 야성적이고 자유롭고 힘이 넘치는 리듬을 가진 시. 족쇄가 없는 시. 그가 바다의 파도를 향해 고함치는 것처럼 그리고 파도가 노호하는 것처럼 포효하는 시. 거의 알아차릴 수 없을 정도로 부드러운 삼라만상의 바람 소리와 한숨 소리에서 활짝 피어나는 시.

그의 시는 더 이상 학구적이고 산술적인 운율에 억지로 끼워 맞추지 않을 것이다. 새롭게 태어난 그의 영혼으로부터 펼쳐지듯 스스로 창조될 것이다. 그의 시는 날 수 없는 어린 새를 노래할 것이고, 높이 솟아오르는 매, 시궁쥐의 피가 묻은 십자가, 삶의 무덤과 그것에서 지혜로 이어지는 과정을 노래할 것이다. 시는 지혜 앞에 무릎을 꿇고, 다른 사람들의 무덤에 빛을 밝힐 촛불이 될 것이다.

내 머리는 길 수도 있고 깨끗하게 밀었을 수도 있다. 턱수염을 길렀을 수도 있고 콧수염을 길렀을 수도 있다.

줄리에타는 항상 하고 싶어 하던 그림을 그리고 있다. 나는 커다란 바윗덩이를 거칠게 조각하고, 시상이 떠오르는 건 뭐든 시로 쓴다.

나무 그림자가 드리운 해먹, 바다, 별, 미풍이 불고 웃음소리와 자유와 사랑이 있는 이 세계에서, 나는 삶에 대한 욕망이 내 혈관을 관통해 흐르는 걸 느낀다. 희망이 있다고 내게 말해 준 전문가들이 제네바에 있다.

마음속에서, 나는 여전히 닉이고 줄리에타 역시 여전히 줄리에타이다. 하지만 우리는 그녀의 배 속에 든 기적과 함께 단둘이 있을 때만, 그 이름을 낮은 목소리로 속삭인다.

그렇다. 글을 씀으로써 진실을 밝힐 수 있다면, 내가 쓰는 이 글이야말로 진실을 밝혀 줄 것이다.

유대인 노인의 거처로 다가가자 그의 마음속에 두려움마저 느껴졌다. 노인과 마지막 작별 인사를 나누면서 느꼈던 감정, 살아생전 다시는 그를 만날 수 없을 것 같은 느낌이 아직도 그의 마음속에 그대로 남아 있었다. 폭풍우 같은 공기 중에 죽음이 느껴졌다. 불쾌한 공기가 느껴졌다.

하지만 유대인 노인은 그곳에 있었다. 앞을 보지 못하고 아무 말도 하지 못한 채.

노인이 누워 있던 초라한 침상에 비체가 앉아 있었고, 시를 읽고 있던 그녀는 한숨을 쉬며 고개를 들어 그를 쳐다보았다. 그러고 나서 다시 한숨을 내쉬더니 죽음과 같은 고요한 평화 속으로 가라앉았다.

시인이 담요를 덮고 누워 있는 수레는 어두운 자갈길을 지나갔고, 시인은 천천히 눈을 떠 광대한 하늘에 떠 있는 별을 올려다보았다.

그러고 나서 천천히 눈을 감았다.

떠오르고 있는 붉은 달. 소나무 숲 속의 늑대. 하늘에 떠오른 황금빛
달. 소나무 숲 속의 늑대.

자, 내 무덤을 찾아봐, 내 무덤을 찾아봐.

옮긴이의 말

《단테의 손》은 지금으로부터 약 700년 전 단테가 《신곡》을 써나가는 과정과, 작가 닉 토시즈가 현재 뉴욕을 배경으로 《신곡》의 친필 원고를 손아귀에 넣으려는 과정이 두 축을 이루는 소설이다. 소설은 700년의 시공을 넘나드는 두 작가의 치열한 삶과 함께, 다양한 주변 인물을 화자로 등장시키면서 작품의 미세한 씨줄과 날줄을 엮어 나간다. 우선 소설 속에 등장하는 세계를 둘로 나누어 독자들에게 간략히 소개하고자 한다.

소설이 시작되는 배경은 한여름의 무더위가 기승을 부리는 현재 시점의 뉴욕. 화자는 루이와 래프티, 조 블랙 그리고 닉 토시즈가 등장한다. 암흑가와 비루한 뒷골목을 소재로 탁월한 작품세계를 선보여온 작가인 닉 토시즈는 여기서도 아무런 여과 장치 없이, 소설 속 화자로 자신의 존재를 불쑥 등장시킨다. 소설 속에서 주인공에 해당하는 인물인 닉 토시즈에 관해 언급되는 대부분의 상황이 실제 작가인 닉 토시즈에 근거를 둔 것으로, 자신마저 평가 대상으로 삼는 대담하면서 거친 표현 방식이 사뭇 인상적이다. 그리고 소설 속 그가 지금 노리는 것은 오직 하나. 지금껏 그 존재가 알려지지 않은, 그 가치가 천문학적인 금액인 단테의 《신곡》 친필 원고를 손에 넣는 것이다.

이탈리아의 어느 성직자가 마치 기적처럼 《신곡》의 친필 원고를 발견함으로써 사건 전개가 시작된다. 《신곡》의 친필 원고를 손에 넣으려는 음모가 벌어지고, 닉 토시즈의 오랜 친구 래프티, 래프티의 친구 루이, 뉴욕 암흑가의 보스 조 블랙이 함께 일을 꾸미고, 닉 토시즈가 사랑하는 아름다운 여인 줄리에타가 등장한다. 《신곡》의 친필 원고를 손아귀에 넣기 위해 그들이 뉴욕, 팔레르모, 시카고, 파리, 쿠바의 아바나, 보라보라 섬을 넘나드는 여정은 외롭고 황량한 느낌을 자아내면서도 다른 한편에서는 거친 유혈극이 난무하는 한 편의 로드무비에 맞먹는 긴박감으로 가득하다. 그리고 마침내 단테의 《신곡》 친필 원고를 획

득했을 때, 예상치 못한 반전이 펼쳐진다.

닉 토시즈와 주변 인물들이 《신곡》의 친필 원고를 차지하기 위한 다툼을 벌이는 과정이 이 소설의 씨줄이라면, 700년 세월을 거슬러 올라가는 단테의 일생이 이 소설의 날줄이다. 닉 토시즈는 독창적인 작가적 상상력을 발휘해 당대의 숨결을 현대로 옮겨와 독자들에게 전해 준다. 그런데 닉 토시즈가 선택한 작가는 왜 하필 단테였을까? 또 왜 하필 《신곡》이어야만 했을까?

《신곡》을 서양 천년의 문학작품 중에서 가장 위대한 작품으로 손꼽는 데는 이견이 없을 듯하다. 단테가 16년이 넘는 세월 동안 '지옥', '연옥', '천국' 세 편으로 써낸 《신곡》은 성서에 나오는 인물과 동시대 인물을 등장시키며 선과 악, 정치와 문학, 종교와 현실 등 인간사의 모든 주제를 아우른 걸작이다. 닉 토시즈는 현대 독자들이 지루한 고전 필독서로만 여기는 《신곡》을 작품 전면에 내세움으로써, '돈으로 살 수 없는 인류 최고의 유산으로서의 《신곡》'과 '일확천금을 노리는 위험한 탐욕의 대상으로서의 《신곡》 친필 원고'를 동시에 보여주고 있다.

친필 원고를 둘러싼 음모를 다룬 장면이 거칠고 날 것 그대로라면, 700년을 거슬러 올라가는 당시의 모습은 우아하고 유려하다. 단테와 현자 노인이 나누는 수수께끼 같은 오묘한 대화, 오랜 세월 동안 노인과의 만남을 이어가며 《신곡》을 써나가는 단테의 모습은 비장하면서도 지극히 인간적이다. 단테는 사소한 문제에 대해 끊임없이 고민하고, 베아트리체에 대한 어리석은 사랑을 평생 동안 떨쳐버리지 못한다. 특히 세상의 부귀영화를 뒤로 하고 17년 동안의 추방길에 오른 단테의 모습은 비장하면서도 한편 헛헛한 웃음이 나올 정도로 무심하다. 일본을 통해 건너온 번역제인 '신곡(神曲)'으로 국내 독자들에겐 익숙할 테지만 사실 이 작품의 원제가 《희극(코메디아, Comedia)》인 까닭은 아마 그 때문일 것이다. 하지만 현자 노인은 《신곡》을 완성한 단테에게 이렇게 말한다. "자네는 시가 되었네."라고. 신비로운 문학의 힘을 온몸으로 느끼면서 품위 있게 생을 마감하는 단테의 모습에서는 장대한 아름다움마저 느껴진다.

《단테의 손》처럼 서로 다른 씨줄과 날줄이 얽혀 새로운 조화를 빚어내는 작품을 만나는 건 독자들에게 신선한 경험이 될 듯하다. 700년 전 이탈리아 피렌체의 풍경과 21세기 초의 무더운 뉴욕 거리, 창녀촌의 어두컴컴하고 좁은 방과 단테와 현자 노인이 형이상학적인 대화를 나누는 소박한 방, 닉 토시즈와 한 몸이 되어 격정적인 사랑을 나누는 줄리에타와 단테가 평생 바라보기만 한 여인 베아트리체, 요란한 리듬감이 느껴지는 롤링 스톤즈의 〈점핑 잭 플래시〉와 담담한 감동이 느껴지는 요한 세바스천 바흐의 〈첼로 소나타〉 등 정 반대의 것들이 한데 어우러진 모습은 독자들에게 즐거운 지적 감흥을 안겨줄 것이다.

《단테의 손》은 단테의 《신곡》이 그랬던 것처럼 우리네 삶에서의 문학과 종교에 대한 무거운 질문을 던지고 있다. "내가 쓴 모든 글은 유서나 고백이다"라고 말하는 닉 토시즈의 모습에서는 비장함마저 느껴진다. 하지만 그의 유서이자 고백은 깨끗하게 다듬은 완벽한 글이 아니라 그가 살아온 모습을 있는 그대로 날 것으로 담아낸 것이다. 단테가 《신곡》에서 "천국으로 가는 유일한 길은 지옥에서 시작된다"라고 했던 것도 아마 그런 맥락일 것이다. 닉 토시즈기 뱃속에서 용광로처럼 뜨겁게 일렁이는 것을 토해내듯 쓴 이 글의 열기가 독자들에게 그대로 전해진다면, 번역자로서 더 이상 바랄 게 없을 듯하다.

2010년 가을
홍성영

단테의 손

초판 1쇄 발행 2010년 11월 20일

지 은 이 | 닉 토시즈
옮 긴 이 | 홍성영
펴 낸 이 | 정상준
펴 낸 곳 | (주)그책

기   획 | 정상준 김혜진
편   집 | 나혜영
마 케 팅 | 박종우
관   리 | 최혜원
디 자 인 | (주)꽃피는봄이오면
종   이 | (주)타라유통
인쇄·제본 | 영신사

출판등록 | 2008년 7월 2일 제322-2008-000143호
주   소 | 서울시 강남구 논현동 30-6
전자우편 | thatbook@thatbook.co.kr
전화번호 | 02) 3444-8535
팩   스 | 02) 3444-8534

ISBN 978-89-94040-10-3 03840